ur.

D1854907

Knaur.

Über die Autorin:
Katryn Berlinger war mehrere Jahre lang Direktionsassistentin, bevor sie Literaturwissenschaften und Systematische Musikwissenschaften studierte. Nach dem Magister baute sie das Lektorat eines Schallplattenunternehmens in Hamburg auf. Einige Jahre später tauschte sie dann den Beruf gegen ihre Familie ein. Heute lebt und arbeitet sie als Schriftstellerin in Norddeutschland. Im Knaur Taschenbuch erschienen von ihr *Villa Bernstein, Das Schokoladenmädchen* und *Die Champagnerfürstin.*

Katryn Berlinger

Im Schatten der Olivenbäume

Roman

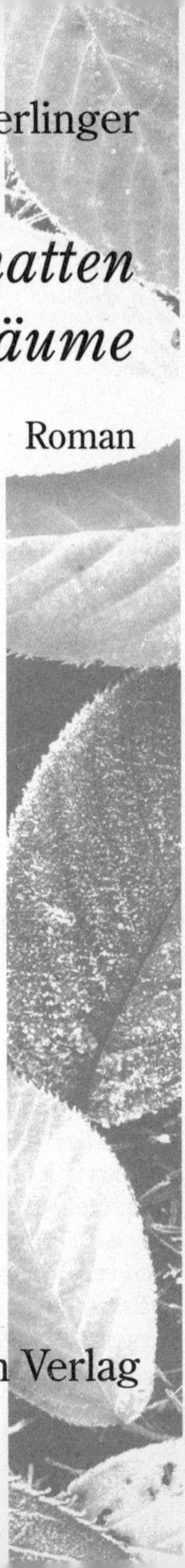

Knaur Taschenbuch Verlag

Besuchen Sie uns im Internet:
www.knaur.de

Sonderausgabe für GALERIA Kaufhof GmbH
Mai 2009
Originalausgabe Mai 2006
Copyright © 2006 by Knaur Taschenbuch
Ein Unternehmen der Droemerschen Verlagsanstalt
Th. Knaur Nachf. GmbH & Co. KG, München
Alle Rechte vorbehalten. Das Werk darf – auch teilweise – nur mit Genehmigung des Verlages wiedergegeben werden.
Umschlaggestaltung: ZERO Werbeagentur, München
Umschlagabbildung: Bridgeman / Carl Drederick Aaagaard
Artothek / Christina Rbertson
Satz: Adobe InDesign im Verlag
Druck und Bindung: CPI – Clausen & Bosse, Leck
Printed in Germany
ISBN 978-3-426-50609-7

5 4 3 2 1

Wer einen Olivenbaum
sein Eigen nennt,
stirbt niemals arm.

Ligurisches Sprichwort

»Zwei Flüssigkeiten gibt es, die dem
menschlichen Körper angenehm sind,
innerlich der Wein, äußerlich das Öl,
beide von Bäumen kommend,
aber das Öl etwas notwendiger.«

aus: Plinius, Naturalis Historia

Dichte Frühlingsnebel wallten über Schottlands gebirgige Highlands. Dort, wo der Wind das eintönige Weiß auseinander riss, tauchten Äcker, Weiden, Torfstellen und vereinzelt Kiefern auf. Es war ein milder Winter gewesen, und so hielt sich der Schnee nur noch in Mulden oder an nördlichen frostigen Waldrändern. Einem schwarznassen Teppich gleich überzogen Moore und Heidekraut das weite Land. Noch fehlte der Sonne Kraft, doch dort, wo ihr weißliches Strahlenbündel eine Lücke im Nebel fand, warf sie ein glitzerndes Netz auf Teiche und Bäche.

Kein Laut, kein Rauch drangen aus den Weilern und einsamen Gehöften. Sie wirkten verlassen, und man hätte glauben können, sie hätten die Stille um sich herum aufgesogen, um geduldig darauf zu warten, bis die Natur kraftvoll genug war, ihr altes Gestein mit frischen Moo-

sen und Flechten samtig einzukleiden. Es war das Antlitz einer Landschaft, die sich selbstgenügsam und karg gab. Befremdlich hingegen, weil es schien, als würden sie von nervöser Gier getrieben, wirkten die Fuhrwerke und Leiterwagen, die an diesem Märztag des Jahres 1894 auf einer schmalen Landstraße auf ein Castle jenseits des Tay-Tals zufuhren.

Es war um die Mittagszeit, als auf einem der zahlreichen Hügel, die das Tal säumten, eine Kutsche hielt, aus der eine junge Frau ausstieg. Sie warf sich ein mit weißem Pelz gefüttertes Cape über die Schultern und winkte dem Reiter zu, der ihr seit Dundee, wo sie beide aufgebrochen waren, nicht von der Seite gewichen war.

»Jefferson!«, rief sie. »Jefferson, wir sind da! Nun, was sagst du? Habe ich zu viel versprochen?«

»Nein. Schottisch leben heißt nun mal romantisch leben. Trotzdem, welch ein Glück für mich, dass ich kein Romantiker bin, sondern ein amerikanischer Impressionist.« Der junge Mann, der dies so freimütig wie fröhlich sagte, zügelte sein Pferd und sprang ab, noch ehe es zum Stehen gekommen war. »Aber es tut gut, sich wieder frei zu fühlen, Fiona. Ich glaube, es wäre besser, diesen munteren Fuchs hier zu behalten und zu schwören, die nächsten sechs Monate nie mehr einen Fuß in eine geschlossene Kutsche zu setzen.« Er klopfte dem Pferd die Flanke und schob seine Samtmütze in den Nacken. Mit leuchtenden Augen und geröteten Wangen schaute er Fiona an. Die feuchtkalte Luft machte ihm sichtlich nichts aus. »Ich finde, es ist besser, das Leben unter freiem Himmel zu genießen, als Landsitze oder Stadtvillen zu sammeln, unter deren Dächern es zwar behaglich sein mag, wo aber bald die Seele ausdörrt und man lebendigen Leibes ver-

modert.« Er streckte seinen Arm in Richtung des Castle aus. »Das also ist es, ja?«
Fiona ließ sich mit der Antwort Zeit. »Ja«, sagte sie schließlich, und es klang, als wäre sie aus einer anderen Gedankenwelt aufgetaucht. »Wenn es einen Ort gibt, wo ich habe Kind sein dürfen, dann war es hier. Ich durfte während der Sommermonate spielen und toben, den Nebel anschreien, die Leute auslachen, Schabernack treiben – kurzum, ich durfte alles.« Sie lachte. »Jeder musste mir gehorchen. Wenn mir einfiel, unsichtbar sein zu wollen, musste man mir die Mahlzeiten an geheime Orte bringen, ohne dass man mich ansah, und wenn ich Lust hatte, mit anderen Kindern Räuber zu spielen, war ich die Räuberhauptfrau, die in einer Ponykutsche hinausfuhr und andere antrieb, eine Hütte aus Pfählen, Stroh und Moos zu bauen.« Fiona kehrte für einen Moment in Gedanken in eine dieser Hütten zurück, bevor sie mit leiser Stimme fortfuhr: »Weißt du, Jefferson, ich hatte immer Ideen, was man so alles anstellen könnte. Der Spaß ließ erst nach, als ich erleben musste, wie es ist, wenn man im Sommer im Bach steht und sich ein Aal langsam um dein Bein windet. Wenn dann niemand da ist, der dein Schreien hört, und du vor Grauen fast das Atmen vergisst, wirst du vorsichtiger. Irgendwann kam dann der Tag, wo mich die Wildnis hier langweilte. Von da an habe ich das Leben in London und Aufenthalte in Bath schätzen gelernt.«
»Aha, dann schlug die Kultur zu.«
»Ja, so ungefähr.« Nachdenklich betrachtete Fiona das Gemäuer aus grauem Stein, dessen neblige Hülle das unruhige Treiben, das dort herrschte, kaum verbergen konnte. Menschen drängten durch alle möglichen Türen, schleppten Möbel, Truhen und Hausrat heraus, beluden

Fuhrwerke und zurrten die Ladung mit Tauen fest. »Es sieht wie Leichenfledderei aus«, sagte sie verdrossen. »Die Wagen erinnern mich an Ameisen, die davonschleppen, was sie tragen können. Oder noch schlimmer, sie sind wie dicke, schwarze Mistkäfer, die heimtückisch im Nebel auftauchen und dann mit ihrer Beute wieder im Nebel verschwinden.«

»Sehr expressiv ausgedrückt, Miss Turlington«, sagte Jefferson betont gespielt. »Sie sollten es malen. Aber zu Ihrer Beruhigung, ich empfinde ebenso.«

Fiona straffte sich, ging aber nicht auf Jeffersons Ton ein. »Mutter hat nicht gewartet«, sagte sie bitter. »Eigentlich hätte ich es wissen sollen. Sie ist uns zuvorgekommen.«

»Sie wird sich nach dem Termin deiner Abschlussprüfung erkundigt haben, die du ihr verheimlicht hattest, Liebes. So wie du sie mir geschildert hast, wollte sie die Auflösung ihres Castle selbst in Angriff nehmen. Vielleicht sogar, um dich zu schonen.«

»Du meinst, damit ich meine Prüfung bestehe?« Fiona schüttelte den Kopf. »Nein, Jefferson, so weit geht ihre Liebe zu mir nicht. Sie hat meine Prüfungssituation ausgenutzt, um das Castle auszuweiden und alles, wirklich alles zu Geld zu machen.«

»Glaubst du tatsächlich, sie wollte nicht, dass du dir aus eurem Besitz aussuchst, was du behalten möchtest?«

»Natürlich, Jefferson.« Fiona klang so wütend wie verzweifelt. »Nur so konnte sie sich dafür rächen …«

»… dass du mich, einen Künstler und noch dazu einen Amerikaner, liebst? Wolltest du das sagen?«

Er zog sie an sich, doch anstatt ihn anzulächeln, sah Fiona ihn nur ernst an und erwiderte: »Geld, Jefferson, ist mir leider nicht unwichtig. Ich werde meinen Teil bekommen, verlass dich drauf. Selbst wenn ich ihn meiner Mutter abpressen muss.«

»Beruhige dich«, meinte Jefferson mild. »Der Verkauf einer eurer Stadtvillen – hat er nichts eingebracht? Besser gesagt, nicht genug?«

»Sie hat es mir nicht verraten«, antwortete Fiona. »Aber ich weiß, dass es reichen müsste, Vaters Pensionsdasein mit einem hübschen Inselanwesen auf Jersey zu versüßen. Was du aber vor dir siehst, ist mein Kinderschloss, verstehst du? Und das heißt, ich werde meine Erbrechte einfordern, sobald meine Eltern aus China zurück sind.«

»Und wann ist das?«

»Sie wollten zu Weihnachten wieder hier sein. So schrieb es Vater zumindest in seinem letzten Brief. Aber komm jetzt. Einmal noch, ein einziges Mal noch möchte ich da unten über eine der Türschwellen das Reich meiner Kindheit betreten.«

»Wenn's nicht mehr ist«, meinte Jefferson und setzte seinen Fuß in den Steigbügel. »Du weißt ja, ich mag diesen Landstrich nicht, Fiona. Ich fürchte sogar, dass es nicht allein die Highlands sind, sondern auch seine Menschen, mit einer Ausnahme – und die bist du.«

»Du redest wie Vater«, sagte Fiona leise und musterte Jefferson liebevoll. »Aber jetzt lass dir bitte nichts anmerken. Highlander sind nämlich kriegerisch.«

»O ja, sicher. Sie lieben Bürgerkriege noch mehr als wir Amerikaner«, entgegnete Jefferson trocken.

Er gab seinem Fuchs die Sporen und galoppierte dem Castle entgegen, während Fiona sich durch den Wagenschlag zwängte und sich im Spiegel die Frisur richtete.

Im großen Entree des Castle überraschte Fiona Hausmeister Kidney im Gespräch mit Mr. Pines, dem Vermögensverwalter ihrer Eltern. »Die Anweisungen Ihrer Frau Mutter werden genau befolgt, Miss Turlington«, unterbrach Pines das Gespräch, als er Fionas ansichtig wurde. Ihm war anzusehen, dass er sich bemühte, seiner Überraschung Herr zu werden und einen selbstsicheren Eindruck zu vermitteln.

»Das sehe ich, Mr. Pines«, entgegnete Fiona schroff und bot ihm und Hausmeister Kidney, der sich stumm verbeugte, die Hand. »Aber sagen Sie bitte, wann hat meine Mutter den Ausverkauf des Castle angeordnet?«

Pines tat, als würde er überlegen. »Es muss vor gut drei Wochen gewesen sein, Miss Turlington. Sie erinnerte mich daran, dass es schon seit langem einen Interessenten für den Besitz gebe …«

»Ach, in der Tat? Mr. Pines, auch ich weiß, dass die Courtneys schon seit gut einem halben Jahrzehnt ihr Familieneigentum zurückkaufen wollen. Sie sind die Nachfahren des Erbauers, der einst wegen einer Fehlinvestition bankrottierte und all seine Immobilien zu Geld machen musste. Nun gut, wenigstens kommt dann alles wieder in die richtigen Hände.« Fiona wandte sich Jefferson zu. »Aufschlussreich, wie? Vor drei Wochen schrieb ich meinen Eltern, dass du aus Amerika zurückkommst. Glaubst du mir jetzt?«

»Ich muss es wohl«, murmelte Jefferson. »Deine Mutter wollte sich tatsächlich an dir rächen.«

Fiona nickte. Um Fassung bemüht, griff sie nach Jeffersons Hand und sagte bitter: »Sie haben schnell gehandelt, Mr. Pines. Vorbildlich.«

»Das ist auch meine Pflicht, Miss Turlington.«

Fiona presste die Lippen zusammen. Der Vermögensverwalter schlug die Augen nieder.
»Ich hoffe, Mr. Pines«, sagte sie eisig, »dass die Verhandlungsprovision Ihnen wenigstens ein paar gute Flaschen Whisky eingebracht hat. Guten Tag.« Sie wandte sich brüsk ab und eilte durch das Entree zur Kellertreppe. Jefferson beschied sie, draußen zu warten. »Versteh das bitte, Jefferson, aber ich möchte ein letztes Mal hier mit meinen Erinnerungen allein sein.«

Die Treppe führte Fiona in einen der tonnenförmigen Gewölbekeller. Doch statt mit sich allein zu sein, hörte sie schon nach der ersten Biegung das Tratschen und Feilschen der Dorffrauen, die Vorratsschränke öffneten und neugierig die schweren Bewahrtruhen aufklappten, um ausgemustertes Geschirr oder Küchentücher auf weitere Verwendbarkeit zu prüfen. Ob Waschtröge, Kübel, Weinregale, Zinnwannen, Korbflaschen – Fiona hörte ein unablässiges Schwatzen und wurde Zeuge, wie ein Stück nach dem anderen aussortiert wurde.
Sie sind so gierig, dass sie mich gar nicht bemerken, dachte sie. Ob sie sich eigentlich im Klaren sind, dass sie in meiner Kindheit herumwühlen? Wissen sie, wie oft ich hier unten war und mich zwischen den Truhen versteckt habe?
Fiona räusperte sich. Die Frauen schauten auf, eine schlug sich erschrocken die Hand vor den Mund.
Sie grüßten verlegen, aber keine von ihnen senkte die Augen. Fiona hatte plötzlich das Gefühl, als wäre sie der Eindringling und nicht diese Dorffrauen, die ihr jetzt so fremd waren, obwohl sie sie schon seit ihrer Kindheit kannte.
Lass sie, sagte ihr eine innere Stimme. Sie können wirklich vieles gebrauchen.

Fiona wünschte einen guten Tag und ging wieder nach oben. Sie durchwanderte beide Stockwerke, schaute in jeden Raum und stand schließlich vor ihrer Lieblingstreppe, der »knarzenden Lady«, wie sie sie einst für sich getauft hatte. Die Treppe führte auf den Dachboden, wo sie hoffte für ein paar Minuten Ruhe und Besinnung zu finden – wie früher, wenn sie hier oben die Staubstrudel in den Sonnenstreifen beobachtete, malte, träumte oder las.
Hier wenigstens werde ich ein paar Schätze wiederfinden, dachte sie und suchte nach den vertrauten Koffern, in denen sie vor ihrem Studienbeginn Handarbeiten, Puppen, Schulhefte, Bilder, Briefe, Märchenbücher und Zeichnungen verstaut hatte.
Da vorne, hinter dem alten Paravent, bei der Luke …
Fiona schaute um die Ecke und blieb wie elektrisiert stehen. Weder die großen Korbtaschen noch die Koffer waren vorhanden. Auch der Dachboden war wie leer gefegt. Selbst die Spinnweben, die, seit sie denken konnte, zwischen den Dachbalken hingen, waren verschwunden.
Geschockt und verwirrt hastete sie zurück ins Entree, wo ihr Heather, ein ehemaliges Dienstmädchen, über den Weg lief.
»Meine Puppen, meine Spielsachen, meine Bücher – wo ist das alles?«
Das Dienstmädchen errötete und senkte den Kopf.
»Heather, wo?«, fragte Fiona aufgebracht und packte sie am Arm.
»Kommen Sie, Miss, kommen Sie«, flüsterte Heather und vermied es, den Blicken von Kidney und Pines zu begegnen, die in der Tür standen und sie misstrauisch ansahen.
Heather eilte über den Hof, an leer stehenden Stallungen

vorbei, zu dem kleinen Steinhaus, in dem seit Generationen Schinken, Würste und Fisch geräuchert wurden.

»Du wirst mir doch wohl nicht erzählen wollen …«, begann Fiona zornig, doch sie verstummte mitten im Satz, als Heather die rostige Metalltür aufzog, die im Räucherhaus zu einem zusätzlichen Raum mit Kamin führte. Dort war ihre ganz persönliche »Zündelstelle«, wo sie einst mit kindlicher Lust Abfälle verbrannt und auf einem Dreibein Fliederbeersuppe gekocht hatte.

Fiona schlug die Hände vors Gesicht und schluchzte auf.

»Es tut mir so leid, Miss Turlington«, sagte Heather, »aber Ihre Mutter hat es so befohlen. Es war ihr wichtig, so wichtig, dass sie mir und Margie gedroht hat, dafür zu sorgen, dass uns die Courtneys nicht übernehmen, wenn wir es nicht tun würden.«

»Ihr habt alles … wirklich alles verbrannt?«

Fiona kämpfte mit den Tränen, Heather rang die Hände.

»Ja, Miss. Sogar Ihr Taufkleid, genauso wie Ihre Märchenbücher, Ihre Schühchen und all die anderen Anziehsachen. Selbst Ihre Kinderbibel war darunter. Sie hat sie eigenhändig ins Feuer geworfen. Ich habe geweint, Margie auch. Aber Ihre Mutter stand völlig unbeeindruckt mit dem Schürhaken da und hat das Feuer unterhalten, bis alles Asche war.«

Fiona schwindelte.

Ihr kam es so vor, als würde ihre Mutter sie in diesem Moment auslachen und sich an ihrem Entsetzen ergötzen. Sie hat gewusst, dass ich kommen würde, dachte sie. Aber ich werde nicht weinen, Mutter, hörst du? Ich werde das hier genauso überstehen wie dein borniertes Gerede.

Sie atmete tief durch und schloss die Augen. Noch einmal beschwor sie die Stimme ihrer Mutter, ihre stahlgrauen

Augen, ihren Stolz: Ich will, dass du hier auf dem Castle lebst, Fiona, und nicht in Edinburgh oder London, wo du glaubst dir einbilden zu können, dieses unstatthafte Handwerk zu lernen. Ein Mann muss einen Beruf haben, Fiona, aber nicht unsereiner. Wir sind da, um zu leben, hörst du? Ein Mann darf Künstler sein, aber nicht eine Frau. Ein Mann kann Maler sein, aber nicht du. Ein standesgemäß aufgewachsenes Mädchen, das es sich leisten kann zu leben, gehört hierher, an den Platz seiner Kindheit. Und zwar so lange, bis dein Vater und ich einen Mann für dich gefunden haben. Merke dir, diesen Amerikaner, in den du dich verguckt hast, werde ich nie, niemals als Schwiegersohn akzeptieren. Hast du verstanden?

Ein Luftzug fuhr in den Aschehaufen und wirbelte weiße und graue Flöckchen auf. Jefferson war gekommen.

Heather knickste und eilte nach draußen.

»Sie hat alles verbrannt, alles, was ich als Kind geliebt habe«, flüsterte Fiona. Jefferson legte den Arm um ihre Schultern und zog sie an sich. Schweigend standen sie eine Weile nebeneinander. Als Fiona kalt wurde, sagte sie bitter:

»Sie hat immer gemeint, ich müsse dankbar sein …«

»… dafür, dass sie dich verwöhnten?«

»Nein, dafür, dass ich nicht in Internaten aufwachsen musste, so wie mein Vater.«

»Ihr scheint euch nicht zu mögen …«

»Ich entspreche nicht dem Bild, das sie sich von mir gemacht hat.«

»Und dein Vater? Liebt wenigstens er dich so, wie du bist?«

»Ja, er ist ganz anders als Mutter – tolerant, liebevoll, großzügig. Ich glaube, er ist heimlich stolz darauf, dass ich meinen eigenen Weg gehe. Und doch, er liebt uns beide –

mich als sein Kind und Mutter aber als die Frau, die ihn auf ihre Art fasziniert und nie langweilt. Manchmal verstehe ich ihn nicht, doch wer kann schon verstehen, warum Menschen einander lieben?«

Jefferson küsste Fiona auf den Mund. »Ich weiß, warum ich dich liebe. Ist das nicht die Hauptsache? Komm, Fiona, Liebes, lass los. Wir fangen ein neues Leben an, ein anderes. Weit weg von hier.«

Fiona brauchte eine Weile, um sich zu fangen, dann sagte sie: »Ja, bald, Jefferson. Aber jetzt will ich erst, dass sie erfahren, dass wir Ostern heiraten.«

»Endlich sagst du ja!« Er fasste Fiona um die Taille und wirbelte sie einmal um die Achse. »Vielleicht sollten wir beide in der Kutsche zurückfahren?«, neckte er sie. »Was meinst du?«

»Was ich meine? Ich meine, einer Frau steht es zu, frei zu entscheiden …«

»So? Was soll ich mir darunter vorstellen?«

Sie lächelte, küsste ihn auf die Stirn und lief über den Hof zurück. Dort bestieg sie kurzerhand seinen Fuchs und galoppierte davon.

Erst als sie auf der Landstraße alle Fuhrwerke überholt hatte, fiel ihr auf, dass der Nebel sich verzogen und die Sonne die Landschaft in ein weiches, helles Licht getaucht hatte. Doch statt der altvertrauten Wälder ragten Baumstümpfe aus der Erde, stapelten sich hier und da Baumstämme. Und es war nicht zu leugnen, fast alle Bauernhäuser standen leer. Man hat die Bauern verjagt, dachte sie, verjagt wie Kaninchen aus dem Bau für Holz und Siedlungen, für noch mehr Äcker, Torf- und Weideflächen. Highland Clearances accompli – die Landreform war abgeschlossen.

Sie spornte den Fuchs an, um so schnell wie möglich nicht nur ihre Kindheit, sondern auch das hinter sich zu lassen, was neu und anders war – riesige Schafherden mit schmutzigem Fell und Rotwild, das unter dem Hufschlag ihres Pferdes in seinen Gehegen auseinander stob wie ein Fliegenschwarm.
Wälder würde es hier nie mehr geben.

Am Empfang des Hotels Sedley, in dem sie seit der Abreise ihrer Eltern mit Jefferson wohnte, erreichte Fiona eine Woche später die Nachricht, dass es wichtige Neuigkeiten gebe. Jefferson bat sie, so schnell wie möglich in den Lesesaal des Britischen Museums zu kommen. »Du kennst ja meinen Platz«, schrieb er. »Nichts tut mir so gut wie euer himmelblauer Kuppelbau, wenn mich die Sehnsucht nach Licht ergreift.«
»Wenn ich mir die Bemerkung erlauben darf, Miss Turlington«, sagte der Portier, nachdem sie die Nachricht überflogen hatte, »Mr. Cork war wirklich guter Laune.«
»Warum hat er dann nicht auf mich gewartet?«, fragte Fiona verwundert.
»Nun, ich glaube, er hat es hier nicht mehr ausgehalten«, antwortete der Portier. »Er sagte, er sei in der Stimmung, Lord Elgins griechische Statuen zu umarmen.«
»Aha. Wollen wir uns das mal lieber nicht genauer vorstellen.«
Sie lachten. Der Portier winkte ihr eine Droschke, und keine halbe Stunde später eilte Fiona durch das größte Museum der Welt direkt in den Lesesaal.
»Denk dir«, zischte ihr Jefferson zu, »mein Vater hatte einen Autounfall.«

»Und deshalb bist du so vergnügt?«
»Unter anderem.«
Jefferson schlug den Folianten zu, in dem alle Gewürzpflanzen der Welt verzeichnet waren, und wies in die Richtung, wo sich der Teeraum befand. Dort würde er ihr alles erzählen.
»Nun sag schon«, drängelte Fiona. Sie hatten das Glück, einen freien Tisch zu finden, denn der Teeraum des Museums war nach den langen Wanderungen durch die Ausstellungsräume stets die erste Anlaufadresse, um sich zu erholen. Kinder, Mütter, Väter, Großeltern und Gouvernanten tranken hier ihr Tässchen Tee und stärkten sich mit einem Sandwich oder einem Teller verschiedener Butter-Cookies.
»Also, mein Vater, typisch Detroiter, wollte mit seinem neuen Wagen einmal ganz rasant sein: Er war bei der Einweihungsfeier einer Turbinenhalle seines Freundes Matt D. Pratt und machte sich ein wenig angeheitert auf den Rückweg in die eigene Fabrik. Du weißt ja, er stellt Kugellager her. Der Weg führt über eine Stahlbrücke eines Seitenarms des Detroit-River. Dad war gerade in der Mitte, da gefiel es ihm, Gas zu geben, zu viel Gas, und das auf einem Eisfeld! Sein Wagen brach aus, schlitterte auf die Brüstung zu und kippte vornüber. Wohl eine Minute schwebte er in der Luft, die eine Hälfte über dem Fluss, die andere über der Brücke. Und weil das noch nicht reichte, schlug die Fahrertür auf. Dad rutschte, konnte sich nicht halten und … fiel.«
»Das ist ja entsetzlich!«, rief Fiona aus. »Ein Albtraum.«
»Stimmt. Aber einer, der fast so endet, wie Albträume zu enden pflegen. Dad ist nämlich nicht in den eiskalten Fluss gestürzt, sondern auf einen Haufen Gummireifen, weil just ein Lastkahn unterwegs war.«

»So was liest man immer nur in den Zeitungen …«
»Ja, ich hab diese Storys auch nie geglaubt. Dad aber hat überlebt. Er stürzte knappe zehn Meter und brach sich ein paar Rippen, den rechten Unterschenkel und rechten Arm, aber sein Kopf blieb so gut wie unverletzt.«
»Ein Wunder«, sagte Fiona.
»Das ist wahr. Vor allem, wenn du dir vorstellst, dass sein Wagen unmittelbar hinter dem Heck des Lastkahns in die Fluten klatschte.«
Fiona studierte Jeffersons Miene, ob sie nicht doch irgendeine verräterische Spur entdeckte, dass er gerade flunkerte. Aber Jefferson konnte, wie sie wusste, nur schlecht schauspielern.
»Die Geschichte ist also wahr. Doch warum bist du so merkwürdig aufgeregt?«
Jefferson fasste in die Innentasche seines Jacketts und zog einen Zettel hervor. Doch bevor sie erkennen konnte, was darauf stand, steckte ihn Jefferson wieder ein. Er lächelte schelmisch. »Dad hat den Unfall als Wink des Schicksals begriffen. Und das heißt, er will und wird sein Leben ändern. Er will sich der Muße widmen, mit dem Gärtnern beginnen, vor allem aber den Weg nach Westen in Miniaturform nachbauen – Trecks mit Planwagen, Pferden, Schienen, Zügen, Bahnstationen.«
»Und das, glaubst du, bringt uns unserem Traum näher?«
»Ja, Liebes. Weil er nämlich sein Testament gemacht hat. Mein Bruder Morton übernimmt die Geschäftsführung, ein Viertel des Aktienvermögens aber wurde mir überantwortet. Zusätzlich bekomme ich das hundert Hektar große Stück Land zwischen Windsor und Point Pelee, auf das wir uns zurückziehen können, wenn wir satt von der Welt sind und Arthritis in den Fingern haben. Zusätzlich

erhalte ich ab sofort eine zeitlebens garantierte Apanage von fünfundsiebzigtausend Dollar im Jahr. Dad und Morton wollen, dass ich ein ernsthafter Künstler werde – unter der Bedingung, dass ich ein anständiges Leben führe und keine Negativschlagzeilen mache.«

»Dann bist du also frei …«, sagte Fiona leise.

»Ich? Wir! Hier lies.« Er zog den Durchschlag eines Telegramms aus der Tasche, in dem er ihre Eltern in China um die Hand ihrer Tochter bat.

Fiona traten die Tränen in die Augen. Sie küssten sich über den kleinen Tisch hinweg, so als stünde er für den stürmischen Ozean, der jetzt endgültig überwunden war.

Die Antwort ließ nicht lange auf sich warten. Niemals werde er, Arthur Turlington, der Gatte der Tochter des angesehenen Seiden- und Teeimporteurs Justin Forster Turlington, einem Amerikaner seine Tochter anvertrauen, und schon gar nicht einem labilen Künstler. Im Übrigen sei man selbst finanziell solid ausgestattet und sehe die wahren Werte in Prinzipien wie moralischer Festigkeit, die ein Mensch ohne Tradition und Geschichte nicht haben könne.

Unterzeichnet war diese Ohrfeige in Worten nicht nur von Arthur Turlington, sondern auch von Geraldine Turlington, Fionas Mutter. Jefferson war im ersten Moment so wütend, dass er fantasierte, das Turlington'sche Geschäft aufzukaufen, um diesen Handelsnamen für immer vom Erdboden zu tilgen. Nur mit Mühe gelang es Fiona, Jefferson davon zu überzeugen, dass in erster Linie ihre Mutter die Schuld an dieser, wie sie es nannte, Verweigerung trage.

Jefferson aber hielt jetzt nichts mehr in England. Nie mehr,

schwor er Fiona, werde er seinen Fuß auf diesen Erdflecken setzen, dessen Oberschicht so snobistisch sei wie sein Land groß.
Aufgewühlt packten sie ihre Koffer. Jeffersons Laune besserte sich erst, als sie sich eine gute Woche später bei strömendem Regen in Portsmouth einschifften. Das Ziel war die französische Küste, Le Havre.
»Wir müssen endlich dorthin, wo das Licht Seele hat, Fiona«, beschwor er sie, »wo die Magie des Lichtes nicht nur unsere Wahrnehmung, sondern auch die Natur selbst verändert. Dort werden wir aufblühen. In Italien, Liebes, heiraten wir. Dann sind wir endlich frei von allem, was uns beschwert.«
Fiona widersprach nicht, aber die richtige Begeisterung wollte sich bei ihr nicht einstellen. Sie war sich sicher, dass ihre Mutter sich durchgesetzt hatte. Und einen kurzen Moment lang wirkte ihre Macht so stark, dass Fiona der Gedanke durch den Kopf schoss, Jefferson zu heiraten könne tatsächlich nicht richtig sein.
Jefferson hatte ihr vom ersten Augenblick an gefallen, und bis zum heutigen Tag fühlte sie sich bei ihm sicher und bestätigt. Doch ihren Kopf hatte sie – anders als die Heldinnen romantischer Geschichten – nie verloren.
Liebte sie ihn wirklich so, wie eine Frau einen Mann lieben sollte? Oder sehnte sie sich in Wahrheit nach mehr, nach mehr Freiheit in ihrem Herzen?

Der Dampfer stampfte durch die rollenden Wellen des Ärmelkanals. Fiona starrte auf die dichte Regenfront. Irgendwo vor ihnen lag die Küste der Normandie, von der sie wusste, dass sie schön sein musste, denn impressionistische Künstler – angefangen bei Jean-Baptiste-Camille

Corot und Charles-François Daubigny über Johan Jongkind bis zu Claude Monet, Auguste Renoir und Alfred Sisley – rühmten sie in ihren Bildern. Sie alle hatten in der Normandie gemalt und versucht, deren herben Zauber in ihren Bildern einzufangen. Heute schien die Landschaft vor ihr allerdings, als hätte ein Schwamm die noch nassen Farben eines Bildes verwischt. Auch Jefferson war wegen des Regens verärgert.

»Da steuern wir auf eine der berühmtesten Kulissen Frankreichs zu und können sie nicht sehen. Schön soll sie sein, die normannische Küste, doch wir kennen sie nur von den Gemälden. Wie gerne hätte ich mich von jener maritimen Stimmung faszinieren lassen, von der so viele Maler schwärmen – Fischerboote, Segelschiffe mit geblähtem Tuch, das Spiel der Lichtreflexe auf dem Wasser. Aber wir haben uns natürlich Regen ausgesucht! Als hätten wir Sonne nicht nötig.«

Er stützte die Fäuste auf die Reling.

Fiona war nicht minder niedergeschlagen, doch um ihn zu trösten, sagte sie: »Ein andermal wird es genau umgekehrt sein. Da werden wir uns an diese Stunden erinnern und sagen: Weißt du noch, damals, als es so regnete? Irgendwann werden wir hier Halt machen und das prächtigste Wetter haben. Nun sag mir lieber: Wo wollen wir heiraten?«

Jefferson streckte den Arm aus und rief: »Ach, am liebsten dort! In Honfleur bei Le Havre, wo Courbet, Millet und Corot sich im Gasthof der Mère Toutain einnisteten und das Meer malten. Oder in Fontainebleau, wo Monet, Renoir und Sisley durch die Wälder streiften und es sich im Gasthof Cheval-Blanc gut sein ließen, wo die Sternstunden der Geschichte der Freilichtmalerei und des Impressionismus waren.«

»Ständig denkst du an deine Impressionisten. Soll ich mein Leben nach ihnen ausrichten?«, empörte Fiona sich. »Abgesehen davon tust du wieder einmal so, als ob es vor ihnen keine großen Meister in der Malerei gegeben hätte. Missachte doch nicht immer alle Tradition!«
»Und ob ich das tue! Was legt sie uns denn anderes als Fesseln an?«
»Willst du jetzt auch noch streiten, Jefferson?«
»Nein, heute wohl besser nicht«, entgegnete er knapp.
»Wir sollten nie über Kunst streiten«, sagte Fiona bestimmt und legte ihre Hand auf die seine.
»Du hast Recht«, sagte er und drehte sich zu ihr um. »Ich bin immer noch wütend auf deine Eltern. Was maßen sie sich mir gegenüber an? Meinen Antrag abzulehnen, als wäre ich ein dahergelaufener Kohlenschlepper. Was bilden sie sich ein? Dein Vater ist nichts als der Schwiegersohn eines britischen Seiden- und Teeimporteurs. Mein Vater dagegen baute sein Unternehmen ganz alleine auf.«
»Ich weiß, Jefferson«, beschwichtigte Fiona ihn. »Glaub mir, mein Vater ist nicht so stolz und hartherzig, wie du denkst. Er ist ein umgänglicher Mensch, aber er hängt eben an meiner Mutter. Sie ist es, die ihn in der Hand hat. Er ist zu großherzig, um sich gegen sie aufzulehnen. Mutter dagegen hat mich seit meiner Kindheit abgelehnt, weil ich, wie gesagt, ihren Vorstellungen nicht entsprach, und jetzt ist ihre Stunde der Rache. Wir benötigen all unsere Vernunft, uns davon nicht beeinflussen zu lassen.«
So sachlich wie Fiona klang, fühlte sie sich nicht. Sie brauchte nur das Wort Mutter auszusprechen, schon spürte sie wieder diesen Knoten im Hals, in dem sich all die Jahre über der Gram gesammelt hatte. Ihre Mutter war wie ein Schatten, den sie nicht loswurde, ganz gleich,

ob sie glücklich oder verstimmt war. Es kostete sie stets große Anstrengung, so zu tun, als ginge sie ihre Mutter nichts mehr an. Aber auch wenn sie diesen Kampf gewann, fühlte sie sich danach jedes Mal ausgelaugt und aller Seelenkraft beraubt.

»Du hast Recht«, sagte Jefferson. »Ich weiß ja, dass auch du mit der Tradition gebrochen hast, denn auch du hast dich ihrer Vorstellung widersetzt, eine unterwürfige, dumme Tochter zu sein. Dass dir dieser Protest nichts als Schmerzen beschert hat, werde ich nie vergessen. Das macht dich in meinen Augen ja auch so liebenswert.« Er lächelte und strich Fiona über den Rücken. »Und natürlich werden wir heiraten, ob es ihnen nun gefällt oder nicht. An einem hübschen Plätzchen, romantisch oder mondän. Warum nicht Ligurien? In San Remo oder in Imperia an der Riviera di Ponente? In Genua, Rapallo oder Portovenere an der Riviera di Levante? Liebes, wo immer du willst.« Er nahm Fionas Kopf zwischen die Hände und küsste sie auf den Mund. »Dort, wo Licht und Kultur dir helfen, zu dir selbst zu finden, dort wird es sein.«

»Ja«, antwortete Fiona und erwiderte beruhigt Jeffersons Kuss.

Am Quai Voltaire nahe dem Louvre besuchten sie das berühmte Malergeschäft von Gustave Sennelier. Seine Leidenschaft, mit Farben zu experimentieren, ermöglichte es den Impressionisten, die Ateliers zu verlassen und im Freien zu malen. Niemand musste mehr mit Schweinsblasen voller Farbe vor seiner Staffelei sitzen, denn nun gab es Metalltuben, die die neu entwickelten Farben frisch und streichfähig hielten und in kleinen Mengen ins Freie mitgeführt werden konnten. Paul Cézanne kaufte hier ein,

Camille Pissarro, Pierre Bonnard und viele andere Impressionisten, zu denen Sennelier enge Beziehungen pflegte. Auch Fiona schätzte die Leuchtkraft und Haltbarkeit seiner Farben, die, wenn sie ausgetrocknet waren, ihren Glanz behielten und nicht stumpf oder brüchig wurden.
Jefferson ließ sich die Verarbeitungsprozeduren erklären, studierte die Vorrichtungen zum Zermahlen der Pigmente und überschüttete Sennelier mit Fragen. Welche chemischen Vorgänge bei der Herstellung von Pigmentabtönungen abliefen oder wie er auf die Idee gekommen sei, Farben, die zuvor noch vielfach aus teuren Halbedelsteinen hergestellt wurden, durch mineralische und organische Pigmente zu ersetzen.
»Nun, es kam mir darauf an, dass die Künstler sie so leicht wie möglich mischen können«, sagte Sennelier. »Ich wollte helfen, das Prismatische des Lichts, seinen Zerfall in einzelne Elemente abbildbar zu machen. So schaffe ich auf dem materialen Feld die Voraussetzung, die Erscheinungen der Dinge verändert wiederzugeben. Das sensible Auge der echten Impressionisten erkennt, wie sich unser Sonnenlicht strahlengleich zerlegt. Das macht ihre Bilder so einzigartig.«
Jefferson war mehr als beeindruckt. Seit sie Senneliers Ladengeschäft am Quai Voltaire betreten hatten, hatte ihn eine beinahe fanatische Begeisterung ergriffen. Fiona, die auch eine klassische Malausbildung genossen hatte, fühlte sich jedoch mehr von dem Stil der Alten Meister angezogen, besonders vom Stil der Niederländer, die sie kurz zuvor im Louvre bewundert hatte – Vermeer, Rubens, Frans Hals, van Dyck und Rembrandt. Deren Gestalten, fand sie, sprachen den Betrachter direkt an, schienen zu atmen, zu schwitzen, zu flüstern. Manche von ihnen waren so sinn-

lich, dass sie erschauderte, andere verträumt und rätselhaft, als wären sie stumm geworden über eine Lebensgeschichte, die sie erschüttert oder berührt hatte, und die so wirkten, als wäre es der Pinselstrich des Malers selbst, der den Bann des Schweigens auf ihren Mund gelegt hatte. Das Scheppern leerer Ölfarbentöpfe riss sie aus ihren Gedanken. Fiona straffte sich und sagte abrupt: »Grüßen Sie Monsieur Monet von uns. War er nicht auch in Italien? In Bordighera? Vor sechs Jahren? So leid es uns tut, wir müssen uns ein wenig beeilen. Sonst wird es wieder Winter, bis wir in Ligurien ankommen.«
Sennelier hob eine Augenbraue und ließ ein amüsiertes Lächeln um seinen Mund spielen. »Ich verstehe, Sie sind in Eile, Mademoiselle. Aber glauben Sie mir, der Sommer liegt noch vor Ihnen und ist lang. Andernfalls, vergessen Sie nicht, das Licht in Italien ist zu jeder Stunde und jeder Jahreszeit studierenswert. Selbst in den Wintermonaten wird es Sie faszinieren, das versichere ich Ihnen. Sie werden es auf jeden Fall lieben lernen, dieses Licht, ein Leben lang.« Er verbeugte sich. »Selbstverständlich werde ich Monsieur Monet Ihren Gruß ausrichten … Monsieur Cork und Mademoiselle Turrington, nicht wahr?«
»Turlington.«
»Verzeihen Sie.«
Damit wandte Sennelier sich Jefferson zu, der Fiona wütend anblickte. Jefferson hätte noch gerne länger mit ihm über Farben und Licht gefachsimpelt, doch davon abgesehen ärgerte er sich, dass Fiona Sennelier jetzt allen Vorwand gegeben hatte, ihnen ironisch zu begegnen. Denn dass der Herr der Farben sich überhaupt dazu herabließ, ihnen seine Zeit zu widmen, lag allein daran, weil er hoffte, ein gutes Geschäft zu machen.

Fiona sah ihren Fehler ein und setzte ihr schönstes Lächeln auf. Um Sennelier und Jefferson wieder versöhnlich zu stimmen, sagte sie schnell: »In der Tat, Monsieur Sennelier, ich war ein wenig ungestüm. Entschuldigen Sie bitte. Darf ich Sie trotzdem bitten, Monsieur Cork all die Farben zusammenzustellen, die auch Monsieur Monet für erforderlich gehalten hat, um seinen Lichtstudien nachgehen zu können?«

»Selbstverständlich, mit Vergnügen.«

»Wunderbar. Ich bitte übrigens um dieselbe Auswahl.«

»Sie können sich auf mich verlassen.«

Sennelier machte einen tiefen Diener und beeilte sich, sein großes in Schweinsleder gebundenes Buch aufzuschlagen, um die Bestellung zu notieren. Gleich darauf klingelte er nach einem Angestellten und rief ihm ein paar Abkürzungen und Signaturen zu.

Fiona reichte ihm ihre Karte. »Wir können uns auf Ihre schnelle Belieferung verlassen? Die Unkosten, die dabei entstehen, nehmen wir natürlich in Kauf. Wichtig ist nur, dass wir arbeiten können.«

Sennelier nickte beflissen, während er sich den Namen einprägte und ein paar Sekunden bei der schlichten Berufsbezeichnung »painter/peintre« verweilte.

»Keine Ursache, Miss Turlington. Ob Sie nach Kreta, Honolulu oder Taiwan reisen, meine Tuben folgen Ihnen, wohin immer Sie es wünschen. Eine Depesche von Ihnen, und wir erfüllen Ihnen jeden auch noch so speziellen Malerwunsch. Monsieur, Mademoiselle?«

Er kam hinter dem Ladentisch hervor, küsste Fiona die Hand und entließ sie auf die Straße.

Jefferson hielt es nur wenige Schritte still neben ihr aus, dann machte er seinem Ärger Luft. »Weißt du eigentlich, wie du mich vor ihm gedemütigt hast, meine Liebe? Meine Bestellung hätte ich auch selbst aufgeben können. Und dann – Monet zu grüßen! Von uns völligen Unbekannten! Was soll Sennelier jetzt von uns halten? Doch wohl nichts anderes, als dass ich ein Pantoffelheld und Weichling bin und du mit einem Schuss Größenwahn gesegnet bist. Ich will ein schlichter Künstler sein, Fiona. Nichts anderes. Verstehst du das nicht?«

»Auch nicht mein Ehemann, Jefferson?«

»Ist es dir wichtiger, verheiratet als Künstlerin zu sein?«

Jefferson stemmte die Arme in die Hüften und starrte sie wütend an. Sie waren vor dem Schaufenster des Antiquariats schräg gegenüber stehen geblieben. Der Verkehr in ihrem Rücken war so lärmig wie in London, mit dem einzigen Unterschied, dass die Kutscher französisch und nicht englisch fluchten.

»Ich dachte, du liebst mich«, erwiderte Fiona betont schnippisch. »Eigentlich gehe ich nämlich davon aus, dass Harmonie in der Ehe genauso wichtig ist wie Harmonie in der Kunst.«

Beherzt hakte sie sich bei Jefferson unter und zog ihn weiter.

»Harmonie heißt dann bei dir also nachgeben, oder?«

»Ja, aber das gilt für beide Seiten, Jefferson. Freu dich doch, ich habe die Farben bezahlt.«

»Willst du mich noch einmal demütigen, Fiona? Spielt Geld bei mir, bei uns jetzt noch eine Rolle? Wir haben genug. Ist es nicht vollkommen gleichgültig, wer was und wie viel bezahlt?«

»Geld macht stark.«

»Du willst mir deine Stärke beweisen?«

Einen Moment lang musterte er sie fassungslos.

»Dir nicht«, flüsterte Fiona erschrocken. »Verzeih mir. Doch du musst mir glauben, dass es mir nützt, leben zu können, wie ich es will.«
»Das mag sein, Geld macht schließlich unabhängig, ja«, lenkte Jefferson ein, doch Fiona spürte, dass er noch immer ärgerlich war. »Geld ist aber nur Mittel zum Zweck und nicht das höchste Gut der Erde.«
»Geld, Jefferson, erlaubt mir aber, tun zu können, was ich will«, beharrte sie störrisch.
»Was du haben willst, meinst du wohl.« Er schwieg aufgewühlt. »Und wenn ich das zu Ende denke, hätte ich dann nicht auch Anspruch auf eine Art von Lohn? Dafür nämlich, dass ich an deiner Seite deine Eskapaden dulde?«
»Du willst streiten, Jefferson. Ich glaube wirklich, du liebst mich nicht.«
»Und du? Du nimmst mich nicht ernst. Weil du es gar nicht erst vorgehabt hast. Ich habe das Gefühl, in deinen Augen durch meine finanzielle Unabhängigkeit nur gesunken zu sein. Ein schnöder Amerikaner mit künstlerischen Ambitionen, der es den neumodischen Impressionisten gleichtut, um endlich die Tradition der Alten Welt zu zerstören.«
»Und wenn es so wäre?«
»Ist es das, Fiona?«
»Nein, natürlich nicht. Komm, lass uns gehen.«
Sie machten sich schweigend auf den Weg zum Ufer der Seine. Schließlich war Jefferson die schlechte Stimmung leid. Er fasste Fiona an den Schultern und lächelte sie an.
»Natürlich liebe ich dich, Fiona. Das ist so wahr, wie es wahr ist, dass alles gedeiht, worauf das Licht fällt.«
Sie schaute ihn spöttisch an, dann riss sie ihm plötzlich die Samtmütze vom Kopf und rief: »Also lass Licht an dein

Haar, sonst bist du bald kahlköpfig!« Sie lachte und lief mit der Mütze am Ufer entlang, wobei sie ein paarmal so tat, als wollte sie sie ins Wasser werfen.
»Ich wusste es doch, du nimmst mich nicht ernst!«
Statt Fiona nachzulaufen, warf Jefferson einen Stein ins Wasser und vergrub die Hände in den Hosentaschen. Genauso nachdenklich wie zuvor starrte er auf den Fluss und tat so, als würde er im Wasser nach Antworten suchen, die ihren Streit schlichten könnten. Schließlich fragte er: »Hier, siehst du? Das Wasser – es ist … Nein, warte, sag du, welche Farben du siehst.«
»Das Wasser ist schmutzig, Jefferson.«
»Du bist Malerin, und du siehst nichts?«, rief er ungläubig.
Fiona machte sich von ihm los und breitete die Arme aus. »Wenn ich ein Bild malen sollte, würde ich den Fluss in den Hintergrund treten lassen und dafür Menschen und Gesichter malen – sie sind wichtig.«
Fassungslos schaute Jefferson sie an. »Du siehst wirklich nicht eine einzige Farbe in diesem Wasser?«
Sie holte tief Luft: »Also gut, Jefferson, natürlich sehe ich sie. Auch ich kann mein impressionistisches Auge bemühen. Dort ist das Wasser grün, da schwarz und dort gelb. Und an anderen Stellen scheint es rostig, je nachdem, wie das Licht auf das fällt, was das Wasser widerspiegelt oder wie es seine Wellen beleuchtet.«
Erleichtert nahm er sie in seine Arme. »Wunderbar, mein Schatz. Und ich dachte schon, du liebst mich nicht und verstehst mich auch nicht.«
Nach einem langen Kuss murmelte er: »Wir sollten uns beeilen, nach Ligurien zu kommen, Liebling. Diese Düsternis, dieser Lärm, ich kann das nicht mehr ertragen.

Und ich glaube auch, dass dies alles unserer Liebe nicht gut tut.«
»Da sind wir uns ja endlich wieder einig.«
Die letzte Nacht, die sie in Paris verbrachten, war kurz – für ein paar Stunden wenigstens genossen sie ein bisschen Savoir-vivre …

Später hätte Fiona nicht zu sagen gewusst, ob es Zufall war oder ein Fingerzeig des Schicksals: Sie hatten geplant, am nächsten Morgen über die Senfstadt Dijon und die Seidenweberstadt Lyon nach Marseille aufzubrechen, um von dort aus mit dem Dampfer nach Genua zu fahren, doch es kam anders.
Auf dem Weg zum Bahnhof zwangen ein Unfall und ein Stau den Kutscher, einen Umweg durch eine Seitenstraße zu nehmen, in der ein Auktionshaus zum Verkauf von »Objets précieux« einlud. Das goldumrahmte Schild wie auch der rote Teppich auf dem Trottoir weckten Fionas Neugierde, zumal eine Gruppe Interessenten eilig durch die Flügeltür ins Innere strebte.
»Wir verpassen den Zug!«, protestierte Jefferson, als Fiona dem Kutscher zurief, er solle halten.
»Lass uns den Abendzug nehmen. Haben wir nicht alle Zeit der Welt?«
»Du hast Recht, also gut. Doch nur unter einer Bedingung, Fiona, meine Liebe.«
»Ja?«
»Ich möchte nichts …«, er wedelte mit den Händen und machte ein strenges Gesicht, »… aber auch wirklich nichts tragen müssen.«
»Nicht mal die kleinste Kleinigkeit?«
»Auch nicht die kleinste Kleinigkeit.«

»Warum?«
»Das weißt du nicht?« Jeffersons Augen blitzten. »Weil ich dich bereits auf den Händen trage!«
Lachend wich Fiona seinem Kuss aus. »Galant sein steht Ihnen nicht, Mr. Cork.«
»Sollen meine Hände etwas anderes mit Ihrem schönen Körper anstellen, als ihn nur zu tragen?«, fragte er und schob sie unter ihre Jacke. Er streichelte sie, und sie erwiderte seinen Kuss. Ein wenig zerzaust betraten sie als Letzte den Auktionssaal.
Die Objekte würden, wie Pierre Tabauchon erklärte, aus dem Haushalt von Eugenio Pattalucci stammen, der für einige vielleicht kein gänzlich Unbekannter sei. Seine Eltern, las er von einem Stichwortzettel ab, seien in den vierziger Jahren aus Siena ausgewandert und hätten hier in der Nähe ein Delikatessengeschäft eröffnet, womit sie zu Wohlstand gekommen seien. Eugenio Pattalucci aber habe immer weniger Freude an diesem Geschäft gehabt, nachdem seine Brüder im 1870er Krieg gefallen waren. Bis zum Tode seiner Eltern habe er das Geschäft noch weitergeführt, dann jedoch begonnen, Kuriositäten zu sammeln. Sie sollten nach seinem Tode sämtlich zu Gunsten eines Waisenhauses versteigert werden, daher die heutige Auktion.
»Sie können Kerzenleuchter aus baltischem Silber erwerben, eine Küchenwaage aus St. Petersburg, deutsches Rubinglas, eine afrikanische Schildkröte aus Messing, Bilder mit orientalischen Genreszenen und holländische Stillleben. Es gibt aber auch einen Stapel maurischer Kacheln, einen Keuschheitsgürtel, Bernsteinbestecke, eine zerlegte Laterna magica, eine Kirschholz-Récamiere aus der Praxis eines hiesigen Psychiaters, Damasttücher aus dem Haushalt des göttlichen Marquis und noch vieles mehr.«

»Mich interessiert das Bett dort mit dem weißen Baldachin«, unterbrach Fiona. »Die Maserung des Holzes ist sehr auffällig. Können Sie uns etwas über das Bett sagen, Monsieur?«

»Ja, es ist aus Olivenbaumholz. Drechsler und Schnitzer lieben dieses Holz. Sehen Sie die Äderungen, die dunklen Augen, die hellen Schleifen? Das Holz wirkt dadurch äußerst lebendig. Übrigens werden Sie an diesem Bett keinen einzigen Nagel finden. Allein Leim, Zapfen, Nut und Feder halten es zusammen. Ich bin mir sicher, dass dieses außergewöhnliche Bett Generationen über Generationen dienen kann. Es wird Ihnen bestimmt friedvolle Träume bescheren.«

Einige Herren lachten. Einer von ihnen mit Spitzbart und Monokel erhob sich, drehte sich zu Fiona um und sagte gewichtig: »Ich muss noch auf die alten antiken Legenden verweisen. Der Olivenbaum war den Griechen heilig und das Symbol für Frieden, Weisheit und Fruchtbarkeit. Nur Jungfrauen und keusche Männer durften die heiligen Olivenhaine betreten. Und in der Tat, Homer berichtet, dass Odysseus nach seinen Irrfahrten sein Ehebett auf dem Wurzelstock eines wilden Olivenbaums errichtet hat. Somit ist der Olivenbaum auch das Symbol für den sicheren Bestand der Ehe. Tausend Jahre alt kann er werden, ist genügsam und widerstandsfähig.«

»Schön und gut, aber neben all diesen Geschichten, Monsieur, interessiert mich vor allem der Preis«, wandte Jefferson ein wenig mürrisch ein. »Odysseus und seine Frau Penelope jedenfalls haben in diesem Bett nicht geschlafen.«

»Können Sie uns etwas über die Herkunft des Bettes erzählen, Monsieur Tabauchon?«, fragte Fiona.

»Nun, um ehrlich zu sein, wir wissen kaum etwas. Signor Pattalucci erzählte mir einst, dass seine Eltern es im Gästezimmer aufgestellt gehabt hätten. Doch da sie hauptsächlich Kontakte zur unmittelbaren Nachbarschaft pflegten, blieb es so gut wie unbenutzt.«

»Es ist fürwahr ein kurioses Möbel. Ich werde dafür bieten«, sagte eine Dame und gab ihr Angebot. Darauf folgte ein lebhaftes Bieten und Überbieten, bis Fiona schließlich siegte, weil sie das jeweils letzte Gebot immer wieder aufstockte.

»Was willst du bloß damit?«, raunte Jefferson gereizt.

»Vielleicht nur … schlafen?«, antwortete sie lächelnd.

Selbstbewusst trat sie nach der Auktion auf Monsieur Tabauchon zu und wies ihn an, das Bett zerlegen und verpacken zu lassen. Sie wolle es jetzt sofort über die Alpen an die ligurische Küste mitnehmen.

»Madame, das geht nicht«, wandte Tabauchon verlegen ein. »Ich brauche meine Angestellten …«

»… für dieses Olivenholzbett, Monsieur. Beeilen Sie sich, mein Kutscher wartet.« Sie reichte ihm ein Bündel Scheine. »Ist Ihnen hiermit gedient?«

Tabauchon dankte, verbeugte sich mit hochrotem Kopf und pfiff nach seinen Angestellten.

»Darf ich Sie vielleicht noch um einen Kaffee bitten?«, fragte Fiona.

»Selbstverständlich, Madame«, erwiderte er. »Darf es auch ein Gläschen Cognac sein?« Er tupfte sich die Stirn und füllte sich selbst das Glas, nachdem Fiona dankend abgelehnt hatte.

»Kaffee für die Dame, Cognac für uns Herren …«, sagte Jefferson lächelnd. »Ich wäre Ihnen sehr verbunden …«

Tabauchon verstand, schenkte schnell ein weiteres Glas

ein und reichte es ihm. Sie prosteten einander zu – verbunden in dem männlichen Einverständnis, dass Frauen, besonders hübsche junge Engländerinnen, zuweilen etwas verrückt sein konnten.

Der Kauf des Bettes warf die Reiseplanung um. Statt nach Marseille zu fahren, um sich von dort nach Genua einzuschiffen, war Fiona nun in der Laune, über das Elsass, den St.-Gotthard-Pass und Mailand zu reisen. Das Großgepäck samt Bett wurde auf die Gotthard-Bahn verladen und gen Süden transportiert. Ein bisschen Abenteuer könne ihnen nicht schaden, meinte Fiona, und so bestiegen sie in Altdorf am Vierwaldstätter See eine Kutsche. Sie wolle, warb sie bei Jefferson um Verständnis, sich und der Welt beweisen, dass der Verlust ihrer Kindheit und ihrer Heimat sie nicht gebrochen habe.

Jefferson fügte sich und ließ sich schließlich sogar von Fionas Abenteuerwut anstecken. Ihre Idee, den Pass zu Fuß zu nehmen, gefiel ihm.

»Was sind schon siebenundzwanzig Kilometer, oder?«

»Eben. Kaum mehr als die Strecke von unserem ehemaligen Castle bis zum nächsten Krämerladen.«

So wurde die Strecke zwischen Andermatt im Kanton Uri und Airola im Kanton Tessin Fionas erste Bergwanderung. Sie kauften Nagelschuhe, dicke Mäntel, Handschuhe, Fellmützen und wattierte Hosen – und als Alpenstöcke gut drei Meter lange Stangen, mit denen sie sich wie Stabhochspringer selbst über Klüfte hätten schwingen können.

Bei ihrer Anreise durch das Tremola-Tal legte sich Eisregen auf das Kopfsteinpflaster der St.-Gotthard-Straße. Immer wieder geriet der Verkehr ins Stocken. Später, als sie die Kutsche verlassen hatten, setzte Schneetreiben ein, und kurz vor der Passhöhe blies der Wind mit eisiger Kraft. Er zog Fiona unter Mantel und Rock und vereiste den Saum. Das Gehen wurde ihr schwer, und sie begann zu frieren. Schließlich bat sie Jefferson um eine der wattierten Hosen, die er sicherheitshalber in den Rucksack gepackt hatte. Nachdem sie sie angezogen hatte, raffte sie Rock und Mantel an den Seiten und schnürte sie zusammen. Als sie Stunden später auf dem Pass vor dem alten Hospiz standen, zeichnete der Vollmond ihren Schatten in Form eines grob geschmiedeten Ankers auf den Schnee – ihr Kopf war zum Roring geworden, ihr Leib zum Schaft, die vereisten schaufelförmigen Ausstülpungen an der Seite zu Armen und Flunken.

Jefferson, euphorisiert von der Höhenluft, begann zu lachen, als er gewahr wurde, welcher Metamorphose Fiona hier in den Alpen erlegen war. Doch so erschöpft sie waren, sie fanden in der Nacht nur wenige Stunden Schlaf. Sicher lag es an dem Sauerstoffrausch, den die leichte Luft mit sich brachte. Doch Fiona war noch aus einem anderen Grund aufgewühlt. Hier oben, auf zweitausendeinhundertacht Metern Höhe, auf der Wasserscheide zwischen Mittelmeer und Nordsee, wurde ihr bewusst, dass von ihrem einstigen Leben nur noch eines übrig geblieben war – die Hoffnung, in Genua so schnell wie möglich Zugriff auf den Rest ihres Vermögens in London nehmen zu können.

Erst in den Morgenstunden fiel sie in kurzen, tiefen Schlaf. Am späten Nachmittag trafen sie wieder auf ihre Kutsche und erreichten tags darauf Biasca und damit das Ende der einhundertzehn Kilometer langen St.-Gotthard-Straße. Darauf ging es weiter bis Bellinzona, und kurz hinter Lugano überschritten sie endlich die Grenze nach Italien.

Ein Schwall gleißenden Lichts ergoss sich über die Poebene und den in der Ferne zu erahnenden Ligurischen Apennin. Endlich übernahmen Himmel und Licht die Herrschaft, das dämmrige Grau des Nordens war besiegt. Fiona schob ihre Ärmel weit nach oben und badete Arme und Gesicht im Sonnenschein. Jefferson kniete sich vor sie und band ihr die schweren Bergstiefel auf. Wattierte Hosen, Mütze und Mantel verstaute er im Koffer und öffnete für ein paar Minuten beide Wagenschläge, als könnte er damit das Licht für sie einfangen.
»Ich liebe dich«, sagte sie, wobei sie ihm durchs Haar fuhr. Er sah schelmisch zu ihr auf.
»So schnell, wie du es jetzt sagst, werde ich es nicht tun können.«
»Später, my love«, flüsterte sie und zog ihn an sich.
In Como stiegen sie in einem kleinen Hotel ab und nahmen am nächsten Morgen den Zug Mailand, Pavia, Tortona, Genua. Nach wenigen Stunden kam die markante Bergkette des ligurischen Hinterlands in Sicht und mischte Erd- und Grüntöne in den blauen Himmel. Genua, die ligurische Hauptstadt, war nah.
Wenig später breitete sich das Ligurische Meer vor ihnen aus. Dunst lag über der unsichtbaren Linie des Horizonts, das Licht aber war fein, wie gesiebt. Überwältigt fielen sich Fiona und Jefferson in die Arme.

Quartier nahmen sie in einem Hotel an der Via Assarotti unweit der Kirche Maria Immacolata und setzten sich das erste Mal seit Tagen wieder mit gespanntem Appetit in einen Speisesaal. Hungrig und erschöpft freuten sie sich auf die ligurische Küche und ergötzten sich am Duft des frischen Basilikums, der der bestellten Minestrone vor-

auseilte. Sie schmeckte ihnen nicht minder gut wie die mit Gemüse gefüllten und mit Pesto servierten Stockfischschwänze. Verschiedene Schafs- und Ziegenkäse in Öl, süße Brezeln und reichlich Arancino, ein Orangenlikör, rundeten ihr erstes ligurisches Mahl ab.
Einen ganzen langen Tag schwelgten Fiona und Jefferson in dem überwältigenden Gefühl, endlich im Land ihrer Sehnsucht angekommen zu sein. Unbeschwert genossen sie ihre Liebe und Lust und die Köstlichkeiten aus der Küche des Hotels. Erst am übernächsten Tag nach ihrer Ankunft verließen sie das Hotel. Sie spazierten über die Via Assarotti zur Piazza Corvetto und überließen sich dem flirrenden Flair der Via Roma in Richtung der Citta Vecchia, der Altstadt. Es gefiel ihnen, im Gewirr der engen Gassen, der Carruggi, die Orientierung zu verlieren, und sie legten wegen der hohen Mauern immer wieder den Kopf in den Nacken, um sich zu versichern, dass es noch einen Himmel über ihnen gab.
Winzige Rechtecke von ätherischem Blau schnitten diese Mauern aus ihm heraus. Fiona und Jefferson liefen Steintreppen hinauf und hinunter, hasteten schmale Stiegen auf und ab, passierten Türme und Kirchenportale. Nichts glich einander, und doch schien alles ähnlich – Plätze, gerade groß genug, dass zwei Hunde umeinander streichen konnten, Osterien, Gemüseläden, Bäckereien, Wein- und Käsehändler, Bogengänge, Portale, Tore.
Irgendwann rochen sie das Salz des Meeres.
»Im alten Hafen«, begann Jefferson zu erzählen, »landeten vor langer Zeit die Handelsschiffe, die Genua reich gemacht haben. Sie brachten Alaun, Pelze, Sklaven, Gewürze, Stockfisch, alles, womit sich Geld verdienen ließ. Vor allem aber Gold und Silber. Du weißt, dass im 16. Jahr-

hundert die spanische Krone Genuas Stadtväter dafür belohnte, dass sie ihre Eroberungszüge in Übersee finanzierte. Das spanische Königshaus brauchte ständig Geld, die Genueser gaben Kredite und profitierten von hohen Zinsen und der Aussicht auf Edelmetalle. Wir sind in der Stadt des Geldes, Fiona.«

»Ich weiß. Auch ich habe hier noch etwas zu erledigen. Ich möchte wissen, ob mein Anwalt erfolgreich war.«

»Lass uns noch ein wenig warten. Dein Erbe wird dir sicher gefolgt sein. Schau dir lieber diese alten Häuser an, sehen sie nicht aus wie eine Festungsmauer? Als ob sie die Stadt gegen das Meer abgrenzen wollten – das Meer, das den Reichtum gebracht hat.«

Vier- und fünfstöckige, eng nebeneinander gebaute Häuser wandten ihre Front dem Meer zu. Fiona legte die Hand über die Augen und schaute über Molen und Docks hinweg auf die glitzernde Wasserfläche, auf der Dampfer, Ruderboote, Fracht- und Segelschiffe dümpelten, und zum alten Leuchtturm, der Lanterna, hinüber. Er hatte sie alle gesehen – Söldner, Piraten, Kaufleute, Händler, Admirale, die Eroberer fremder Kontinente, Häftlinge und Dogen.

Und die Schiffe, die hier gezimmert worden waren. Was war von den Werften geblieben? Über der Geburtsstätte der ligurischen Seemacht herrschte Stille.

Sie setzten sich in ein Café und beobachteten das Gedränge von Seeleuten und Hafenarbeitern, anlandende Segelschiffe und Dampfer, denen Touristen aus aller Herren Länder entstiegen. In den salzigen Geruch von Meer und Tang mischten sich die Düfte, die Kisten, Fässern, Körben und Säcken entstiegen – Blumen, Fisch, Leder, Kaffee, Muskat, Tee, Madeira, Essig und Rum. Holzkarren

klapperten über das Pflaster, Rufe und Flüche waren zu vernehmen, dazwischen das Geplauder britischer und französischer Touristen.
»Lass uns ein Haus suchen, so schnell wie möglich, Fiona. Ich brauche endlich meine Freiheit zurück.«
Sie sah ihn überrascht an. »Wie meinst du das?«
Er lachte. »Nicht so, wie du vielleicht dachtest. Natürlich heiraten wir. Wenn du willst, jetzt gleich.«
»In der Stadt des Geldes?«, fragte sie ungläubig, dann überlegte sie. »Vielleicht hast du Recht, Jefferson. Lass uns hier alles Formale erledigen, meine Erbangelegenheit und unsere Heirat.«
»Alles andere finden wir weiter draußen an der Küste«, stimmte er ihr zu.
Noch am selben Tag suchten sie die britische Gesandtschaft auf und baten um die Vermittlung eines Priesters, der ihre Trauung würde vollziehen können. Das Angebot einer großzügigen Spende für die anglikanische Kirche beschleunigte den Vorgang, und am nächsten Tag traute Father Matthew Fiona und Jefferson im Palazzo des britischen Gesandten.
Fiona hieß nun Turlington-Cork, doch sie lege, hatte sie Jefferson erklärt, Wert darauf, weiterhin mit ihrem Mädchennamen angesprochen zu werden.

Als Eheleute wanderten sie an ihrem Hochzeitstag zum Castello-Hügel hinauf, den Ort, an dem die Stadt im 8. Jahrhundert vor Christus ihren Anfang genommen hatte. Von hier aus war sie die Hügel abwärts gewachsen, hinunter bis zu ihrem Hafen, der sich wie ein Amphitheater der Welt zuwandte.
Um sie herum lagen die Ruinen des San-Silvestro-Klosters

und von wildem Wein überwucherte Mauerreste ehemaliger Wachtürme, vor ihnen die wie Steinschollen aussehenden Dächer der Stadt, dazwischen die Spitzen von Leuchtturm und Kirchen. Dahinter glänzte das Mittelmeer wie ein ausgespanntes blaues Seidentuch.
Schmetterlinge flatterten auf sie zu.
»Morgen suchen wir uns ein ruhiges Haus direkt am Strand, mit einem schönen Garten«, sagte Jefferson. »Ich möchte endlich wieder malen und mit dir allein sein können.«
Fiona griff nach seiner Hand. »Ja, das werden wir tun.«
»Ich liebe dich.« Er zog ihr Gesicht zu sich und schaute ihr tief in die Augen.
»Ich möchte mit dir glücklich sein, Jefferson«, erwiderte sie leise.
»Bist du es noch nicht?«, flüsterte er und begann sie zärtlich zu küssen. Sie schlang ihre Arme um seinen Nacken und presste sich an ihn. »Komm.«
Sie standen auf und flohen in den Schatten einer Mauerecke. Möwen schrien in der Ferne, Grillen zirpten.
»Warum …«, fragte Jefferson heiser in das Rascheln ihrer Kleider hinein, »warum müsst ihr Frauen euch einschnüren, als wolltet ihr nie geliebt werden?«
Fiona lachte leise auf. »Es geht auch anders.«
»So?«
Sie hob ein wenig ihre Röcke an und führte Jeffersons Hand zu ihrem Strumpfband hinauf. Seine Hand glitt weiter auf nackter Haut. Fiona schloss die Augen.

Einen Tag nach der Hochzeitsnacht bat Fiona um Auszahlung jenes Teils ihres Pflichterbes, um dessen Überweisung sie ihren Anwalt vor ihrer Abreise in London

angewiesen hatte. Höflich beschied man ihr, dass bis zur gegenwärtigen Stunde noch kein Geld eingetroffen sei. Fiona war so geschockt, dass sie Jefferson bat, auf der Stelle Genua zu verlassen. Ihre Abreise glich einer Flucht – der Flucht aus der Stadt des Geldes.
Jeffersons Ziel war das von Claude Monet geliebte Bordighera, zwischen San Remo in Italien und Menton in Frankreich gelegen. Doch der Schock und die Strapazen der langen Reise riefen nun bei Fiona Fieber und Übelkeit hervor. Erschöpft, entkräftet und ohne ein Auge auf die herrliche Landschaft werfen zu können, lag sie, den Kopf auf Jeffersons Schoß gebettet, auf der hinteren Sitzbank. Sie hörte ihn sprechen, spürte seine Begeisterung, verstand jedoch nichts. Immer wieder sank sie in leichten Schlummer, aus dem sie aufwachte, wenn der Wagen in Kurven schlingerte oder mühevoll über Anhöhen ruckelte. Die Reise schien kein Ende zu nehmen. Nach nichts sehnte sie sich so sehr als danach, endlich zur Ruhe zu kommen, nach der Gewissheit, angekommen zu sein.
Irgendwo.
Auf einem Wurzelstock zu ankern.
Bei sich zu sein.

In San Remo weigerte sich Fiona, die Reise fortzusetzen. »Ich bin müde, Jefferson«, sagte sie. »Bordighera ist nicht weit, vielleicht zehn Kilometer, die für mich jedoch Meilensteine sind. Ich mag keine Bewegung mehr. Du aber kannst die kurze Strecke jederzeit auf dich nehmen, um auf Monets Spuren zu wandeln. Ich glaube, es kann keinen schöneren Platz geben als diesen hier.«
»Wo Prinzen und Zaren flanieren, du bist snobistisch«, erwiderte Jefferson ärgerlich.

»Das sind die meisten, mit denen du sprechen wirst, wenn dir hier nach Unterhaltung dürstet«, gab sie spitz zurück. Er starrte sie an. »Ich brauche keine Unterhaltung über das Wetter, Whist oder Freskenmalerei, Fiona.«
»Das weiß ich, Jefferson. Ich wollte dich nicht kränken, verzeih mir.«
»Bordighera ist nicht weit, du hast Recht. Vielleicht ist es besser für dich, hier in der Nähe von San Remo zu leben. Hier wirst du mehr Zerstreuung und Motive finden.«
»Charaktere …«
»Köpfe mit unsichtbaren Geheimnissen. Verzeih, ich meine es nicht ironisch.«
»Nein, du sprichst nur eine künstlerische Wahrheit aus.«
»Jetzt ist die Ironie auf deiner Seite, Fiona.«
»Dann sind wir quitt.«
Sie stiegen im Hotel Londra ab, das Pietro Bogge 1860 für all die reiselustigen Briten eröffnet hatte, die auf der Suche nach Schönheit und exotischem Flair auf Reisen gegangen waren.
»Lass uns heute nicht wieder streiten«, meinte Jefferson am nächsten Morgen. »Wir sollten das genießen, weswegen wir hierher gekommen sind – Licht und Meer. Was hältst du davon, wenn wir uns ein Boot nehmen und uns hinausfahren lassen?«
»Eine gute Idee.«

San Remos kleiner Hafen glich einer romantischen Perle. Elegante Segelschiffe, Palmen, blühende Büsche und vornehmes Publikum schufen eine so reizende Atmosphäre, dass schlechte Laune gar nicht aufkommen konnte. Später wussten sie nicht einmal zu sagen, wie es kam, dass sie, betäubt von der Luft, dem Geruch des Meeres, der

Helligkeit des Lichtes, den einladenden Gesten und dem Werben eines Fischers erlagen, der ihnen gegen ein geringes Entgelt Platz auf seinem Holzboot anbot. Das Deck war ausgeprägt gewölbt, sein Heck ähnlich wie der hohe Bug geschnitten. Fiona kam es wie eine halbierte Mandel vor, und in eine solche wollte sie keinesfalls steigen.
»Signora, seit tausend Jahren fahren wir Fischer mit diesem Boot übers Meer. Es ist sicher, zuverlässig bei jedem Seegang. Korallenfischer sind mit ihm sogar bis nach Afrika gefahren und heil zurückgekommen. Und Sie wollen doch nur ein wenig Seeluft schnuppern, oder? Steigen Sie ein. Ich bringe Sie glücklicher zurück, als Sie jetzt bereits sind. Sie werden sehen, Sie werden sich so sicher fühlen, als säßen Sie in Abrahams Schoß.«
Um Fiona Zeit zu lassen, sich zu entscheiden, fragte Jefferson den Fischer, wie seine Arbeit aussehe.
»Wir setzen die Segel und laufen die Fischschwärme an, werfen unser Netz über den Bug, und dann holen wir sie heraus, die Fische«, sagte er lachend. »Wissen Sie, dieses Boot ist etwas Besonderes. Erst mal das Holz. Es wird im Januar bei abnehmendem Mond geschlagen. Das ist wichtig. Und dann – man muss das Meer lieben, verstehen Sie? Das Meer und die Arbeit.«
»Sie sind ein freier Mann«, meinte Jefferson.
»Arm, Signore, arm bin ich, aber frei, solange ich nicht an Land bin«, gab der Fischer heiter zurück. »Nun, darf ich Sie einladen, einzusteigen?«
Sie vertrauten ihm und setzten sich in das kleine Boot. Selbst wenn sie in einer Walnussschale gestanden oder in einem Heißluftballon gekniet hätte – nichts hätte mit Fionas Erschauern mithalten können, das sie hier auf dem *mare ligure* am Rande des nördlichen Mittelmeers

empfand. Die Geschichte des Bootes verblasste angesichts dessen, was sie um sich herum wahrnahm. Blau, zauberisch blau war die Welt geworden – der Himmel enzianblau, das Meer voller Blautöne, von Schaum und goldenen Sprengseln bekrönt. Und dann die Sonne – größer, schmeichelnder, näher, als sie sie je zuvor gesehen hatte. Eine Sonne, die die ganze Welt mit ihrem hellen goldenen Leuchten durchdrang.

Fiona war verzaubert.

Jefferson lehnte sich über die Brüstung des Bootes, tauchte seine Arme tief ins Wasser und fuhr sich dann mit den Händen übers Gesicht. »Ist es nicht fantastisch hier, Liebling?«, fragte er sie begeistert. »Diese Weite!« Er legte seinen Kopf in ihren Schoß und blinzelte in den Himmel, bis ihm Tränen über die Wangen liefen. Ab und zu hüpfte das Boot über heranrollende Wellen. Sie segelten südwärts, der Nordwestwind blähte das Segel und brachte sie rasch voran.

Der Anblick der Küste, die wie in einem riesigen Zickzack verlief, zog Fiona in ihren Bann. Der Küstenstrich war sehr schmal und felsig. Dörfer klebten wie Schwalbennester an den Steilküsten, andere hoben sich grau im Dunkel des Hinterlandes hervor, Serpentinenstraßen hinter sich herziehend. Bis zu den dunkel bewaldeten Bergkämmen hinauf sah man die unzähligen grünen Kordelreihen der Weinreben und die Haine voll silbrig schimmernder Olivenbäume.

Bei der Rückfahrt nach San Remo blitzte ihnen vom Meer aus ein gutes Stück außerhalb des alten Stadtkerns das Weiß einer Villa entgegen. Sie erhob sich über einer sandigen Bucht inmitten eines üppigen Gartens. Gleich nach der Ankunft suchten sie einen Immobilienmakler auf und erkundigten sich nach frei stehenden Häusern. Sie hatten Glück. Die Villa, die sie gesehen hatten, war frisch errichtet worden und stand zum Verkauf. Ein Besichtigungstermin wurde für den nächsten Tag vereinbart.

Palmen ragten bis zum Balkon hinauf, Steineichen, Feigen- und Olivenbäume breiteten Schatten aus, die dazu einluden, auf den Steinbänken auszuruhen. Zwischen einem Halbrund aus Mandel- und Zitronenbäumen erhob sich ein Pavillon aus glänzendem Schmiedeeisen. In einem Halbkreis vor ihm plätscherte ein Steinbrunnen. Ein Pfad führte quer durch den Garten zu einer niedrigen Steinmauer, durch deren pfortenlose Lücke man direkt zum Meer gelangen konnte.
Die stille Schönheit des Hauses und seines Gartens nahm Fiona und Jefferson sofort gefangen. Noch ehe der Makler die Haustür für sie öffnete, hatten sie sich zum Kauf der Villa entschieden. Durch hohe Bogenfenster fiel Licht in alle Räume – in den großzügigen Salon mit Erker und Kamin, in das angrenzende Speisezimmer, in die mit handbemalten Fliesen ausgestattete Küche. Selbst das Dienstbotenzimmer daneben sah freundlich aus. Die Schlafzimmer hatten Zugang zum Balkon, und auch die Tatsache, dass in zweien von ihnen die üblichen hohen schmiedeeisernen Betten standen, störte nicht. Pinsel und Palette, dachte Fiona, würden noch eine Weile auf sie warten müssen. Zuerst würde sie sich mit der Einrichtung dieses romantischen Hauses befassen.
Auf dem Fensterbrett der Diele unterzeichneten sie den Kaufvertrag.
Sie waren angekommen.

Bereits zwei Stunden später lehnte das Olivenholzbett in seiner Verpackung in der Diele. Mit ihm war Signora Lorni, eine gut fünfzigjährige Hausfrau, gekommen, die sich anbot, für Haushalt und leibliche Genüsse zu sorgen. Sie erzählte, dass ihre vier Kinder längst erwachsen seien und eigene Kinder hätten, die sie mit unterstützen wolle. Ihr Mann arbeite bei einem Weinbauer, doch sein Lohn sei gering. Mehr noch als sie selbst gefiel Fiona das, was Signora Lorni in ihren beiden Körben mitgebracht hatte – Fisch, Gemüse, Mehl, Öl, Wein, Kräuter. Es war das Glück über das Haus und ihr Hunger, die sie Signora Lorni einstellen ließen. Bald entwichen der Küche die Düfte des *bignè di pesci misti,* des Fischbratens aus Krebsen, Tintenfischen, Garnelen und Langusten. Wenig später klingelte Signora Lorni mit einem Glöckchen, und Fiona und Jefferson eilten vom Strand herbei.

Am liebsten hätten sie im italienischen Pavillon gegessen, doch Signora Lorni wehrte ab. »Es wird kühl werden, noch ist Frühjahr, und ich schwöre Ihnen, noch heute, spätestens morgen wird Sturm aufziehen. Sehen Sie die Schmetterlinge dort im Garten? Sie sind die Vorboten der Frühjahrsstürme.«

So öffneten sie die Flügeltüren zur Terrasse weit und setzten sich an den Tisch. Signora Lorni trug stolz ihre Speisen auf – die *pansoti,* mit wilden Kräutern und Frischkäse gefüllte Ravioli, die gemischten Fische mit einer Sauce aus Minze, Knoblauch, Petersilie und Olivenöl, dazu Gemüse und Vermentino, ein Weißwein, der leicht herb schmeckte.

Erst viel später, als das Licht die gelbe Farbe des Vermentinos hatte dunkel werden lassen, bemerkten sie die Wolkenfront, die sich von Osten her heranschob und das makellose Blau des Himmels verfinsterte. Wind blähte die Vorhänge, Baumkronen und Zweige schwankten hin und her. Bald begann es zu tröpfeln. Noch am Abend brach der Sturm aus.

Noch mehrmals fegten heftige Frühjahrsstürme über das ligurische Land, schäumten das bleigraue Meer auf, tränkten Erde und rissen Steinmauern ein. Nie hielten sie länger als zwei Tage, Tage, in denen Fiona und Jefferson hinter geschlossenen Fenstern ihre Liebe genossen, lasen oder die um sich tastenden Äste der Bäume beobachteten. Noch immer lehnte das Olivenholzbett verpackt und eingeschnürt an einer Wand in der Diele. Signora Lorni hatte einmal versucht, einen Knoten zu lösen, doch Fiona untersagte es ihr, da der richtige Platz für das Bett noch nicht gefunden sei. Sie und Jefferson schliefen schließlich, ein jeder für sich, gut in den italienischen Betten. Und so stand das Olivenholzbett im Laufe der Zeit wie ein übrig gebliebenes Umzugsrelikt im Vorraum des Hauses. Fiona ertappte sich bei dem Gedanken, dass das Bett eine Spannung ausstrahlte, als ob es meinen würde, dieses Haus, in das man es gebracht hatte, sei nur eine Zwischenstation seines Daseins. Und doch konnte sie es sich nicht erklären, warum sie lieber jenes Störende hinnahm, als es einfach zu beseitigen. Es war wie ein unerwünschter, doch zwanghafter Reiz.
An milden Tagen genoss sie es, mit Jefferson durch die Gassen von San Remos Altstadt zu laufen, die spätmittelalterlichen Häuser in der Via Santo Stefano zu besichtigen oder entlang der mit Palmen, Zedern, Rhododendren und Magnolien gesäumten Uferpromenade zu spazieren. Das

milde Klima, die vielen Pflanzen und Bäume, die zahlreichen großen und kleinen Segelboote, das sich im Wasser spiegelnde Licht berührten jede noch so aristokratische Seele, besänftigten das Gemüt. Jefferson aber erschien Fiona zunehmend ungeduldiger, je öfter sie dorthin gingen, wohin es die elegante Welt zog – zur Kathedrale San Siro, zur Wallfahrtskirche Santuario della Madonna della Costa, zum 1756 errichteten schwer bewaffneten Fort San Tecla, zur russischen Kirche oder zum muschelbesetzten Eckturm der Villa des Dynamit-Erfinders Alfred Nobel. Doch für Fiona waren all diese Orte mehr als nur ein Ziel, es war der Weg zu ihnen, der ihr gut tat. Sie eroberte sich auf diese Weise den Boden ihrer neuen Heimat Schritt für Schritt. Natürlich wusste sie, dass Jefferson darauf wartete, dass sie ihn nach Bordighera begleitete. Er sehnte sich danach, auf Monets Spuren zu wandeln und seine Empfindungen mit ihr zu teilen. Doch sie weigerte sich, den imaginären Bannkreis um San Remo und ihre Villa zu verlassen. Beinahe wöchentlich empfing sie Wagen, die Möbel, Stoffe, Keramiken, Töpfe, Gläser oder Wäsche brachten, die sie am Tag zuvor ausgesucht hatte. Und nachdem sie ein Gartengeschäft gefunden hatte, das eine besonders erlesene Auswahl an Pflanzen anbot, begann sie den Garten mit Hortensien, Schwertlilien, Jasmin, Primeln und Kamelien zu bepflanzen. Unter den Rosen wählte sie die alte Sorte Rosa gallica und die berühmte Bourbonrose Madame Pierre Oger aus. Letztere war, wie sie erfuhr, erst vor gut zwanzig Jahren kultiviert worden, duftete äußerst angenehm und blühte den ganzen Sommer über. In Gedanken an ihren Vater nahm sie noch zartrosa blühende Chinarosen hinzu und ließ sie an die dem Meer zugewandte Seite des Hauses einpflanzen.

Während das Frühjahr in den Frühsommer überging, saß Jefferson nun täglich, den Rücken an die Steinmauer gelehnt, am Strand und malte. Hohe Kakteen und verschiedene Palmen, die ihren wedelnden Schatten auf Wasser und Strand warfen, gaben ihm unerschöpfliche Nahrung. Nur einmal noch hatte er betont, dass er es als seine Berufung empfinde, die Wandlung der Wirklichkeit durch das farbige Licht zu studieren und mit Pinsel und Farbtupfern wiederzugeben. Nun sei er am Ziel und dies der Ort, an dem er endlich die nötige Ruhe finden würde. Dann versank er schweigend in seine Konzentration. Fiona hatte Verständnis für ihn, teilte abends seine Freude über ein besonders gelungenes Motiv oder tröstete ihn, wenn er mit sich selbst unzufrieden war. Bald wurde es zur Routine, dass sie nach dem Frühstück auf die Terrasse hinaustrat und über den Garten hinweg zur Steinmauer schaute, auf der Jeffersons Strohhut anzeigte, dass er bereits zu malen begonnen hatte.

Der Gedanke, dass sie zur teilnehmenden Ehefrau eines Malers geworden war, ängstigte sie nur in seltenen Momenten. Noch empfand sie großes Glück bei allem, was sie tat.

Das vertraute Bild – Jeffersons Strohhut auf der Steinmauer – bot sich ihr auch an jenem Maiabend, als sie von einem Anwalt, der ihre Erbschaftsangelegenheit klären sollte, aus der Stadt zurückkehrte. Der schwache Abendwind wehte ihr den Duft von Rosmarin, Baumharz, Blüten und Seetang entgegen. Langsam schritt sie durch den Garten auf die Mauer zu. Blätter, die sie beim Vorübergehen streifte, waren noch warm von der Sonne. Das Meer war ganz still. Vom Horizont aus aber breitete die gewaltige Sonne ihre rötliche Lichterschleppe aus.

Einen Moment lang blieb Fiona stehen. »Jefferson?«, flüsterte sie.
Er antwortete nicht, sondern schaute konzentriert und setzte goldene, violette und orangefarbene Tupfer vorsichtig nebeneinander. Er ahnte ihre Anwesenheit nicht. Fiona stellte sich vor, sie würde lautlos ihr Kleid zu Boden fallen lassen, nackt an ihm vorbei in diese stille goldrote Farbenschleppe eintauchen und mit Pailletten übersät, in denen sich das Licht brach, wieder auftauchen.
Sie löste ihr Haar, das der heiße Tag hatte schwer werden lassen. Sie schüttelte es leicht und hob es im Nacken an.
Es blieb still.
Langsam ging sie zurück ins Haus.

In den darauf folgenden Tagen verzichtete Fiona auf weitere Einkäufe. Sie bildete sich ein, dass Jefferson mit jeder neuen Farbe, mit jeder neuen Form, die ins Haus einzog, länger unter freiem Himmel blieb als bei ihr. Doch es schien nichts zu geben, das sie vermissten. Selbst seine Familie, die Jefferson von Heirat und dem Kauf des Hauses unterrichtet hatte, hatten sie nicht eingeladen.
»Sie würden nur die Ruhe stören, die ich zum Malen brauche«, meinte er, und ihr war es gleich gewesen.
Von Woche zu Woche verlor sich Jefferson mehr in das Betrachten von lebendigen Linien, in das Spiel der Farben. Zu beinahe jeder Stunde des Tages und der Nacht. »Ich werde«, erklärte er, »mit tausend hingetupften Nuancen und Pinselstrichen die Perspektive neu erschaffen, so wie sie sich mir aus der sich wandelnden Atmosphäre bietet.«
Doch im Laufe der Zeit kam es Fiona vor, als ob hier, im Licht Liguriens, Jeffersons Talent zwischen ihnen eine Wand schaffen würde.

»Du verlierst dich noch im Bild, Jefferson«, sagte sie eines Tages zu ihm. Sie hatte Lust, ihr altes Streitthema aufzugreifen, um ihn daran zu erinnern, dass es sie noch gab.
»Ich will mehr, Fiona, viel mehr und immer weiter«, erwiderte er bloß.
»Du denkst nur an den Impressionismus. Du willst ein zweiter Monet sein, um wie er jahrelang auf Wasser zu schauen, in dem sich Segel oder Seerosen spiegeln. Du missachtest die Tradition.«
»Wollen wir streiten, Fiona?«
»Gerne, Jefferson.«
»Nun gut, du reihst dich in den Gesang derjenigen ein, die unserer Stilrichtung vorwerfen, dass sie die politische Ordnung untergräbt, weil sie die althergebrachten ästhetischen Normen verschmäht. Deine Eltern denken so. Doch du? Wie mir scheint, untergräbt deine Liebe zu den alten Meistern auch dein übriges Denken.«
»Ich liebe nun einmal Rubens, Tizian, van Dyck …«
Jefferson unterbrach sie mit einer heftigen Handbewegung. »Was interessieren mich die Alten! Ich bin ich. Und ich will Künstler sein, meinen eigenen Weg gehen, die Natur fühlen, ihre Kontraste nachempfinden, ihre Harmonie miterleben. Ich will frei, ganz frei in meinem Fühlen und Empfinden sein. Und nur du sollst das, was ich wahrnehme, teilen.«
Wie schon viele Male zuvor fragte sie sich, ob sie wirklich so sehen wollte, wie Jefferson sah. Laut sagte sie: »Ich will mit dir leben, Jefferson. Leben!«
»Dann teile mit mir das, was ich liebe. Du bist doch Malerin, oder nicht? Verstehst du nicht meine Absicht?«
»O ja, natürlich verstehe ich die Impressionisten«, entgegnete Fiona. »Sie schauen und beobachten, wie das Licht

die Natur verändert – und halten dann doch nur einen einzigen Moment fest. Bannen einen Moment, einen Mikrokosmos auf die Leinwand.«

»Du bist klug. Ja, das will ich. Ich will nicht nur die Küste oder das Meer malen, sondern beobachten, wie das Licht die Formen und ihre Erscheinungen verherrlicht.«

»Was offenbart es uns – außer den Farben und Formen der Natur? Was erkennen wir – außer den Wandlungen der Wirklichkeit durch die Variation des farbigen Lichts?«

»Außer? Es ist das Wesentliche, Fiona. Das Wesentliche ist die Wandlung der Wirklichkeit durch das Licht. Bist du nicht meiner Meinung?«

Fiona schaute einem Schwarm Möwen zu, der kreischend einige Fischerboote begleitete. Es tat ihr weh zu spüren, dass der Streit über die Kunst nur die Kluft, die zwischen ihnen entstanden war, übertünchte: »Du studierst das Licht, und ich versinke in dem Schatten hinter dir. Hast du vergessen, warum wir nach Italien gefahren sind?«

»Nun, wir wollten frei von all dem sein, das uns in England bedrückte. Wir sind hier, um die Welt neu zu entdecken. Und du, Fiona, wolltest die Asche deiner Kindheit hinter dir lassen.«

Sie schwieg.

»Gelingt es dir etwa nicht?«, hakte er nach.

»Ich weiß es nicht«, antwortete sie und setzte sich ein Stück von ihm entfernt in den Sand. Jefferson begann wieder zu malen. Ihre Gedanken kehrten zu ihrer ersten Begegnung auf einer Kunstausstellung vor gut einem halben Jahr in London zurück. Sie hatte vor dem Bild *Der Heuwagen* von John Constable gestanden, als er unvermittelt auf sie zukam und ihr das zweifelhafte Kompliment

machte, er wisse, wer sie sei. Sie hatte schon oft Kritik an ihrem künstlerischen Ehrgeiz erfahren, und so hatte sie sich entrüstet von ihm abgewandt. Er folgte ihr, schaute sie freundlich an, vergriff sich jedoch nochmals im Ton, als er sagte: »Wie ich hörte, sind Sie die beste Fälscherin, die soeben eine Prüfung abgelegt hat, nicht wahr?«
Eigentlich hätte sie ihn ohrfeigen sollen, doch dafür sah er zu gut aus. Außerdem stellte er sich rasch vor und entschuldigte sich für seine direkte Art. Sie hatte sich sofort in ihn verliebt. Sie sah nur das belustigte Glitzern in seinen Augen, hörte nur seine angenehme Stimme. Er hätte ihr erklären können, was der Unterschied zwischen Wechsel- und Gleichstrom war, es wäre ihr egal gewesen.
Es hatte eine Weile gedauert, bis sie verstand, dass er vor Jahren ebenfalls an der School of Arts studiert hatte und den Direktor persönlich kannte. Dieser hatte ihm Porträts und Skizzen der letzten und zugleich ersten weiblichen Meisterklasse gezeigt und von Fiona Turlington geschwärmt. Sie sei nicht nur attraktiv, sondern auch in der Lage, jede Stilart, jedes Bildnis – einschließlich des eigenen schönen Gesichtes – zu kopieren. Das, meinte Jefferson damals, könne er nicht, sondern nur malen, was seine Empfindungen ihm eingeben würden.
Wie gerne hätte sie sich jetzt an ihn geschmiegt. Doch die konzentrierte Ruhe, mit der er malte, rahmte ihn wie ein Schutzwall gegen ihre Gefühle ein. Plötzlich stellte sie sich vor, wie er reagieren würde, wenn sie ihn malen würde, wie es ihrer Art entsprach. Es würde ihn wahrscheinlich nicht nur stören, sondern sogar provozieren. Als Künstler, dachte sie, sind wir so weit voneinander entfernt wie der Winter vom Sommer. Du, Jefferson, bist das Auge, das die Erscheinungen der Natur fokussiert.

Du stehst außen vor. Und ich sehne mich danach, mit einer Seele verschmelzen zu können.

Ende Mai entdeckte Fiona im dichten Zweiggewirr eines alten Olivenbaums eng aneinander geschmiegt kleine schneeweiße Blüten. Zwischen den spitz auslaufenden ledrigen Blättern wirkten sie besonders zart und schutzbedürftig. Fiona schnitt mehrere Zweige ab, stellte sie in eine Vase und trug sie in die Diele. Durch die offen stehende Küchentür sah sie Signora Lorni einen Seehecht entschuppen, den am Morgen ein Fischer vorbeigebracht hatte. Während das Messer über die glänzenden Schuppen fuhr und diese aufspritzten, umspielte ein Lächeln Signora Lornis Lippen. Heitere Röte lag auf ihren Wangen. Ab und zu wischte sie sich übers Gesicht, wobei sie ihre schwarzen Augen aufriss und dann wieder in ihre selbstzufriedene Ausstrahlung zurückfiel. Das Weiß ihrer Haube erweckte den Eindruck, dass es die silbrigen Fäden im schwarzen Haar heller machen sollte.
Kurz entschlossen holte Fiona Pinsel und Palette und setzte sich an den Tisch in der Küche. Signora Lorni schaute sie ungläubig an und fragte: »Signora Turlington, Sie wollen hier bei mir in der Küche malen?«
»Ich möchte Sie porträtieren.«
»Nein, nein, das können Sie nicht.«
»Das kann ich sehr wohl.«
»Verzeihen Sie, natürlich glaube ich Ihnen, dass Sie das können, aber doch nicht mich! Ich bin nicht schön, ich bin nicht jung. Und wie ich ausschaue! Hier, sehen Sie den Schleim an meinen Händen?«
»Sprechen Sie nicht mehr, Signora Lorni. Ich will Sie malen – und ich habe Hunger. Machen Sie also bitte weiter.«

»Nun, wie Sie meinen, Signora. Ihren Hunger werde ich stillen können, aber ob Ihr Appetit bleibt, wenn Sie mir bei der groben Arbeit zuschauen, bezweifle ich.«
»Ihre Hände interessieren mich nicht so sehr wie Ihr Kopf.«
»Oh, wie können Sie das sagen, Signora Turlington. Mein altes Gesicht! Wie kann es Sie interessieren. Meine Hände sind es, die mir alles im Leben geben.«
»Arbeit und Liebe, nicht wahr?«
Signora Lorni errötete.
»Gut, machen Sie weiter.«
War es ein Atemzug, waren es zwei? Das Gefühl, den hölzernen Stil des Pinsels in den Fingern zu spüren, das Gleiten seiner farbgetränkten Haarspitze auf der Leinwand, die Konturen eines Kopfes zu sehen, der mit jeder Bewegung plastischer wurde, ließen Fiona taub werden. Taub gegenüber dem Wasser, das im Becken plätscherte, taub gegenüber dem Messer, das über die Schuppen des Fisches ratschte, taub gegenüber dem Vogel, der vor dem Fenster sang.
Erst als sie die feucht glänzenden Ölfarbenaugen von Signora Lorni ansahen, als wollten sie ihr sagen, welche Lebenslust in ihr steckte, erwachte Fiona langsam aus ihrer Konzentration.
»Sie haben mich verjüngt!«, rief die Köchin aus und faltete ehrfürchtig die Hände.
Fiona schaute zu ihr hoch. »Ich spüre nur das noch immer lebenslustige Mädchen in Ihnen.«
»Ich bin Mutter und Großmutter«, entrüstete sich Signora Lorni stolz.
»Das weiß ich«, entgegnete Fiona. »Trotzdem.«
»Sie sind sehr feinfühlig, Signora«, sagte die Köchin nach einer Pause leise.

»Ich bin vergesslich. Beinahe hätte ich vergessen, dass ich es noch kann, das Malen.«

»Sie denken immer an Ihren Gatten, Signora«, murmelte sie und begann Knoblauch, Oliven und Zwiebeln zu schneiden. »Sie lieben ihn und geben ihm den Vorzug, Künstler zu sein. Verzeihen Sie.«

»Was sollte ich Ihnen verzeihen, Signora Lorni?«

»Ich wollte Sie nicht in Konkurrenz zu Ihrem verehrten Gatten setzen, Signora.«

Fionas Gedanken glitten zurück in ihre Studienzeit in London. Sie sah sich im Atelier sitzen, am Modell arbeiten und erinnerte sich daran, dass sie damals versucht hatte sich vorzustellen, wie andere Malerinnen Leben und Werk vereinbaren mochten. Sie hatte an Angelika Kauffmann vor hundert Jahren und an Laura Knight, die jetzt lebte, gedacht. Dabei fiel ihr ein, dass sie damals von einer italienischen Porträtmalerin gehört hatte, die hier irgendwo in Ligurien leben sollte. Hatte sie nicht sogar einmal vorgehabt, sie aufzusuchen? Angestrengt versuchte sie, sich an den Namen zu erinnern. Dann fiel er ihr wieder ein – Messalina Bandonelli.

»Haben Sie schon einmal von der Malerin Bandonelli gehört, Signora Lorni?«, fragte sie. »Ich meine gelesen zu haben, dass sie hier irgendwo an der ligurischen Küste lebt.«

»Signora Bandonelli? Ich erinnere mich an eine Freundin, deren Cousin vor langer Zeit mit dem Gärtner der Signora befreundet war. Sie brachten ihr im Winter Holz und zimmerten ihr sogar einmal Regale. Soviel ich weiß, entließ sie ihren Gärtner, als dieser in ihrer Abwesenheit einen von Misteln befallenen Maulbeerbaum fällte. Bald darauf zog sie von der Küste in die Berge.«

»Malt sie nicht mehr?«
»Ich weiß nichts Genaueres über sie, Signora, nur dass ich ihre Signatur auf Bildern gelesen habe, die ich abstauben musste.«
»Ich dachte, Sie sind Köchin?«
»Vor dem ersten Kind habe ich bei der Weinlese mitgeholfen, nach dem zweiten habe ich geputzt, erst jetzt kann ich das tun, was mir Spaß macht – Kochen.«
»Ich verstehe.«
»Darf ich fragen, was das Besondere an dieser Bandonelli ist außer ihrer Kunst? Meine Freundin meinte, sie sei recht sonderbar.«
»Nun, vielleicht stammt sie aus einem alten Geschlecht. Manchmal sind ja die letzten Nachfahren etwas sonderbar«, erwiderte Fiona und dachte an ihre Mutter, die einem alten Kaufmannsgeschlecht entstammte. »Doch vielleicht ist sie auch noch so rüstig und von so geistiger Frische wie die berühmte Sofonisba Anguissola, die der flämische Maler Anthonis van Dyck 1624 auf Sizilien besuchte. Damals war sie sechsundneunzig Jahre alt, van Dyck fünfundzwanzig. Zur selben Zeit brach damals auf der Insel die Pest aus, doch beide blieben von ihr verschont.«
»Welch ein Glück manche Menschen haben«, entgegnete Signora Lorni verwundert.
»Würde es Ihnen etwas ausmachen, herauszufinden, wo Messalina Bandonelli lebt?«
»Nein, Signora.« Und nach einer Pause: »Soll ich heute im Garten den Tisch decken? Im Pavillon?«
Fiona nickte nur. In Gedanken versunken griff sie nach einer Ölflasche, um, wie sie es oft bei ihrer Köchin gesehen hatte, noch einmal ein paar Tropfen über das ange-

richtete Gemüse zu träufeln. Das Licht zerfloss gleichsam mit dem Öl auf den Zucchini- und roten Paprikastreifen. Beim Zustöpseln der Ölflasche entglitt ihr diese beinahe. Gerade noch rechtzeitig konnte sie sie festhalten.
»Sie haben auch Glück, Signora Turlington. Eine zerbrochene Ölflasche hätte nämlich Unglück bedeutet.«
»So? Ich bin nicht abergläubisch«, murmelte Fiona geistesabwesend und signierte das Porträt in sattem Dunkelblau. »Ich schenke Ihnen das Bild, Signora Lorni. Aber erst muss es trocknen und gefirnisst werden.«
»Danke, Signora.«
Fiona nickte ihr zu und verließ die Küche.

Der Sommer brachte große Hitze. Fiona hatte einen Gärtner eingestellt, der morgens und abends die Pflanzen mit Wasser versorgte. Der feucht-erdige Dunst, der in diesen Stunden aufstieg, rahmte die Tage ein, kennzeichnete für Fiona Beginn und Ende. Jefferson hingegen saß oft schon vor Sonnenaufgang an seinem Platz an der Steinmauer, um die Welt im Licht der ersten Sonnenstrahlen zu studieren. Auch die Momente, in denen es abends langsam erstarb, kostete er voller Konzentration aus. Erst wenn er mit sich zufrieden war, kam er zurück ins Haus. Nach dem Abendessen und nachdem Signora Lorni die Küche gesäubert hatte, liebten sie sich bei offenem Fenster. Danach badeten sie oft im Meer, liebten sich noch einmal, um schließlich erschöpft einzuschlafen. Manchmal aber lauschten sie einfach nur den Geräuschen der Nacht.
So vergingen die Tage in stiller Einfalt. Von ihrer Hängematte aus, die sie zwischen einem Feigen- und Olivenbaum hatte aufspannen lassen, beobachtete Fiona die Wanderung der Schatten auf der trockenen Erde. Sie

schlummerte im Wohlgeruch der Blüten ein, während der Springbrunnen plätscherte und ab und zu Wellen gegen den Strand schmatzten. Sie las viel und träumte noch mehr. Immer wieder aber verlor sie sich im Anblick der Baumkronen über ihr. Dann kam es ihr vor, als ob sie emporsteigen und größer und freier würde. Manchmal stellte sie sich vor, Jefferson würde seinen Platz an der Steinmauer verlassen und neben ihre Hängematte treten. Doch immer, wenn sie darüber nachdachte, was sie einander sagen würden, fiel ihr nichts ein. Sie wartete darauf, dass etwas geschehen möge. Signora Lorni hatte ihr noch keine Auskunft über die Malerin Messalina Bandonelli geben können.

Anfang Juli blieb Signora Lorni aus. Ihr sechstes Enkelkind war einen Monat zu früh auf die Welt gekommen. Die junge Mutter, ihre Tochter, war von der Geburt so geschwächt, dass sie Hilfe benötigte.

Ab und zu brachte der Fischer noch Doraden, Krebse, Langusten oder Tintenfische. Als er erfuhr, dass Fiona mehrmals vergeblich versucht hatte, sie zuzubereiten, blieb er jedoch fort, als wäre er in seiner Ehre gekränkt. Mehrmals konnte sie Jefferson dazu überreden, in San Remo essen zu gehen, doch er fühlte sich in der Welt der eleganten Restaurants zunehmend unwohl. So schlug er vor, nur noch Salate und gedünstetes Gemüse zu essen, bis die Köchin zurückkäme. Mit Wasser werde sie doch wohl noch umgehen können.

Die Tage vergingen, und Signora Lorni blieb weiter aus. Anfangs dachte Fiona, die Ernährung mit Gemüse könne sie ein wenig entschlacken, doch bereits nach einer halben Woche verschlechterte sich ihre Laune. Beide wurden sie reizbar, und immer häufiger stritten sie miteinander. Jefferson beklagte sich, dass sie nicht gleich eine Ersatzkraft eingestellt hatte. Fiona warf ihm vor, ein Eigenbrötler geworden zu sein.

»Du bist launisch geworden, meine Liebe, und bequem.«

»Du verlangst, dass ich koche?«, entrüstete sie sich.

»Eine Künstlerin am Herd.« Er grinste ironisch. »Nein, ich verlange nicht, dass du mit dem Pinselstiel die Pasta umrührst.«

»Ich habe Signora Lorni porträtiert«, platzte es aus ihr heraus.

»Unsere Köchin? Du musst verrückt sein. Du kannst nicht kochen, aber du störst diejenige, die es kann, bei der Arbeit.«

»Hast du keinen Sinn für Poesie, für Feingefühl? Ich liebe es, hinter das Äußere von Menschen zu schauen, Jefferson. Warum malst du keine Porträts? Renoir malt sie doch auch – wunderschöne Porträts von wunderschönen Damen. Hast du dazu keine Lust? Er ist auch Impressionist.«

»Du willst mich auf Frauen ansetzen? Sollen sie mir fleischlichen Appetit machen? Renoir hat viele Freundinnen. Willst du das?«

»Du bist gemein, Jefferson!«

»Du bist es ebenso, Fiona!«

»Du wirfst mir Porträts vor, die du nie malen könntest«, empörte sie sich. »Du gehst den Menschen aus dem Weg, sie interessieren dich nicht. Stattdessen tust du nichts anderes, als die wimmelnde Natur in Pinselstriche zu zerlegen, die der Betrachter erst wieder mühsam mit dem Auge zusammensetzen muss – wenn er denn weit genug vor deinem so genannten Kunstwerk steht.« Sie bebte vor Wut. »Vielleicht sollte auch ich mich weiter von dir entfernen, um dich wieder richtig sehen zu können«, fügte sie bissig hinzu. Jefferson erbleichte, und sie bereute ihre Worte, kaum dass sie verklungen waren.

»Du wirfst mir vor, dass mich die Menschen nicht interessieren. Das stimmt nicht, Fiona. Doch ich will mehr, ich suche nicht die Psyche, sondern die Weite, das Zauberische der Welt.«

»Das Zauberische«, wiederholte sie und lachte trocken auf. »Das ist ein Wort, das so wenig zu dir passt wie ein Rock.«

»Ich glaube, Erklärungen interessieren dich nicht. Du nimmst mich ebenso wenig ernst wie die Malerei. Vielleicht wäre es besser, du würdest dich wieder um Geld kümmern. Es war dir doch stets wichtig, nicht wahr?«

»Ja, das war es und das ist es. Es ist mir sogar sehr wichtig.«

»Damit du frei sein kannst – ich verstehe.« Jefferson ging zum Fenster und sah hinaus. Sein Schatten tauchte die kostbaren Steinmosaike des Bodens in stumpfe Bedeutungslosigkeit. »Wir haben kein Fleisch und fallen uns gegenseitig an wie hungrige Tiere. Es ist merkwürdig, nicht wahr?« Er drehte sich ein wenig zu ihr um, vermied aber ihren Blick.

In diesem Moment verlor Fiona die Beherrschung und schrie: »Geh! Geh hinaus! Mal und lass mich allein!«

»Es ist sicher das Beste.« Er verließ das Zimmer und nahm wieder seinen alten Platz hinter der Mauer ein, wo er auf das dunstige Blau des Meeres hinausstarrte.

Spät am Abend lag der Hut noch immer auf der Steinmauer.

Fiona lief zum Strand. Der Hut steckte auf einem Stock, der an der Steinmauer lehnte. Er hat mir ein Zeichen ge-

setzt, dachte sie voller Angst, er wird mich verlassen. Es ist alles meine Schuld. Warum habe ich auch nicht wie eine normale, vernünftige Frau gehandelt?
Langsam trat Jefferson aus dem Schatten einer Kiefer. Als hätte er ihre Gedanken gelesen, sagte er: »Keine Angst, ich verlasse dich nicht. Aber du hast Recht, es ist besser, wenn ich für ein paar Tage nach Bordighera gehe.«
»Morgen schon?«
»Möchtest du das?«
»Vielleicht«, antwortete sie unsicher.
»Die letzten Wochen haben wir hier wie in einem Paradies gelebt, nicht wahr?«
Sie nickte. »Nichts fehlte, und alles war friedlich. Was ist geschehen, Jefferson?«
»Jeder von uns beiden hat eine Künstlerseele. Um produktiv sein zu können, brauchen wir Raum und Freiheit. Als Mann und Frau können wir wohl in diesem Haus leben, aber als Künstler? Ich fürchte, es wird noch schwieriger werden, wenn …«
»… ich auch male, nicht?«
»Das liegt an dir. Wenn die Kunst dir hilft, deinen Ballast abzuwerfen, werde auch ich freier sein können. Noch leidest du darunter, dass deine Mutter dich und unsere Ehe ablehnt. Außerdem sorgst du dich um dein Erbe. Es belastet mich stärker, als du denkst. Mein Wunsch war, dass du zu dir selbst findest, wenn wir hier leben. Es scheint schwierig für dich zu sein.«
»Ich kann die Welt nicht so sehen wie du, Jefferson.«
»Du bist noch nicht frei.«
»Und du?«
»Ich weiß, was ich will, Fiona. Das ist Freiheit genug.«
Nachdenklich ging Fiona ins Haus zurück.

Am nächsten Tag stellte sich ein Mädchen namens Helena vor, das sagte, von Signora Lorni geschickt worden zu sein. Fiona war erleichtert, zumal Helenas Figur, die einer aufgequollenen Bohne glich, für leiblichen Genuss und Kochkunst zu sprechen schien. Doch bald erkannte sie ihren Irrtum. Helena schien nur das zu beherrschen, was ausschließlich sättigender Hauptbestandteil der italienischen Küche war – Polenta, Pasta, Gnocci. Drei Tage lang kochte Helena für sie: Polenta mit Blumenkohl, Bandnudeln mit Pilzen, Gnocci mit Käse. Kein Fisch, kein Fleisch. Am vierten begann sie mit der Polenta wieder von vorn. Als Fiona sie zur Rede stellte und ihr sagte, dass Mehlspeisen allein, ob aus Kartoffeln, Mais oder Weizen, sie nicht befriedigen würden, gestand Helena, weder lesen noch schreiben noch für verwöhnte Gaumen kochen zu können. Sie beherrsche nur die Küche der armen Bergbauern. Ein Freund kenne die Signora Lorni. Er habe ihr geraten, zu den Briten zu gehen.
»Du bist Opfer eines Streiches geworden. Sicher weiß dein Freund, dass euer Wein den Appetit weckt, und es stimmt nun einmal: Ich will nicht nur essen, sondern genießen.«
Anderthalb Wochen ohne Fisch, ohne Fleisch, vier Tage und Nächte ohne Jefferson – Fiona beschloss zu handeln. Sie fuhr mit Helena zum Wochenmarkt an der Piazza Eroi Sanremese, belud Körbe mit frischem Obst, Gemüse, Gewürzen, allem voran dem herrlich duftenden Basilikum. Sie überwand sogar ihren Stolz, kaufte ein Kochbuch und ließ sich von der Frau eines Metzgers beraten. Diese riet ihr zur traditionellen *cima ripiena,* der gefüllten Kalbsbrust. So besorgte Fiona noch eine Flasche Olivenöl, Pinienkerne, Eier, Knochen, Safran, Majoran, Minze, Peter-

silie und Parmesan und fuhr über den Corso Imperatrice zurück nach Hause.
Sie wies Helena an, aus Basilikum, Pinienkernen, Knoblauch und Käse ein Pesto zuzubereiten und einen Pastateig für Gemüseravioli. Sie ließ sich ihre eigene Unsicherheit nicht anmerken, las Helena stattdessen die Zubereitung aus dem Kochbuch vor.
»Denk daran, die Ravioli sollen mit Mangold und Borretsch gefüllt werden.«
»Ich tue mein Bestes, Signora«, erwiderte Helena ergeben und nahm sich als Erstes das vor, das sie am sichersten konnte – den Pastateig. Während sie danach das Gemüse wusch und zerkleinerte und im Mörser Kerne und Basilikum zerstieß, besah sich Fiona die frische Kalbsbrust und spreizte mit spitzen Fingern den Einschnitt in der Mitte.
»Wir brauchen eine gute Paste, Helena, aus zerschlagenen Eiern, zermahlenen Pinienkernen, Käse, Semmelbröseln, Gewürzen und Kräutern. Nicht zu fest, nicht zu flüssig. Ich hoffe, du kannst nähen?«
»Ja, Signora, natürlich.«
»Dann ist es ja gut.« Bei sich dachte sie: Nun ist die Stunde gekommen, in der du kochen musst, weil niemand so ausgehungert ist wie du. Leise sagte sie zu sich selbst: »Also fang an, Fiona. Wasch die Knochen, putz Möhren, Zwiebeln und Knoblauchzehen und setz sie mit den Knochen in Wasser auf. Tu Lorbeer, Majoran und Petersilie hinzu.«
»Das Salz, vergessen Sie es nicht!«, rief Helena.
Ungeduldig schüttete Fiona einen Esslöffel voll hinzu. »Natürlich, das Salz.«
»Es wird ganz bestimmt eine gute Brühe, Signora Turlington.«

»Das will ich hoffen«, seufzte Fiona und öffnete eine bauchige Flasche mit in Sirup und Alkohol eingelegten Bitterorangen. »Chinotti« stand auf der Flasche, und die Früchte schmeckten so wunderbar, wie das Wort klang. Sie schleckte den Sirup vom Finger und schaute zu, wie sich langsam Schaum im würzig duftenden Topf bildete.
Helena reichte ihr eine Probe Pesto, das wunderbar nach Basilikum duftete. Fiona lief das Wasser im Mund zusammen. Zufrieden sah sie Helena zu, wie sie das Gemüse blanchierte. Die ungewohnte Arbeit begann ihr Spaß zu machen.
»Ich werde jetzt die Pinienkerne zerhacken, den Parmesan reiben und die Kräuter wiegen.«
»Ja, Signora. So schwer ist das alles doch nicht.«
Wenig später ging die Glocke an der Tür. Ärgerlich legte Fiona das Wiegemesser zur Seite. »Ich darf nicht vergessen, die Eier zu schlagen …«
»Ich werde Sie daran erinnern, Signora.«
Fiona wischte ihre Hände an der Schürze ab und ging zur Tür. Über die Schulter rief sie: »Schneide du schon mal die Karotten und Pilze, so fein du kannst. Und bereite die Nadel vor, damit nachher alles ganz schnell gehen kann. Und dann versenken wir das Brüstchen!« Sie drückte die Türklinke hinunter. Vor ihr stand Jefferson, schräg hinter ihm ein rotblonder Mann in einem grauweißen Kaftan.
»Fiona! Du kochst!« Jefferson lächelte überrascht. Er wirkte heiter, schien ihren letzten Streit vergessen zu haben. »Was für ein Wagnis! Was gibt es denn?«
»Brühe«, erwiderte sie und umarmte ihn.
»Mehr nicht?«, fragte er.
»Nein«, sagte sie belustigt. »Willst du mir nicht deinen Begleiter vorstellen?«

»Verzeih, Geoffrey Hampsterton, er studierte in Glasgow.«
Hampsterton verbeugte sich.
Fiona ließ sie eintreten.
»Du siehst so glücklich aus, Jefferson«, flüsterte sie ihm ins Ohr. »Malst du etwa doch Porträts schöner Damen?«
»Nein, was denkst du von mir. Bordighera hat mich inspiriert. Es ist, als ob Monet mir seine Augen zurückgelassen hätte, um zu sehen. Ich habe schon viel gemalt. Außerdem haben wir die Gärten von Sir Hanbury aufgesucht. Sie liegen am Vorgebirge der Mortola unweit von Latte di Ventimiglia. Traumhaft ist es dort. So viele exotische Pflanzen an einem Ort habe ich noch nie gesehen. Was er aus einem verfallenen Palazzo gemacht hat! Und was sein Gärtner …«
»… Ludwig Winter, ein Deutscher«, unterbrach Hampsterton leicht ungehalten.
»… geleistet hat! Hanbury könnte eine Menge Geld damit verdienen, wenn er Eintritt von Leuten nähme, die in seinen Gärten ihr letztes Lebensstündchen zu verbringen wünschen. Morgen wollen wir hinauf in die Berge Richtung Seealpen. Längs der Hügelkette gibt es Wege mit fantastischen Ausblicken aufs Meer. Ich brauche nur noch Kleider zum Wechseln, deine Farbtuben und einen vernünftigen Rucksack.«
»Du bist nur gekommen, um Farbtuben, Hemden und Hosen zu holen?«
»Ich bin in vier, fünf Tagen zurück.« Seine Begeisterung dämpfte ihren Unmut. Und sie fühlte, wie sie wieder seiner Anziehungskraft erlag, so wie damals bei ihrer ersten Begegnung.
»Ich hoffe nur, ich muss mir diese Hanbury-Gärten nicht allein ansehen«, erwiderte sie leise.

»Ich verspreche dir, bald wieder hier zu sein – wenn ich die besten Plätze zum Malen gefunden habe, die man sich nur wünschen kann. Die Perspektive ist überwältigend. Je nachdem, wie das Licht fällt, denkst du, das Meer zieht sich zurück und die Berge kriechen näher an dich heran. Dann wieder ist es umgekehrt. Du bildest dir ein, die Berge verschlanken sich in den Himmel und das Meer wölbt sich zu dir hoch.«

»Genauso ist es«, stimmte ihm Hampsterton zu.

Fiona neidete ihm, Jeffersons Nähe, seine Freiheit und Begeisterung teilen zu können. Eine Freiheit, die Jefferson sichtlich mehr zu bereichern schien als ihre Liebe. Leise fragte sie: »Und die Brühe, Jefferson? Soll ich sie allein essen?«

»Natürlich, wenn schon wieder das Fleisch fehlt.«

»Traust du es mir zu, dass ich nach zwei Stunden eine mit Eiern, Kräutern, Safran und Käse gefüllte Kalbsbrust aus ihr herausziehe wie das Kaninchen aus dem berühmten Zylinder?«

Er legte seine Hand um ihre Taille und drückte sie an sich. »Du lockst mich«, flüsterte er ihr ins Ohr. Sie erschauderte vor Wonne. Geoffrey Hampsterton kniff die Augen zusammen. Er ist eifersüchtig, dachte sie überrascht.

Jefferson aber sagte: »Einen Moment, Geoffrey, nimm doch bitte im Salon Platz.« Dann ging er mit Fiona auf die Terrasse hinaus und küsste sie. »Ich sehne mich nach dir.«

»Nein, wirklich?«, erwiderte sie und legte ihre Hand um sein Gesäß.

»Wenn das Geoffrey sieht«, sagte er grinsend.

»Wäre es schlimm?«

»Er würde platzen vor Neid.«

»Auf dich?«

»Auf dich, mein Liebes.«
»Er ist mir unsympathisch.«
»Und was willst du dagegen tun?«, fragte er launig.
»Dich nach oben schicken«, antwortete sie. Sie lief in die Küche, holte eine Flasche Weißwein und den Chinotti. Hampsterton saß in einem Korbsessel und betrachtete die Glasschalen mit den Aprikosen, Feigen, Pfirsichen und Orangen. Er nickte dankend mit dem Kopf, als sie die Flaschen und Gläser auf den Tisch stellte.
»In ein paar Tagen, wenn ihre Haut schrumpelt, wäre es ein noch schöneres Stillleben. Das Gelb wird in Ocker übergehen.« Er nahm die Flasche mit den Bitterorangen in die Hand und sah nachdenklich zu ihr auf. »Jefferson ist ein großartiger Maler. Man sollte noch in diesem Jahr seine Bilder an Durand-Ruel oder einen anderen einflussreichen Kunsthändler schicken. Er braucht Anerkennung.«
»Sie meinen natürlich öffentliche, nicht wahr?«
»Nun, allzu Süßes, Liebliches ist schlecht für die Kunst, finden Sie nicht? Das Leben ist nun einmal meistens bitter, süßlich-bitter.«
»Wie meinen Sie das, Mr. Hampsterton?«
»Was reizt uns an dieser Köstlichkeit? Ist es der Zucker? Nein, das Bittere ist es, was uns süchtig macht.«
»Auf der Zunge, aber doch nicht im Leben. Schon gar nicht in der Liebe, wenn Sie darauf anspielen. In der Liebe hat das Bittere nichts zu suchen.«
»So? Finden Sie?« Er füllte sein Glas mit Wein, fischte ein Stück Bitterorange heraus und biss hinein. »Ich darf mir doch allein nachschenken?«
»Aber selbstverständlich, Mr. Hampsterton, auf eine Flasche mehr oder weniger kommt es bei uns nicht an«, entgegnete Fiona ironisch.

»Sie sind sehr großzügig.«
»Nur, wenn ich mag.«
Sein Blick verengte sich: »Jefferson kommt doch gleich zurück?«
»Natürlich. Ruhen Sie sich in der Zwischenzeit etwas aus.«
»Zwischenzeit?«, murmelte er irritiert. »Wieso Zwischenzeit?«
Doch da war Fiona bereits fort.

In ihrem Schlafzimmer lag Jefferson mit geöffnetem Hemd auf dem Bett.
»Was hättest du gesagt, wenn dieser Mensch da unten an meiner statt gekommen wäre?«, fragte sie.
»Geoffrey? Warum sollte er das?«
»Er scheint dich zu lieben.«
»Na, wenn schon«, entgegnete er und zog sie zu sich.
Ihre Hände glitten über seine breiten Schultern, ihr Mund über seinen glatten Bauch.
»Wir werden nie voneinander loskommen, nicht wahr?«
»Nein, nie«, flüsterte er und schob ihr Kleid hoch.

Als sie wenig später die Treppe hinabstiegen, hörten sie jemanden husten und keuchen. Fiona schaute in der Küche nach. Helena drehte sich nach ihr um. »Ihm ist schlecht geworden«, sagte sie hilflos.
Die Badezimmertür öffnete sich.
»Sind Ihnen die Bitterorangen nicht bekommen, Mr. Hampsterton?«, fragte Fiona und bemühte sich, nicht zu lächeln.
»Scheint so«, entgegnete er einsilbig.
»Komm, lass uns in den Garten gehen«, meinte Jefferson und nahm ihn am Arm.

Zwei Stunden lang garte die gefüllte Kalbsbrust in der Brühe. Fiona lief zwischen Küche und Terrasse hin und her. Sie sah die beiden Männer auf der Mauer sitzen oder am Strand auf und ab gehen. Wie immer, wenn er redete, hielt Jefferson den Kopf gesenkt. Hampsterton dagegen gestikulierte, wobei sich sein Kaftan im Wind blähte. Irgendwann lagen ihre Kleider über der Mauer, und Fiona sah ihre Köpfe durch das gekräuselte Wasser gleiten, der Linie des Horizonts entgegen.
In der Küche goss Helena Öl in die Pfanne, um die Ravioli darin zu wenden. Fiona tat es um die Mühe leid. Hampsterton störte sie, als wäre eine Gräte in die Kalbsbrust gelangt.

Am nächsten Morgen beschloss Fiona, ihr eisernes Bett ins Gästezimmer tragen und stattdessen ihr Olivenholzbett aufstellen zu lassen. Es war fast doppelt so breit wie ihr eisernes, das sie schon in dem Moment nicht mehr vermisste, als es durch die Tür geschoben wurde. Sie folgte dem Rat ihres Gärtners und polierte das dunkle Holz mit ein wenig Olivenöl und einem weichen Tuch. Helena wusch Baldachin und Vorhänge, bleichte sie und zog sie auf. Am Abend schimmerte das Holz wie ein schöner fester Leib, und das Weiß des Tuches erschien ihr heilig. Sie beschloss zu warten, bis Jefferson wieder bei ihr war, und schlief in seinem Bett.

Wenige Tage später schickte Signora Lorni einen Boten mit der genauen Beschreibung des Weges, der zu Messalina Bandonelli führte. Noch war Jefferson unterwegs, und so beschloss Fiona, ebenfalls etwas zu unternehmen. Sie tauschte ihr helles Sommerkleid gegen ein einfaches

schwarzes, so wie es die einheimischen Frauen trugen, packte ihre Tasche und ritt auf einem Maulesel über San Remo hinaus. Olivenhaine gingen in Weinberge und Obstfelder in Wälder über, die Hügel und Täler wie eine dichte grüne Matte bedeckten. Alte Kastanienbäume, Steineichen und Kiefern schlossen einsame Dörfer mit kleinen Kapellen ein. Stille umfing sie, selten sah sie Menschen.
Den längsten Teil der Wegstrecke hatte sie reitend bestritten. Nun, da es steiler bergan ging, stieg sie ab und lief neben dem Maultier her, aber bald schmerzten ihre Füße. Sie zog die Schuhe aus und band sie am Sattel fest. Es war später Nachmittag, in ein paar Stunden würde die Sonne ins Meer sinken. Fiona erinnerte sich an jene Stunde, in der sie an Jefferson herangetreten war, ohne dass er sie bemerkt hatte. Ob er jetzt auch über das Meer blickte und an sie dachte? Damals hatte sie mit dem Gedanken gespielt, ihn zu überraschen und nackt in den rotgoldenen Spiegel des Meeres einzutauchen. In diesem Moment, da sie allein war, bereute sie, es nicht getan zu haben. Stattdessen hatte sie Rücksicht auf seine künstlerische Konzentration genommen. Es war falsch gewesen. Beim nächsten Mal würde sie es anders machen.
Der Waldweg endete an einer Gabelung, hinter der sich zur Rechten Olivenbäume in die Weite erstreckten. Fiona nahm den Pfad rechter Hand. Er führte über Stufen zu einem Haus aus grob gehauenem Schiefer. Im dichten Gras unter Nuss- und Mandelbäumen lag ein Meer von blühenden Anemonen. Rosmarinbüsche und Salbeisträucher würzten die Luft. Ein kräftiger Wind, der von den Seealpen kam, drückte ihr in den Rücken und bauschte ihr Kleid auf. Doch angesichts dessen, was sie sah, trat die Schönheit der Umgebung zurück – in der Gabelung eines

verwachsenen Olivenbaums hing ein schwarzes Kleid wie das ihre. Einen Moment lang glaubte sie fast, der Wind hätte ihr das Kleid vom Leib gerissen, es fortgeweht und dort abgelegt. Doch in ihm steckte ein Lebewesen und malte.

»Signora Bandonelli?«

Das Lebewesen sah auf und wies sie stumm fort.

»Schicken Sie mich nicht weg«, bat Fiona. Sie stolperte über eine niedrige Stufe und fiel auf die Knie. Der große, schwarze Vogel stieg aus seinem Baumnest und warf seinen Schatten auf sie.

»Wer sind Sie? Was wollen Sie hier?«

Fiona erhob sich – und erschrak. Sie war zu einer Greisin gekommen. Einer schmächtigen Greisin, die sie aus kleinen, eng beieinander stehenden Augen musterte.

»Sie sind schön, Signora. Sie sollten noch kein Schwarz tragen. Das tun nur alte Frauen wie ich oder die Landfrauen.«

»Ich bin Malerin, Signora Bandonelli. Ich bin einen weiten Weg gegangen, um Sie kennen zu lernen und von Ihnen zu lernen.«

»Ich male schon seit langem nicht mehr und gebe schon gar keinen Unterricht. Dazu bin ich zu alt. Sie aber sind jung. Kehren Sie zu den Jungen zurück – ins Leben.« Sie wandte sich zum Gehen.

»Sie haben einen ungewöhnlichen Platz zum Malen dort im Baum«, begann Fiona von neuem.

»Haben Sie nicht verstanden?«, zischte die Alte. »Ich male nicht mehr. Das Einzige, was ich ab und zu noch tue, ist zeichnen. Ich zeichne meine Bäume, meine geliebten Bäume. Damit sie niemand vergisst.«

»Sie sitzen in einem Baum, weil Sie ihn lieben?«

»Ihn und alle anderen hier. Meine Olivenbäume.«
»Warum Olivenbäume?«
»Weiß man in Ihrer Heimat nicht, dass der Olivenbaum ein heiliger Baum ist? Ein heiliger Baum! Er ist der Baum der Bäume. Niemand darf ihm etwas tun. Niemand!«
Da Fiona auf ihrem Weg niemanden gesehen hatte, der den Bäumen etwas tat, beeilte sie sich zu sagen: »Niemand schadet ihnen, Signora. Dafür sind die Bäume viel zu schön. Im Licht schimmern ihre Blätter silbern, und wenn ich ihr Öl vergieße, sieht es aus wie flüssiges Gold.«
»Ja, das ist wahr. Es ist flüssiges, heiliges Gold.«
Messalinas Miene nahm einen weichen Zug an. Aufmerksam betrachtete sie Fiona, so als sähe sie sie erst jetzt richtig. Fiona bemerkte es und begann sich ihrer geschwollenen und blutigen Füße zu schämen. Als sie Messalinas Blick erwiderte, hatte sich dieser verengt und nach innen gewandt.
»Sie hat ihm die Füße gesalbt, mit dem heiligen Öl.«
»Von wem sprechen Sie?«
»Von Christus natürlich, dem Gesalbten. Und bei Mose, im zweiten Buch, Kapitel dreißig, heißt es: Eine heilige Salbe soll mir dies Öl bei euren Nachkommen sein.«
»Ich verstehe Sie nicht.«
»Niemand versteht mich. Gehen Sie jetzt zu ihm.« Sie wies auf einen Olivenbaum, dessen Äste tief auf den Boden hingen. »Legen Sie sich unter seine Äste. Er wird Sie klüger machen. Ich werde das Essen bereiten. Es ist meine Zeit.«
»Ich habe Durst, Signora Bandonelli.«
»Natürlich. Aber die Füße …« Sie schüttelte den Kopf, murmelte vor sich hin und verschwand im Haus.
Erleichtert streckte sich Fiona im Gras unter dem Baum

aus. Der Wind fuhr durch das Geäst. Die Blätter flatterten leicht, zeigten mal ihre dunkelgrüne Oberseite, mal die mit silbrigen Härchen besetzte Unterseite. An dünnen Zweigen hingen unreife grüne Früchte. Je länger Fiona schaute und lauschte, desto deutlicher spürte sie die Ruhe des Baums, die auf sie überging. Und damit seine urwüchsige Kraft, die ihn viele Jahrhunderte hatte alt werden lassen.
Am liebsten wäre sie unter ihm eingeschlummert, doch Messalinas Stimme riss sie hoch.
»Hier sind Salbeiblätter.« Sie stellte eine Schale mit heißem Wasser und darin schwimmenden Blättern auf den Tisch vor ihrem Haus.
»Legen Sie auf jede Wunde ein Blatt, und wickeln Sie Ihre Füße ein. Vor dem Schlafengehen nehmen Sie Olivenöl. Nichts heilt besser.«
Fiona tat, wie ihr geraten. Messalina stellte kalten Hasenbraten, rundes Brot, eine Schüssel mit eingelegten Oliven, Artischocken, Feigen, Erdbeeren, Ziegenkäse und Pecorino auf den Tisch. Dazu eine Kanne kalten Tee aus Olivenblättern, Honig und Zitrone.
Bis weit in den Abend hinein saßen sie auf der Bank vor dem Haus und blickten über Wälder, Olivenhaine und Gärten, die sich hinunter zum mattblauen Meer in der Ferne zogen. Wind weckte in den Zweigen der Olivenbäume leises Knistern, rauschte in den Feigen- und Kastanienbäumen, blies leichte Kühle und süßlichen Heugeruch in die noch immer heiße Abendluft. Grillen zirpten, und irgendwo bellte ein Fuchs. Fiona umarmte Jefferson in Gedanken und hoffte, dass er sich so wohl fühlen möge wie sie in diesem Augenblick.
»Welch ein Friede hier herrscht«, flüsterte sie.
»So soll es auch bleiben«, erwiderte Messalina streng.

In der Nacht taumelte Fiona von Traum zu Traum. Mal steckte sie in einem ausgehöhlten Baumstamm fest, der von hohen Wellen auf- und niedergeschaukelt wurde, mal hörte sie Jeffersons Stimme, sah ihn aber nicht, weil grelles Licht sie blendete. Dann wieder rissen spitze Zweige an ihrem Kleid, bis sie nackt war und zu laufen begann, während die Farben der Blumen um sie herum immer greller wurden und zu klingen anfingen.

Als sie am nächsten Morgen erwachte, fühlte sie sich erfrischt und gekräftigt. Sie schlug die Augen auf und sah sich wie von einem Teil ihrer Träume eingeholt. An den Wänden hingen Bilder, auf denen blühende Olivenzweige, reifende Früchte, lanzettförmige Blätter und Stämme von Olivenbäumen zu sehen waren, die weinten. Im Dunkel der Nacht waren sie ihr nicht aufgefallen. Sie erhob sich rasch, um Messalina nach dem Grund dafür zu fragen.
Diese hatte schon das Frühstück bereitet – Brot, Käse, Wurst, Schinken, dazu ein Krug mit frischer Milch. Sie selbst aber war nicht zu sehen. Fiona hielt nach ihr Ausschau und entdeckte sie schließlich verborgen im Schatten der Steineiche, wo der Maulesel bei Möhren und Salat graste.
»Guten Morgen, Signora Bandonelli!«, rief Fiona ihr zu.
Messalina kam zu ihr. »Sie haben gut geschlafen, das sehe ich. Doch Sie tragen ja schon wieder dieses schwarze Kleid. Haben Sie denn kein anderes?«
»Doch, ein dunkelblaues.«
»Verleugnen Sie sich nicht. Sie sind keine Frau vom Lande. Ziehen Sie es aus. Außerdem wollen Sie sich doch wohl auch waschen?«
»Nur allzu gern. Aber wo?«

»Ein Marmorbad kann ich Ihnen nicht bieten, doch hinter dem Haus ist eine Wasserstelle.«

Fiona nahm ihre Tasche, ging zur Wasserstelle hinter dem Haus und wusch sich ausgiebig im kalten Bergwasser. Es machte ihre Haut frisch und straff, und sie fühlte sich wie neugeboren. Als sie im sauberen Kleid zurückkam, saß Messalina bereits am Tisch und tunkte Brot in die Ziegenmilch.

»Sie wollten mir gestern etwas Wichtiges erzählen«, begann Fiona behutsam.

»So, wollte ich das?«

»Sie wollten mir erzählen, warum Sie, die berühmte Porträtmalerin, jetzt nur noch Olivenbäume zeichnen.«

»Ja, ja, das tue ich. Es ist das Letzte, was ich noch tue, bevor ich sterbe.«

»Es ist ein heiliger Baum.«

»Der Olivenbaum, Signora, ist ein Geschenk der Götter. Der Legende nach soll es vor langer Zeit einen Streit zwischen den Göttern Pallas Athene und Poseidon um die Herrschaft des Landes Attika gegeben haben. Dabei benutzte Poseidon ein Pferd, das er aus dem Wald nahm. Es stand für den Krieg. Athene aber nahm einen Baum aus der Tiefe der Erde, welcher für den Frieden stand – den Olivenbaum. Und Zeus, der Göttergott, entschied: Athene siegt. Wir sollten also die Olivenbäume ehren«, fügte sie streng hinzu, »denn sie sind das Symbol für die Wiedergeburt.«

»Wie meinen Sie das?«

»Sein Stamm kann tot sein, und doch schießen neue Triebe hervor und werden zu neuen Wurzeln. Das sagt die Legende, und das wissen alle Olivenbauern. Als Perserkönig Xerxes die Akropolis zerstörte, brannte er Athenes

Olivenbäume bis auf die Wurzeln nieder. Regen setzte ein und spülte die Asche fort. Sofort fingen die Wurzeln an neu zu sprießen. Wussten Sie das nicht?«
Fiona betrachtete die knorrigen Stämme der Olivenbäume in ihrer Nähe. Zäh sahen sie aus, wie alte Gesellen, die den Stürmen des Lebens furchtlos trotzten.
»Früher«, fuhr Messalina fort, »durften nur Jungfrauen und keusche Jünglinge die Olivenhaine betreten und die Ernte einholen. Jeder, der dagegen verstieß, wurde mit dem Tod bestraft. Und heute …«
»Was ist heute?«
»Heute gehen Menschen in die Haine, um den Baum der Bäume zu fällen. Sie achten sein Alter nicht, sie achten seine Früchte nicht, nicht seinen Reichtum. Früher sagte man bei uns, wer einen Olivenhain hat, der stirbt niemals arm. Heute ist alles anders.«
»Gibt es denn keine Olivenbauern mehr?«
»Zu wenige, denn unsere Contadini, unsere Bauern, müssen tun, was ihre Herrschaft ihnen befiehlt, Signora. Die Arbeit im Olivenhain lohne sich nicht mehr, sie sei zu teuer geworden, sagen die großen Herren. Sie wollen neues Land, um schnell Geld zu verdienen – mit Reben, Obst, Blumen oder Häusern. Damit aber verkaufen sie die Schönheit unserer Heimat.«
Fiona dachte an die Schriftsteller und Adligen, die Ligurien schon früh entdeckt hatten, doch sie sagte nichts.
Unterdessen fuhr Messalina fort: »Die Fremden haben unseren reichen Landbesitzern Appetit gemacht. Seit jeher ist ein jeder von ihnen ein kleiner Provinzfürst. Sie bestimmen über ein Heer untertäniger Landleute, die weder lesen noch schreiben können. Früher schufteten die Contadini das ganze Jahr über auf den Gütern, kaum dass

sie Zeit hatten, ihre eigenen Parzellen zu bestellen. Doch waren sie wenigstens in der Heimat. Dann zog die Armut in unser Land wie die Cholera. Die meisten schiffen sich in Genua ein und kommen nie wieder. Davon wissen die Fremden nichts.«

Ein Schwarm Tauben ließ sich flügelschlagend in einem Ölbaum nieder. Messalina sah zu ihnen hinüber. »Keine Taube wird je einem Auswanderer einen Ölzweig aus der Heimat bringen können, so wie es die Taube tat, die Gott Noah nach der Sintflut schickte. Diese verarmten Dummköpfe haben einen ganzen Ozean zwischen sich und ihre Heimaterde gepackt, nur um irgendwo an der Sehnsucht zu krepieren. Man darf dieses herrliche Land nicht den Reichen allein überlassen. Von wo kommen Sie, Signora?«

»Ich habe meine Wurzeln in der Heimat verloren. Ich bin wie ein gefällter Baum. Eigentlich bin ich hierher gekommen, um mich selbst zu finden.«

»Sie suchen Ihre Wurzeln? Hier bei uns?« Messalina musterte Fiona. »Das ist verrückt.«

Sie unterhielten sich noch lange. Fiona erzählte ihr ihre Lebensgeschichte, holte sogar ihre Tasche, um ihr einige Porträts zu zeigen, für die sie in London beste Noten bekommen hatte. Messalinas Hände zitterten, als sie sie betrachtete. Dann begann sie jedes Detail zu kommentieren, zum Beispiel, ob Lichteinfall und Schatten der Gegenstände richtig getroffen waren oder ob man es hätte anders, besser machen können. Sie überlegte, ob die Farbe der Haut, die Haltung der Finger oder des Kopfes der Persönlichkeit individuellen Ausdruck verliehen oder Faltenwürfe der Beschaffenheit des Stoffes entsprachen. Messalina erhitzte sich an den Bildern, von denen Fiona wusste,

dass sie in ihr die Erinnerung an ein längst gelebtes Leben wachriefen. Sie hörte ihr zu, ohne eines ihrer Worte als Kränkung zu empfinden. Um sie allerdings ein wenig zu besänftigen, sagte sie: »Es klingt fast so, als wollten Sie mir nahe legen, mit dem Malen aufzuhören.«
Darauf erwiderte Messalina nichts. Sie schob die Bilder beiseite und schrumpfte langsam in sich zusammen. Ihr Blick verengte sich und wendete sich wieder nach innen. Fiona erkannte, dass sie umsonst gekommen war. Messalina Bandonelli lebte wirklich nur noch mit ihren Bäumen. Alles andere dieser Welt schien sie nicht mehr zu interessieren. Und dass sie Blatt für Blatt mit Zeichnungen von Olivenbäumen füllte, diente wohl nichts anderem, als den Baum zu sich ins Haus zu holen. Seinen Schmerz zu dem ihren zu machen.
Fiona erhob sich. »Ich danke Ihnen für Ihre Zeit, Signora Bandonelli. Ich glaube, ich kann Sie verstehen. Manchmal ist der Baum der bessere Freund des Menschen.«
»Sehen Sie? Hab ich es Ihnen nicht gleich gesagt? Ich kann Ihnen nicht helfen.«

Als sie durch den Olivenhain zurückging, fiel ihr auf, dass die Erde rund um zahlreiche Stämme frisch gehackt war. Daneben lagen Haufen von Unkraut und abgeschnittenen Trieben. Ein älterer Mann, der unter einer der Baumkronen die Erde lüftete, grüßte und wendete sich dann wieder seiner Arbeit zu.
Warmer Sommerregen setzte ein. Fiona trieb ihren Maulesel an. Der Regen verdichtete sich, Blitze zuckten hier und da, das Tier fiel von selbst in Trab. Dass der Regen ihre Bilder in dem Leinenrucksack durchweichte, war Fiona beinahe gleichgültig. Messalina Bandonelli hatte

sie enttäuscht. Sie war wieder auf sich selbst zurückgeworfen und würde eines Tages andere Bilder als jene im Rucksack malen. Starke Böen fegten durch die Wipfel der Bäume, und als Fiona endlich die Küste erreichte, schäumte das Meer.

Der Sommerregen tränkte tagelang die Erde, bis sie mürbe wurde, vielerorts ins Rutschen geriet und alte Steinmauern einstürzen ließ. Als der Himmel wieder frei wurde und die Erde zu dampfen begann, hielt eine schlammverspritzte Droschke vor Fionas Haus. Ihr entstieg ein Herr, der sich als persönlicher Sekretär von Signor Fabricio Perlucci vorstellte. Dieser sei Patriarch einer der reichsten Tuchhändlerdynastien Genuas. Er habe wie schon oft in den Jahren zuvor Messalina Bandonelli vor kurzem wieder gebeten, ein Porträt seiner Familie im traditionellen Stil zu malen. Heute habe er erneut eine Absage von ihr erhalten, doch sie hatte ihm ausrichten lassen, ihr sei bewusst, dass die Zeit dränge, und rate ihm, Signora Turlington zu fragen, ob sie willens sei, die Arbeit an ihrer statt zu übernehmen.

Es war ein heißer Augusttag, an dem Fiona sich auf den Weg nach Diano Marina unweit von Imperia machte. Die Luft flirrte über der alten Via Aurelia, obwohl von Süden her ein leichter Wind wehte, der das Meer weiß färbte. Fabricio Perluccis Sommerresidenz lag auf einem Felsenrücken, der ein Stück weit ins Meer hineinragte. Beschattet von hohen Zedern und umschmeichelt von blühenden Bougainvillea, war sie eines Fürsten würdig: Ein Dach aus tiefroten Schindeln bedeckte Mauern aus rosa, Balkone und Arkaden aus weißem Marmor. Desgleichen die Nebengebäude. In der Mitte des Innenhofs plätscherte ein sechseckiger Brunnen aus hellgrünem Granit mit aufwändigen Malachit- und Goldverzierungen. Je weiter Fiona auf den Eingang zuschritt, desto deutlicher hörte sie das sanfte Klatschen der Wellen. In der Mitte des Eingangsportals war das Familienwappen der Perlucci eingelassen – ein Kranz von Olivenblättern fasste zwei Seidenraupen auf einem Maulbeerzweig und seitlich davon Schere und Tuchballen sowie die Zahl 1546 ein.

Auf ihr Läuten hin öffnete ihr ein Diener in safranfarbener Seidenlivree und bat sie, einzutreten. Ihr Blick glitt über eine hochgewölbte Eingangshalle, weiße Marmorsäulen, Gemälde von Rubens und van Dyck, sinnenfrohe nackte Gestalten eines farbenfrohen Arkadiens im Deckenfresko. Im steinernen Mosaik des Bodens erkannte sie das Familienwappen, vielfach vergrößert, wieder. Dann folgte sie dem Diener auf eine dem Meer zugewandte Terrasse. Sie nahm in einem gepolsterten Korbsessel Platz. Warmer Wind blähte den Baldachin über ihr. Nach einer Weile erschien Fabricio Perlucci in einem Anzug aus weißer Wildseide. Er hatte die siebzig bereits weit überschritten, doch seine schlanke Statur strahlte Energie und Beherrschtheit zugleich aus.

»Signora Turlington«, begrüßte er sie mit unverhohlener Neugier. »Ich freue mich, die Enkelin meines lieben Konkurrenten Justin Forster Turlington kennen lernen zu dürfen.«

Fiona erschrak und hielt den Atem an. »Sie kennen meinen Großvater?«

Perlucci verbarg seinen Triumph nicht. »Natürlich, alle wirklich namhaften Seidenhändler kennen einander. Wir

sind schließlich eine besondere Zunft. Ich nehme an, dass sie Sie nicht sonderlich interessiert, nicht wahr? Sie sind ja Malerin, wie mir Messalina Bandonelli erzählte.« Er machte eine bedeutungsvolle Pause. »Sie haben einen guten Ruf zu verlieren, Signora Turlington.«
Fiona fühlte sich gedemütigt. Niemals würde sie die Familie eines Konkurrenten porträtieren. »Ich danke Ihnen für die Ehre, Signor Perlucci. Aber vielleicht ist es besser, wenn Sie einen unvoreingenommenen Künstler beauftragten. Ich bin, wie Sie sich denken können, vollkommen ungeeignet für Ihre Idee.«
»Lassen wir doch die Konkurrenz unserer Häuser beiseite. Ich vertraue Ihnen, weil ich Messalina vertraue. Sie bürgt für Ihr Talent, lobt Ihr Handwerk, vor allem Ihr Einfühlungsvermögen.«
Fiona öffnete ihren Fächer und spielte ein wenig mit ihm. »Das bieten auch andere. Mein Gatte zum Beispiel könnte Sie in der Art der Impressionisten porträtieren …« Sie brach ab, weil sie wusste, dass sie dabei war, zu lügen.
Perlucci schüttelte den Kopf. »Wir sind ein altes Geschlecht, und ich möchte ein Familienporträt im Stile van Dycks. Sie, Signora Turlington, sollen es malen. Schon morgen könnten Sie mit den Skizzen beginnen.«
»Ich danke Ihnen für die Ehre«, erwiderte Fiona kühl und fächerte sich Luft zu, »doch ich glaube, ich bin wirklich nicht frei genug für diese Aufgabe.«
»Sie sind reizend, Signora«, erwiderte Perlucci amüsiert. »Ich bin mir sicher, dass sich Talent und Schönheit bei Ihnen die Waage halten. Ich werde Sie großzügig entlohnen, wenn Sie beweisen können, so gut wie Messalina zu sein. Ich wünsche mir von Ihnen ein Porträt, das dem Ansehen meiner Familie Tribut zollt. Fassen Sie es als

persönliche Herausforderung auf, Signora Turlington.« Fiona schwieg empört, während er unbeeindruckt fortfuhr: »Ich darf doch davon ausgehen, dass Sie mich nicht enttäuschen werden?«

»Ihre Skepsis sollte mir Ansporn genug sein, Signor Perlucci«, entgegnete Fiona beherrscht, doch innerlich zitterte sie vor Ärger. »Geben Sie mir bis morgen Zeit, ich möchte Ihr Angebot noch einmal überdenken.«

»Sie sind Ihrem Großvater gar nicht ähnlich. So unschlüssig?« Er winkte dem Diener. Dieser füllte zwei Gläser mit Champagner. Perlucci trank seines in einem Zug aus, Fiona nahm nur einen Schluck.

»Wie geht es Ihrem verehrten Großvater? Lebt er noch in London?«

»Nein, er zog nach Torquay, nach Südengland. Er liebt das milde Klima dort.«

»Damit gehört er zu den wenigen Italien-Abstinenzlern«, meinte Perlucci ironisch. »Dabei hätte er in San Remo oder in Santa Margherita Lígure berühmte Landsleute treffen können, Dichter, Philosophen – oder mich! Richten Sie ihm aus, dass er jederzeit in meinem Haus willkommen ist. Meinen Sie nicht, er würde allein schon deswegen kommen, um das Porträt der Familie seines ehemaligen Konkurrenten zu begutachten?«

»Sie verstehen es ausgezeichnet, Komplimente zu machen«, gab Fiona verletzt zurück. Doch sie spürte, wie die Herausforderung sie mehr und mehr zu reizen begann. Hatte sie nicht mit ihrer Familie gebrochen, indem sie Jefferson geheiratet hatte? Konnte sie nicht tun, was sie wollte? Sie würde Perlucci natürlich nicht erzählen, dass ihr Großvater längst senil geworden war und von Krankenschwestern umsorgt als reicher Pensionär ein ange-

nehmes Dasein pflegte. Ihn würde das, was sie tat, nicht mehr interessieren, im Gegensatz zu ihrer Mutter.
»Nun, ich denke, es geht um Ihre Berufsehre, Signora«, unterbrach Perlucci ihre Gedanken und schenkte Champagner nach. »Nicht so sehr um die Ehre Ihrer Familie. Sollte Ihnen erstere wichtiger sein, so schlagen Sie meine Bitte nicht aus.«
In dem Laubengang, der zu einem Gartenpavillon führte, erschien ein gut aussehender junger Mann zwischen zwei Damen in hellen Schleppenkleidern. Über ihren Köpfen hielt er kleine Sonnenschirme. Ihre Blicke trafen sich. Er sagte etwas zu den Damen, woraufhin diese ihn baten, die Sonnenschirme zusammenzulegen. Während die Damen munter mit ihm scherzten, schaute er immer wieder zu ihr hinüber.
»Das ist mein Sohn Saverio«, sagte Perlucci. »Er berät auch während unserer freien Zeit Damen der Gesellschaft, wie heute eine Comtessa aus dem Hause Savoyen und ihre Cousine. Wir haben selbst hier ein Atelier mit Tuchen allerbester Qualität. Es wäre mir eine Ehre, sie Ihnen zeigen zu dürfen.«
Saverio bot nun den Damen seinen Arm. Geschmeichelt hakten sie sich ein, und Fiona empfand die Scham, von Perlucci gedemütigt worden zu sein, noch stärker als zuvor. Sie beneidete die Frauen, die eine so würdelose Situation wie die ihre nicht erleben mussten. Laut sagte sie: »Nein, ich danke, Signor Perlucci. Ich werde jetzt gehen. In ein paar Tagen erhalten Sie meine endgültige Antwort.« Sie erhob sich. Wieder schaute Saverio interessiert zu ihr hinüber. Der Alte bewegte kurz seine Hand, so als wollte er eine Fliege auf seinem Handrücken verscheuchen. Daraufhin nickte der junge Perlucci Fiona

grüßend zu, dann wandte er sich mit seinen Damen zum Gehen.

»Einverstanden, Signora Turlington. Eines sollten Sie allerdings noch wissen. Ich habe mit Messalina Bandonelli eine Wette abgeschlossen. Wenn Sie all Ihr Können aufwenden, zu dem Sie fähig sind, werde ich ihr ein schönes Begräbnis ausrichten.«

»Das heißt, wenn Ihnen das Bild nicht gefällt …«

»… oder Sie es nicht malen …«

»… dann …«

»… geht Messalina leer aus«, sagte er lächelnd. »Der Tod trifft uns alle, doch solange ich lebe, bestimme ich das Geschick unseres Hauses. Ich will dieses Bild, denn ich bin in dem Alter, da es wichtig wird, innezuhalten und sich mit dem Leben – und alten Konkurrenten – auszusöhnen.«

»Sie sind in der Tat ungewöhnlich charmant«, gab Fiona im gleichen Ton zurück.

»Charmant zu sein, verehrte Signora Turlington, ist wohl einer meiner besseren Charakterzüge.«

Während sie in ihrer Hängematte lag, überlegte Fiona, ob es ihr gelingen würde, Fabricio Perluccis Eitelkeit zu genügen, ohne die eigene Würde zu verlieren. Seine eigenwillige, stolze Art, aufzutreten und seinen Willen durchzusetzen, beeindruckte sie und stieß sie zugleich ab. Sie hielt ihn für selbstherrlich und skrupellos. Er schreckte noch nicht einmal davor zurück, sie mit Messalinas würdigem Tod zu erpressen. Wäre es nicht besser, sie würde seine unmoralische Wette hintergehen und selbst für Messalinas Wohl sorgen? Oder war seine angebliche Wette nur eine skrupellose Lüge?

Irgendetwas lag in seiner Art, das sie zu ihm hinzog und sie herausforderte. Die Vorstellung, ihn übertrumpfen und zugleich als Künstlerin neben Jefferson bestehen zu können, reizte sie. Doch wenn Perlucci ihr Porträt missfallen sollte, würde man ihr vorwerfen, sie habe versagt und zudem die Ehre ihrer Familie beschädigt. Noch im hohen Alter würde Perlucci über ihren Großvater Justin Forster Turlington, den alten britischen Konkurrenten, hohnlachen. Lohnte es sich für sie, dieses Risiko einzugehen?

Zwei Tage später trafen über ihren Anwalt in San Remo zwei Briefe ihres Vaters ein. Der erste war nur für sie persönlich bestimmt.

»Liebe Fiona,
sorge dich nicht. Ich habe veranlasst, dass der Pflichtanteil deines Erbes auf die von deinem Anwalt genannte Bank in Genua überwiesen wird. Ich habe gerade ein anstrengendes Fieber überstanden, bin noch ein bisschen angegriffen. Daher diese wenigen Zeilen. Deine Mutter ist noch immer sehr ungehalten über deine Heirat mit Mr. Cork. Sie leidet an der Ohnmacht, dein Leben nicht mehr bestimmen zu können. Sie zehrt sich geradezu innerlich auf. Bitte grüße Mr. Cork von mir. Ich wünsche euch eine glückliche Ehe, lasst jedem den Freiraum, den er zur eigenen Zufriedenheit benötigt. Meidet Eifersucht! Vielleicht sollte ich mit Geraldine zu einem der Heiler fahren, damit er ihr den Dämon austreibt, dich bestimmen zu wollen.

Liebt einander, wie ihr euch selbst liebt. Lasst es euch gut gehen. Spätestens zu Weihnachten werden wir wieder zu Hause sein.
In aller Liebe
dein Vater
Futschou/China, 24. Mai 1894«

Der zweite Umschlag, dicker als der erste und an beide gerichtet, enthielt drei voll beschriebene Briefbogen. Als Fiona ihn auseinander faltete, fielen ihr Samenkörner und zwei große cremeweiße Blütenblätter entgegen.

»Liebe Fiona, lieber Jefferson,
das, was du, meine liebe Tochter, jetzt in den Händen hältst, sind Schmuckblätter des hiesigen Taschentuchbaumes. Die Chinesen nennen ihn ›Auf-Wiedersehen-Baum‹. Er blüht gerade, und wir denken oft an euch und beten, es möge euch gut gehen.
Seltsamerweise war es ausgerechnet Geraldine, die auf diesen Taschentuchbaum aufmerksam wurde. Von weitem sieht er aus, als würden weiße Taschentücher an seinen Zweigen hängen. Sie meinte, es könnten auch viele weiße Taubenflügel sein. Sie ging sofort auf den Baum zu und zupfte diese Schmuckblätter der Blüten für dich ab. Im Oktober sollen die Bäume purpurrote Früchte tragen, die süß wie die Liebe sein sollen. Ich lege dir Samenkörner bei und hoffe, dass wir sie eines Tages in deinem Garten als grüne Pflänzchen wiederbegrüßen können.
Im Übrigen waren wir tatsächlich mutig genug,

einen chinesischen Heiler aufzusuchen, den uns ein chinesischer Literat empfohlen hatte. Er sagte Geraldine auf den Kopf zu, dass ihr Herz ein Haus ohne Fenster sei. So wie keine Stimme hinein- oder hinausrufen könne, mangle es ihr an Licht, das nötig sei, sich selbst zu erkennen, und an Lüften, die die Seelen alles Lebendigen zu ihr trügen. Es hat sie tief getroffen, wie du dir denken kannst. Ich meine, er hat ein wenig übertrieben.
Noch nimmt sie seine Kräuterkügelchen, doch sie glaubt fest daran, es werde ihr gut tun, dorthin zu kommen, wo ihre Vorfahren mit Teeplantagen reich geworden sind – an die Hänge des Wuyi-Gebirges in der chinesischen Provinz Fujian.
Mir ist dieses China unheimlich. Es gibt weder Polizei noch Gendarmerie, und es ist deutlich spürbar, dass die gebildete Oberschicht immer empfindlicher auf die Präsenz westlicher Repräsentanten reagiert. Unsere Vorstellung, dieses barbarische Reich kultivieren zu wollen, scheint mehr und mehr jene aufzubringen, die ihrer traditionellen Machtaufteilung anhaften, doch nichts, aber auch gar nichts von unserem geistigen, technischen und wirtschaftlichen Fortschritt verstehen. Sie wollen nicht, sagen sie, von kolonisierungshungrigen Großmächten bestimmt werden. Sie sehen die Gefahr, dass die Aufteilung ihres Reiches nur noch eine Frage der Zeit ist. Wohl wahr, denn Russland will die Mandschurei, Deutschland Shantung, England das Stromgebiet des Yangtse, Japan Fukien und Frankreich Kuangsi und Yünnan. Angesichts der unberechenbaren Mentalität dieser Asiaten

fürchten manche von uns aber, dass ein Krieg zwischen China und Japan ausbrechen könnte.
Wir selbst leiden unter der Feindseligkeit jener, die sich für unverwundbar halten – die Boxer. Das sind Reste des Geheimbundes vom Weißen Lotus. Zunächst bildeten sie so etwas wie freiwillige Ordnungshüter, bewaffnet mit Stöcken und Messern. Ich denke, sie sind nur dazu da, uns aus dem Land zu treiben. Noch erträgt Geraldine die Situation mit der stoischen Gelassenheit einer gebildeten Europäerin. Seitdem sie sich mit einem britischen Missionar und Pflanzenliebhaber angefreundet hat, trägt sie ein silbernes Kreuz um den Hals. Ich fürchte nur, es könnte von den Chinesen als Zielscheibe für ihren Hass dienen. Doch sie besteht darauf, es zu tragen.
Wenn ich mir vorstelle, du schaust über liebliche Hügellandschaften mit silbrigen Olivenhainen, Aprikosen- und Zitronenbäumen, dazu die mystischen Zypressen, da ergreift mich Wehmut. Wie du weißt, nahm mich dein Großvater in jungen Jahren viermal mit nach Genua, um die britische Kolonie in Italien mit britischer Seide – nicht vergessen: klare Zeichnung der Motive auf hellem Untergrund (ein Scherz!) – und bestem Darjeeling, Yunnan und Bohea-Tee bei Laune zu halten. Glücklicherweise habe ich meine italienischen Landschaftsbilder, die in meinem Arbeitszimmer in Schottland hingen, vor dem Ausverkauf bewahrt. Du weißt, die Erinnerungen an diese Reisen sind unvergesslich und bedeuten mir viel. Wenn ich mit deinem Großvater Justin Forster Turlington in

einem Ristorante saß, bei gutem Wein, leichter Luft und wohlproportionierten Damen, war er im Stande, so zu flirten, dass es den Weibern die Schamröte ins Gesicht trieb. Ihm verdankt Geraldine ihre sinnliche Ader … Urteile also bitte nie zu hart über sie, denn sie ist mir eine gute Ehefrau. Er aber schaukelt jetzt im Korbsessel und hat alles vergessen. Alles! Alles Unangenehme, doch auch alles Schöne.
Lass uns also jeden Tag genießen, als wäre es unser letzter.
Ich wollte, ich wäre bei dir. Herr im Himmel, ich werde sentimental. Verzeiht mir.
Wir umarmen euch alle beide und freuen uns auf unser Wiedersehen zu Weihnachten.
Deine dich liebenden Eltern
Wuyi, 14. Juni 1894«

Noch in derselben Stunde antwortete Fiona ihm ebenso ausführlich. Und während sie noch einmal in die Erinnerung der letzten Monate eintauchte und Seite für Seite füllte, wurde ihr klar, dass sie den Mut aufbringen musste, endgültig und ohne Kompromisse zu sich selbst zu stehen: Sie würde Perluccis Auftrag annehmen.
Wenig später bestieg sie in San Remo einen Dampfer und fuhr nach Genua.

Dieses Mal überragten zwei Passagierschiffe Masten und Schornsteine der kleineren Schiffe. Am Kai wanden sich zwei Trupps Lastenträger zwischen Händlern und Fischern hindurch. Die einen trugen Gepäck vom Schiff fort, die anderen schleppten Kisten und Fässer heran.

Fiona ging von Bord.
Nahe der Anlegestelle umringten Touristen einen Stadtführer, der ihnen mit lauter Stimme erklärte: »Keinem Künstler, Dichter, Wissenschaftler oder Denker verdankt Genua seinen Ruhm, sondern Kämpfern und Eroberern wie Christoph Kolumbus, dem Weltensegler, und Andrea Doria, dem Mann des Meeres. Doria gelang ein einzigartiger Aufstieg, den vom Kaperkapitän zum obersten Flottenadmiral der habsburgischen Weltmacht bis hin zum Staatsmann. Von diesem Hafen aus lenkte er seine wendigen Dreimastschiffe gegen Franzosen und muselmanische Korsaren und kämpfte für den Papst und die spanische Krone unter Kaiser Karl V. Über diese Hafenmauern schwappten die Wellen seiner Erfolge und spülten Gold und Silber in die Kassen der Stadtaristokratie.«
Er brach ab, weil sich ihm von links ein Lastenträger mit einer zweirädrigen Karre näherte, auf der er einen hohen Überseekoffer balancierte, der ihm den Blick nach vorn versperrte. Er lugte mal links, mal rechts an ihm vorbei. Der Fremdenführer hob seine Stimme noch mehr an und fuhr fort: »Man sagt den Genuesen nach, sie seien tüchtig, doch in Wahrheit ist ein jeder des anderen Wolf.«
Plötzlich sah Fiona, wie der Kofferträger gegen einen entgegenkommenden Leiterwagen stieß. Flaschen klirrten, man hörte Flüche. Der Fremdenführer winkte seine Gruppe enger zu sich. Der Trägerzug stockte in beiden Richtungen, und noch bevor jemand einschreiten konnte, gingen die beiden Träger mit Fäusten aufeinander los. Ein Schlag gegen die Schulter des Kofferträgers ließ diesen rückwärts taumeln. Wütend stürzte er wieder vor. Der Koffer war ins Wanken geraten, kippte nach vorn und riss ihn nieder. Der Träger heulte auf, woraufhin die Traube

schimpfender Männer um ihn herum noch weiter anschwoll. Die Lastenträger beider Richtungen drängten nun an Touristen, Hafenarbeitern, Matrosen und Fischern vorbei. Ein noch größeres Durcheinander entstand, als der Fremdenführer seine Gruppe mit über dem Kopf gestikulierenden Armen anwies, ihm entlang der Kaimauer zu folgen. Auch Fiona wich dem Tumult aus. Plötzlich hörte sie inmitten des lautstarken Getümmels jemanden »Mrs. Cork! Mrs. Cork!« rufen. Sie sah sich um, doch sie entdeckte niemanden, der nach ihr Ausschau hielt. Sie musste sich verhört haben.

Dieses Mal verlief der Besuch in der genuesischen Bank erfolgreich. Beruhigt bestieg Fiona anschließend eine Droschke und reihte sich in den belebten Strom jener, die die berühmte Via Garibaldi hinauffuhren. Die einen, um in den Palästen der Doria, Pallavicino und Spinola Geschäfte oder Besuche zu tätigen, die anderen, die außen vor blieben, um erträumen zu können, welch Reichtum hinter den Wänden aus Stein verborgen sein mochte. Perluccis Stadthaus aber, das sie suchte, lag ein Stück weiter westlich, in der Via Lomellini. Die berühmtesten Straßen der Stadt, die Via Garibaldi und die Via Balbi mit ihrer Kirche SS. Annunziata und den Palazzi Durazzo, Balbi und Reale, hingen ihr wie zwei Flügel zu beiden Seiten an. Das war nicht nur eine gute Adresse, sondern eine günstige Lage, denn über die Piazza Fossatello ging es rasch hinab zum Porto Vecchio. Zwei Soldaten in weißblauen Hosen und safrangelben Röcken bewachten das Tor des Perlucci'schen Besitzes. Jenseits der Mauer ragte ein hohes, flaches Dach empor. Im Obergeschoss verlief ein Bogengang aus grünem Granitgestein. Zu beiden

Seiten standen rechteckige Türme, die das Hauptdach um ein gutes Stück überragten. Zwischen dem geschmiedeten Eisengitter mit dem Familienwappen erspähte Fiona ein aus farbigen Steinen gelegtes Mosaik, das die Mitte des Vorhofs bedeckte. Der Länge der Mauer nach zu urteilen, war Perlucci ohne Zweifel ein äußerst wohlhabender Bürger seiner Stadt.

Fiona dachte an Messalina Bandonelli. Sie sah sie im sanften Licht in ihrem Olivenbaumnest sitzen und zeichnen. Sie erinnerte sich daran, wie sie am Abend vor ihrem Haus, mit einem Becher Oliventee in der Hand, über die Berghänge bis hinunter zum Meer schaute. Es schien undenkbar, dass diese Frau einen Ort wie diesen hier, einen Ort, an dem das Geld triumphierte, schätzte. Fiona fragte sich, ob Messalina Perlucci wirklich erlaubt hatte, ihr späteres Begräbnis auszurichten. Schließlich liebte sie die Bäume, er hingegen den Stein. War sie naiv, oder hatte Perlucci ihre Eitelkeit geweckt?

Aus einer Laune heraus wies sie den Kutscher an, auf der Piazza Fossatello zu wenden und nach Staglieno hinauszufahren, zum berühmten Friedhof der Stadt. Der Weg war weit, doch Fiona genoss die Fahrt bis ins grüne Bisago-Tal, wo die Toten in Gräberfeldern, Urnenhallen und Mausoleen hügelaufwärts ihre letzte Ruhe fanden.

Vor dem Eingang des Friedhofs umringten Einheimische und Touristen Stände mit Blumen und Süßwaren. In dem Getümmel stand ein Priester, der ungeduldig in die Hände klatschte, woraufhin sich eine Trauergesellschaft laut redend bemühte, sich hinter Sargträgern zu einem Zug zu formieren. Schwarz verschleierte Frauen weinten, ein Geiger gab dem Drängen einiger Kinder nach und beugte sich zu ihnen hinab. Er setzte Griffe, die Kinder zupften

aufgeregt an den Saiten. Eine Gruppe Nonnen stand dicht beisammen, leise plaudernd. Hinter dem Tor warteten alte Soldaten auf ihre Kameraden, die mehrere Kränze aus einem Wagen luden. Sie schauten bitter auf die Welt um sie herum. Doch Fiona war erleichtert, dass zumindest der erste Eindruck vom berühmten Staglieno-Friedhof ein lebendiger war, der ihr Gemüt nicht belastete. Es kam ihr vor, als wäre sie dabei, nur eine weitere Touristenattraktion mit belebten Figuren zu besichtigen.
Der Friedhofswärter, der herbeieilte und sie und ein paar andere Fremde zur Besichtigung einlud, bestärkte sie in ihrem Gefühl. Er ähnelte in seiner Geschäftigkeit mehr einem routinierten Fremdenführer als einem Wächter über die letzte Ruhe.
»Ich bringe Sie hin, wo immer Sie wollen«, begann er ein wenig mehrdeutig. »Doch bevor ich das tue oder Sie allein unsere herrlichen Anlagen besichtigen wollen, müssen Sie sich zuallererst das berühmteste Grab unseres Friedhofs ansehen – das unserer Nussverkäuferin Caterina Campodonico.«
Er führte die Gruppe zum unteren westlichen Bogengang. Dort stand Caterina Campodonico in Stein gemeißelt, die Hände vor dem Bauch, aufrecht in einer Nische. »Sie starb 1881 und hatte Zeit genug gehabt, Lorenzo Orengo, dem Künstler ihrer Statue, genau zu sagen, wie sie sich verewigt sehen wollte. Sie ist eine Frau, deren Grab viele Menschen anzieht, weil sie im Tode erreichte, wonach viele ihres Standes vergeblich im Leben streben – Ansehen und Gleichheit. Wie ein Eichhörnchen sorgte sie für den letzten Winter ihres Lebens vor. Münze für Münze hortete sie, um eines Tages hier, zwischen all den Reichen, ruhen zu dürfen. Da, sehen Sie ihre Insignien? Nusskette

und Brezel – die einfachen Leute, die hierher kommen, fühlen sich durch sie erhöht und angespornt.«
Fiona stellte sich unwillkürlich Messalina Bandonelli mit Pinsel und Olivenzweig in den Händen vor.
»Wenn ein einfacher Mensch so lange für seine letzte Ruhestätte sparen muss, dann wird doch der Ruhm großer Künstler wie Messalina Bandonelli allein schon eine Grabstätte garantieren?«
»Nein, keineswegs. Weder sie selbst noch ein anderer hat eine Stelle vormerken lassen.«
»Auch nicht in den letzten Tagen?«
»Nein. Sie liegt doch wohl nicht im Sterben?«
»Es geht ihr noch sehr gut. Ich wundere mich nur, dass sie nie daran gedacht hat, hier eines Tages ruhen zu wollen. Wenn doch eine einfache Nussverkäuferin …«
»Des Menschen Wille ist sein Himmelreich«, erwiderte der Friedhofswärter lakonisch und nahm mit der Gruppe den Rundgang auf. Entweder also, dachte Fiona, ist Messalina wirklich verrückt oder Perlucci erpresst mich mit einer Lüge, nur um auf Leinwand verewigt zu werden.
In diesem Moment aber war ihr beides egal, denn die lebensechten Skulpturen, an denen sie vorbeigingen, lenkten sie ab. Ein Junge bereitete sich auf einen Badeausflug vor, bei dem er ertrinken sollte. Eine Familie stand um ein Sterbebett herum. Eine junge Frau mit entblößten Brüsten lag rücklings über einem Felsen. Eine andere Familie verewigte sich bei einem Abendmahl aus Bronze. Auf den meisten Statuen lagen dicke Staubschichten. Nahmen es die Nachfolgenden doch nicht so genau mit der Totenverehrung? Fiona schob dem Friedhofswärter Geld zu und flüsterte, er möge sie zur Perlucci'schen Grabstätte führen. Laut sagte sie: »Wenn der Einzelne nach Unsterb-

lichkeit strebt, so kommen doch nur unterhaltsame Momente für Fremde dabei heraus.«
»Sie haben völlig Recht, Signora«, stimmte er ihr zu.
Die Gruppe löste sich auf. Fiona folgte dem Friedhofswärter und ließ nun die besondere Schönheit der Anlage ungestört auf sich wirken. Sie schlenderte vom zentralen Pantheon mit seinen endlosen Bogengängen, unter denen die älteren Grabstätten lagen, an Gräbern vorbei die Terrassen am Hang hinauf. Langsam verblasste ihr erster touristischer Eindruck.
Die melancholische Stimmung des Staglieno, der nach Art eines englischen Parks angelegt war, nahm sie nach und nach gefangen. Wohin sie auch sah, steinerne Gestalten, die sie auf sich aufmerksam machten. Es war, als ob diejenigen, die vor Zeiten die engen Gassen der Stadt bevölkert hatten, noch auf ihrem Weg hierher zu Stein geworden wären. Fließende Stoffe, Schmuck und Blumenkränze im Haar und Mienen voller Nachdenklichkeit, Trauer und Andacht. Doch sie schienen erleichtert, endlich Zeit für die wirklich wichtigen Gedanken über die Welt zu haben. Zwischen klassizistischen Portalen, Türmen, Grabhäusern und Pagoden erinnerten nur die Engel an die Nichtigkeit des Lebens.

Das Mausoleum der Tuchhändlerfamilie lag am Hang als eines von vielen monumentalen Grabdenkmälern reicher Genueser Bürger. Sieben Zypressen fassten es halbkreisförmig ein. Ihre Schatten waren wie durchsichtige schwarze Schleppen auf dem hellen Stein. Eine große weiße Madonna saß betend auf einem Sockel. Ihr marmornes Tuch war so kunstvoll gemasert, dass man glauben konnte, es wäre aus steinernen Fäden gewebt.

Da es immer noch sehr heiß war, beschloss Fiona, auf der unteren Stufe auszuruhen. Sie lehnte sich gegen das rechte Bein der Madonna und schloss eine Weile die Augen. Mal schien es ihr, als röche sie Weihrauch, das Salz des Meeres, welkende Rosen und Lilien, dann wieder atmeten die Bäume ihr würziges Harz aus. Es war friedlich und unwirklich still, bis auf das entfernte Lied des Geigers und das Wehklagen der Frauen. Sie fühlte sich wohlig matt, und sie genoss es zu spüren, dass sie atmete, lebte. Ihr Blut pochte unter der sonnenwarmen Haut. Auf einem dieser Genueser Hügel hatten sie sich vor gar nicht so langer Zeit geliebt, sie und Jefferson. Sie blinzelte. Schräg gegenüber spannte ein steinerner Jüngling eine Armbrust. Über seine breiten Schultern, seine glatte Brust huschten schattige Fleckchen. Fiona schloss wieder die Augen. Sie versuchte sich daran zu erinnern, wie Jefferson roch, wenn er erregt war und ein bisschen schwitzte. Sie schob die Ärmel ihres Kleides ein wenig weiter die Schultern hinab. Was Perlucci wohl sagen würde, wenn er die Grabstätte seiner Familie so lasziv entweiht sähe? Sie, die Lebende, triumphierte über die Toten seines Namens.

Er hatte sie gereizt, und sie genoss es, sich zu wehren.

Was würde sein Sohn Saverio tun?

Ob er die Wipfel der Zypressen zu ihr herabziehen würde, um sie im Halbschatten zu entkleiden?

»Mrs. Cork?«

»Ja, bitte?!« Fiona öffnete die Augen. Dort, wo die langen Schatten der Zypressen ausliefen, stand ein Mann in beigefarbenem Leinenanzug und braunen Schuhen. Er stützte sich auf einen Stock in seiner rechten Hand, betrachtete ein kleines Stück Papier, das er in der anderen hielt, und musterte sie. »Sie sind also doch Mrs. Cork.« Es

folgte eine kurze Pause. »Was bitte macht meine Schwiegertochter auf dem Grab eines Italieners?«
»Mr. Cork?!«
»Wer sonst? Mein Sohn hat eine Frau voller Geheimnisse geheiratet. In Schottland gibt es Ihre Familie nicht mehr, auch in London erreicht man niemanden – und Sie haben uns noch nie geschrieben. Und jetzt sitzen Sie hier! Ohne Jefferson! Wer verdammt noch mal sind Sie, Fiona?«
Fiona setzte sich ein wenig benommen auf. Dabei löste sich ihr Kamm, und eine dichte Strähne fiel ihr über die Schulter. Sie hob ihre Arme, um das Haar wieder zu richten. Empört, doch gebannt schaute ihr Victor Emanuel Cork zu. Aus der Spitze einer der Zypressen stob ein kleiner Schwarm aufgeregt zwitschernder Meisen. Fiona hob den Kopf. Sie merkte, wie ihr dünnes Kleid über ihrem Busen spannte und ein sanfter Luftstreif unter ihre Achseln fuhr. Cork seufzte. »Ich verstehe. Komm, Fiona, komm. Erzähl mir alles.«

Sie holten Jeffersons Mutter Bess im Hotel de Londres ab, wo sie im Café auf ihren Mann gewartet hatte. Sie war klein, ein wenig rundlich und deutlich bemüht, ihre mütterliche Ausstrahlung durch ein streng geschnittenes Kostüm zu verbergen.
»Fiona, ich freue mich, Sie endlich kennen zu lernen. Jefferson schrieb so viel Reizendes über Sie. Ich hoffe doch, Sie beide sind glücklich miteinander?« Ihr Blick wanderte kurz zu Fionas Bauch.
»Jefferson malt viel«, erwiderte sie.
»Jaja, das wissen wir. Aber …«
»Bess, sie wird uns alles auf dem Weg nach San Remo erzählen.«

Aus einem Gefühl heraus beschloss Fiona, nicht die ganze Wahrheit zu sagen. Und so log sie: »Ich werde noch etwas für Jefferson tun müssen. Er braucht Farben und Leinwand.«
Die Corks begleiteten sie zu einem Spezialgeschäft für Malereibedarf, in dem Fiona Ölfarben kaufte. Leinwand und anderes Zubehör ließ sie zustellen.
»Sie ist die Richtige«, hörte sie Victor Emanuel seiner Frau zuflüstern. »Sie unterstützt unseren Sohn.«
»Das habe ich auch immer getan. Aber ich habe dich nie allein gelassen.«

Da sie davon ausgingen, dass Jefferson noch in den Bergen malte, stiegen die Corks in einem Hotel in San Remo ab. Fiona versprach ihnen, sie holen zu lassen, sobald er zurück sei. Und Perlucci schickte sie eine Nachricht, dass sie seinen Auftrag annehme.
Am späten Nachmittag des übernächsten Tages traf Jefferson ein. Trotz einer Risswunde an der rechten Wade ging er zuallererst in den Salon, um seine mitgebrachten Bilder auf dem Boden auszulegen.
»Wir haben herrliche Plätze gesehen«, erzählte er. »Madonnenkapellen, an einsamen Stellen in den Wäldern. Und das Wasser aus den Quellen ist köstlich. Von den Bergen sind wir dann ins Nervia-Tal abgestiegen. In Dolceácqua quartierte sich Geoffrey in einer Pension ein und wartet jetzt schon auf die nächste Tour.«
»Jefferson, sag mir die Wahrheit. Gehst du in die Berge, damit du mit Geoffrey zusammen sein kannst?«
»Nein, natürlich nicht. Ich brauche einen Freund an meiner Seite. Wir gehen auf sehr einsamen, alten Schmugglerwegen. Meinst du nicht, es ist besser, zu zweit zu sein?«

»Jefferson, dein Vater hat mich in Genua verfolgt, weil er mir misstraute. Soll ich ihnen erzählen, dass ich Grund habe, ihrem Sohn zu misstrauen?«
»Meine Eltern sind hier?! Wo sind sie, verdammt? Und du kannst ihnen meinetwegen erzählen, was du willst.« Er lief aus dem Salon.
»Warte!«, rief sie ihm nach.
Jefferson bückte sich in der Diele nach dem Paket mit den Ölfarben und öffnete es. »Auripigment, Spanisches Grün, Zinnoberrot, Bleiweiß und Indischgelb, Van-Dyck-Braun und Krapplack – Fiona, sag mir, für wen?«
»Für einen genuesischen Tuchhändler. Messalina wünscht es sich so. Ich habe den Auftrag angenommen.«
Jefferson trat dicht vor sie und schaute sie ernst an. »Die alten Meister, also doch. Pomp, Lüge, Fassade. Gut, tu es. Meinetwegen. Du tust es ja nicht für Geld, oder?«
»Nein, ich tue es nicht des Geldes wegen.«
»Dann sei vorsichtig mit den Farben!«, erwiderte er ironisch. »Du wirst eine Menge hochgiftiges Arsen brauchen, um Lob von diesem Tuchhändler zu bekommen. Er wird nämlich in Gold glänzen wollen.« Er hob die Tube mit Auripigment hoch und las: »Chinagelb, Spanischgelb, Kings yellow … Es ist schlicht Arsenblende. Warum nimmst du keine Wasserfarben, Fiona?«
»Du bist intolerant geworden, Jefferson! Nicht nur der Malerei, sondern auch mir gegenüber.«
Er wandte sich von ihr ab und rief durch die offen stehende Küchentür: »Signora Lorni, heute Abend erwarte ich meine Eltern. Bereiten Sie etwas besonders Schmackhaftes vor.«
Fiona schaute aus dem Fenster auf den Vorhof hinaus, wo gerade ein Bote eintraf. Sie öffnete die Tür, riss den

Umschlag eines Briefes von Perlucci auf, überflog die einzige Zeile und sagte dann: »Jefferson?«
»Ja?«
»Ich glaube, ich werde heute Abend nicht dabei sein können.«
Jefferson lief vor Ärger rot an.
»Doch, du wirst, Fiona. Kein Mensch kann wichtiger für dich sein als deine eigene Familie.« Er nahm ihr den Brief aus der Hand und rief dem Boten zu, er möge warten.
»Jefferson, das tust du nicht!«
»O doch.« Er schrieb rasch eine Karte an seine Eltern und eine knappe Antwort an Perlucci. Fiona fiel ihm in den Arm. Er hielt sie fest. »Ich weiß, was ich will. Du aber tust, was du willst – das ist der Unterschied zwischen uns beiden. Ich bin überzeugt davon, dass dir nicht bewusst ist, dass du unsere Ehe gefährdest, wenn du als Künstlerin in fremde Häuser gehst. Warum bleibst du nicht hier – und malst? Außerdem könnte Signora Lorni noch viel mehr für dich tun – möchtest du denn keine Kinder?«
»Nein!« Fiona wand sich aus seiner Umarmung. »Nein! Nein!«
Hinter ihrem Rücken steckte Jefferson dem Boten die Briefe zu. Hastig eilte dieser davon.
»Ich werde heute Abend fortgehen«, zischte Fiona.
»Du wirst es dir überlegen. Denk an das Kapital, das dir eines Tages zusteht, sollte ich vor dir … Oder willst du, dass Vater dir heute Abend dein Erbe streicht?«
Fiona ballte die Fäuste. »Du bist ein Schuft, Jefferson. Wie kannst du mich nur mit Geld erpressen?«
»Ich dachte, dass man niemals das hassen wird, was man wirklich liebt, oder?«
Fiona war wütend, doch sie versuchte sich zu beherr-

schen. Tief in ihrer Seele spürte sie, dass Jefferson Recht haben könnte. Geld, das ihr immer wichtig gewesen war, drohte ihr zur Fessel zu werden.

Signora Lorni kochte süßliche Kürbisgnocchi, Tortellini mit frischem Gemüse, briet Langusten und reichte dazu Pesto und grüne Pfeffersoße. Törtchen mit frischen Pfirsichen und Aprikosen schlossen ihr Menü ab. Jeffersons Eltern waren beeindruckt. Mrs. Cork half der Köchin beim Abräumen des Tisches und gesellte sich dann zu ihr, um sich zeigen zu lassen, wie italienische Frauen kochten. Fiona hatte sich vorgenommen, nichts über die Perluccis zu erzählen. Sie und Jefferson bemühten sich, ihren Streit zu vergessen. Die Nacht wurde lang. Erst in den frühen Morgenstunden fielen die Corks müde ins Bett. Jefferson schlief in Fionas Hängematte im Garten, sie in ihrem Olivenholzbett.

Sie träumte davon, fliegen zu können, fühlte, wie Luftströme, die nach Weihrauch und Lilien dufteten, sie emporhoben und sanft hinabsenkten. Sie hielt ihre Augen weit geöffnet aus Angst, nach unten sehen zu müssen. Der Strahlenkranz der Sonne sog sie zu sich, begann sie zu kreiseln, bis ihr schwindlig wurde. Dann lag sie nackt auf weißem Marmor, während Tausende von winzigen Flügeln auf sie herabsegelten.

Am nächsten Morgen brachte ein Bote eine Nachricht von Fabricio Perlucci, in der er sein Erstaunen über Jeffersons harsche Intervention ausdrückte. Er würde auch ihn, den modernen Maler an Fionas Seite, gerne kennen lernen und lud beide zu einem kleinen Sommerfest ein.

Zwei Tage später, die Corks waren nach San Remo zurückgekehrt, traf Fiona wieder bei Fabricio Perlucci ein. Er hatte sich vorbereitet, denn er trug einen Hut mit Feder, eine hellblaue Seidenjacke mit breitem, nerzumsäumtem Kragen und braunen Ärmelfalten, silbrig graue Hosen und hohe Stulpenstiefel. Er hätte seine Vorliebe für die Malerei des 16. Jahrhunderts, deren Gemälde die Halle schmückten, nicht besser vertreten können. Er verbeugte sich vor Fiona, sodass die silbernen Sporen leise klirrten. »Ich danke Ihnen für Ihr Kommen, Signora Turlington. Nun, ich hoffe, Ihr Gatte freut sich über die Ehre, die Sie unserem Hause erweisen. Wie Sie sehen, haben wir uns vorbereitet. Gefällt Ihnen mein Kostüm?«

Fiona ging über seine Anspielung auf Jefferson hinweg und sagte stattdessen: »Man könnte glauben, Sie hätten gerade eben mit dem König von Spanien verhandelt, Signor Perlucci. Ich könnte Sie auf einem Pferd malen, mit Schwert und Degen und der Fahne Genuas in der Hand.«

Er lachte leise auf. »Warum nicht?« Er winkte einen Diener herbei. »Hier! Das Wappen unseres Hauses und unsere Urkunde aus dem Jahre 1546 mit unserem Wappen. Richten Sie es so ein, dass beides deutlich im Bild zu sehen ist. Kommen Sie, ich stelle Ihnen meine Familie vor.«

Fabricio Perlucci führte sie über lange Flure, die römische Skulpturen und Büsten flankierten. Sie durchquerten hohe Räume mit Deckenfresken und Gobelins, die fast die gesamte Wand einnahmen. Um sich von ihrer Familie abzulenken, sog Fiona alles um sie herum begierig in sich auf. Bald schon kam es ihr vor, als wären die Gestalten auf den Bildern real – Raubritter drangen in Klostergärten ein, Nonnen schrien, barfüßige Bauern brachen mit Sensen und Hacken zu einem Kriegszug auf, Ritter mit Wappengefolge auf dem Weg zu einer Burg, Jagdszenen, Schiffe unter vollen Segeln, Kanonenfeuer, aufgepeitschtes Meer. Fiona bildete sich ein, Kämpfer schreien, nasses Tuch schlagen, Pferde schnauben, Frauen wehklagen zu hören. Dann wieder brachen Holz und Knochen. Augen folgten ihr, traurige, muntere, triumphierende Blicke. Tuschelten hinter den Gobelins Stimmen? Übertönten sie nicht schon Perluccis stolze Erklärungen? Er redete, doch sie hörte nicht zu. Ihre Anspannung wuchs.

Sie würde vor all diesen Augen bestehen müssen.

Vor Perlucci.

Ebenso wie vor Messalina Bandonelli und sich selbst.

Schließlich öffnete Perlucci eine Flügeltür mit silbernen Ornamenten. Hinter ihr befand sich ein Saal mit einem ovalen Tisch aus massivem Silber in der Mitte. Seine Edelsteine, die in ihn eingelassen waren, funkelten rot, gelb, blau und grün: Rubine, Saphire, Lapislazuli, Smaragde. An den Wänden hingen Gemälde der Niederländer. Vor den hohen Fenstern stand eine Reihe rot bezogener Stilmöbel. In einem der Sessel saß Signora Perlucci. Fiona nickte ihr kurz zu, doch ihr Blick glitt unwillkürlich zurück zu der Säule neben ihr, von der ein auffallend schönes olivfarbenes Seidendamasttuch herabhing. Sonnenlicht fiel auf goldene Tupfen, es sah kostbar aus und edel.

»Giulia, Saverio – ich stelle euch Signora Turlington vor.«

Fiona trat auf sie zu. Signora Perluccis Robe aus blauviolettem, goldbesticktem Seidendamast breitete sich in einer überwältigenden Fülle um sie herum aus. Neben ihr stand Saverio Perlucci in schwarzem Seidenumhang, Wams und Beinkleidern aus schwarzem, golddurchwirktem Samt. Beide trugen wagenradähnliche Halskrausen aus weißer Spitze. Sie schauten ihr ein wenig gleichgültig entgegen. Außer Fabricio Perlucci, dachte sie erstaunt, scheint hier niemand wirklich an diesem Porträt interessiert zu sein.

»Beginnen Sie schnell, Signora«, sagte Saverio ungeduldig und reichte ihr die Hand. »Es ist kein Vergnügen, so verkleidet zu sein.«

Seine Stimme war angenehm, sein Händedruck warm und fest. Doch die Neugier, mit der er sie im Garten betrachtet hatte, war verschwunden. Da wurde die Tür aufgerissen, und zwei Mädchen im Alter von ungefähr zehn und vierzehn Jahren traten ein. Sie trugen schwere Kleider aus weißem Brokat, mit breiten Spitzenkragen und blauen Schärpen.

»Cristina! Teresa! Geht an euren Platz!«, herrschte Perlucci sie an. »Kommen Sie, Signora. Dies ist der Raum, in dem ich wünsche, mit meiner Familie gemalt zu werden.«

»Signora, ich kann meinen Kopf nicht drehen. Beginnen Sie rasch, mein Nacken schmerzt bereits. Die Halskrause hat nur den Vorteil, dass mir die Domestiken wirklich jeden noch so kleinen Handgriff abnehmen müssen.« Signora Perlucci seufzte halb amüsiert, halb leidend.

»Sie sehen wie eine Fürstin aus, Signora Perlucci«, entgegnete Fiona höflich.

»Ich danke Ihnen. Überlegen Sie nur gut, ob alles bestens sitzt.«

Noch einmal öffnete sich die Tür. Ein Windhund glitt herein, ein ungefähr fünfjähriges Mädchen an einer Leine hinter sich herziehend.

»Sofia! Setz dich!« Perlucci wies ihr ihren Platz zu. Sie setzte sich. Gehorsam nahm der Hund neben ihr Haltung an, so als wüsste er, dass es darauf ankam.

Während Fiona dem Diener Anweisungen gab, die aufgestellte Staffelei besser ins Licht zu rücken, schaute sie immer wieder zu dem Tuch, das auf der Säule drapiert war. Die lanzettförmigen Olivenblätter ergaben ein kompliziertes, aber außergewöhnlich schönes Muster, in das Olivenfrüchte mit goldenem Seidenfaden eingewebt waren.
Perlucci hob es an und breitete es ein Stück weit auseinander. »Es ist ein besonders wertvolles Tuch. Sehen Sie?« Er hielt es so ins Licht, dass Fiona im Muster der Blätter hebräische Buchstaben zu erkennen glaubte. Perlucci schlug es wieder zurück. »Niemand wird mehr in der Lage sein, ein solches Muster zu weben. Diese Kunst geht auf die Hochzeit der Seidenweberei im 16. und 17. Jahrhundert zurück. Das Tuch ist so wertvoll, dass Sie es erst ganz am Schluss malen sollten. Sie müssen es genau so malen, wie es ist. Ohne dass der Betrachter das Muster entziffern kann. Es ist mir heilig, verstehen Sie? Mir liegt viel an ihm, denn es ist mit meinem Leben auf besondere Weise verbunden. Sie werden Ihr ganzes Können brauchen, um es wiederzugeben. Jetzt aber sollten Sie wieder uns anschauen, Signora Turlington.«
Fiona arrangierte den Faltenwurf der Brokatkleider und rückte die Urkundenrolle der Perluccis dem Patriarchen so in der Hand zurecht, dass das Familienwappen dem Betrachter sofort ins Auge fiel. Anschließend bat sie Saverio, sich neben seinen Vater zu stellen, das linke Bein leicht vorgeschoben, den rechten Arm auf die Säule mit dem Tuch gelehnt. Links neben Fabricio Perlucci sollte seine Frau Giulia sitzen, mit einem Rosenkranz aus Korallen zwischen ihren schlanken Fingern. Cristina und Teresa aber mussten sich neben ihre Mutter stellen. In ihren weißen Kleidern wirkten sie wie zwei leuchtende Wachs-

kerzen. Sofia bekam die kurze Leine des geduldigen Hundes in die Hände. Ihr Kopf und der des sitzenden Hundes waren auf einer Linie.
Fiona ermahnte die Familie, still zu sitzen und die eingenommene Position nicht zu verändern. Heiße Sommerluft drang in den Raum. Das helle Licht brachte die Muster der Stoffe, die Feinheit der Spitzen zur Geltung, doch auch winzige Schweißperlen auf den Gesichtern der Erwachsenen. An den Mienen der Kinder konnte sie ablesen, wie schwer es ihnen fiel, auf ihr übliches Spiel verzichten zu müssen. Wenn sie ihre Zähne aufeinander pressten oder die Stirn zusammenzogen, wusste Fiona, dass die Zofe, die hinter ihr neben der Tür Platz genommen hatte, wieder einmal stumm mit ihnen gescholten hatte. Sie würde sich beeilen müssen.
Fiona griff zum Kreidestift und begann zu zeichnen. Mit feinen Strichen fasste sie die Konturen, mit Schraffierungen Schatten ein. Sie wusste, dass bereits heute alles davon abhing, wie Perlucci ihre ersten Versuche beurteilen würde. So konzentrierte sie sich ausschließlich auf ihn. Die anderen Figuren samt Säule, Tuch und Hund erfasste sie nur in großzügigen Andeutungen.
Nach zwei Stunden war die erste Sitzung beendet. Die Kinder liefen hinaus. Perlucci trat auf die Leinwand zu, Saverio und Giulia folgten ihm.
»Sie haben nur mich gezeichnet? Wo sind die anderen?«
»Sie werden nach und nach dazukommen.«
»Schneller geht es nicht?«
»Wenn das Bild ohne Ausdruck sein soll, dann zeichne ich so schnell, wie Sie wollen.«
»Nein, nein.« Perlucci legte die Urkundenrolle auf den Silbertisch, trat dicht vor sie und küsste ihre Hand.

»Kommen Sie übermorgen wieder, Signora Turlington. Sie machen mich neugierig.«

Die zweite Sitzung war schwieriger als die erste. Noch immer lastete die Sommerhitze im Raum. Diener stellten Kübel mit Eis und kleine Wasserbrunnen auf und wedelten mit Straußenfedern kühlere Luft zu. Doch die Stimmung blieb angespannt und nervös. Die Mädchen rutschten auf den Stühlen umher und begannen zu quengeln. Signora Perlucci wollte ein Sommerfest planen, rief ihre Bediensteten herbei und schickte sie mit ständig sich ändernden Anweisungen wieder fort. Saverio unterhielt sich mit seinem Vater über Unruhen in einer Marmorgrube. Er war ungeduldig und gab Fiona zu verstehen, dass ihm die Zeit für Wichtigeres davonlief.

»Cristina! Teresa! Seid still!«, rief Fabricio Perlucci ungehalten. »Stört die Signora nicht. Das, was sie tut, ist zu euren Ehren. Und Sie, Signora Turlington, sollten sich nicht vom Wesentlichen ablenken lassen. Sie sehen ja, meine Frau Giulia ist fast zwanzig Jahre jünger als ich. Sie wird eines Tages meine Mädchen als junge Frauen sehen – ich nicht mehr. Daher erwarte ich von Ihnen, dass Sie den Keim ihres Wesens im Porträt herausarbeiten, damit ich schon heute an der Zukunft teilhaben kann. Und mein einziger Sohn Saverio soll Stolz und klugen Geschäftssinn unserer Familie repräsentieren.«

»Dann sollten Sie ihm am besten noch einen Degen dazugeben«, entfuhr es Fiona gereizt.

Saverio hob überrascht die Augenbrauen. »Belustigt Sie Vaters Idee, Signora Turlington?«

Sie errötete.

»Sie müssen wissen, wir haben eine lange Familiengeschichte«, fuhr Saverio fort. »Unsere Vorväter kannten noch Andrea Doria persönlich. Ein Zweig meiner Familie baute das Bankwesen aus, bediente die spanische Krone unter Karl V. mit Krediten. Das Silber, das Sie bei uns sehen, stammt noch aus der Zeit, in der die Spanier die Edelmetallminen in den Anden und in Mexiko ausschürften.«

»Ich bin beeindruckt. Meine Vorfahren haben nur mit Tee und Seide gehandelt, und ich selbst bin eine einfache Malerin.«

Fabricio Perlucci lachte spöttisch. »Sie wollen uns doch nicht sagen, die chinesische Seide hätte Ihre Familie frieren lassen? Das glaube ich nicht.«

»Was bedeutet schon Geld, Signor Perlucci«, entgegnete sie gespielt desinteressiert.

»Alles, Signora, alles bedeutet es.«

Im Stillen gab sie ihm Recht, doch seine überhebliche Art reizte sie.

»Im Moment ist mir ein gutes Stück Leinwand wichtiger.«

»Dann beeilen Sie sich doch bitte«, erwiderte Fabricio Perlucci ungeduldig.

Auf der Rückfahrt durch San Remo stieß sie unverhofft mit den Corks zusammen, die in einer offenen Kutsche spazieren fuhren. Sie musste anhalten lassen und aussteigen.

»Es ist das zweite Mal, Fiona, dass ich dich ohne meinen Sohn antreffe. Was tust du?«

Fiona beschloss, die Wahrheit zu sagen.

»Ich arbeite an einem Familienporträt einer Genueser Tuchhändlerdynastie. Der Patriarch ist äußerst anspruchsvoll, und ich will ihm beweisen, was ich kann.«

Victor Emanuel Cork pfiff durch die Zähne. »Du arbeitest. Das ist lobenswert.«
»Das ist keineswegs lobenswert!«, entgegnete seine Frau ärgerlich. »Dass du uns deine so genannte Arbeit verheimlicht hast, Fiona, zeugt doch von deinem schlechten Gewissen.«
»Sie will vielleicht auf eigenen Füßen stehen.«
»Es ist mein Beruf, wie ihr wisst.«
»Es ist Jeffersons Berufung, liebe Fiona. Ich hatte gedacht, du würdest ihm beistehen und nicht allein in die Berge gehen lassen.« Mrs. Cork kniff die Augen zusammen. »Du hast einen besonderen Mann mit einer besonderen Gabe geheiratet. Das sollte dir Aufgabe genug sein.«
»Eigentlich finde ich das auch«, meinte Mr. Cork langsam. »Doch ich kann auch dich verstehen, Fiona. Die jungen Frauen sind heutzutage viel selbstständiger als früher, Bess.«
»Auf Kosten des Eheglücks.« Bess Cork schwieg einen Moment. »Ich wünsche mir Enkelkinder, meine Liebe. So ein Körper wie deiner darf nicht brachliegen.«
Fiona schnappte nach Luft. »Liebe Bess, bevor ich eines Tages eine Figur wie deine habe, möchte ich noch tun, was mein Talent mir eingibt.«
Bess Cork wandte sich zu ihrem Mann. »Victor, wir sollten mit Jefferson reden.«
»Es ist sein Leben, Bess. Ich möchte ihm keine Vorschriften machen. Er hat schon immer gewusst, was er wollte. Also wird er Fiona nach reiflicher Überlegung geheiratet haben.«
»Allerdings, das hat er«, sagte Fiona selbstbewusst.
»Er hat eine Muse geheiratet, Victor.«
Ich sollte ihnen beweisen, was ich kann, dachte Fiona, laut

aber sagte sie: »Bess, wie kannst du nur so unsensibel sein. Jefferson wäre entsetzt, wenn er wüsste, wie sehr dir daran liegt, die Frau herabzuwürdigen, die seinen Ansprüchen gewachsen sein muss.« Sie wusste, dass es eine Notlüge war, und so drehte sie sich schnell um und ließ sie stehen.

In den folgenden Tagen konzentrierte sich Fiona auf die Gesichter der Perlucci'schen Familie, um den Streit mit Jeffersons Mutter zu vergessen. Ihre Mühe war nicht umsonst. Bald sah sie Cristina und Teresa vor sich, die ihr zu verstehen gaben, ein lästiger Eindringling zu sein, der sie zwang, still zu stehen. Sie rief sich das Leuchten in ihren Augen in Erinnerung, in denen sie oft Ablehnung gesehen hatte, aber auch die Freude am Rollenspiel, ihre gesunde Lebendigkeit und innere Spannung.
Die kleine Sofia dagegen hatte Sanftmut in ihren großen Augen, die den Reichtum ihrer inneren Welt spiegelten, die sie nur mit ihrem Hund zu teilen schien, während sie gemalt wurde. Sie war so sehr mit dem beschäftigt, was sie dem Hund erzählte, dass die Anstrengung, still neben ihm auszuharren, ihr nichts auszumachen schien.
Giulia Perluccis rote Flecken im Gesicht zeugten von der körperlichen Anstrengung, die ihr das enge Kostüm aufzwang. Natürlich würden sie nicht auf dem Bild auftauchen. Fiona wusste, dass Giulia sich aus Liebe zu Mann und Kindern in die Rolle einfügte, die ihr zwar schmeichelte, doch welche die ihr eigentümliche Gemütsruhe strapazierte. Sie war eine Frau, die das Leben als heiteren Fluss betrachtete, in dem es keine Stromschnellen, kein Geröll, keine Biegungen gab. Warum sie einen Mann wie Fabricio geheiratet hatte, lag auf der Hand. Er, der stolze,

selbstbewusste Patriarch, schmückte sich mit ihr, nicht nur weil sie so viel jünger war, sondern weil sie, ohne launenhaft zu sein, seine letzten Lebensjahre versüßte.
Es ließ sich jedoch nicht leugnen, dass Fabricio bei aller zur Schau getragenen, geradezu provozierenden Würde einen listig-verschlagenen Ausdruck in seinen Augen hatte. Manchmal, wenn er sich unbeobachtet wähnte, hatte Fiona sogar geglaubt etwas Rücksichtsloses in ihnen zu erkennen.
Saverio allerdings, der gut aussehende Erbe des Hauses, würde ihr, da war sie sich sicher, am meisten Arbeit machen. Ihn zu erfassen war am schwierigsten, denn er trug nicht nur ein Kostüm, sondern gab sich Mühe, dem Bild zu entsprechen, das sein Vater von ihm hatte. Wieweit er selbst ein Teil dieser Rolle war oder ob er in Wahrheit anders dachte und fühlte, irritierte Fiona sehr.
Sein schönes, symmetrisch geschnittenes Gesicht zu zeichnen war leicht, denn er schaute sie ruhig und gefasst an. Er hatte gerade, breite Schultern, seine Hände wirkten kräftig und feingliedrig zugleich. Fiona studierte die Linienführung seiner Haltung, sie tastete seine Gestalt sorgfältig mit den Augen ab. Doch er ließ ihr keinen Einblick in seine Seele. Er tat es seinem Vater gleich und beharrte geradezu darauf, als zukünftiger Patriarch zu erscheinen.
Noch in den Nächten brütete sie über ihren Skizzen, quälte sich mit Selbstkritik, zweifelte an ihrem Können. Sie rief sich immer wieder die Gesichter in Erinnerung. Dann wieder studierte sie ihre alten Zeichnungen und ermutigte sich, darauf zu vertrauen, was sie konnte. Und doch fürchtete sie sich bei der Vorstellung, Fabricio Perlucci könnte sie in wenigen Tagen aus seiner Residenz hinauswerfen lassen wie einen alten Hofnarren.

»Du arbeitest?«
»Bin ich gut genug, Jefferson?«
»Für wen?«
»Einen reichen Genueser.«
»Er sieht gut aus, dein Genueser.«
»Der Alte?«
»Sein Sohn.«
»Liebst du Geoffrey?«
»Ich liebe keine Männer, Fiona. Aber ich brauche einen Freund.«
»Verzeih.«
»Geh schlafen, du bist müde.«
»Ist es gut, Jefferson? Sag es mir.«
»Es ist langweilig.«

Später auf dem Weg nach Diano Marina zu Fabricio Perluccis Sommerresidenz wusste Fiona nicht mehr zu sagen, ob sie das Gespräch mit Jefferson geträumt hatte oder nicht. Sie schwitzte vor Anspannung, und ihr war leicht schwindlig, denn noch immer glühte die Luft von der Augusthitze.
Im Innenhof kam ihr Saverio entgegen. Er lüftete seinen breitkrempigen Strohhut und verbeugte sich. »Signora Turlington, mein Vater erwartet Sie auf der Terrasse. Er ist sehr neugierig.«
»Und Sie? Sind Sie es nicht?«
»Ich habe mein Bestes getan, Ihnen zu gefallen.«
»Ja, das haben Sie. Sie haben mir als Malerin gegeben, von dem Sie glaubten, es sei das Richtige – Ihre Rolle in Ihrem Familienclan.«
»So sollte es doch auch sein, oder?«
»Ja, nach der Tradition des alten Stils gilt das Ansehen,

das Repräsentative mehr als das wahre Ich. Sie haben das Ihre gut zu verbergen verstanden, Signor Perlucci.«
»Dann sind Sie also mit mir zufrieden?«
Ihre Blicke versanken forschend ineinander. Vorsichtig antwortete Fiona: »Wir sollten das Urteil Ihrem Herrn Vater überlassen, finden Sie nicht auch?«
»Nein, das finde ich keinesfalls. Mich interessiert, was Sie von uns, von der Fassade halten, die wir Ihnen vorgespielt haben.«
»Sie ist wie die vieler Familien – fast glatt mit kleinen Schönheitsfehlern.«
»Welcher ist … meiner?«
»Dass Sie Ihrem Vater sehr ähnlich sind.«
»Das, finden Sie, ist ein Fehler?«
»In Ihrer Familie haben Sie einen hohen Begriff von Zusammenhalt. Das ist ehrenvoll, doch erstickt dabei nicht der Einzelne?«
Saverio schüttelte den Kopf. »Nein, Signora. Das, was zählt, ist die Zukunft unseres Hauses. Kommen Sie, sonst …«
»… sonst?«
Er wies mit den Augen zu einem der hohen Bogenfenster. Zwischen den geöffneten Flügeln wehte leichtes Tuch im Wind, und Fiona erkannte eine weibliche Silhouette.
»… verpfeifen mich meine Schwestern. Cristina ist in der Lage, Vater zu erzählen, Sie hätten mir Ihre Skizzen zuerst gezeigt. Das würden Sie natürlich nicht tun, oder doch?«
»Es gilt das Gesetz des regierenden Patriarchen«, gab Fiona lächelnd zurück.
»Einverstanden. Doch wenn er Ihre Arbeit ablehnt, erteile ich Ihnen den Auftrag noch einmal. Es ist nämlich angenehm, Ihnen zuzusehen, mit welchem Ernst Sie arbeiten.«

»Sie sind Ihrem Vater doch nicht so ähnlich, wie ich dachte.«
»Wieso?«
»Sie haben eine ganz andere Art, Komplimente zu machen.«
»Das beruhigt mich aber ungemein.«
Er lachte und brachte sie zu seinem Vater, der wie bei ihrer ersten Begegnung auf der überdachten Terrasse saß. In der Mitte war bereits die Staffelei aufgestellt. Nach der Begrüßung heftete Fiona ihre Skizzen auf das Gerüst. Sie bemühte sich, ihre Anspannung zu verbergen.
»Signor Perlucci, sind Sie einverstanden?«
Er ging vor der Staffelei hin und her, trat vor, dann wieder zurück. Er spielt seine Rolle gut, dachte Fiona verärgert.
»Ich bin einverstanden, Signora Turlington«, antwortete er schließlich. »So sehr, dass ich noch heute Signora Bandonelli ausrichten lassen werde, dass sie sich um ihr Begräbnis nicht zu sorgen braucht.«
»Sie haben also tatsächlich mit ihr gewettet, dass ich es nicht schaffe?«
»Ja, natürlich. Jahrelang hielt ich sie als Einzige für würdig, meine Familie zu porträtieren. Sie aber lehnte meine Bitte immer wieder ab. Wie sollte ich ihr glauben, dass jemand so gut sei wie sie? Ich habe ihr angeboten, Sorge dafür zu tragen, dass sie anständig beerdigt wird, wenn ich die Wette verliere.« Er lachte leise. »Ich weiß doch, dass sie sich nur noch um die Würde ihres Todes sorgt.«
Du lügst, dachte Fiona wütend. Du lügst, Perlucci! Laut aber sagte sie: »Sie sorgt sich um ihre Bäume, Signor Perlucci. Und sie wird sicher kein pompöses Begräbnis von Ihnen verlangen.«
»Das weiß ich, Signora. Das weiß ich. Es wird wenig kos-

ten. Sie ist eben verrückt, die Bandonelli. Verstehen Sie? Verrückt. Doch Sie werden malen, nicht wahr?«
»Ja, das werde ich.«
Perlucci reichte ihr die Hand. »Sie haben Kampfgeist in sich, Signora Turlington. Bleiben Sie mir gewogen.«

Von der Stunde an, da Fiona mit Ölfarben zu malen begann, forderten die Mädchen immer neue Geschenke dafür, dass sie still saßen. Signora Perlucci hingegen schien die Sitzungen zunehmend zu genießen. Sie plauderte, gestikulierte, brachte den Faltenwurf durcheinander, wobei der Stoff ihres kostbaren Kleides mal hier, mal da hell oder dunkel schimmerte.
Während all dieser Unruhe aber ruhten Saverios Augen auf Fiona. Er sprach längst nicht mehr von seinen Geschäften, sondern schaute sie aufmerksam an, so als ob er sich fragen würde, wer die Frau war, die als Malerin vor seinem Vater bestehen wollte. Es schmeichelte Fiona, doch er verwirrte sie auch, denn wenn sein Blick dunkel und weich wurde, schien seine Sehnsucht sie von dem fortzuführen, was sie tat. Dann lenkte sie sich von ihm ab und betrachtete das grüne Tuch neben ihm, sein kompliziertes Webmuster, die mit goldenem Faden gewebten Olivenfrüchte.
Eines Nachmittags ließ Giulia Perlucci mehrere Duftlämpchen aufstellen, die angenehme Blütenaromen verströmten. Neben der Staffelei stand ein Tischchen mit einer Schale voller Datteln.
»Sie sollten von ihnen kosten, Signora Turlington«, meinte sie und fächelte sich Luft zu. »Diese Datteln sind mit Rosenwasser getränkt und Nüssen gefüllt. Man sagt, sie stärken die Nerven. Dazu die Düfte von Jasmin, Neroli

und Muskatellersalbei – ich glaube, das wird Sie beflügeln und Ihnen zusätzlich Inspiration verleihen.«
Während Fiona die Datteln probierte, strich Saverio betont langsam Staubflusen von seinem spanischen Kostüm und fragte: »Vielleicht sollten wir uns ein wenig unterhalten, Signora Turlington?«
Fiona nahm noch eine Dattel und griff zum Pinsel. »Aber nur zur Sache, bitte.«
»Gut, dann sagen Sie mir, wie Sie das Schwarz eines Granden wiedergeben wollen? Mit Graphit? Asphalt? Kohle?«
»Ruß, Signor Perlucci, gibt ein sehr farbstarkes Tiefschwarz.«
»Und wie binden Sie es?«
»In der Regel verwendet man Leinöl.«
»Und die braunen Falten meiner Jacke – was nehmen Sie da? Mumia?«, mischte sich Fabricio ein.
Giulia runzelte die Stirn. »Mumia?«
»Ja, einst wurden in Ägypten die Toten doch einbalsamiert. Dabei drang Asphalt in Körper und Bandagen. Nachdem die Mumien später wieder ausgegraben wurden, gewann man es zurück, indem man Bandagen und Leichenteile zermahlte und zu Pigment verarbeitete. Man hat Haare und Kleider mit ihnen gefärbt.«
»Für Sie jedoch bevorzuge ich Van-Dyck-Braun aus fein aufgeschlämmter Braunkohle«, entgegnete Fiona spöttisch, während sie ihm über die Leinwand einen tadelnden Blick zuwarf.
»Das ist reizend von Ihnen.« Fabricio Perlucci grinste.
Fiona trat von der Leinwand zurück, ging ein paar Schritte umher und begutachtete Bild und Original. »Würde ich verkohlte Knochen nehmen, käme ein warmes Schwarz dabei heraus.«

»Nehmen Sie sie! Saverios Seele ist schon schwarz genug!«, sagte Fabricio lachend.
»Untersteh dich, Vater!«
»Ist ja schon gut. Ich hab es nicht so gemeint.«
»Die Farben stinken«, murmelte Sofia und rümpfte die Nase.
»Das liegt am Lösungsmittel, dem Terpentin.«
»Es ist aber eklig.«
»Sofia, sei still.« Teresa stieß ihr in den Rücken. »Gibt es auch eklige Farben, Signora?«
»Es gibt ein wunderschönes Gelb, Teresa, das indische Rinder erzeugen.«
»O nein, das meinen Sie doch wohl nicht ernst!« Giulia Perlucci hob die Augenbrauen.
»Es ist harmlos, Signora Perlucci. Die Rinder werden mit Mangoblättern gefüttert, und das, was später aus ihrem Urin als unlöslicher Rückstand übrig bleibt, wird gewaschen und kommt als gepresster kugelförmiger Ballen in den Handel. Seit Mitte des 18. Jahrhunderts wird es in der Malerei benutzt.«
»Nehmen Sie es auch?«
»Da niemand von Ihnen Gelb trägt, brauchen Sie sich keine Gedanken zu machen.«
»Kennen Sie noch andere Tiere, die Farbe geben?«
»Ja, Läuse.«
»Igittigitt.«
»Cochenille-Läuse. Die weiblichen Tiere werden auf Kakteen gezüchtet und dann getrocknet, bis sie wie verschrumpelte Korinthen aussehen.«
»Die Spanier brachten sie im 16. Jahrhundert von Südamerika bis zu uns nach Genua. Ich weiß es von meinen Vorfahren, die das Rot für viel Geld weiterverkauften«, fügte Fabricio hinzu.

»Man nahm es nicht oft für die Ölmalerei. Zinnoberrot kommt häufiger vor. Es ist sehr teuer und giftig, da es Quecksilber enthält.«

»Womit könnten Sie unsere Konterfeis denn noch vergiften?«, fragte Saverio amüsiert.

»Mit Arsen natürlich«, sagte sie mit einem Augenblitzen.

»Welche Farbe müsste ich dann tragen?«

»Grün, am besten Smaragdgrün oder Vert Paul Veronese, auch Schweinfurter Grün genannt. Es wurde 1775 entdeckt, enthält eine große Portion Arsen und gehört unbedingt in den Giftschrank. Vor einigen Jahren hat die Firma Devoe & Comp. es als so genanntes Paris-Green für die Vernichtung von Kartoffelkäfern auf den Markt gebracht.«

»Sehr appetitlich!«

»Und was fällt Ihnen noch ein?«

»Kupfergrün. Damit würde ich zu Grünspan greifen. Man hat es schon im Mittelalter gewonnen, indem man Kupferspäne mit Weinessig in einem Holzfass in Pferdemist vergrub. Nach einigen Monaten konnte man das Pigment vom Kupfer abkratzen, reinigen und trocknen. Es ist ebenfalls giftig. Man nennt es auch Spanisches Grün. Wollen Sie noch mehr hören?«

»Wir bitten darum«, sagte Fabricio.

»Gut. Seit 1830 mischt man Eisencyanblau mit Chromgelb, was ein herrlich giftiges Mischpigment ergibt – Olivgrün!«

»Und was ist mit Gold?«, fragte Fabricio lauernd.

»Für die goldseidenen Oliven in Ihrem wertvollen Tuch werde ich das goldgelbe, herrlich leuchtende Auripigment nehmen. Man verwendet es seit der Antike. In den Bildern der Renaissance-Maler sehen Sie es besonders häufig. Es ist das giftigste Pigment überhaupt, denn es enthält Arsenblende.«

»Was schließen wir daraus? Dass im Keim des Schönen der Teufel haust!«, sagte Fabricio lachend.

Fiona fing Saverios forschenden, aber warmen Blick auf, und für einen Moment hätte sie es genossen, nackt unter durchsichtigem Tuch vor ihm zu stehen.

»Ich hätte Sie gerne zu unserem Sommerfest übermorgen eingeladen«, begann Giulia Perlucci wieder das Gespräch. »Doch nach all den Schnecken, Mumien und Läusen werden Sie wohl kein großes Verlangen nach Delikatessen haben, nicht wahr?«

»Sie sollten sie mit viel Champagner hinunterspülen«, meinte Fabricio. »Ich bestehe darauf, dass Sie kommen.«

Fiona schwieg, woraufhin Giulia sagte: »Überlegen Sie es sich. Aber ich möchte wissen, ob es denn keine harmlosen Farben gibt.«

»Ich bin der Einzige, der eine harmlose Farbe trägt – schlichter Ruß!« Saverio erhob sich und trat zu Fiona hinter die Leinwand.

»Nehmen Sie Ocker, das wird seit vorgeschichtlicher Zeit benutzt und ist ein Gemisch aus …«

»… Brauneisenstein«, unterbrach Saverio sie, während er die Leinwand betrachtete.

»… dazu Ton, Quarz und Kalk«, ergänzte Fiona. »Oder tragen Sie Blau. Lapislazuli ist zwar sehr teuer, aber ungiftig.«

»Siehst du, Vater? Im Schönen kann auch ein Wert verborgen sein.«

Fiona errötete. Noch nie hatte Saverio so erotisch gewirkt wie in diesem Moment. Sein besonderes Charisma zog sie zu ihm hin. Doch ihn zu erfassen war so, als ob man einen

Diamanten im Licht hin und her drehen würde – mal zeigte er sich in warmem strahlenden Gold, dann wieder in kühlem Blau oder sanftem Dunkel.
Über eines aber war sich Fiona im Klaren – Saverio spielte gegen seinen Vater um ihre Aufmerksamkeit.

Es war eine heiße, windstille Nacht. Fiona trug ein elfenbeinfarbenes Chiffonkleid mit tiefem Dekolleté. Ein mit Rosenblüten bedruckter Seidenschal bedeckte ihre nackten Schultern. Sie war aufgeregt, ja geradezu angespannt. Am Anfang der Fahrt hatte sie kaum ein Wort mit Jefferson gewechselt, der den Tag allein mit seinen Eltern in San Remo verbracht hatte. Er hatte sich mit ihnen über ihre Ehe gestritten und war verstimmt. Das, worüber er sich jedoch noch mehr zu ärgern schien, war das Gespräch mit einem Architekten, der in San Remo ein Casino zu bauen beabsichtigte.
»Als ob nicht schon genug Menschen hierher kommen. Und nun auch noch Spielsüchtige, die den Wert ihres Reichtums nicht zu schätzen wissen. Was meinst du, wie charakterlos manche von ihnen sind. Ich habe von Spielern gehört, die nichts dabei empfinden, ihren Gläubigern sogar die eigene Frau oder Tochter zuzuschieben, als wären es Leibeigene, mit denen man machen könnte, was man wollte.«
»Warum urteilst du über das, was andere tun? Ich vermisse deine Toleranz«, entgegnete Fiona. »Du hast dich mit deinen Eltern über uns gestritten. Kann es sein, dass sie dich lieber bei sich in Amerika sähen als an meiner Seite?«
»Ja, aber was interessiert es schon.«

»Manchmal denke ich, du suchst deswegen so sehr deine äußere Freiheit, weil du innerlich unfreier bist, als du glaubst.«

»Das ist nicht wahr. Trotzdem hoffe ich, du weißt es zu würdigen, dass ich dir den Gefallen tue, mitzukommen«, fuhr er fort und nestelte an der silbernen Nadel an seinem Halstuch.

Nun bog der offene Zweisitzer von der Hauptstraße in die Allee mit Zypressen ein, die zum Sommersitz der Perluccis führte.

»Ich kann dir versichern, du wirst bald schon wieder zu den Wolken aufsteigen und malen können«, entgegnete Fiona, woraufhin ihr Jefferson einen kritischen Seitenblick zuwarf, der unempfindlich für ihre Schönheit war.

»Wenn es doch schon so weit wäre. Willst du mich nicht begleiten? Es ist wirklich beeindruckend zu erleben, wie das Licht kommt und geht und die Welt um dich herum verändert. Du spürst die Erde, merkst, wie sie atmet. Selbst wenn du stundenlang auf einem Fleck liegst, erkennst du, dass die Welt nicht einen einzigen Atemzug lang still steht.«

Ihr Zweisitzer bog um eine Kurve, hinter der mehrere Kutschen sichtbar wurden, die auf die am Ende des Weges liegende, erleuchtete Villa zurollten.

Jefferson machte eine verächtliche Handbewegung. »Was sind all diese Menschen, diese Theatergestalten dagegen!«

Fiona hielt ihm ihre rechte Hand entgegen, sodass ihr Ehering kurz aufblitzte. »Sei so gut und spiel heute Nacht den Ehemann, ja?«

Überrascht wandte er sich ihr zu. »Verzeih.« Er küsste ihren Handrücken. »Kann es sein, dass ich langsam verrückt werde, Fiona?« Er kniff die Augen zusammen. »Aber das Licht dort – findest du nicht, es ist falsch?«

»Es sind Fackeln, Jefferson, schlichtes Feuer.«

»Und doch ist es unecht.«

»Du liebst die Einsamkeit, Jefferson, das ist alles.«

»Das Feuer dort lügt, es betrügt einen jeden vor dem anderen und macht selbst dich schöner als bei Tag.«

»Wir haben uns bei Tag kennen gelernt«, entgegnete Fiona leise.

»Regenwolken, damals verdeckten Regenwolken die Sonne.« Er ließ den Arm sinken und rückte ein wenig von ihr ab.

»Das war auf der Überfahrt nach Frankreich.«

»Da regnete es. Nein, nein, schon bei unserem ersten Mal in der Galerie sah ich dich nur im düsteren Licht. Du fielst mir auf, weil du von innen her leuchtetest, als Einzige. Du warst so hungrig auf das Leben.« Er schaute sie von der Seite an. »Stimmt es?«

»Das Licht macht mich nicht satt, Jefferson. Und jetzt sei still, wir sind da.«

Die Kutsche hielt vor dem Eingang, ein Bediensteter öffnete den Wagenschlag. Fiona stieg aus, doch Jefferson blieb sitzen.

»Signora Turlington, seien Sie willkommen!« Fabricio Perlucci verbeugte sich und streckte beide Hände zum Gruß aus. »Ich freue mich, dass Sie zu uns gefunden haben. Mr. Turlington, wollen Sie nicht aussteigen?«

Jefferson wandte seinen Kopf. »Cork, Signor Perlucci. Ich heiße Cork.« Er erhob sich, stolperte, fing sich aber sofort wieder.

Perlucci trat auf ihn zu. »Verzeihen Sie, Mr. Cork. Sie haben …«

»… eine bezaubernde Gattin. Ich weiß, ich weiß«, ergänzte Jefferson ironisch. »Das ist das übliche Kompliment, nicht wahr? Glauben Sie mir, ich selbst habe sie so noch nie gesehen. Seien Sie also vorsichtig.«
Perlucci bemühte sich, seine Irritation zu verbergen.
»Sie werden sehen, wir werden Sie zu unterhalten wissen, Mr. Cork.«
Er bot beiden den Arm und führte sie durch die Halle hinaus in den Garten. Dort hatte man offene Pavillons aus weißer Tussah-Seide aufgestellt, umgeben von übergroßen Blüten aus dünnem Papier und unzähligen Kerzen in Leuchtern aus farbigem Kristallglas. In der Mitte befand sich eine weiß gestrichene Bühne, auf der gerade eine kleine Gruppe kostümierter Gestalten feierlich ihre Position wechselte, um ein anderes lebendes Bild zu formen. Damen in Roben, Herren in Fräcken flanierten umher. Ein Diener brachte ein Tablett mit Champagnergläsern.
»Cheers, Mr. Cork! Signora Turlington!«
Sie hoben die Gläser, wobei Fabricio Perlucci Fiona im Auge behielt. Der kühle, feinperlige Champagner tat ihr gut. Sein Bukett erinnerte an Limonen, sein Geschmack an Pfirsiche.
»Ist er gut genug?«, fragte Perlucci schmunzelnd.
»Wunderbar!« Fiona verdrehte die Augen.
»Jaja, die Pithois machen gute Weine. Vor sechs Jahren, 1888, übernahmen sie das Weingut von Joseph Perrier. Es ist das größte Haus in Châlons-sur-Marne. Ich habe ihn im letzten Jahr besucht. Seine Champagner reifen ausgezeichnet in seinen Kellern. Wissen Sie, wodurch er die ideale Luftfeuchtigkeit erhält? Er hat Koniferen auf der darüber liegenden Erdschicht pflanzen lassen. So einfach

ist das. Die Keller selbst wurden waagerecht in die alten römischen Steinbrüche getrieben und mit Rundgewölben versehen. Keine spitzbogigen Gewölbe wie in Reims. Geradezu gemütlich ist es dort.« Er trank sein Glas leer, ein Diener in safranfarbener Livree schenkte nach. Nun leerte auch Jefferson sein Glas.

»Sie könnten, wenn Sie wollten, selbst ein Champagnerhaus kaufen, nicht wahr?«

»Sie meinen, weil die Preise für die Weingüter gefallen sind, seit die Reblaus die Anbauflächen vernichtet hat?«

»Ich kenne einen englischen Augenarzt, der durch Spekulationen an der Börse so reich wurde, dass er es sich erlauben konnte, ein altes Herrenhaus im Burgundischen zu kaufen. Dort lernte er von einer hübschen Winzerstochter, wie man die reblausinfizierten Weinberge wiederbelebt, indem man die alten Sorten auf neue resistente Unterlagsreben pfropft.«

Perlucci sah Jefferson mit hartem Blick an. »So? Kann man das? Hätten Sie Lust dazu?«

»Mit unseren Mitteln, Signor Perlucci, könnten wir ganz Frankreich retten, damit nicht eines Tages …«, er hob sein halb leeres Glas, »… der Nachschub ausbleibt.«

Das Glas fiel klirrend zu Boden. Hatte er es absichtlich fallen lassen?

»Mit Geld ist alles möglich, nur die Weltherrschaft nicht«, entgegnete Perlucci trocken.

Sachte drehte Jefferson mit der Schuhspitze eine Scherbe so um, dass sie keilförmig nach oben stand. »Wieso trauen Sie meiner Frau zu, Sie zu porträtieren?«

»Gegenfrage, Mr. Cork. Haben Sie jemals Ihre Frau beim Skizzieren oder Malen gesehen? Ich meine, haben Sie ihre Augen dabei beobachtet?«

Jefferson zertrat die spitze Scherbe, sodass es laut knirschte. »Ich weiß, was sie kann.«
»Das meine ich nicht.«
»Was meinen Sie dann?«
Fiona wurde unbehaglich zumute. »Ich gucke wohl ein wenig zu kritisch. Das ist es.«
»Kritisch? Suchend schauen Sie! Suchend! Sie wollen hinter das blicken, was selbst das Licht nicht erhellen kann, nicht wahr?«
»Und ich dachte, du liebst die Fassade.«
»Jefferson, bitte.«
»Sie haben eine bemerkenswerte Gattin, Mr. Cork. Sie sollten sie auf Händen tragen.«
»Das tue ich, seit wir die Alpen überquerten.« Die Ironie war nicht zu überhören.
Unter einem der Pavillons trat Saverio hervor. Fiona begegnete seinem Blick und erstarrte einen Moment. Ihr Herz klopfte stärker, als ihr lieb war. Saverios große, breitschultrige Figur kam durch einen cognacfarbenen Seidenanzug sehr gut zur Geltung. Er sah selbstbewusst aus und hielt sie mit seinem Blick fest. Fiona spürte einen leichten Schmerz, und zugleich wurde ihr heiß und kalt.
»Saverio! Lass die Musik spielen!«, rief Perlucci seinem Sohn zu. Saverio nickte und gab den Musikern ein Zeichen. Die Schauspieler verließen die Bühne, und ein Tanzorchester stellte sich auf. »Kommen Sie, tanzen Sie. Ich muss nach meiner Frau sehen. Entschuldigen Sie mich bitte.«
»Jefferson?«
»Ja, Liebes?«
»Du hast den Gastgeber düpiert.«
»Habe ich das?« Er lächelte bitter. »Ich bin sicher, du wirst

ihn mit der Glut deiner Augen trösten.« Er stieg die Treppe zur Terrasse empor.

»Jefferson!«

Er blieb stehen. Fiona trat auf die unterste Stufe. »Jefferson, was ist in dich gefahren?« Aus dem Augenwinkel sah sie Saverio sich nähern. »Komm bitte zurück.« Jefferson schaute auf den Garten hinab, wo die Geiger einen langsamen Walzer anstimmten. »Wir haben lange nicht mehr getanzt«, bettelte sie.

Er trat eine Stufe hinunter und schaute über ihren Kopf hinweg zu Saverio. »Er passt hierher, ich nicht.«

Saverio verbeugte sich und küsste ihre Hand. »Signora Turlington, wenn Sie nicht tanzen, darf ich Ihnen und Ihrem Gatten dann etwas Besonderes zeigen?«

Wohlig erschauderte sie unter seinem warmen Blick. »Gerne«, hauchte sie und blickte zu Jefferson zurück. Saverio verstand und half ihr, die Situation zu entspannen. Er eilte die Stufen zu Jefferson hinauf. »Mr. Cork, ich habe gehört, Sie malen in den Bergen. Wenn es Sie interessiert, könnte ich Ihnen eine Stelle hier am Meer zeigen, wo Sie im Berg und doch am Meer zugleich sind.«

»Warum nicht?«, erwiderte Jefferson, und seine Stimmung schien sich augenblicklich zu bessern. Fiona atmete erleichtert auf.

»Ein Pfad führt zwischen den Felsen hinab zum Meer. Allerdings können Sie den nicht in dem Kleid und mit diesen Schuhen gehen, Signora Turlington. Aber das macht nichts, denn ich habe schon etwas vorbereitet – was jedoch ein wenig Mut erfordert.« Er lächelte sie mit seinen Augen an. »Ich habe eine Winde aufbauen lassen, die uns in einem Korb zu einem Boot hinunterlässt. Würden Sie es sich zutrauen?«

Jefferson nickte. »Nur zu. Und du, Fiona?«
Sie raffte ihr Kleid. »Sie sind ja bei mir …«, murmelte sie. Saverio fing ihren Blick auf und gab ihr mit seinem zu verstehen, wie sehr es ihm gefiel, ihr nahe zu sein.
»Genau, zwei Männer sind bei dir«, sagte Jefferson trocken.
Etliche Gäste unterbrachen ihre Gespräche, als sie Fiona zwischen den beiden Männern auf die Winde am Rande der Felskante zugehen sahen. Nun, da sie dicht nebeneinander, beinahe im gleichen Rhythmus gingen, beglückte sie Saverios charismatische Ausstrahlung wie noch nie zuvor. Mit jedem Schritt mehr wurde Fiona bewusst, wie ihr das Vertraute, nämlich Jefferson, fremd zu werden begann, das Fremde aber, nämlich Saverio, ihr vertraut wurde.
Die Winde befand sich hinter einem Paravent aus Seidentüchern. Hilfskräfte erwarteten sie, und wenige Minuten später standen sie in einem schaukelnden Korb, der einem *gozzo* tief unter sich entgegensank. Zwei Seeleute nahmen sie in Empfang. Mit ruhigen Ruderschlägen steuerten sie das Boot um die Felsenspitze, fuhren unter einem Bogen hindurch, bis mehrere kleinere und größere Grotten in Sicht kamen, in denen sanfte Wellen schlugen. Sie lenkten auf den Eingang der größten von ihnen zu. Pechfackeln brannten zu beiden Seiten und beleuchteten ihren Weg. Leise schob sich das Boot in die Höhle hinein. Lichtsprenksel, von Wasser reflektiert, huschten über den Fels. Nach einem schmalen Durchgang, dem mehrere Kurven folgten, erreichten sie schließlich das Ende der Höhle, in dem farbige Laternen brannten.
Sie legten am flachen Strand an und stiegen aus. Saverio wies auf eine runde Öffnung in der hohen Höhlendecke.

Mit Erstaunen erkannte Fiona Sterne, die am Himmel glitzerten.
»Der Lichtschein fällt auf diese Wand«, erklärte Saverio. »Er wandert an diesen Zeichen entlang. So konnten sich jene, die sich hier verbargen, zeitlich orientieren.«
Es war kühl, und Fiona zog ihr Schultertuch enger um sich.
»Piraten?«, fragte sie.
»Ja, Piraten, aber auch Strandräuber und Fischer, die die Beute zerschellter Schiffe hierher brachten. In politischen Wirren verbargen sich hier Flüchtlinge. Im 18. Jahrhundert soll hier ein Eremit gelebt haben. Man weiß von ihm, dass er Kranke und Verwahrloste hierher brachte, um sie zu pflegen. Er war beliebt bei den Menschen, die ihn kannten. Da er ihnen helfen konnte, glaubten sie ihm, dass er seine Heilkraft dem Auge Gottes verdankte, das direkt in diese Höhle schaut.«
Jefferson blickte zum Himmelslicht empor. »Er war verrückt, nicht wahr? In dieser Enge zu leben. Unfassbar. Ich säße lieber auf einem Stück Felsen, doch den Himmel über mir.«
»Jeder findet seine Freiheit woanders«, entgegnete Saverio ruhig. »Wenn Sie übrigens zum Sonnenaufgang aus dieser Höhle hinausrudern oder hinausschwimmen, ist es, als ob Sie wie im Paradies im ersten Licht, das Gott erschuf, baden würden. Himmel und Meer leuchten gleichermaßen.«
»Ja, das würde ich schon lieber«, entgegnete Jefferson.
Fiona dagegen empfand die Begrenztheit der Höhle als Schutz ihrer tiefer werdenden Gefühle für Saverio, zumal sie spürte, wie sehr er ihre Nähe suchte. Ihre Blicke versanken hinter Jeffersons Rücken ineinander. Als Saverio

ihr wenig später half, wieder ins Boot zu steigen, berührte sein Atem kurz ihren Hals. Er roch leicht nach Minze und Kardamom. »Mir hat die Höhle sehr gefallen«, flüsterte sie.

»Ligurien hat noch viele Geheimnisse«, gab er zurück, wobei sein Blick von ihren Augen zu ihren Lippen hinabwanderte.

Ein Aufstöhnen von Jefferson zerriss diese intime Spannung zwischen ihnen. Saverio drehte sich nach ihm um. »Geht es Ihnen nicht gut?«

Jefferson stand am Strand und hielt seinen Kopf zwischen die Hände gepresst. »Ich vertrage nichts Unterirdisches, ich bin ein Mann des Lichtes. Bringt mich schnell hinaus!«

Zurück in der Gesellschaft, nahm Jefferson sofort in einem Sessel Platz und versank in Gedanken. Musik, Tanz, ja selbst das festliche Mahl aus Austern, Langusten, gefüllten Wachteln und Lammfleisch lockten ihn an diesem Abend nicht mehr aus sich heraus. Sooft es ging, forderten Vater und Sohn Perlucci Fiona zum Tanz auf. Sie genoss die weichen Melodien, das Gefühl, in Saverios Armen Halt zu finden. Seine männlich selbstbewusste Ausstrahlung gefiel ihr genauso wie sein Duft. Leider war Saverio verpflichtet, mit allen Damen zu tanzen. Und so wurde Fiona mit jedem Walzerende schwermütiger. Kurz nach Mitternacht nahm sie Jefferson am Arm und verabschiedete sich.

Am nächsten Morgen brach Jefferson nach Dolceácqua zu Geoffrey auf. Seine Eltern folgten ihm von San Remo aus. Sie wollten dort die heiligen Quellen aufsuchen und auf seine Rückkehr warten.

Fiona legte sich in ihre Hängematte. Es war heiß, kein Windhauch berührte die Blätter. Das Meer zeigte sich flach und bleigrau wie eine Scheibe. Nur ab und zu zerschnitt eine Hornisse mit ihrem lauten Brummen die Stille. Hinter ihren geschlossenen Lidern schaute Fiona in Saverios Augen, beschwor den Druck seiner Hand auf ihrem Rücken, umwehte sie der Duft seines Atems, seines Körpers. Sie befand sich wieder mit ihm im Korb, schaukelnd im Wind, frei, allein.
Allein?
Sie war verheiratet.
Es war ein trauriges Spiel, verliebt zu sein.

Schon in den frühen Morgenstunden war es schwül gewesen. Man hatte gegen Mittag einen kleinen Imbiss zu sich genommen – geröstete Auberginen und Tomaten, dazu Brot, Oliven und auf Spießen über dem Feuer gebrutzelte Krebse. Der kalte Weißwein hatte sie zunächst erfrischt, doch den Druck der schweren Luft nicht lindern können. Die Türen zum seewärts gewandten Balkon, von dem links und rechts Treppen in den Garten hinabführten, standen weit geöffnet. Längst waren die Vögel verstummt. Nur ab und zu sah Fiona Schwalben tief über Oleander und Bougainvilleen segeln. In der Ferne, weit zur levantinischen Küste hin, zuckte hin und wieder Wetterleuchten auf. Die Mädchen hatten Angst vor dem herannahenden Gewitter. Ihnen war die Lust vergangen, zu schwatzen oder Fiona ungeduldige Blicke zuzuwerfen. Selbst die Erwachsenen schwiegen und wirkten in sich versunken. In diesen Nachmittagsstunden, als der Himmel langsam dunkel wurde und alles Grelle, Protzige im Raum dämpfte, kam es Fiona vor, als wären die sechs verkleideten Perluccis vor ihr zu einem Klumpen Gestein zusammengeschmolzen.

Donner grollte langsam näher kommend. Das Wetterleuchten ging in Blitze über. Und wenn sie ihr grelles Licht in den Raum warfen, sah es aus, als würden weißer Marmor, schwarzer Obsidian, Korallenrot, Olivine und blauviolette Opale schimmern.

Fiona setzte winzige weiße Striche auf das Kleid von Giulia Perlucci, die den Glanz des kostbaren Stoffes wiedergeben sollten. Ihre Augen schmerzten bereits vor Anstrengung, doch sie wollte so lange malen, bis sie mit dem Lichteinfall zufrieden war. Regentropfen fielen klatschend auf den Stein der Terrasse. Wind schob die schweren Vorhänge ein Stück weit in den Raum. Ein Diener ging auf die beiden offen stehenden Türen zu, um sie zu schließen. Doch wie angewurzelt blieb er plötzlich stehen. Vergeblich breitete er abwehrend seine Arme aus. Eine Frau, von Kopf bis Fuß in schwarzes Tuch gehüllt, drängte, von einer konzentrierten Energie getrieben, an ihm vorbei.

Fiona erkannte sie als Erste. Es war Messalina Bandonelli. Ihre Blicke trafen sich. Einen Moment lang schien es, als würde diese sich freuen, sie zu sehen, doch kaum einen Atemzug später verwandelte sich ihr Ausdruck in Wut.

»Perlucci, Sie sind ein Betrüger!« Sie ballte ihre kleinen, mageren Greisinnenfäuste. »Sie haben mich hintergangen! Sie Teufel!« Kleider raschelten. Bleiche Gesichter lösten sich aus dem starren Gebilde und wandten sich ihr mit dem Ausdruck plötzlichen Erschreckens zu. Wieder zuckte ein Blitz. Perlucci sprang auf.

»Nie sind Sie meinen Einladungen gefolgt, Messalina. Und heute kommen Sie wie ein Dieb in mein Haus. Ein

unpassender Moment, wie Sie sehen. Es ist die Stunde der Kunst.«
Er brach ab. Messalina war auf das Porträt zugegangen. »Der Kunst.« Sie lachte trocken auf. »Sie sind keines Künstlers wert, Perlucci. Sie töten und gehören getötet.«
Giulia Perlucci schrie auf. Die Mädchen stoben auf ihre Zofe zu, die ihre Arme um sie legte und sie aus dem Raum führte.
»Signora Bandonelli, beruhigen Sie sich. So dürfen Sie nicht sprechen«, versuchte Fiona sie zu beruhigen.
»Habe ich Ihnen nicht gesagt, Olivenbäume abzuschlagen wird mit dem Tod bestraft? Haben Sie es vergessen?« Sie riss Fiona den Pinsel aus der zitternden Hand. Er blieb in einem weißen Klecks auf dem steinernen Mosaik liegen. Wieder blies ein heftiger Wind durch die Türen. Der Pinsel rollte ein Stückchen weiter, weiße Spuren hinter sich lassend. Es blitzte, und einen Moment schaute es so aus, als hätte jemand die farbigen Mosaike zerstört, indem er sie abgekratzt hatte, sodass nur noch weißer Untergrund zu sehen war.
»Sie sind verrückt! Gehen Sie!«, rief Saverio aufgebracht.
»Verflucht seist du mit deiner Brut, Perlucci!«, schrie daraufhin Messalina. Und plötzlich, ohne dass es jemand hätte vorhersehen können, stürzte sie sich mit einem Messer auf die Leinwand, stieß hinein und zog lange Risse kreuz und quer. Dann packte sie Fionas Arme, die sie festhalten wollten. »Gehen Sie! Gehen Sie fort von hier. Es ist ein Haus der Sünde!«
Alle waren wie gelähmt vor Schreck. Perlucci stand wie festgefroren da, mit gehobenen Händen, die er abwehrend von sich spreizte. Erst als sie hörten, wie Messalina im nun ausbrechenden Regenguss über die Terrasse lief,

ihre Schritte Stufe für Stufe mit leiser werdendem Platschen verhallten, löste sich Perlucci als Erster aus seiner Starre.

»Habt ihr gehört? Sie hat mich verflucht! Mich! Von welchem Dämon ist diese Alte besessen, dass sie mir seit Jahren nichts anderes als Ärger beschert? Mehrmals habe ich sie gebeten, uns zu malen, aber immer hat sie abgelehnt. Und jetzt kommt sie und zerstört … zerstört meinen Auftrag, zerstört Ihre Arbeit. Ich hoffe, Sie werden mein Bild wiederherstellen können?«

»Nein, ich bin Malerin, kein Restaurator«, erwiderte Fiona.

Perluccis Brust hob und senkte sich mit wachsender Erregung, und Fiona wurde klar, dass er nun seine Empörung über Messalinas Verhalten an ihr auslassen würde.

»Sie standen neben ihr, Signora Turlington. Hätten Sie nicht einschreiten können? Es wäre doch ein Leichtes gewesen, einer Greisin in den Arm zu fallen.«

»Es … es ging zu schnell. Und plötzlich hielt sie dieses Messer in der Hand. Hätten Sie ihr zugetraut, dass sie eins dabeihat?«

»Nein. Trotzdem hätten Sie nicht zulassen dürfen, dass sie dem Bild so nahe kam. Hätten Sie sie doch einfach fortgestoßen.«

Fiona suchte Saverios Blick.

»Signora Turlington hätte leicht selbst das Opfer werden können, Vater«, entgegnete er. »Wäre dir das lieber gewesen?«

Vater und Sohn schauten einander düster an.

»Warum nur ist sie hierher gekommen?«, fragte Giulia und schnäuzte sich in ein Taschentuch, mit dem sie sich zuvor die Tränen getrocknet hatte.

»Sie liebt Olivenbäume«, antwortete Fiona so ruhig sie konnte. »Und Ihr Gatte hat in ihren Augen Schuld auf sich geladen.«
»Zum Teufel! Was geht sie das an!« Perlucci fuhr sich durchs Haar.
Fiona wich zum Silbertisch zurück und legte ihre Hände auf seinen mit Edelsteinen verzierten Rand. Die Kühle tat ihr gut. »Worin besteht Ihre Schuld in Messalinas Augen?«
»Mein Vater hat ein großes Stück Land gekauft, es grenzt an ihres«, antwortete Saverio. »Sie neidet ihm nur seine Macht.«
»Sie besitzen Land in den Bergen? Land mit Olivenbäumen?«
»Ja«, antwortete Saverio.
»Und Sie lassen wirklich die Bäume abholzen?«
»Was ist schon dabei?«
»Mit jedem gefällten Baum schlagen Sie eine Kerbe in Signora Bandonellis Herz. Es sind heilige Bäume, sagt sie.«
Von draußen hörte man wieder dunkles Donnergrollen. Blitze zuckten durch den dichten Regen, der niederklatschte und vom Terrassenboden in kleinen Fontänen aufspritzte.
»Heilige Bäume. Was soll das?« Saverio zuckte mit den Schultern. »Sie ist verrückt, wie mein Vater sagt.«
»Sie haben Unrecht, Signor Perlucci.«
»Sie verteidigen diese Person, die gerade eben Ihre Arbeit zerstört hat? Ich verstehe Sie nicht, Signora Turlington.« Er starrte auf die Leinwand. »Warum haben Sie sich das gefallen lassen? Das Bild war doch fast fertig …«
»… das Porträt hätte noch Wochen gebraucht. Vom Tuch

ganz zu schweigen«, erwiderte Fiona mit Mühe, denn sie merkte, wie ihr die Tränen in die Augen stiegen.
»Sie hätten eben doch schneller sein sollen.« Perlucci senkte den Blick und verließ den Raum. Schweigend folgten ihm Saverio und Giulia.
Fiona war allein. Sie starrte auf die Hiebe in ihrem Bild. An einigen Stellen klaffte die Leinwand auseinander, so als würden die Figuren in Großformat ihre Hautwunden zeigen, die das Messer gerissen hatte. Einzelne Fädchen ragten aus den Farbschichten wie Fühler heraus, die nach neuem Halt suchten. Was, dachte Fiona, hättest du jetzt getan, Jefferson?

Am nächsten Morgen erschienen zwei Polizisten mit der Nachricht, dass das Tuch des grünen Goldes verschwunden sei. Die Familie stehe unter Schock, und Fabricio Perlucci verdächtige Fiona, das Tuch in Messalinas Auftrag entwendet zu haben. Fiona schwor, keinen Diebstahl begangen zu haben. Sie lud die Polizisten ein, ihr Haus zu durchsuchen, dann schrieb sie einen Brief an die Perluccis, beschwor ihre Unschuld und bot an, die Leinwand zu reparieren, das Bild zu retten. Noch am Abend desselben Tages beschied ihr ein Bote, dass die Familie Perlucci an dem Porträt nicht mehr interessiert sei und keinen Wert mehr auf weiteren Kontakt lege.

Zwei Tage später stand Geoffrey Hampsterton in zerrissenem Kaftan vor der Tür ihrer Villa.
»Sie sind bei ihm. Ihre Schwiegereltern. Es tut mir leid, wirklich sehr leid.« Seine Stimme war brüchig und heiser.
Fiona zuckte zusammen. »Was ist mit Jefferson?«

»Er ist tot … wir haben lange dort oben gemalt, am Vorsprung. Der Regen, der Fels bröckelte. Jefferson … stürzte ab. Ich konnte ihm nicht helfen.« Er schluchzte und fuhr sich mit dem Handrücken über die Augen.
Fiona wurde taub. Das Letzte, was sie sah, war der Riss in seiner Handfläche, die Kruste aus Blut und Erde. Sie fühlte sich schwerelos. Erleichtert fiel sie aus dieser Welt hinaus in stille Schwärze.

Als sie erwachte, lag sie auf dem Kanapee ihres Salons. Signora Lorni und Geoffrey standen bei ihr. Beide hatten verweinte Augen.
»Wo ist Jefferson? Ist er schon da?«, flüsterte sie.
»Nein, noch nicht. Man ist dabei, ihn zu holen.« Geoffrey kniete vor ihr nieder. »Ich verspreche Ihnen, ich werde Ihnen beistehen. Sagen Sie mir, was ich tun soll.«
»Sie? Sie wollen mir helfen? Ich dachte …« Fiona schloss wieder die Augen. Das Gefühl ihres ersten Eindrucks von Geoffrey überlagerte für einen kurzen Moment ihre Trauer. Sie hatte ihn als Eindringling empfunden, als jemanden, der ihr Jeffersons Zuneigung zu stehlen schien.
»Sie?«, wiederholte sie ungläubig und suchte forschend in seinem Blick.
»Ja, ich war sein Freund, verstehen Sie? Nichts als sein Freund, Signora Turlington. Ich habe ihn als Menschen so geliebt wie Sie.«
»Als Menschen … Das klingt …« Sie rang um ein Wort, das ihrer Liebe entsprach, vor dem sie jedoch Angst hatte, es könnte ihr zusätzlichen Schmerz bereiten. Schließlich sagte sie: »Das klingt schön, so als zögen Sie die Maske ab, die mir bei unserer ersten Begegnung Angst machte.«

»Verzeihen Sie, ich war damals tatsächlich ein wenig eifersüchtig.« Geoffrey senkte sein Kinn auf die Brust und seufzte tief.
»Ich mochte Sie nicht«, fuhr sie fort, »weil ich dachte, Jefferson könnte Sie heimlich ebenso lieben wie mich.«
»Ich weiß das, und damals neidete ich ihm seine Liebe zu Ihnen.«
»Warum? Wer sind Sie wirklich, Geoffrey?«
»Ich werde Ihnen alles erzählen, alles …« Er hob den Kopf, weil Signora Lorni den Raum betrat.
»Wollen Sie etwas trinken, Signora?«, fragte diese behutsam. »Ein Glas Rotwein vielleicht?«
Fionas Blick begegnete Geoffreys. »Ja, bringen Sie uns einen einfachen Rotwein«, sagte sie. »Das ist das Beste jetzt, nicht wahr?« Geoffrey nickte und wischte sich Tränen fort, die sich in seinem Bart verfangen hatten.
»Ich möchte mit Ihnen reden. Ich fürchte sonst zu ersticken.«
»Ich weiß, ich weiß«, flüsterte er und legte vorsichtig seine Hände um die ihren. Stück für Stück zerbröselte das Bild, das sie sich von ihm gemacht hatte. Ihre eigene Verwundung ließ sie empfindsam werden für die Gefühle dieses Mannes, der augenscheinlich Jefferson sehr gemocht hatte. Wie tief mussten seine Gefühle Jefferson gegenüber gewesen sein, dass er sie bei ihrer ersten Begegnung zu schützen und zu verbergen gesucht hatte. Doch jetzt wollte sie mehr von ihm erfahren. Sie wusste, es würde sie trösten. Sie beugte sich zu ihm vor. »Jefferson und ich waren verheiratet, Geoffrey – aber ich habe ihn geliebt, weil er mir Mut zum Leben, Mut zu mir selbst gegeben hat.«
»Das wusste ich nicht«, murmelte er gedankenverloren.

»Wir, Jefferson und ich, haben selten über Sie gesprochen.«
»Er hat Ihnen nichts über mich erzählt?«
»Er war glücklich mit Ihnen, Fiona, das reichte ihm.«
»Wirklich? Warum ließ er Sie in sein Leben, Geoffrey?«
»Er brauchte mich als Freund.«
»Als Freund …«, wiederholte Fiona, als würde sie nach einem verborgenen Sinn des Wortes suchen.
Eine Weile war es still. Vom Garten her hörten sie das Zirpen der Grillen. Eine Libelle flirrte durch die geöffnete Tür und surrte um die Blüten weißer Lilien und rosa Rosen, die in einer hellblauen Keramikvase auf dem Boden standen. »Warum haben Sie ihn geliebt, Geoffrey?«, hakte sie schließlich nach.
»Ich wollte mit Ihnen reden, Ihnen all das sagen, was ich auch Jefferson erzählt habe. Ich trage eine Erblast, die mir nur dann leichter wird, wenn ich sie mit jemandem teilen kann, dem ich vertraue. Glauben Sie mir, Fiona, ich mag Sie, ich mag Sie sehr, und das nicht nur, weil Jefferson Sie liebte. Sie sind eine besondere Frau. Sie sind klug, und Sie sind eigenständig, und deshalb werden Sie mich vielleicht noch besser verstehen als jeder andere.« Er räusperte sich. »Wissen Sie, ich bin das Letzte von sieben Kindern, ich habe nur Schwestern. Können Sie es sich vorstellen, wie es ist, wenn man dafür verachtet wird, weil man als Letzter zur Welt kommt? Als männlicher Nachkomme, der die Eltern sechsmal zuvor enttäuschte, indem er seine Schwestern vorschickte? Als ich kam, war mein Vater längst verbittert und alt. Er hat in mir nichts als einen weiteren Versager gesehen.«
»Er war verrückt.«
»Er war pervers.«

»Und Sie brauchten einen Freund, der …«
»… der mir das Gefühl gab, wertvoll zu sein. Jefferson, also, er war gern mit mir zusammen. Ich sei seine zweite Künstlerseele, hat er einmal gesagt. Er mochte mich so, wie ich bin. Er hat nie an mir gezweifelt, mich nie gedemütigt.«
Signora Lorni trat ein und stellte die Flasche Rotwein auf einen Tisch. Geoffrey schickte sie hinaus und füllte die Gläser. »Lassen Sie uns an Jefferson denken. Wir haben ihn beide geliebt.«
»Wie sollen wir ohne ihn weiterleben?«
»Trinken Sie, Fiona, trinken Sie.«
Sie leerten ihre Gläser, gierig und erschöpft.
»Ich habe ihn geliebt, doch jetzt will ich auch sterben, Geoffrey, damit ich wieder bei ihm sein kann.«
»Das können Sie nicht, Mrs. Turlington«, erklang Signora Lornis Stimme von der Tür her.
»Warum belauschen Sie uns?«, sagte Geoffrey böse.
»Weil ich Angst um die Signora habe. Tun Sie sich nichts an, ich flehe Sie an! Ein Selbstmörder kommt in die Hölle, Ihr Mann aber wird im Himmel sein. Sie werden ihn also nie treffen, wenn Sie sich etwas antun.« Sie schluchzte auf, knickste vor lauter Aufregung und verschwand.
Fiona suchte Geoffreys Blick. »Ich habe ihn geliebt. Er war ein wunderbarer Liebhaber, Geoffrey.«
Errötend senkte er den Kopf.
»Er hat mich ins Leben mitgerissen. Er hat mich getröstet.« Sie richtete sich auf. »Nein, nein, das ist nicht wahr!« Sie begann zu weinen. »Sagen Sie bitte, dass er noch lebt! Bitte!« Geoffrey setzte sich zu ihr aufs Sofa und nahm sie fest in den Arm. Sie zitterte und weinte.
Erst als sie sich beruhigt hatte, schaute sie Geoffrey an

und sagte: »Ich habe mich in ihn verliebt, weil ich mich dafür belohnen wollte, dass ich mich meiner Mutter gegenüber durchgesetzt hatte.«
»Das, meine ich, ist glaubhafter.« Geoffrey strich ihr eine Haarsträhne aus dem Gesicht. »Ich bleibe bei Ihnen, solange Sie mich brauchen.«

Die Corks, so erzählte ihr Geoffrey später, ließen Jefferson noch in Genua einäschern. Er habe lange in sie dringen müssen, um einen winzigen Teil seiner Asche, kaum mehr, als in eine Walnuss hineingepasst hätte, für seine Witwe Fiona zu erhalten. Vielleicht werde er ihr eines Tages schreiben, hatte Victor Emanuel Cork ihm beim Abschied zugeflüstert. Zur Beerdigung in Amerika aber werde man sie aus Rücksicht auf die Mutter nicht einladen, weil diese ihr vorwarf, ihren Sohn im Stich gelassen zu haben.
Gedemütigt, voller Schmerz empfand Fiona nichts mehr für das Leben. Sie bat Geoffrey, einen kleinen Schrein unweit der alten Steineiche im Garten errichten zu lassen, wo sie die kleine Urne mit Jeffersons Asche begrub.
Nachts schlief sie neben dem Schrein. Fror im Regen. Sehnte den Blitz herbei, der sie in die Erde einbrennen würde.
Und dann schickte sie alle fort – Geoffrey, Signora Lorni, den Gärtner.
Ich brauche nichts mehr, dachte sie, keine Fische, kein Gemüse, keine Pasta, kein Fleisch, keinen Wein. Jetzt gehöre ich nur noch mir. Mein Körper gehört mir. Mein Kopf wird ruhiger. Meine Gedanken werden klarer. Jetzt konzentrieren sie sich allein auf das Wesentliche. Das Wesentliche ist, dass ich erkannt habe, an allem schuld zu

sein. Was ist schon Kunst wert, wenn das Leben an ihr zerbricht? Nichts. Jeffersons Leben ist zerbrochen, weil ich ihn habe fallen lassen wie eine tönerne Schale. Seine Mutter hat Recht, ich allein bin schuld an seinem Tod, weil ich nicht wirklich teilte, was er liebte. Ich hätte mit ihm in die Berge gehen sollen. Ich habe als Gefährtin ebenso versagt wie als Ehefrau.
Ich hasse das Licht. Den Moment, an dem die gelbe Scheibe wieder auftaucht. Flieh, Fiona, flieh hinter Vorhänge von Fenstern und Bett. Stiehl dich aus der Welt. Es ist nur gerecht.

Es war das Meckern von Ziegen in ihrem Garten, das sie in ihrem Dämmer störte. Jemand pfiff so durchdringend, dass es ihr vorkam, als würde ein Messer durch ihren Körper schneiden. Kalter Schweiß brach ihr aus, als mehrmals kräftig gegen ihre Tür geschlagen wurde. Ein Mann rief ihren Namen. Ihr wurde übel, sie würgte und schleppte sich in die Diele hinab und spähte hinter der Gardine durchs Fenster. In der Auffahrt stand ein flacher Leiterwagen, von dem ein paar Ziegen herabsprangen, um zwischen Büschen und Stauden ihres Gartens zu knabbern. Von irgendwoher erschollen die grellen Pfiffe. Den Kopf von ihr abgewandt, klopfte der Mann wieder an ihre Tür.
»Machen Sie auf, Signora! Es ist wichtig!«, rief er. Sie öffnete die Tür. »Mein Gott, Signora! Was ist mit Ihnen? Ich sehe, ich bin umsonst gekommen. Sie werden ihr nicht helfen können.«
Fiona versuchte ihn zu verstehen. »Niemand kann mir helfen«, flüsterte sie.
»Signora!«, schrie der Mann nun außer sich. »Sie stirbt!

Signora Bandonelli stirbt! Sie braucht Ihre Hilfe! Sie möchte Sie noch einmal sprechen. Sie hätte es verdient, wenn ihr einmal im Leben jemand einen Gefallen tun würde.«
Tief enttäuscht sah er sie an. »Warum haben Sie sich nur so versündigt? Niemand darf den Tod herbeisehnen.«
Sein Blick tat ihr weh, und sie zuckte zusammen. »Wie heißen Sie?«
»Giovanni Carli. Ich bin ihr Pächter, wenn Sie so wollen.«
Vor ihrem inneren Auge sah sie ihn im lichten Schatten der alten Olivenbäume Unkraut und Triebe rupfen. Das silbrige Flirren der Bäume kam ihr wieder in Erinnerung.
»Gut«, sagte sie schließlich, »ich komme mit Ihnen.«

Unterwegs hatte der junge Hirte Ziegenkäse verkauft. Vom eingenommenen Geld nahm er Fische, Wein und Salz mit. Fiona, die zu schwach zum Laufen war, hockte neben den Körben und Ziegen auf dem Leiterwagen. Der scharfe Geruch der Tiere ekelte sie an. Doch sie wusste, dass sie durchhalten, dem Tod zuvorkommen musste. Gegen Abend riss die Wolkendecke auf, und die Sterne leuchteten. Es wurde kühler, je höher sie kamen, doch Fiona fror nicht.
Messalina lag auf einem breiten Holzbett in ihrem Wohnraum, den Kopf zum Fenster gewandt. In einer Ecke saß stumm ein Priester, der nur kurz aufsah, als sie eintrat. Dann widmete er sich wieder seinen Gebeten. Eine Öllampe tauchte den Raum in warmes Licht. Ein Zitronenfalter flatterte zwischen der Lampe und einem Regal mit eingemachten Früchten und Pilzen umher. Fiona trat ans Bett. Messalina hielt die Augen geschlossen. Ihre Brust bewegte das Laken nicht. Sie schien tot, nur in der knotigen Ader an ihrer linken Schläfe pochte es unrhythmisch.

»Signora Bandonelli, ich bin bei Ihnen«, flüsterte Fiona. Nichts geschah.

Fiona wandte sich Giovanni Carli zu, der auf der Bank am kalten Ofen Platz genommen hatte und sie beobachtete.

»Geben Sie mir ein wenig Olivenöl. Sie hat trockene Lippen.«

Er erhob sich und brachte ihr eine kleine Flasche.

Fiona zog den Stöpsel heraus, netzte ihre Fingerspitze und strich sachte über Signora Bandonellis Mund.

Kurz darauf öffnete sie die Augen. Durchdringend, so als hätte sie im Schlaf all ihre Konzentration fürs Wesentliche gesammelt, sah sie Fiona an. »Holzkohle. Sie machen Holzkohle aus ihnen«, flüsterte sie. »Primitive Holzkohle.«

Fiona streichelte ihre Wange. »Sorgen Sie sich nicht.«

»Ich werde sterben. Du, Fiona, du sollst sie vor ihm beschützen.«

»Vor Perlucci?«

»Ja, er will mein Land. Meinen Tod.« Pfeifend holte sie Luft. »Seine Bauern verkohlen die Bäume. Auch meine, wenn du nicht aufpasst.« Sie schloss die Augen. Lange Zeit war es still im Raum. Nur auf dem Dach hörte man das Trippeln und Scharren eines Marders. Fledermäuse flogen im Zickzack vor dem Fenster. Der Marder sprang vom Dach auf einen Holzstapel am Haus. Kurz darauf quiekte eine Maus. Messalina öffnete die Augen.

»Versprichst du es mir?«

»Ich verspreche es Ihnen.«

Daraufhin erhob sich Giovanni Carli und öffnete eine hölzerne Schatulle. Er reichte Messalina ein Stück Papier, auf dem ihre Handschrift zu sehen war.

»Unterschreiben«, hauchte sie. Der Priester trat herbei

und verfolgte Zeile für Zeile das Papier, das Fiona ins Licht der Öllampe hielt.

»Hiermit verspreche ich, Fiona Turlington-Cork, Messalina Bandonelli, Eigentümerin des 1875 vom Olivenbauern Giovanni Carli gekauften Landstücks, Folgendes:

1. Ich werde nach ihrem Tod die Verstorbene, in weißes Laken gewickelt, in einem einfachen Olivenholzsarg unter dem von ihr ausgesuchten alten Olivenbaum auf ihrem Grundstück begraben. Eine schlichte Schieferplatte soll an sie erinnern. Und am selben Tag sollen so viele neue Olivenbäume gepflanzt werden, wie sie Lebensjahre erlangt hat.
2. Ich werde mit allen Mitteln dagegen kämpfen, dass Signor Fabricio Perlucci ihr zehn Hektar umfassendes Land erwerben bzw. rauben kann.
3. Ich werde mit allen Mitteln dagegen kämpfen, dass Signor Fabricio Perlucci weiterhin seine eigenen Olivenbäume abholzen lässt.
4. Ich werde mit allen Mitteln dagegen kämpfen, dass die Regierenden Liguriens Olivenbäume abholzen lassen.
5. Ich werde Signora Bandonellis Olivenhain pflegen und für alle Zeiten bewahren.
6. Ich werde die alte Ölmühle erhalten und jährlich Oliven pressen lassen.
7. Giovanni Carli soll rechtsgültig Eigentümer des ganzen Besitzes sein, doch ich werde vorläufig die Verantwortung dafür übernehmen, dass alles, was getan werden muss, im Sinne von Messalina Bandonelli geschieht.«

Fiona unterschrieb vor Messalinas wachen Augen. Danach sank diese wieder in sich zurück. Der Priester schlug das Zeichen des Kreuzes über ihre Stirn, faltete ihre Hände und kniete am Bett nieder, um erneut zu beten.
Sterne blitzten durch das geöffnete Fenster am samtblauen Himmel. Ab und zu rief ein Käuzchen. Messalinas Katze kam vom Nachtgang heim. Sie sprang vom Garten her aufs Fensterbrett und spähte misstrauisch in den Raum. Leise schlich sie heran, sprang vorsichtig aufs Bett, beroch ihre Herrin und rollte sich ihr zu Füßen zusammen. Es verging eine geraume Zeit, bis Messalina die Augen öffnete und um Wasser bat. Die Katze wachte auf und schaute sie aufmerksam an. Dann erhob sie sich und rutschte bäuchlings bis an ihr Kinn heran. Messalina brummte etwas, die Katze schlug sanft mit dem Schwanz und begann zu schnurren. Giovanni brachte das Glas Wasser, und Fiona flößte es ihr mit einem Esslöffel ein. Als sie zufrieden gestellt war, beugte sich Fiona über sie und fragte, ohne dass es jemand verstehen konnte: »Das Tuch, Signora Bandonelli, wissen Sie, wo das Tuch ist?«
Der Priester warf ihr einen vorwurfsvollen Blick zu.
»Es ist bei seinen Wurzeln«, keuchte Messalina.
»Ich muss es finden. Perlucci hält mich für die Diebin.«
Die Katze, die auf Messalinas gefalteten Händen lag, schnurrte lauter. Messalina schloss die Augen, als gäbe es nichts, was wichtig genug war, um darauf zu antworten.
»Helfen Sie mir, Signora. Ich muss doch meine Ehre verteidigen.«
Messalina murmelte etwas, das nur das Tier zu verstehen schien, denn es rutschte noch höher und leckte ihr die Lippen. Sie schlief mit einem Lächeln ein und starb noch

in derselben Nacht. Fiona sah ein, dass der Tod nicht mit sich handeln ließ. Kämpfen konnte man nur um das Leben.

Die Sonne stieg auf, tauchte den nächtlichen Dunst, der über dem Meer und den Tälern lag, erst in rosa, dann violettes, schließlich sanftes hellblaues Licht. Als ihr Strahlenbündel golden geworden war, senkten Giovanni Carli, der Priester und Fiona die Tote in ihr Grab unter dem weiten Kegel eines alten Olivenbaums.
Fiona beschloss, den Kampf mit dem Leben aufzunehmen. Sie würde sich auf die Suche nach dem Tuch des grünen Goldes begeben.

Noch einmal stieg sie den Weg hinab zu ihrem Haus an der Küste. Sie setzte sich an ihren Schreibtisch, um einen weiteren Wunsch von Messalina zu erfüllen. Im Namen der kürzlich verstorbenen ligurischen Malerin Messalina Bandonelli forderte sie die Regierung Liguriens auf, das Abholzen der Olivenbäume zu verbieten.
Daraufhin überlegte sie, wie sie ihrer Forderung Nachdruck verleihen könnte. Sie erinnerte sich an den ersten Eindruck, den sie von Messalina gewonnen hatte, an den Moment, in dem diese, vertieft in ihre Zeichnung, in der Höhlung des Olivenbaums gehockt hatte. Messalina hatte die Bäume bis zur Selbstaufgabe geliebt. Und aus diesem Gefühl heraus entwickelte Fiona nun einen Schreibstil, der klang, als stünde Messalina leibhaftig neben ihr und würde sich leidenschaftlich über das aufregen, was in den Bergen geschah.
»Seit Menschengedenken ist der Olivenbaum ein heiliger Baum. Seit den Zeiten der alten Ägypter kultivieren Men-

schen seinen Anbau – wie kann man jetzt annehmen, er sei überflüssig?
Sein Öl nährt, heilt, gibt Licht, salbt Könige, Tote und Neugeborene. Wie können die Regierenden in Genua glauben, auf das Elixier der Götter verzichten zu können?
Es macht Nahrung lange haltbar. Es dient der Schönheit, indem es Falten glättet und, mit Essig vermischt, das Haar der Frauen pflegt. Es heilt, weil es Magengeschwüre und Gallensteine beseitigen kann, das Blut leicht fließen lässt und das Herz stärkt. Im Munde zerkaut, zieht es sogar Gifte aus dem Körper, und mit Honig verrührt, heilt es Furunkel und Geschwüre. Mit Limonensaft und Wasser vermischt, lindert es Verbrennungen.
Wie sollen Mütter ihren Kindern helfen, wenn es kein Öl mehr gibt?
Außerdem ist es nahrhaft und verlängert das Leben.
Leben, das von Liebe bestimmt ist.
Ist den Herren Regierenden bekannt, dass die Bibel von Speiseopfern aus feinstem Mehl und edelstem Öl berichtet? Priester haben seit alters her Salböl hergestellt – eine Kanne Olivenöl, gemischt mit Myrrhe, Zimt, Kalmus und Kassia. Ein Öl, das nach Pflanzen duftete, war es auch, mit dem Maria Magdalena Jesus' Füße salbte. Ist den hohen Herren in Genua bewusst, dass dies ein Akt reiner Liebe gewesen war? Jesus nämlich hatte Marias Herz erkannt und ihr ihre Sünden vergeben.
Oder halten die Herren etwa zu Judas Ischariot? Judas, den es empörte, dass Maria das kostbare Salböl angeblich verschwendete? Er hatte vorgegeben, es für dreihundert Silbergroschen verkaufen zu können, um den Armen zu helfen. Aber in Wahrheit hatte er den Beutel bei sich, in dem er das Geld fortgetragen hätte. Doch auch ihn durch-

schaute Jesus und sagte, dass Liebe wichtiger sei als der Münzgewinn.
Was Jesus wohl sagen würde, wenn er sähe, dass hier in Ligurien heilige Bäume gefällt werden, um Münzgewinn aus Holzkohle zu erzielen?!
Man möge ihr, einer alten Frau, glauben, wenn sie sagte: Wenn die alten Bäume fallen, wird das Land auf lange Zeit hin wirklich arm und karg und verliert seine Seele und seinen wahren Reichtum.«
Fiona beendete den Aufruf und faltete ihn mit ihrem Anschreiben zusammen. Zufrieden lehnte sie sich auf ihrem Stuhl zurück und sah den Möwen zu, die am Strand kreischend auf und ab flogen. Ein Hauch vom Salz des Meeres wehte ins Zimmer, gemischt mit dem Duft des Lavendels und ihrer Rosen. Eine Meise krallte sich am Rand der Hängematte fest und schaukelte eine Weile hin und her. Was wäre, wenn sie hier bleiben und Messalinas Erbe in den Wind schreiben würde?
Fiona erhob sich und legte sich auf ihr Olivenbett. Je länger sie das polierte Holz betrachtete, desto lebendiger erschienen ihr seine Äderungen und dunklen Astmarkierungen – so als ob es in der Lage wäre, über jedes seiner Jahre, jede Witterung, jede Verletzung und Schonung zu erzählen.
Ja, sie wollte die Herausforderung ihres Lebens annehmen. Und je länger sie über sich selbst nachdachte, desto deutlicher wurde ihr, dass das Licht, das Jefferson gesucht hatte, nur das pure Sonnenlicht gewesen war. Das Licht aber, das sie suchen sollte, war das Licht der Erkenntnis, auf dem Weg ihrer Suche nach sich selbst.
Sie erhob sich und packte Koffer und Taschen. Außer ihren Kleidern legte sie noch Leinwand, Farben und die Schmuckblätter des chinesischen Taschentuchbaums

dazu. In dem Moment, als sie ihr Gepäck in die Diele trug, ging die Glocke an der Tür. Ein Bote brachte ihr einen Brief aus China. Sie bat ihn, sich zu gedulden. Voller Erwartung ging sie hinaus in den Garten und begann im Halbschatten der Kastanie zu lesen.

»Liebe Fiona, lieber Jefferson,
wir sind seit knapp einer Woche auf gut 600 Meter Höhe im Wuyi-Gebirge in der chinesischen Provinz Fujian auf den Spuren von Geraldines Vorfahren, die hier im 18. Jahrhundert Teeplantagen betrieben, damit zu Hause der Bohea-Tee nicht ausging. Es ist heiß, die Luft sehr feucht, doch die Sonne, die hier jeden Tag scheint, leuchtet den Reiz dieser Landschaft aufs Vorzüglichste aus – viele Gipfel, Höhlen in steilen Felsformationen, prächtige Wasserfälle, in engen Schluchten kristallklare Flüsse und Seen. Der Weg hat sich gelohnt, auch wenn wir stets auf der Hut sind. Wir sind mit Karren, vier Pferden und drei chinesischen Begleitern unterwegs. Ken Mcdonald, Missionar und Pflanzensammler, spricht die Sprache des Landes und ist uns ein guter Hirte.
Diese Gegend lässt niemanden kalt, der eine Seele hat. Dieses Potpourri aus aufragenden Felsen und sprudelndem Wasser, die uns völlig fremden Pflanzen und Tiere, dieses Unberechenbare und Spielerische natürlicher Gestalten kann nur das Werk eines großen Schöpfers sein. Ich glaube manchmal, wir sind so nichtig wie die Sandkörner am Flussufer. Und wie diese vom Wasser, werden wir vom Leben mal hierhin, mal dorthin getrieben.

Nun, wie dem auch sei, mehr als Heiler und Kräuterkügelchen scheint jedenfalls der Zauber dieser außergewöhnlichen Landschaft Geraldine langsam zu verändern. Ihr Stolz schwindet zusehends. Sie sieht sogar schon ein, dass eine Mutter ihrer Tochter nicht gegenübertreten darf, als wäre sie deren Königin. Doch um offen zu sein, es fällt ihr immer noch sehr schwer, in der eigenen Tochter eine selbstständige Königin zu sehen. Lasst uns dennoch weiter hoffen.
Nur der guten Ordnung halber: Wir nehmen in den nächsten Wochen die Gastfreundschaft unseres Freundes in Anspruch. Er lebt am Fuß des Wuyi-Berges unterhalb der Hänge, an denen der beste Tee Chinas, der Da-Hong-Pao von der Sorte Yan-Cha, gedeiht. Er schmeckt wirklich vorzüglich. Die Post von hier kann allerdings lange brauchen, bis sie bei dir ist. Es kann auch sein, dass Briefe unterwegs verloren gehen. Die Menschen sparen nicht an Lächeln und Verbeugungen. Ausländer sind ihnen suspekt, doch sie halten uns für dumm. Sie sind dreist genug, uns offensichtlich Schaden zuzufügen. Wie oft haben wir schon Klagen über Diener gehört, die stehlen und lügen. Wir wissen von Einheimischen, die Reisenden Nahrung verweigern, sie in die Irre leiten oder sogar totschlagen.
Leider muss ich zugeben, dass die britische Krone nicht erkannt hat, dass es den Menschen hier an Verantwortungssinn fehlt, mit Opium umzugehen. Sie haben einfach eine nachlässigere Art als wir Briten. Die Chinesen lassen sich des Opiums

wegen Würde, Anstand und körperliche Gesundheit rauben. Im 18. Jahrhundert nahm, wie du vielleicht weißt, unsere tüchtige Ostindiengesellschaft von den Bengalen in Indien Grundsteuer in Form von Silbermünzen ein, um Tee in China zu kaufen. Diesen verkaufte sie dann mit hohem Gewinn bei uns zu Hause. Dafür bauten unsere Landsleute seit Anfang unseres Jahrhunderts Opium in Indien an und exportierten es hierher nach China. Für den Teehandel war das Opium eine feine Sache. Aber wenn du diese elenden Kreaturen siehst, möchtest du sie schütteln, weil sie sich diesem Laster ohne nachzudenken hingeben. Es ist etwas anderes, bei Kopfschmerz Laudanum-Tropfen einzunehmen, als in halb dunklen Ställen auf rohen Steinfliesen zu liegen und mit stieren, verglasten Augen dem Tode entgegenzudämmern.

Dummes armes China! Es hat ohne Zweifel vormals eine hohe Kultur erworben, doch diese zerfällt angesichts der an den buchstäblich alten Zöpfen hängenden Lethargie. Allerdings glaube ich, dass unsere Krone einen kleinen Fehler gemacht hat. Wie du weißt, verbot China Ende der dreißiger Jahre die Einfuhr von Opium, woraufhin unsere Leute einen lukrativen Schmuggelhandel mit hohem Umsatz betrieben. Alle Versuche, den Schmuggel zu unterbinden, schlugen fehl. Wir schickten ihnen unsere Kriegsflotte, besetzten chinesische Häfen und erzwangen einen Vertrag, den China nur als demütigend empfinden konnte. Wir legten Zölle fest, und die Chinesen hatten sich der Führung britischer Verwaltungsbeamter zu fügen. Ich denke, dass sie uns diese Maßnahmen nicht verziehen haben. Doch damit nicht genug. In der Folge des englisch-französischen Feldzugs wurde 1859 der Sommerpalast bei Peking zerstört. Christlich inspirierte Revolutionäre – die T'ai'ping – rebellierten von 1850 bis 1866. Natürlich musste das den Hass patriotischer Widerständler heraufbeschwören.

Und nun? Die neueste Provokation für China, das mit Japan um die Vorherrschaft in Korea streitet, sieht so aus: Wie wir hörten, sollen am 8. Juni 5000 japanische Soldaten den Palast in Seoul besetzt und Japan soll sogar eine neue koreanische Regierung eingesetzt haben. Jetzt fehlt nur noch ein Funke, um das Fass explodieren zu lassen. Dann gibt es Krieg, einen Krieg, den China mit seiner veralteten kaiserlichen Armee nur verlieren kann.

Ich werde froh sein, eines Tages wieder meinen Fuß auf das Deck des Schiffes zu setzen, das uns nach Europa zurückbringt. Ich denke, ich werde versuchen, Genua als Zielhafen anzuvisieren.

Der Reiz dieser Landschaft hier aber lässt Politik und Fremdenhass vergessen. Dies ist es auch, was ich noch genießen möchte, solange wir hier sind. Auf einem besonders schönen Fluss, dem Fluss der Neun Biegungen, wollen Geraldine und ich nämlich noch Fahrten in einem Bambusboot machen.

Wir umarmen euch und senden euch unsere herzlichen Grüße.

In Liebe

eure Eltern

Im Wuyi-Gebirge, 28. Juni 1894«

Sie hatten also die Nachricht von Jeffersons Tod noch nicht erhalten. Es tat weh, die Worte ihres Vaters zu lesen und zu spüren, wie allein sie jetzt war. Doch Fiona widerstand dem Gefühl der Schwäche, schließlich waren ihre Eltern viel größerer Gefahr ausgesetzt als sie. Krieg zwischen China und Japan, Hass gegen Europäer, Hass gegen Christen. Fiona hatte schon lange keine Zeitungen mehr gelesen und nichts anderes zu tun gehabt, als um ihr Seelenheil zu kämpfen. Was war das schon gegen das Leid einer ganzen Nation?
Sie setzte sich noch einmal an ihren Schreibtisch und schrieb ihren Eltern. Wie um den Geist der Bäume zu beschwören, legte sie eine Hand voll Olivenblätter und Lavendelblüten hinzu. Dann nahm sie Abschied von Jefferson, bezahlte den Boten und begab sich ein drittes Mal auf den Weg hinauf in die Berge.

Die Tür war abgeschlossen. Fiona fiel ein, dass sie keinen Schlüssel zum Haus besaß. Sie sah sich nach geeigneten Verstecken für einen Schlüssel um, inspizierte einen umgestülpten Eimer, den Boden eines Blumenkübels und ging die Reihen gestapelter Holzscheite durch. Doch es war vergeblich. So schob sie Koffer und Taschen unter die grau verwitterte Holzbank und machte sich auf den Weg. Messalinas Katze, die schläfrig auf dem Fensterbrett gehockt hatte, streckte sich in die Höhe und machte einen Buckel. Dann sprang sie hinab und folgte ihr langsam.
Wohin Fiona auch ging, sie traf auf Düfte. Hier in Messalinas Gemüsegarten roch es nach Lavendel, Rosmarin, Melisse und Brombeeren. Auf dem Pfad, der vom Haus in den großen Olivenhain führte, verströmten Mandel- und

Zitronenbäume ihre Aromen. Hier und da flatterten Laubsänger mit winzigen Insekten im Schnabel von den Bäumen auf. Hinter dem Haus, ein Stück weit von der Wasserstelle entfernt, standen mehrere Aloebäume, die sie bei ihrem ersten Besuch kaum wahrgenommen hatte. Zwischen ihnen stach Schiefergestein aus der Erde. Darauf saßen zwei gelb-schwarze Eidechsen und wärmten sich in der Sonne. Sie ließen sich nicht aufschrecken, sondern blinzelten Fiona nur aus ihren kleinen, schwarzen Augen zu.

Im Himmel hoch über ihr zwitscherten noch Lerchen, doch der von den Bergen kommende kühle Wind kündete den Herbst an. An den Olivenbäumen hingen grüne Früchte. Fiona versuchte eine Olive abzuzupfen, doch sie saß fester, als sie angenommen hatte.

Sie folgte dem Pfad, der mal gerade, mal in weiten Schwüngen durch den riesigen Hain führte. Zwischen dem Gras lagen verblühte Mohnblumen und Anemonen. Hier und da sah sie struppige niedrige Rosensträucher. Als ihr ein süßlicher Duft in die Nase stieg, folgte sie ihm. Sie verließ den Pfad und ging quer durch die Olivenbäume auf die Felsenstücke zu, die den Anstieg zur Bergkuppe andeuteten. In seinem Windschatten stand ein großer ausladender Feigenbaum. An seinen silbrigen Ästen, die den Armen eines riesigen Kandelabers ähnelten, hingen unzählige reife violette Früchte. Sie bogen seine Arme bis tief zum Boden hinab. Fiona schob sie auseinander und richtete sich vor dem runzligen grauen Stamm des Baums wieder auf. Sie schaute über sich in seine geästelte fruchtreiche Krone, pflückte sich ein paar Früchte und genoss ihre reife Süße. Da hörte sie plötzlich einen Ton, der wie ein Signal klang – dröhnend tief, aber kurz. Einen Moment lang hallte er von der Bergwand wider. Sie trat hervor und schaute sich um.

Ein gutes Stück weiter nordwärts neigte sich der Boden zu einer Senke, zu der die Bergkuppe im Norden hinabfiel. Den Boden der Senke konnte Fiona nicht sehen, da sie zu weit von ihr entfernt war. Doch als der Ton noch einmal erklang, begann die Erde unter ihren Füßen leicht zu beben. Und bald darauf stürmten die ersten Tiere einer Schafherde zu ihr herauf, verteilten sich zwischen den Bäumen und rupften mal hier eine Pflanze, mal dort ein Kraut. Das Leittier aber blieb kurz stehen, witterte und schritt dann mit erhobenem Kopf in Richtung des Feigenbaums auf Fiona zu. Allein der Anblick seiner kräftigen Hörner reichte, dass sie die Flucht hinauf auf die Bergkuppe nahm. Der Schiefer war rau, und sie schrammte sich Knie und Hände auf. Sie kletterte in Panik, zog sich an Schieferkanten empor und suchte Halt an harten Heidekrautbüscheln.

Als sie sich umdrehte, sah sie, dass der Hund Schafe, die ihr folgen wollten, zurück zur Herde trieb. Erleichtert setzte sie sich neben einen Ginsterbusch und ruhte sich aus. Der Hirte grüßte zu ihr hoch, lachte und rief etwas, das sie nicht verstand. Langsam zog die Herde weiter. Schließlich erhob sich Fiona, um die Landschaft um sie herum zu betrachten – Pinien, Kastanien und Lärchen zogen sich in Gruppen von den Berghängen hinab bis fast hinunter zum Meeresrand. Schieferdächer tauchten im Grün auf. Von hier oben sah es aus, als ob sich das Tal in der Form eines Trichters dem Meer zuwenden würde.

Vor ihr aber erstreckten sich grenzenlose Olivenhaine, die wie silbrig schimmernde Matten auf sanft abfallenden Wiesen bis hinunter ins Tal reichten. Ein Stück weit östlich lag Messalinas Schieferhaus mit dem Garten. Der Pfad, der von der Straße zu ihm hochführte, schlängelte sich durch den Hain bis zum östlichen Rand der Senke. Dort standen mehrere steinerne Gebäude – ein größeres rechteckiges, wohl ein Wohnhaus, drei Ställe, weiter abseits ein rundes mit einem Dach, das wie ein Pinienzapfen geformt war. Unter ihm, so sah es aus, verschwand ein Bach, der schäumend von den Bergen herabstürzte. Hinter einer breiten Holzbrücke tauchte er wieder auf und floss in Windungen durch den Hain, mal näher, mal weiter vom Pfad entfernt. Er speiste die Wasserstelle, an der sie sich damals hinter Messalinas Haus gewaschen hatte. Von dort machte er einen Bogen um Messalinas Obstgarten und floss weiter abwärts, wo er Rebstöcke voller blauer Trauben tränkte.

Ein kräftiger Wind brachte die Kälte der Seealpen herüber, biss in ihren Nacken, raubte ihr ein wenig den Atem. Das Meer glitzerte in hellem Blau, besprenkelt von silbrigen Lichtblitzen. Dampfer und Segelschiffe zogen ihre Bahn, klein wie die Schwalben über ihr. Dort entlang der Küste verlief die Via Aurelia, an die sich Dörfer und Städte wie auf einer Perlenschnur reihten. Ob Jefferson mit einer Aussicht wie dieser sein Leben hatte beenden müssen?

Dann war sein Ziel zugleich sein Ende geworden.

Sein Tod war ungerecht und sinnlos.

Nur zu gern hätte sie diesen winzigen Moment, diesen Mikrokosmos in seinem Leben angehalten, zurückgespult, Sturz und herabrollende Steine aufgehalten.

Sein Tod hatte sie bereits verändert. Wäre sie sonst vor Schafen geflüchtet?

Sie erhob sich und stieg ab. Ein hellbrauner Hund lief ihr freundlich bellend entgegen. Ihm folgte Giovanni Carli. Er trug über seinem karierten Hemd eine schmale Lederschürze, darüber eine Lederjacke, die so alt war, dass ihre Farbe je nach Lichteinfall mal dunkelbraun, mal schwarz wirkte. Er pfiff den Hund zu sich und reichte ihr die Hand.

»Ich habe Sie gesehen, Signora, dort oben auf dem Berg. Fürchten Sie die Schafe nicht. Sie wissen viel zu gut, dass wir sie brauchen. Schließlich düngen wir mit ihrem Mist die Bäume.«

»Ich habe Sie gesucht, Signor Carli. Messalinas Haus ist verschlossen.«

»Ich weiß. Hier ist ihr Schlüssel.« Er reichte ihn ihr.

»Zeigen Sie mir morgen ihren ganzen Besitz? Ich bin hier, um zu arbeiten.«

Er verzog das Gesicht zu einem Grinsen. »Keine Sorge, Arbeit gibt es genug. Bald beginnt die Erntezeit.«

»Ich werde viel lernen müssen, Signor Carli. Ich frage mich schon jetzt, wie es möglich ist, diese grünen Oliven vom Baum zu pflücken. Sie sitzen fest zwischen den Blättern und Zweigen, und sie sind hart und ungenießbar. Wie kommt nur das Öl aus ihnen heraus?«

Er lachte. »Es ist kein Geheimnis. Warten Sie es ab, Signora Turlington. Aber nennen Sie mich bitte bei meinem Vornamen. Ich bin ein einfacher Olivenbauer und kein Herr. Soll ich Ihnen heute das Feuer machen?«

»Ja, zeigen Sie mir, wie es geht.«

Giovanni nickte. »Gut. Gehen wir.«

Er warf Olivenkerne, Pinienzapfen und Reisig in den Ofen. »Man kann mit den Ranken der Olivenbäume ein ganzes Haus beheizen.«

»Ich hoffe, wir haben genug Vorräte. Es riecht nämlich

wunderbar«, entgegnete Fiona und sog den würzigen Duft ein.
»Ja, es vertreibt schwere Gedanken, Signora.«
»Das wollen wir hoffen.«
Als das Feuer prasselte, Giovanni noch einen Arm voll Scheite geholt, neben den Ofen gestapelt und sich verabschiedet hatte, begann Fiona sich zu entspannen. Sie aß eine heiße Brühe mit Tortellini, kaltes Huhn mit Pesto, geröstetes Brot mit Olivenöl und eingelegte Tomaten. Dazu trank sie einen einfachen roten Landwein.
Später, als der Mond aufgegangen war, nahm sie die Katze auf den Arm, setzte sich auf die Fensterbank und betrachtete die Blätter der Olivenbäume, auf denen das silbrige Licht des Mondes lag. Sie schaute so lange hinaus, bis sie glaubte, es seien die Engel selbst, die zu ihnen hinabgekommen waren und sie mit ihren Flügeln berührten.

Am nächsten Morgen brachte ihr Giovanni einen Korb mit Bruschetta, geröstetes Brot, mit Knoblauch berieben, etwas Salz und frischem Olivenöl. »Beginnen Sie Ihre neue Aufgabe mit dem traditionellen Frühstück der Olivenbauern, Signora. Auf dass Ihnen die Bäume zum Freund werden!«
»Muss ich mich schon heute für die Ernte stärken, Giovanni?«
»Nein, nein, Ende September oder Anfang Oktober werden wir anfangen. Ruhen Sie sich noch solange aus.«
»Sie wollten mir doch heute den ganzen Besitz zeigen?«
Er rieb verlegen sein Ohr. »Verzeihen Sie, leider geht das nicht.«
»Nun, es eilt ja nicht.« Und da Giovanni zu Boden schaute, hakte sie nach: »Sorgen Sie sich um etwas?«

»Heute Nacht kam mein Sohn Enzo aus Carrara zurück. Verstehen Sie?«

»Um einen Grabstein für Messalina zu holen?«

»Er kam mit einem Stein zurück, ja. Ein schöner Stein, glatt und pur. Schöner als die Zeit, die er dort in Carrara verbracht hat. Er war lange fort, Signora, und ich wünsche mir, dass er vergisst, was er erlebt hat, und bei mir bleibt.«

»Ich weiß nicht, wie es ist, in einem Steinbruch zu arbeiten. Hat Ihr Sohn leiden müssen? Ist er verletzt?«

»Es geht ihm gut, Signora, jetzt, wo er bei mir ist. Vielleicht erzählt er Ihnen eines Tages selbst seine Geschichte. Ich bin heute noch viel zu sehr erschüttert von der letzten Nacht.«

»Bestellen Sie ihm einen Gruß, Giovanni, und holen Sie mich, wenn die Arbeit beginnt. Ich werde mir in der Zwischenzeit Messalinas Haus vornehmen und mir ihren Besitz in Ruhe anschauen.«

»Wenn Sie wollen, bringe ich Ihnen einen Maulesel. Messalinas Besitz ist groß. Es ist leichter zu reiten als zu gehen.«

»Das ist eine gute Idee.« Sie salzte zwei Stückchen Brot und träufelte Öl darauf. »Giovanni?«

»Ja, Signora?«

»Ist zu erwarten, dass Angehörige von Messalina kommen?« Sie reichte ihm ein Stück Brot und biss in das ihrige. Es schmeckte so gut, dass sie noch ein wenig mehr Olivenöl dazutat. Er lächelte ihr anerkennend zu.

»Nein, Signora. Messalina lebte seit vielen Jahren allein.«

»Sie hatte keine Kinder?«

»Doch, Benito und Federico. Benito schloss sich noch in spätem Alter Garibaldis Truppen an, die um 1870 nach

Frankreich zogen, um die republikanische Idee zu unterstützen. Ihn erwischte eine Kugel, als er eine Barrikade ausbessern wollte. Federico dagegen malte wie seine Mutter, doch er war kränklich, litt an überhitzter Fantasie. Er hatte ein Erlebnis, das seine Seele auf einen Schlag zermalmte: Acht Jahre vor Benitos Tod verfinsterte sich die Sonne bei einem Unwetter derart, dass sich Federico vor Schreck darüber eine Bläschenflechte zuzog. Er begann Schwefelbäder zu nehmen, mit denen er sich nichts anderes als tagelange Übelkeit einhandelte. Aderlässe, Blutegel und Morphium konnten den Ausschlag auch nicht lindern. Bald bildete er sich ein, dass er nur noch bei offenem Fenster schlafen könne, weil ihn sonst sein eigener Atem vergiften würde. Dabei erkältete er sich, bekam eine Lungenentzündung und starb.«

»Und der Vater?«

»Sandrino Taccio? Er war zehn Jahre jünger als sie und baute hier im Piemont und in der Toskana Brücken. Er verließ sie, kurz nachdem Benito gestorben war. Er hatte ihn sehr geliebt, weil er ihm ähnlich gewesen war, genauso furchtlos und draufgängerisch. Er türmte mit einer jungen Schweizerin in deren Heimat. Später habe ich gehört, er sei in einer Sturmnacht von der Teufelsbrücke in der Schöllenenschlucht, dem Einstieg zum Gotthardpass, in die Reuß gestürzt.«

»Kein glückliches Leben für Messalina.«

»Nein, Signora, wahrhaftig nicht. Ihre Eltern hatten die Ehe mit Sandrino eingefädelt. Sein Vater war Offizier gewesen, stammte aus gutem Haus. Messalina war davon überzeugt, dass ihre Eltern von ihm erhofften, er würde ihrer Tochter das Malen austreiben. Im ersten Ehejahr hat er konsequent jedes ihrer Bilder in den Ofen gesteckt.

Aber sie war hartnäckig, Sie kannten sie ja. Es gab Auseinandersetzungen. Sie machte ihren Eltern, ihrer ganzen Familie, die Sandrino bewunderte, große Vorwürfe, denn Sandrino war eitel. Eine Ehefrau, die andere bewunderten, hätte er nicht ertragen. Schließlich brach sie alle Brücken zu ihren Verwandten ab.« Giovanni wischte sich die Hände an der Hose ab. »All das erzählte sie mir in dem Jahr, in dem Enzo fortging. Lange Zeit erhielten wir keine Nachricht von ihm. Weihnachten war sie schwermütig. Sie rief mich zu sich, und wir saßen dann hier zusammen. Ich glaube, ihre eigene Geschichte war ihr längst unwichtig geworden. Sie hatte nur Angst um meinen Sohn.«

»Und was ist mit Ihrer Lebensgeschichte?«

»Meine Frau starb an hohem Fieber. Sie hatte erst Ohrenschmerzen und konnte ihren Nacken nicht beugen. Dann bekam sie Kopfschmerzen, und zum Schluss delirierte sie. Der Olivenhain aber gehört seit Generationen meiner Familie, den Carli. Da wir arm wurden, kaufte ihn Messalina meinem Vater, der denselben Vornamen hat wie ich, 1875 ab. Nun fangen wir neu an.«

»Ja, jetzt gehört der Besitz wieder Ihnen. Erzählen Sie mir ein andermal mehr von Messalina?«

Er wischte sich mit dem Handrücken über die Stirn. »Was ich weiß, erzählte sie mir innerhalb einer Stunde. Ich fragte nicht, denn sie hüllte sich die meiste Zeit in ihre Gedanken, als wären sie ihre schützende Borke. Manchmal war sie fort, doch ich suchte sie nicht. Und wenn sie wieder hier war, blieb sie stumm.«

»Sie hat Ihnen nichts erzählt?«

»Mir nicht, vielleicht ihrem Baum. Aber mir nicht.«

Fiona durchsuchte das ganze Haus, Kommoden, Truhen, Schränke, Dachboden – keine Spur vom Tuch des grünen Goldes. Doch Messalina hatte ja ihre Rache gehabt. Natürlich hätte sie es stehlen können, um Perlucci zusätzlich zu ärgern, aber warum? Das Bild zu zerstören war schließlich die größte Rache gewesen. Trotzdem wollte sie auch hier nach ihm suchen, man konnte ja nie wissen.
Sie klopfte die Wände nach heimlichen Verstecken ab. Sie nahm die Bilder mit den weinenden Olivenbäumen von den Haken, doch die hinterließen nichts als helle Rechtecke im Holz. Fiona war enttäuscht. Allein die Tatsache, dass der Raum nun weniger bedrückend wirkte, brachte sie auf ihr ursprüngliches Vorhaben, aufzuräumen, zurück. Sie schob für diesen Tag den Gedanken an das Tuch beiseite. Stattdessen legte sie Mappen und Bilder zu den wenigen Kleidern in einer Holztruhe mit flachem Deckel, die an der Wand zum Holzschuppen stand. Sie ordnete die Vorräte neu in gesäuberte Regale, fegte Spinnweben in den Ecken der Räume mit einem nassen Tuch fort und kletterte auf einen Stuhl, um sie von den Deckenbalken zu entfernen, an denen sie, mit Staub beschwert, wie schwarze Kordeln hingen. Sie nahm die kurzen Gardinen ab und weichte sie in Seifenwasser ein. Dann öffnete sie alle Fenster, Wind und Sonnenwärme nutzend, um die vergrauten Holzdielen feucht zu wischen.
Messalina hatte wenig hinterlassen, noch nicht einmal einen Hinweis darauf, dass es Zeiten in ihrem Leben gegeben hatte, in denen ihr Menschen wichtiger als Bäume gewesen waren.
Wahrscheinlich hatte sie selbst die Bilder von ihren Söhnen verbrannt.

Gleichmütig trug der Maulesel Fiona durch den Olivenhain. Da sie ihm erlaubte, hin und wieder Gras zu rupfen, folgte er ihren Befehlen, wenn es nötig war. Nach mehr als einer Stunde kam sie zu einer Mauer aus aufgeschichteten Schieferplatten. Die Steine waren noch hell, wie frisch geschlagen. Kein Moos, keine Flechten, weder Büsche noch Sträucher säumten sie. Sie hatten die Grenze zu Perluccis Grundstück erreicht. In der Ferne hörte sie Sägen und Beilhiebe. Stämme brachen wie unter Seufzern. Gewaltiges Blattwerk raschelte zu Boden. Dann war es still.

Fiona lenkte das Tier zurück. Das Geräusch klang noch eine ganze Weile in ihren Ohren. Je länger sie nun in den folgenden Tagen allein war, desto mehr schärften sich ihre Sinne. Es war, als würde sie in sich die Konzentration dafür sammeln, dass sie etwas tun musste, um nie wieder das Ächzen sterbender Bäume zu hören.

Sonnenlicht färbte die Olivenbaumblätter silbern. Der leiseste Lufthauch bewegte sie, und sie schillerten in den verschiedenen zarten Farbtönen – rosa in der Morgensonne, gleißend silbern im Mondlicht, kadmiumgrün unter Wolken, weißlich-oliv bei Wind. Nie ruhten die Bäume, stets war ihr Blattwerk in Bewegung. Sie hörte sie wispern und knistern und empfand das Raunen des großen Hains als etwas Intimes, Altehrwürdiges. Bald taufte sie Messalinas Baum, in dem sie gesessen und gemalt hatte, *il nido,* das Nest. Jeder Baum hatte Geschwülste, Brüche, Höhlen und Narben, die ihm ein eigenes Gesicht, einen eigenen Charakter verliehen. Der eine glich einem riesigen Steinpilz mit einer Knollennase, ein anderer ähnelte mit seinem gedrechselten schmalen Stamm einem Tänzer bei einer Pirouette. Ein Blitz hatte einen Stamm gespalten, und nun stützte sich die eine Hälfte auf eine frei ragende

Wurzel – der Invalide. Dort standen zwei Bäume so dicht nebeneinander, dass sich ihre Stämme und Äste wie zu einem mystischen Torbogen ineinander verschlangen. Wenn Fiona ihre Arme um die alten knorpeligen Stämme schlang, ihren Bauch an sie drückte, die Augen schloss und winzige Licht- und Schattenflecken über ihr Gesicht huschten, hatte sie manchmal das Gefühl, als ob der Baum atmen, pulsieren, sie in seinen Kern hineinziehen würde. Dabei schälte er ihre Trauer, ihren Schmerz von ihr ab. Sie ließ sie außerhalb ihres Körpers wie abgestorbene Borke und fühlte sich leicht und beglückt.

Giovannis zweiter Maulesel kam als Erster. Er blieb vor Messalinas Baum stehen und scharrte mit dem Vorderfuß. Auf seinem Rücken trug er einen Marmorstein, weiß, pur, rechteckig, mit Messalinas Geburts- und Sterbedatum, daneben ein eingemeißelter Olivenzweig. Fiona, die dabei war, aus einfachen Latten einen Blendrahmen zusammenzunageln, legte den Hammer beiseite. Enzo, Giovannis Sohn, hatte sein Tier eingeholt. Sein rechtes Bein schien ein wenig steif zu sein, denn er zog es nach. Er mochte Ende zwanzig sein, hatte dichtes, kurz geschnittenes Haar und einen offenen, direkten Blick. Zwischen Ohr und Schlüsselbein verlief eine rötliche Narbe. Er reichte ihr die Hand.
»Ich fühle mich verpflichtet, Messalina ein Geschenk zu machen«, sagte er. »Ihr verdanke ich vieles. Sogar das da.« Er grinste und klopfte auf seinen rechten Oberschenkel.
»Werden Sie nie wieder Ihr Knie beugen können?«
»Ich hoffe doch, denn es muss gehen, Signora. Wie soll ich sonst Oliven ernten?«

»Dann ist Ihr Knie also nicht zertrümmert?«
»Nein, ich bin nur unglücklich gestürzt«, erwiderte er mit einem schalkhaften Gesichtsausdruck. »Ich möchte jetzt allerdings gerne zu Messalinas Grab. Wenn Sie helfen wollen – ich brauche eine Schaufel.«
Gemeinsam entfernten sie einige Grassoden. Enzo schwitzte beim Ausheben der dünnen Erdschicht, doch er verbarg seine Schmerzen und biss die Zähne zusammen. Sein Wille spornte Fiona an. Gemeinsam hoben sie den Stein hoch und setzten ihn an das Kopfende des Grabes.
»So, das hätten wir geschafft. Ich habe sie sehr verehrt, müssen Sie wissen. Als kleines Kind saß ich auf ihrem Schoß, während sie mir alte Märchen und Legenden erzählte. Da! Sehen Sie den buschigen Oleasterstrauch? Sie pflanzte ihn zu meinem fünften Geburtstag. Und wissen Sie, warum? Weil ich tags zuvor mit einer Zwille auf Rosenköpfe geschossen hatte. Sie war sehr ärgerlich und erzählte mir, dass mich die Götter in einen solchen Oleaster verwandeln würden, wenn ich noch einmal einem Lebewesen, ob Pflanze, Tier oder Mensch, Schaden zufügen würde. Ich solle ihn mir ja immer ansehen und daran denken.«
»Sie hielt viel von den antiken Sagen«, meinte Fiona, doch sie hätte am liebsten gefragt, woher seine Knieverletzung stamme.
»Ja, ich vergesse es nie. Sie erzählte mir, dass es einen Hirten gegeben habe, der keine Frauen mochte und tanzende Nymphen mit obszönem Spott von seiner Weide scheuchte. Doch da strafte ihn ein Olivenbaum, indem er seinen Stamm um seine Kehle schloss, ihn würgte und schließlich in einen Oleaster verwandelte. Er ist ein wilder Ahn des Olivenbaums und hat ungenießbare Früchte.« Er

lachte. »Ich nahm mir ihre Lehre zu Herzen. Später hat sie immer gemeint, ich sei doch noch ein genießbares Früchtchen mit weichem Herzen geworden.«
»Sind Sie deshalb in einen Steinbruch zum Arbeiten gegangen, um sich abzuhärten?«
Er sah zu Boden. »Das, Signora, ist eine eigene Geschichte. Die des Widerstands.«
»Gegen den ungenießbaren Oleaster?«
»Gegen die Stacheln der Obrigkeit, gegen die Ausbeuter.« Er holte tief Luft. »Ich war Marmorari, Signora, Steinbrecher.«
Aus der Ferne gellte ein Pfiff. Enzo sah sich zum Pfad um. »Wenn Sie uns helfen wollen, Signora, dann sollten wir jetzt gehen. Der alte *frantoio,* die Olivenmühle, muss auf die Ernte vorbereitet werden.«
»Natürlich komme ich mit. Erzählen Sie mir ein wenig mehr, Enzo?« Ihr Blick streifte seine Narbe am Hals. Er lächelte.
»Wenn wir am Ziel sind, ja? Auf dem Weg brauche ich allen Atem, um laufen zu können.«

Giovanni kam ihnen mit ernstem Gesicht entgegen. »Sie glauben, du seist tot, Enzo«, sagte er.
»Das ist das Beste«, meinte Enzo unbeeindruckt.
»Man hat die Namen auf den Listen mit denen verglichen, die festgenommen oder gefunden wurden. Jetzt haben sie drei Leichen mit zerschmetterten Gliedmaßen gefunden und wissen nicht, wer sie sind. Da du fehltest, glaubten sie, du wärst dabei.«
»Wollen Sie mir nicht endlich erzählen, was passiert ist, Enzo?«, fragte Fiona dazwischen.
Er antwortete ihr nicht, sondern legte seinem Vater eine

Hand auf die Schulter. »Hab keine Angst. Sie wissen nicht, woher ich komme, Vater. Ich habe damals gelogen.«
Giovannis Gesicht hellte sich auf. »Du hast es mir noch nicht gesagt.«
»Verzeih, ich hatte es vergessen. Ich habe damals, als ich anfing, angegeben, ich käme aus Lucca. Hier wird mich niemand finden. So, kommen Sie, Signora.«
Er holte zwei Eimer mit Wasser und zwei Bürsten. Damit betraten sie das runde Gebäude mit dem pinienzapfenähnlichen Dach. In den Wänden waren kleine Nischen eingelassen. In seiner Mitte ruhte ein großer, kreisrunder Steinsockel, darüber befand sich ein Mahlwerk aus zwei granitenen tonnenschweren Mahlsteinen, daneben waren steinerne Becken. Die Winde der Presse aber und das Zahnkranzgetriebe waren aus Holz.
»Das ist unsere Kelter«, sagte Enzo. »Wir haben sie von unseren Vorfahren übernommen. Sie ist nach alter Art gebaut, wie in römischer Zeit. Die Kraft des Wassers bringt das Mahlwerk in Gang. In anderen Ländern sind es Kamele.« Er lächelte. »Bei uns ist es also etwas sauberer. Wir müssen die Kelter nur ein wenig auffrischen. Fangen wir an.«
Während sie den Stein schrubbten, erzählte Enzo: »Messalina weckte in mir schon früh das Gefühl dafür, Rechtes oder Unrechtes zu tun. Sie wies mir, ohne dass es ihre Absicht gewesen wäre, den Weg nach Carrara. Als ich gegangen war und sie erfuhr, was dort geschah, wurde sie traurig. Ich hatte ihr alles erzählt. Wir mussten extrem hart arbeiten, zwölf Stunden am Tag. Man behandelte uns wie Sklaven, und gleichzeitig wussten wir, dass die Arbeit jede Minute unser Leben auslöschen konnte. Es verging kein Tag, an dem nicht einer von uns umkam, vom Stein

erschlagen, zerquetscht oder verstümmelt wurde. Der Marmor ist nur bis zu einem gewissen Grad berechenbar. Wenn Blöcke sich losreißen und unter gewaltigem Krachen zu Tal stürzen, reißen sie alles mit sich, was ihnen im Wege steht.« Er hob einen Eimer an und goss einen Schwall Wasser über den Mahlstein. »Warten Sie, ich hole frisches Wasser.«

Fiona lehnte sich an die geöffnete Tür und schaute ihm nach. Als er humpelnd mit beiden Eimern zurückkam, ging sie ihm entgegen und nahm ihm einen ab. Sie wunderte sich über sich selbst, doch dieser Mann nötigte ihr mit seiner inneren Festigkeit Respekt ab.

»Was haben Sie denn nun genau gemacht?«

»Als Marmorari treibt man Eisenkeile in die natürlichen Spalten des Gesteins oder in die Löcher, die man vorher gemeißelt hat. Man schlägt so lange auf die Keile, bis der Block fast ganz aus dem Berg herausgelöst ist. Wir haben auch Keile aus nassem Holz verwendet. Sie dehnen sich aus und üben so einen starken Druck aus und trennen den Block vom Muttergestein. Dann werden Eisenkugeln auf den Boden gelegt, die es leichter machen, den Block abzutransportieren. Arbeiter mit Zugvorrichtungen und Ochsen kommen dazu. Aber es ist gefährlich genug.«

»Und wenn der Block vorher herausbricht?«

Er zuckte mit den Schultern. »Dann flucht die Obrigkeit.«

»Und wenn es gut geht?«

»Sind die Quadratarii an der Reihe. Sie müssen den Block mühsam mit Hammer und Meißel in eine annähernd rechtwinklige Form hauen.« Er schaute ihr in die Augen. »Alles ohne Maschinen. Nur mit den Händen. Und jeden Tag die Angst.«

»Ich weiß, was Marmor wert ist«, sagte Fiona leise und setzte sich auf den Rand des Steinsockels. »Kennen Sie die Statuen von Michelangelo?«

»Er soll selbst gekommen sein, um Blöcke für seine Skulpturen auszusuchen. Er wohnte in einem Haus beim Dom, erzählte man mir. Ja, die Kunst. Blut gegen den weißen Stein.« Er beugte sich zu einer Stelle hinab, an der sich ein wenig Moos gebildet hatte, das er mit dem Stielende der Bürste abschabte. Dann sah er auf. »Wie ich hörte, will eine Firma die Steine bald mit einem dreifach verwundenen Stahlseil, das über Flaschenzüge läuft, mit Sand und Wasser zerschneiden. Mit Winden und ein wenig Sprengmitteln. Können Sie sich vorstellen, was passiert, wenn dieses Seil reißt? Dann fliegen Organe durch die Luft!«

»Gibt es denn keine andere Arbeit?«

»Für die, die hier bleiben wollen und ihre Heimat lieben, kaum.« Enzo tauchte die Bürste in den Eimer, hielt sie sich vor die Augen und schaute den einzelnen Tropfen zu, wie sie hinabfielen. »Anfang dieses Jahres, es war im Januar, hatten wir genug Tränen vergossen. Wir riefen den Generalstreik aus. Wir wussten, ganz Italien steht hinter uns. Hinter den Anarchisten. Wir wollten die Republik, und die Mehrheit war für uns. Wir kämpften gegen die Regierungstruppen. Viele von uns ohne Waffen, wie es sich für einen Anarchisten wahrer Art gehört. Zwölf von uns starben. Alle litten mit uns – außer Kirche und Regierung natürlich. Wir hätten die Republik erzwingen können. Doch die Gewalt siegte. Alle, fast alle Überlebenden wurden festgenommen. Jetzt wurden die Urteile gefällt – vierhundertvierundsechzig insgesamt, sechshundertachtzig Jahre Gefängnis in einer Summe.«

»Sie flohen …«

Er senkte den Kopf und kratzte mit der Bürste an einer kleinen Delle im Stein. »Viele von uns wurden tagelang, wochenlang von Bürgern versteckt. Ich aber floh mit zwei anderen in die Berge. Wahrscheinlich sind wir die Einzigen, die noch frei und am Leben sind.« Er sah ihr in die Augen. »Wenn Sie also …«

»O nein, keine Angst, Enzo. Ich werde schweigen.«

Sie erhoben sich.

»In ein paar Tagen beginnt die Ernte, Signora. Sie werden mit den Frauen plaudern. Wenn Sie mich, wenn auch unabsichtlich, verraten sollten, wäre es auch gleich. Vielleicht verdiene ich das Leben gar nicht mehr. Nur um meinen Vater täte es mir leid.«

Später am Abend, als Fiona im Bett lag und in den Himmel hinaussah, überlegte sie, ob Enzos Schicksal der Grund dafür gewesen sein konnte, dass Messalina sich endgültig von den Menschen abgewandt hatte.

Am nächsten Morgen machte sie den Blendrahmen fertig, spannte ein Stück Leinwand darauf und setzte sich in den Garten, um die Gestalten der Olivenbäume zu studieren. Immer wieder erschien ihr das komplizierte Muster aus Olivenblättern vor ihrem inneren Auge. Die silbrigen Blätter der Bäume vor ihr berührten einander, als wollten sie ähnliche Buchstaben hebräischer Schrift formen, um ihr stumm zu bedeuten, welch Geheimnis mit ihrem Leben verbunden war. Die Zweige winkten ihr sachte zu, raschelten raunend, als ob sie ihr sagen wollten, dass ihre Frage, wer das Tuch des grünen Goldes gestohlen haben mochte, unwichtig sei. Das helle Licht blendete Fiona einen Moment lang. Ihr wurde schwarz vor Augen. Was, dachte sie, wäre, wenn Saverio es selbst entwendet hatte, um sie

auf die Suche nach ihm zu locken? Wenn er seinen Vater mit einem vorgetäuschten Diebstahl betrog, damit dieser sie, die Malerin, freigab, indem er sie aus einem Haus fortschickte, in dem er, Saverio, in die Rolle des Nachfolgers eingebunden war wie die Figuren in den Gemälderahmen? Nur hier, dachte sie, in der Freiheit würde er ihr ungezwungen begegnen können. Ob sie ihn jenseits der Steinmauer würde sehen können?
Auf der Leinwand war ein skizzierter Halbkreis von Bäumen, die aussahen, als ob ihre mächtigen Stämme im nächsten Moment schwanken würden, ihre Kronen aber sich dem Himmel wie aufbrechende Blüten entgegenstrecken wollten. Die Sonne stand hoch, es war heiß. Fiona legte Pinsel und Farben beiseite.

Die Mauer war seit ihrem letzten Besuch um eine weitere Steinschicht gewachsen. Jenseits, am Ende des noch verbliebenen Perlucci'schen Olivenhains, sah Fiona eine Rauchwolke. Neugierig stieg sie vom Maultier auf die Mauer.
»Das dürfen Sie nicht!«, erklang eine Kinderstimme. Sie erblickte einen vielleicht elfjährigen Jungen, der sich kniend und schwitzend bemühte, feuchte Erde in die Ritzen der Steine zu pressen.
»Die Mauer gehört dir doch gar nicht«, entgegnete sie und verbarg ihr Mitleid angesichts seiner zu engen schmutzigen Kleider und nackten schrundigen Füße.
»Wenn Sie nicht runtersteigen, ist meine Arbeit umsonst. Die Erde muss erst fest werden.«
Fiona sprang hinab. »Nun, wenn das so ist.«
»Danke, Signora.« Er griff hinter sich in die Schubkarre mit nasser Erde, nahm einen Batzen und drückte ein we-

nig davon in eine Ritze. Erwartungsvoll hob er den Kopf. »Sehen Sie? So muss man es machen. Klatsche ich alles auf einmal in die Ritze, bleibt meistens ein Hohlraum. So nehme ich meine Hände, manchmal auch dieses Holz, damit so viel Erde wie möglich die Mauer hart macht.« Er zeigte auf einen hölzernen Spachtel neben sich.

»Wie heißt du?«, fragte Fiona.

»Anteo, Signora.«

»Machst du das ganz alleine?«

»Heute bin ich allein, Signora. Sonst hilft mir mein Cousin Philippo. Da aber heute Morgen Vaters Gehilfe auf ein noch glühendes Eisen trat, muss ihn Philippo jetzt ersetzen.«

»Was macht denn dein Vater?«

Anteo wies mit dem Kopf nach hinten. »Er ist Köhler. Unser Herr bezahlt ihm extra ein wenig mehr, wenn er hier auf seinem Grundstück Kohle macht. Schauen Sie!« Er zog eine Kreuzotter zwischen den Steinen hervor und hielt sie am Schwanzende hoch. Fiona schüttelte sich vor Ekel. Anteo lachte leise, stand auf und warf das Tier in die Luft. Die Kreuzotter blieb in der Krone eines der Olivenbäume hängen, wand sich und taumelte von Ast zu Ast nach unten, bis sie schließlich im Gras verschwand. Anteo spuckte aus. »Sie hätten sie verbrennen sollen. Die hohen Herren verbrennen ja schließlich auch die Käfer und Vogelnester in den Bäumen. Und die Oliven, die gerade reifen. Ihnen ist nur ihr eigenes Leben wichtig. Und ihr Geld.« Er sah an sich hinunter. »Wenn Vater aber durchhält, werde ich vielleicht bald Schuhe bekommen. Und er auch.«

»Du bist ein kräftiger Junge. Deine alten Schuhe sind dir sicher zu klein für den kommenden Winter.«

Anteo grinste stolz. »Ich habe noch nie Schuhe getragen. Selbst im Winter nicht. Das tut keiner von uns.«
In der Ferne erscholl ein Pfiff. Man hörte das Kläffen eines Hundes. Anteo hob den Kopf und sagte: »Der Herr geht auf die Jagd.«
»Der alte oder der junge?«
»Der alte.«
Zwischen den Olivenbäumen erschien ein Schimmel mit einem Reiter. Es war Saverio Perlucci. Er zügelte sein Tier, das angesichts der Steinmauer unruhig zu tänzeln begann. Anteo schob die Unterlippe vor und klatschte lauter als zuvor ein Stück Erde an die Mauer. Saverio lüftete andeutungsweise seinen Hut. »Signora …«
Einen kurzen Moment glaubte Fiona einen Funken Freude in seinem Blick zu sehen, doch er schien ebenso schnell zu vereisen. Sie reckte sich. »Signor Perlucci, ich habe Ihr kostbares Tuch nicht gestohlen. Glauben Sie mir, bitte.«
Anteo schaute erstaunt zu ihr auf. Perlucci sprang vom Pferd. »Das mag sein, vielleicht. Aber Sie stehen dort auf dem Grundstück der Bandonelli. Sie vertreten ihr Erbe, und dann Ihr anmaßendes Verbot, unsere Bäume abzuholzen. Es ist doch offensichtlich, dass Sie beide ein Komplott geschmiedet haben, um uns zu schaden.« Er zog am Zügel, da der Schimmel nervös seinen Kopf schüttelte. Kurz darauf schlug dieser nach hinten aus.
»Du riechst, Junge!«, schimpfte Saverio ärgerlich. »Geh, mein Pferd wird nervös!«
Wie kann sich Saverio nur so unsympathisch zeigen, dachte Fiona erzürnt. Ich bin eine Närrin, geglaubt zu haben, er könne an mir interessiert sein. Wütend sagte sie: »Ihr Tuch interessiert mich nicht. Ich bin Malerin, keine Diebin.«
Der Schimmel wieherte und bockte.

»Sie waren die Letzte damals im Saal. Wer außer Ihnen hätte es entwenden können? Sie müssen uns verstehen, Signora Turlington.«
»Uns?«, wiederholte Fiona. »Uns? Sie verdächtigen mich auch?«
Saverio schlug die Augen nieder. Seine Miene verriet ihr, wie gerne er ihre Frage verneint hätte, doch er kämpfte mit sich, weil er sich seinem Vater verpflichtet fühlte.
»Nun? Wollen Sie mir nicht antworten?«, hakte sie nach.
Leise sagte er: »Dieses Tuch bedeutet meinem Vater viel, sehr viel. Nur er weiß, warum.« Behutsam tätschelte er den Hals seines unruhigen Tieres.
»Sie wissen es nicht? Sie sind doch sein Alter Ego, dachte ich.«
So wie damals, als sie das Porträt malte, erkannte sie, dass er undurchschaubar, faszinierend wie das Farbenspiel eines Diamanten war. Er hielt ihrem Blick stand. Nach einer Weile sagte er langsam: »Sie halten mich für einen Trottel, nicht wahr?«
Sie lächelte fein. »Ich sehe nicht, dass Sie eine eigene Meinung haben, Signor Perlucci.« Sie trat ein wenig zurück, um nach dem Strick ihres Maultieres zu greifen. »Vielleicht wäre es besser, Sie würden mir helfen, das Tuch zu finden.«
Saverio wollte schon etwas entgegnen, da schlug der Schimmel aus. Die Zügel entglitten seinen Händen, und er konnte gerade noch abspringen. Sein Tier machte einen Satz über die Mauer und galoppierte in Richtung Giovanni Carlis Haus. Wie angewurzelt stand Saverio da, unfähig, ihm nachzulaufen. Anteo, der sich ein Stück weit hinter einem Ginsterbusch verkrochen hatte, kam hervor und kicherte. »Die Kreuzotter, Signora.«

Fiona nickte ihm zu und bestieg ihr Maultier. Sie wies auf die Rauchsäule. »Ich werde eine neue Eingabe machen, Signor Perlucci, die Ihnen untersagt, heilige Bäume zu verkohlen.« Dann trieb sie ihr Maultier an und holte den Schimmel bei einem Apfelbaum ein. Sie lockte ihn mit herabgefallenen Früchten, schwang sich auf seinen Rücken und ritt zurück. Kokett fragte sie: »Werden Sie mich als Diebin festnehmen, wenn ich zu Ihnen hinüberspringe, Signor Perlucci?«

»Sie meinen, ich bekomme mein Pferd erst dann zurück, wenn ich Ihnen glaube?«

»Sie enttäuschen mich. Jetzt unterstellen Sie mir auch noch, Sie erpressen zu wollen.« Belustigt schaute sie zu ihm hinüber. »Ihr Pferd für meine Ehre!« Sie lachte auf. »Dieser Handel hätte Ihrem Vater bestimmt gefallen. Wollen Sie es ihm nicht gleichtun? Sie sind doch sein gehorsamer Sohn.«

Saverio trat einen Schritt vor, dann sprang er entschlossen über die Mauer. Doch im gleichen Moment rief eine laute Stimme: »Halt! Signor Perlucci, Sie betreten fremden Boden!« Fiona drehte sich um. Es war Enzo, der auf dem Maultier herbeigeeilt war.

»Enzo!«, rief sie fröhlich. »Schön, dass Sie kommen. Wir überlegen gerade, wie wir den herrschaftlichen Schimmel überreden könnten, nach Hause zu gehen.« Ihr Blick traf Saverios, der die Zügel ergriffen hatte.

»Sie verhöhnen mich, Signora«, sagte er leise. »Sie müssen sich sehr sicher fühlen.«

»Das tue ich auch«, gab sie ebenso leise zurück und ließ sich von Enzo aus dem Sattel helfen. Errötend bestieg daraufhin Saverio sein Pferd und galoppierte davon.

Es war einer jener letzten heißen Septembertage, die die Früchte reifen ließen und mit Süße füllten. Noch in den Morgenstunden hatte Fiona sich von den skurrilen Baumgestalten inspirieren lassen und gemalt, doch nun, da die Sonne hoch stand, beschloss sie, ein Omelett zu backen, Brot, Käse und ein eingemachtes Kompott aus Erdbeeren und Pfirsichen in einen Korb zu packen und auszureiten. Die wahren Grenzen von Messalinas Grundstück kannte sie noch nicht, sie wusste nur, dass ein großes Stück des Olivenhains jenseits der Senke in östlicher Richtung seit vielen Jahren brachlag. Weder wurden die Bäume abgeerntet noch gepflegt. Fiona rüstete ihr Maultier und begab sich auf den Weg. Sie ritt auf Giovanni Carlis Haus zu, wo es still war. Wahrscheinlich hielt der alte Olivenbauer seinen Mittagsschlaf, und Enzo besserte alte Netze aus oder holte frische Hanfmatten für die Presse. Schließlich waren die Tage bis zur Ernte gezählt. Etliche von Giovannis grünen Taggiasca-Oliven waren bereits malvenfarbig gesprenkelt und würden schon bald violett und schließlich schwarz sein.

Vor der Brücke, die über den Bach führte, gabelte sich der Weg. Rechter Hand, zu Füßen des ansteigenden Berggipfels, lag der vernachlässigte Hain, linker Hand sprudelte der Bach durch felsige Senken. Ihm nachzureiten reizte Fiona. Und so hielt sie den Maulesel nicht davon ab, als er von allein den Weg einschlug. Dieser führte durch einen lichten Wald aus Lärchen, Pinien und Kastanien. Ein gutes Stück waldeinwärts fiel Fiona auf, dass viele Bäume abgeholzt waren. Die Scheiben ihrer Stümpfe mit den hellen harzigen Tränen bedeckten den Waldboden, als hätte eine unsichtbare Hand Holzteller ausgestreut.

Messalina hatte also Recht gehabt – kein Affe würde mehr

von Rom aus von Baum zu Baum springen können und bis nach Spanien kommen, ohne den Boden berührt zu haben. Die Zeiten der großen Wälder waren vorbei.
Eichelhäher krächzten, Zikaden zirpten, und im Laub raschelten Mäuse. Da und dort knackte Holz, wie von schweren Hufen zertreten. Ein Rotkehlchen schwang auf den biegsamen Zweigen eines Brombeerbusches und flatterte dann zwitschernd davon. Fiona kam an eine alte Steineiche, die vom Kahlschlag übrig geblieben war. Um sie herum klaffte felsig-moosiger Grund, über den die Schatten der Wolken jagten. Weiter bergaufwärts wuchs Liguster hinter steinigem Geröll.
Später traf sie auf mehrere vom Wind gekrümmte Pinien, die einen heidnisch aussehenden Reigen bildeten, in dem braun gescheckte Baumläufer Raupen und Kerne suchten. Von irgendwoher ertönte gellend und warnend der Ruf eines Bussards. Kurz darauf konnte sie seinen Flügelschlag verfolgen. Knistern wie von Tannenzapfen, die spielende Füchse zerbissen, drang durch den Wald. War sie wirklich allein?
Fiona dachte an ihre Kindheit in Schottland, die Einsamkeit des Hochlandes mit seinen schwarzen Gestalten, die im Nebel auftauchten und doch nichts anderes als tote Bäume waren. Oft hatte sie gemeint Stimmen zu hören, doch es war nur das Glucksen eines Baches gewesen. Das Mystische der Natur ängstigte sie nicht. In Kindertagen hatte sie es oft genossen, unsichtbare Gefährten, die nur der Wind kannte, neben sich zu haben. Nur einmal hatte sie wirklich Angst gehabt, als nämlich eine Bache, die ihre Jungen verteidigte, ihr nachstellte und sie sich im letzten Moment auf ein morsches Dach retten konnte.
Hier und da standen Pilze in großen Gruppen beieinander.

Ihr Duft regte ihren Appetit an, doch sie beschloss mit dem Picknick zu warten, bis sie einen Platz gefunden hatte, an dem es sich zu rasten lohnte.
Bald ging der mit Lichtflecken betupfte Waldboden in eine baumlose Gras- und Felslandschaft über. Der Weg, der den Berg ostwärts umrundete, wurde steiler. Nach einem letzten Anstieg endete er an einer Fläche, wo ein Seitenarm des Bachs einen kleinen See gebildet hatte. Außer drei weit auseinander stehenden Steineichen, von denen eine einer Hütte nebst Bank Schatten spendete, erhob sich nur noch ein mannshoher Steinhaufen auf dem höchsten Punkt. Fiona setzte sich auf die Bank und nahm die Landschaft um sich herum auf. Zwischen trockenem Gras, verblühten Bergrosen und Fels flogen Schmetterlinge und Falter. Ab und zu wehte ein warmer Luftstrom herbei, der den Duft von blühendem Ginster und Baumharz mit sich brachte. Es war schön, hier allein zu sein.
Vom Aufstieg war ihr heiß geworden, und da die Sonne noch immer schien, zog Fiona ihre Schuhe und Strümpfe aus. Sie schaute aufs Wasser, auf dem sich die Wolken spiegelten und der Wind nur winzige Wellen zu kräuseln vermochte. Nicht weit von ihr bildeten ein paar Steinplatten ein einladendes Ufer, von dem aus es sich seicht in die türkisfarbene Tiefe des Sees gehen ließ. Kurz entschlossen entledigte sie sich ihrer Kleider. Was für ein herrliches Gefühl, den sanften Wind auf ihrer Haut zu spüren. Sie ging zu der Uferstelle.
Es hatte nur wenige Momente in ihrem Leben als Frau gegeben, in denen sie ihren Körper so frei und ganz für sich allein genießen konnte wie jetzt.
Sie betupfte ihre Schläfen, ihre Schultern und Brüste und genoss es, wie das Wasser in kleinen Rinnsalen ihren

Bauch und ihre Oberschenkel hinabrollte. Es war, als ob sie ihren Körper selbst erobern würde – langsam, behutsam, liebevoll. Mit einem leisen Jauchzer glitt sie schließlich in den See. Und für einen kurzen Moment kam es ihr so vor, als würde sie von unzähligen feuchten Lippen zugleich geküsst. Es war einfach wunderbar! Sie legte sich auf den Rücken, blinzelte in den Himmel, genoss die Wärme auf ihrem Bauch und drehte sich wieder herum. Wärme und Kühle prickelten auf ihrer Haut, machten sie sinnlich und wach zugleich. Sie schloss die Augen. Wie es wohl wäre, wenn sie am frühen Morgen aus dem Dunkel der Perlucci'schen Piratenhöhle ins goldrote Licht hinausschwimmen würde? Allein? Oder mit Saverio … Saverio. »Ich bin der Einzige, der eine harmlose Farbe trägt: schlichter Ruß!« Seine Stimme. »Womit könnten Sie unsere Konterfeis denn noch vergiften?« Sein Charisma. Gold aus Auripigment … Blau aus Lapislazuli. »Siehst du, Vater? Im Schönen kann auch ein Wert verborgen sein …« Sie hörte ihn lachen – und tauchte unter.

Als sie ihre Augen öffnete, sah sie als Erstes die beiden Tauben am Ufer des Sees. Sie trippelten vor und zurück, dann schüttelten sie ihr Gefieder und senkten schließlich ihre schönen granitgrauen Köpfe ins spiegelnde Wasser. Da hörte Fiona ein leises Zischen hoch in der Luft. Sie blinzelte in die Sonne und wischte sich Wassertropfen aus den Augen. Ein Falke schoss aus hohem Flug steil herab und schlug eine Taube. Weiße Federn zitterten in der Luft, als die andere aufgeregt flatternd flüchtete.

Mit kraftvollem Flügelschlag näherte sich der Falke mit seiner Beute dem Waldrand. Dort, nahe der Steineiche, erkannte Fiona nun einen Mann, an dessen rechter Schulter ein langer Stab lehnte. Die breite Krempe seines Hu-

tes beschattete sein Gesicht, sodass Fiona es nicht erkennen konnte. So wusste sie nicht, ob er dem Falken oder ihr entgegensah, doch der Schreck lähmte sie so sehr, dass sie glaubte, das Wasser um sie herum sei innerhalb eines Augenblicks zu Eis geworden.
Schon setzte sich der Falke erhaben auf den ausgestreckten Arm des Mannes nieder. Stolz streckte er seine braun glänzenden Flügel aus. Der Mann strich dem Tier über Kopf und Rücken. Dann schien es Fiona, als ob er mit eben dem gleichen Stolz zu ihr herüberschauen würde – so als wäre sie seine Beute.
In ihren Schläfen hämmerte das Blut.
Mit Schaudern sah sie, wie der Falke die Taube mit seinen Krallen festhielt, ihrem Kopf aber, der gegen den Lederarm des Mannes schlug, noch einen weiteren triumphierenden Schnabelhieb versetzte.
Aus einem sicheren Gefühl heraus wusste sie, dass es nicht Saverio war. War es ein einsamer Falkner oder ein Schäfer? Aber wo waren dann die Tiere? War es einer jener Aristokraten, die auf Falkenjagd gingen, um Enten, Wildhühner, Reiher oder Fasane zu erlegen?
Was konnte sie anderes tun, als noch tiefer ins Wasser zu tauchen? Sie hatte Angst, sich nackt zeigen zu müssen, Angst vor dem Fremden, von dem sie nicht wusste, ob er zufällig dort am Waldrand stand oder ihr heimlich gefolgt war. Plötzlich aber rief eine bekannte Stimme nach ihr.
»Fiona! Fiona!«
Sie wendete den Kopf in die Richtung, aus der die Stimme kam. Neben dem Steinhaufen stand Geoffrey Hampsterton und winkte ihr zu.
»Bleiben Sie, wo Sie sind!«, rief sie erleichtert und warf noch einen ängstlichen Blick zum Waldrand, doch der

Mann war verschwunden. »Drehen Sie sich um, Geoffrey!«
Er gehorchte, rief ihr aber über die Schulter zu: »Ich habe Sie sogleich an Ihrem Profil erkannt! Malerblick!« Er lachte in einer Weise auf, die Fiona keineswegs beruhigte. Doch hatte er nicht Jefferson geliebt? Sie schob den Gedanken beiseite, froh, dem Wasser entrinnen zu können. Ihre Hände zitterten, als sie sich ihre Kleider überstreifte.
»Wo kommen Sie her, Geoffrey?«, fragte sie laut.
»Ich war in Pigna«, antwortete Geoffrey. »Dort gibt es eine Quelle, die Wunder wirken soll. Doch was tun Sie hier oben? Warum sind Sie nicht in Ihrer Villa?«
»Ich werde es Ihnen gleich erzählen.« Sie knöpfte ihr Kleid zu und knotete die Ärmel ihrer Strickjacke um ihre Taille.
Er spähte über die Schulter. »Darf ich Sie jetzt … sehen?«
»Wenn Sie ein Gentleman bleiben, ja.«
Er lief auf sie zu und umarmte sie. »Ich schon, aber der dort … Sie hatten Glück, dass ich kam. Ich freue mich, Sie zu sehen.«
»Ich freue mich auch, Geoffrey. Haben Sie den Mann erkannt? War es ein Hirte?«
Er schüttelte den Kopf. »Ohne Herde? In so sauberen Kleidern? Ich glaube kaum.«
»Vielleicht ist er mir sogar gefolgt. Mehrmals knackte es so merkwürdig im Wald …« Sie griff nach ihrem Schultertuch und ließ es für einen kurzen Moment im Wind aufflattern.
Geoffrey kratzte sich nachdenklich an der Wange. »Und wenn schon, jetzt bin ich ja bei Ihnen. Schon längst hatte ich vor, Sie zu besuchen. Immer wieder kam mir etwas dazwischen, doch nun bin ich froh, dass ich Sie gefunden

habe.« Er setzte sich neben sie und schaute sie von der Seite an. »Ich hatte Sie, mit Verlaub, etwas anders in Erinnerung – vornehmer, distanzierter. Und jetzt – nackt in einsamer Bergeshöhe. Doch glauben Sie mir, auch mich hat Jeffersons Tod verändert.«
Er legte seinen Arm auf die Rückenlehne der Bank und schlug die Beine übereinander. Eine Weile schauten beide zu der Stelle, wo der Mann mit dem Falken gestanden hatte. Schließlich sagte er: »Erzählen Sie mir von sich, Fiona.«
»Gerne, aber nicht hier.« Sie erhob sich. »Kommen Sie, Geoffrey, lassen Sie uns gehen.«

Sie erreichten Messalinas Hain. Als ihr Haus in Sichtweite kam, sagte Geoffrey: »Bei meinem letzten Ausflug an die Küste traf ich zufällig Ihre Köchin, diese Signora Lorni. Sie beklagte, dass Sie Ihre Villa und Jeffersons Schrein so lange vernachlässigten. Eine Frau wie Sie dürfe doch nicht in den Bergen vereinsamen, hatte sie gemeint. Ich denke, sie hat nicht Unrecht, oder? Ich finde, Sie sollten sich mal wieder, und sei es auch nur für ein paar Stunden, unter Menschen Ihresgleichen bewegen. Lassen Sie diese Sphäre der Olivenbäume mal hinter sich. Was halten Sie davon, wenn wir heute Abend zusammen ausgehen?«
Fiona wunderte sich zwar ein wenig über die Argumente und seinen Eifer, sie zu überreden, doch dann dachte sie mit Schaudern an das Erlebnis am See und musste ihm innerlich zustimmen. »Vielleicht täte es mir gut«, sagte sie.
»Wunderbar, ich freue mich, Fiona.«
Sie ließen Steinmauer, Mühle und Berghäuser hinter sich und begaben sich hinab ins Tal.

In San Remo angekommen, versprach Geoffrey, sie in gut zwei Stunden mit der Kutsche abzuholen. Er wolle sich in der Zwischenzeit in seinem Hotelzimmer frisch machen. Fiona blieb nicht viel Zeit. Als Erstes aber suchte sie Jeffersons Urnenplatz auf und betete. Dann hastete sie ins Haus zurück, wusch sich mit Lavendelseife, steckte ihr Haar mit Kämmen und Schleifen zusammen, streifte sich frische Wäsche und ein mauvefarbenes Musselinkleid mit weißem Pelzcape über – und genoss es, nach den Erlebnissen der letzten Tage, begehrenswert und schön zu sein.

Den Eingang von Lester Paddingtons Villa auf den Hügeln über San Remo schmückten zwei Löwen aus weißem Marmor mit vergoldeten Flügeln. Die Kutsche hielt vor dem schmiedeeisernen Tor, ein Wächter trat auf sie zu. Nachdem ihm Geoffrey seine Karte gegeben hatte, ließ er das Tor öffnen.

»Es wird Ihnen gefallen, Fiona«, sagte Geoffrey. »Ab jetzt tauchen wir in eine andere Welt ein. Lassen wir uns vom Geld der Paddingtons verwöhnen. Jefferson wird uns verzeihen. Er kannte Lester Paddington, schätzte ihn als Förderer der Künste, doch er bevorzugte ein anderes Leben.«

»Das der Zurückgezogenheit«, murmelte Fiona und betrachtete staunend die Obelisken, die die Auffahrt säumten.

»Ja, er hätte sich hier unwohl gefühlt, doch wenn er uns heute Abend zusieht, wird er sich freuen, denn wir denken an ihn.«

Bevor Fiona noch darüber rätseln konnte, was Geoffrey

wohl damit meinte, traten sie auf das mit Lampions geschmückte Entree der Villa zu, in dem ein Orchester »Aus Holbergs Zeit« von Edvard Grieg spielte. Lester Paddington, hoch gewachsen, mit Lorgnon und weißem Kakadu auf der linken Schulter, begrüßte sie. »Ich freue mich sehr, Sie kennen lernen zu dürfen, Mrs. Cork. Wir wollen den heutigen Abend nutzen, Jeffersons Geist zu uns zu rufen und mit ihm das Leben zu genießen.«

»Haben Sie mich zu einer spiritistischen Sitzung eingeladen, Geoffrey?«

Beide Herren wechselten einen Blick. Paddington faltete die Hände. »Nein, nicht in dem Sinne, wie Sie es glauben. Dass Sie aber hier sind, verdanken Sie jemandem, der Jefferson etwas schuldig zu sein meint.«

»Sie, Geoffrey?«

Dieser schüttelte den Kopf. »Wie ich zu ihm stand, wissen Sie, Fiona. Nein, es gibt noch jemanden, der ihn über alles liebte. Erschrecken Sie aber nicht.«

»Kommen Sie, es wird ein interessanter Abend werden.« Paddington bot ihr den Arm.

Durch eine breite Flügeltür traten sie in einen weitläufigen Salon ein, dessen Wände mit japanischen Landschaftsmalereien in rot lackierten Rahmen verziert waren. Schlanke Säulen aus polierter Jade setzten ästhetische Zäsuren längs der hohen Fenster, die Musselinstoff einhüllte. Auf dem Parkettboden breitete sich ein fast raumfüllender persischer Seidenteppich aus. In roten Chintzsesseln saßen gut zwanzig Herren, neben sich schwarze Lacktischchen mit Champagnerkübeln oder Cognacgläsern, und plauderten. Einige Damen in eng geschnürten, tief dekolletierten Kleidern scherzten mit ihnen und tänzelten zwischen ihnen herum. Sie zogen bei Fionas Anblick überrascht die

Augenbrauen hoch, zückten ihre Fächer und wisperten leise. Eine von ihnen, deren nackte Oberarme Jugendstilarmreifen mit Lapislazuli-Steinen zierten, setzte sich einem Herrn auf den Schoß und wickelte ihren Zeigefinger um seine Uhrkette.

Paddington stellte Fiona vor, woraufhin einige Herren ein wenig länger zu ihr herschauten, als üblich war. Die Gespräche gingen weiter, Diener eilten mit Tabletts, beladen mit Pasteten und Gebäck, herbei.

»Fiona?«

Sie drehte sich um. Vor ihr stand ihr Schwiegervater Victor Emanuel Cork. Sie erschrak, als sähe sie ein Gespenst.

Er nahm sie vorsichtig in den Arm. »Es tut mir leid, dass ich dich auf diese Weise überrasche. Ich habe das erste Mal in meinem Leben meine Frau allein reisen lassen, weil mich der Gedanke quälte, dass ich die Frau, die mein Sohn liebte, nicht wirklich kennen gelernt habe.« Er legte seine Hände um ihre Schultern und sah ihr in die Augen. »Was nützte es mir, bei seiner Beerdigung zu Hause dabei zu sein, wenn du als seine Witwe noch lebst und mit mir sprechen kannst? Über ihn sprechen kannst.« Er stützte sich auf den Stock in seiner rechten Hand. »Wir sollten uns setzen und miteinander reden.«

»Es wird alte Wunden aufreißen, Victor. Hast du vergessen, dass wir im Streit auseinander gingen?«

»Du und Bess, ja. Aber ich nicht. Ich war dir nie gram. Wenn du mich abweist, werde ich keinen inneren Frieden mehr finden.«

»Also gut, Victor.«

Er strich ihr über die Wange. »Danke.« Und zu Geoffrey gewandt: »Sie haben gute Arbeit geleistet, Mr. Hampsterton. Wo haben Sie meine Schwiegertochter gefunden?«

»In den Bergen, Mr. Cork.«
»Du hast ihn zu mir geschickt?«
»Natürlich, denn du warst wieder einmal nicht dort, wo jeder vernünftige Mensch dich erwartet hätte, nämlich zu Hause. Ich schickte ihn zu dir.« Er lächelte nachsichtig.
»Und ich nahm einen anderen Weg, Fiona, den über die Bergkämme.«
»Ich habe eine Aufgabe zu erfüllen, Victor«, sagte Fiona kühl, ohne auf Geoffrey einzugehen.
»Dann beneide ich dich.« Er tätschelte ihren Arm.
»Ich führe Sie an Ihren Tisch, einverstanden?« Paddington schritt voran, und sie setzten sich, tranken Champagner und aßen schweigend. Als die Lüster gelöscht und Kerzen entzündet wurden, erhoben sich einige Herren und traten mit jeweils einer Dame an ihrer Seite durch die Glastür hinaus in den Garten. Ein Hauch von Meer und welkenden Rosen wehte herein. Fiona hielt die Anspannung nicht mehr aus und fragte: »Warum bist du wirklich hier, Victor?«
Abrupt stellte er sein Glas auf den Tisch. Seine Augen schimmerten. »Ein zweites Mal in meinem Leben bin ich in der Situation, dass ich einem Menschen, der mir nahe steht, viel Geld, sehr viel Geld geben kann, muss oder sollte. Doch ich weiß nichts über ihn.« Er wischte sich über die Augen. »Ich habe meinen Sohn Jefferson in Wahrheit kaum verstanden. Er bekam, wie du weißt, ein großes Erbe, doch um zu verstehen, wer er wirklich war, hätte ich früher anders handeln müssen. Jetzt trittst du sein Erbe an, doch auch dich kenne ich nicht. Ich weiß nicht, wer du wirklich bist. Es kommt mir vor, als ginge mein schwer errungenes Geld ins Nichts.« Er schnäuzte sich.

»Soll ich dir von mir erzählen, Victor?« Er nickte. Fiona holte weit aus und begann in Schottland. Sie endete mit dem Satz: »Du siehst also, dass ich stets um meine Eigenständigkeit gekämpft habe.«

Victor schwieg eine Weile. Schließlich sagte er: »Dann hast du Jefferson wohl besser verstanden als ich. Ich will dir seine Geschichte erzählen. Als er klein war, war er ein stilles, folgsames Kind, doch er hatte Angst vor Insekten. Und da er so hübsch war und Bess seine Angst teilte, erzog sie ihn, als wäre er ein Mädchen. Sie ließ sein Haar wachsen, kämmte und lockte es jeden Tag. Sie zog ihm sogar Kleider an. Und weil sie seinen blassen, mädchenhaften Teint liebte und fürchtete, er könne Sommersprossen bekommen, hielt sie, wann immer es möglich war, Licht von ihm fern. Oft ging sie abends zu seiner Schlafstunde selbst ins Bett, wo auch er dann schlief. Und wegen der Insekten ließ sie die Gardinen in seinem Zimmer an den Wänden lückenlos festspannen. Erst heute ist mir bewusst, dass er eigentlich jahrelang im Dämmerlicht lebte. In jungen Jahren war Jefferson wissbegierig, doch es machte Bess nervös, und sie sorgte dafür, dass er wenig Bücher bekam.«

»Sie fürchtete wohl, er könne sich durch Wissen von ihr abgrenzen, vielleicht sogar lösen, nicht?« Fiona dachte an ihre eigenen schmerzlichen Erfahrungen mütterlicher Bevormundung.

»Ja. Sie zog es vor, dass er neben ihr saß und zeichnete und sie dabei häkelte oder stickte, oder sie sang mit ihm christliche Lieder. Nun, zu der Zeit bekam ich nur wenig von all dem mit. Ich machte mir auch keine Gedanken, denn das Unternehmen aufzubauen hatte Priorität. Ich ließ Bess machen, weil ich dachte, sie wüsste, was eine

Mutter zu tun hat. Unser Ältester ist ja schließlich auch gut geraten. Allerdings zeigte er von klein auf ein ausgeprägtes Interesse für Technik. Als er fünf war, gab ich ihm einen Satz Schrauben, Muttern und Metallscheiben, und er baute innerhalb einer Stunde ein Wasserrad, das sogar funktionierte. Ich glaube, mir wurde die Sache mit Jefferson erst bewusst, als er eines Tages, da war er wohl neun Jahre alt, alle Kleider, seine und Bess', im Garten verbrannte. Als mir Bess an jenem Abend erzählte, wie böse Jefferson gewesen sei, hatte ich mich gefreut, weil er zu beweisen schien, dass er in der Lage war zu rebellieren, und sich ihr allein entziehen konnte. Ich war stolz auf ihn und dachte, er sei wie ich und könne alles allein bewältigen. Es war falsch, so zu denken.« Er trank sein Glas aus.
»Allerdings«, warf Geoffrey ein. »Er hat mir vieles aus seiner Kindheit erzählt. In all diesen Erlebnissen lag auch der Grund, dass er Amerika verließ.«
»Ich weiß. Und ich weiß jetzt, warum er dich als Frau auswählte. Du bist nicht nur eine verführerisch schöne Frau, Fiona, sondern du hast einen männlichen Charakter, sonst wärst du wohl kaum in die Zunft der Malerei eingebrochen.«
Schade, dass meine Mutter dich nicht hört, Victor, dachte Fiona, sie hätte dir für deine Bemerkung die Augen ausgekratzt. Laut sagte sie: »Keine Blaustrumpf-Anklage, bitte. Ich frage mich allerdings, warum Jefferson mir so wenig aus seiner Kindheit erzählt hat.«
Geoffrey räusperte sich. »Nun, er wollte dir so gegenübertreten, wie er sich selbst sah – als unabhängiger Mann und Künstler. Er liebte es, mit dir in der Welt zu leben, die eure war. Seine Vergangenheit hätte nur gestört.«

»Und du hast ohne darüber nachzudenken gefühlt, warum er die Freiheit liebte. Und hast sie ihm gelassen. Das war gut so. Er wird dir im Stillen dankbar gewesen sein.«
»Das hat er mir bestätigt«, sagte Geoffrey.
»Ich verdanke Jefferson viel, Victor.« Fiona brach ab, weil sie nicht mehr über ihn sprechen mochte.
»Trinken wir auf sein Wohl. Cheers!«
»Cheers!«
»Cheers!«
Victor griff in seine Jackentasche und zog ein Kuvert heraus. »Dies ist dein Erbe, Jeffersons Erbe, Fiona. Gehe damit sinnvoll um.«
»Ich brauche es nicht, Victor. Danke.«
Er lachte. »Natürlich musst du das sagen, meine Liebe.«
»Ich meine es auch so.«
»Gut, dann sollst du wissen, dass Jefferson noch vor eurer Hochzeit ein Konto für dich in London eingerichtet hat, auf das du jederzeit zurückgreifen kannst. Er schrieb mir, dass er dich heiraten wolle. So wie ich ihn als meinen Sohn abgesichert hatte, wollte er es auch tun, falls du …«
»Ich muss dich enttäuschen, Victor.« Fiona fühlte sich zunehmend unwohl, an Jefferson und einer unvollendet gebliebenen Zukunft mit ihm erinnert zu werden. Hatte sie nicht bereits ihren inneren Frieden mit Jefferson gefunden? Sie erhob sich. »Ich möchte jetzt gehen.«
»Nein, bleib noch, Fiona. Du hast mir noch nichts über deine Aufgabe erzählt.«
»Gut, auf einen Moment noch. Im Garten.« In wenigen Worten erzählte sie ihnen von Messalinas Erbe, ab und zu unterbrochen von Gästen, die an ihnen vorbei auf den großen Gartenpavillon zuschritten. Als sie geendet hatte, wartete sie nicht länger, sondern schloss sich ihnen an.

Hinter sich hörte sie Victors zweifelnde Stimme: »Mr. Hampsterton, glauben Sie, es ist richtig, was sie tut?«
»Ehrlich gesagt, nein.«
Fiona zog es vor, darauf nicht zu reagieren, denn das, was sie vor sich sah, interessierte sie mehr, als Victor und Geoffrey erklären zu müssen, was sie wollte.
Fackeln erhellten die Buntglasfenster des großen Pavillons, der auf schwarzen Onyxsäulen ruhte und von glasierten Ziegeln bedeckt war. Seine Türen standen offen, und man sah eine Reihe Bilder, vor denen die Gäste standen und miteinander plauderten. Hier und da ertönte helles Lachen. Fiona trat hinzu. Von schmalen Goldrahmen eingefasst, hingen dort Genrezeichnungen aus dem Leben leichter Mädchen von Henri de Toulouse-Lautrec – Huren, nackt, provozierend, erschöpft oder lüstern, dazwischen Landschaftsbilder mit Feen und Seejungfern im Stil Arnold Böcklins und ein paar naturalistische Porträts sowie eine Hand voll Akte von Gustav Klimt und Bildnisse von Auguste Renoir.
Einer der Herren fragte süffisant: »Signor Paddington, ist es in Ihrem Sinne, Appetit zu wecken und Gäste hungern zu lassen?«
»Noch nie hat ein Gast mein Haus unbeglückt verlassen«, entgegnete ihm dieser fröhlich.
Eine der Damen rief gespielt bekümmert: »Dann werde ich aber wohl der erste unbeglückte Gast sein!«
»Niemals, Signorina. Wir alle stehen Ihnen zur Verfügung«, antwortete darauf ein Herr. »Wählen Sie nur aus!«
Die Runde lachte auf.
»Der Reihe nach?«, fragte sie kokett und sah einem Herrn nach, der von ihr abrückte, doch dann folgte sie ihm mit raschem Schritt. »Ich frage mich schon lange, Signor Per-

lucci, wie es sein mag, mit verbundenen Augen das zu erleben, was Ihre Tuche unserer Haut versprechen?«
Fiona zuckte zusammen, und das Blut schoss ihr in den Kopf, als sie Saverios Stimme antworten hörte: »Sie sehen bezaubernd aus, Flavia, doch ich fürchte, dass das, was Sie sich von mir versprechen, viel zu flüchtig für Ihre Bedürfnisse ist.«
»Ich ließe mich dennoch gerne von Ihnen überraschen, Signore.«
»Flavia, ich bitte Sie, seien Sie vernünftig. Lassen Sie sich weiterhin von der Zartheit unserer Tuche inspirieren, doch wandeln Sie weiter.«
»Oh, wie schade.« Flavia wandte sich enttäuscht von ihm ab. Fiona machte auf dem Absatz kehrt und prallte gegen Geoffrey und Victor. »Ich werde jetzt gehen«, sagte sie hastig.
»Das verstehe ich. Diese Bilder dort können dir nicht gefallen«, erwiderte Victor. »Darf ich dich begleiten?«
»Verzeihen Sie, Mrs. Cork«, rief da Lester Paddington. »Ich muss Ihnen leider die beiden Herren für eine kurze Weile entführen.« Er deutete eine Verbeugung an. »Soeben traf ein Bote aus Frankreich ein …«
»Der Wein aus Limoges!« Geoffrey rieb sich die Hände. »Fiona, hab ein Nachsehen mit uns. Mr. Cork, Ihr Wunsch ist in Erfüllung gegangen.«
»Wunderbar! Fiona, es ist ein Wein von uralten Klosterreben. Eine Kostbarkeit. Möchtest du nicht vielleicht auch probieren?«
Sie wollte schon zustimmen, da sah sie Saverio auf sich zukommen. Leise sagte sie: »Danke, nein. Geht nur.«
Paddington folgte ihrem Blick und meinte: »Bleiben Sie, liebe verehrte Mrs. Cork. Ich denke doch, dass niemand

meiner Gäste sich heute Abend langweilen muss.« Er küsste ihre Hand, warf ihr noch einen aufmunternden Blick zu und zog Geoffrey und Victor von ihr fort.
»Sie bleiben, weil Sie über alles hier erhaben sein können, nicht wahr? Ihr Ehrempfinden ist tadellos, und Sie sind es auch, habe ich Recht?« Saverios Stimme klang eine Spur ironisch, doch auch ein wenig verletzt. Sein Blick aber ließ Fionas Knie weich werden.
»Sie scheinen mich zu verfolgen, Signor Perlucci.«
»Ich bin aus rein geschäftlichen Gründen hier, Signora Turlington. Der, der Sie heute am See entdeckte, war mein Vater, nicht ich. Kommen Sie, gehen wir ein Stück in den Garten.« Sie traten in einen von blühenden Rhododendren umgebenen Halbschatten, wo sie allein waren. »Signora Turlington, Sie erstaunen mich aufs Neue. Sie scheinen mehr Verehrer zu haben, als sich die Damen des heutigen Abends von ihren Bemühungen erträumen können.«
»Sie meinen den jungen Mann neulich an der Mauer? Das ist Enzo, der Sohn von Messalina Bandonellis Pächter. Sie werden uns noch häufiger sehen, denn wir werden zusammen arbeiten.«
Saverio kniff seine schönen Lippen zusammen. »Und wer waren diese beiden Herren gerade?«
Fiona lächelte zufrieden. Saverio war eifersüchtig! Was für eine Entdeckung. »Fragen Sie sie«, antwortete sie. »Sie würden mir doch nicht glauben, nicht wahr?«
Eine der Damen trat von hinten an Saverio heran und legte ihre Hand auf seine rechte Schulter. »Signor Perlucci, seien Sie doch so liebenswürdig, mich malen zu lassen – so wie die Damen dort auf den Bildern. Ich bin sicher, es nach einer Nacht mit Ihnen tausendfach mit ihrer Schönheit aufnehmen zu können.«

Saverio schob ihre Hand weg. »Genießen Sie die Nacht, Signorina. Aber lassen Sie mich bitte in Frieden.« Ein Seufzer erklang. »Wie bedauernswert ich doch bin.«
»Sie verschmähen eine verführerische Dame?«
»Sie unterstellen mir schamlos Geschmacklosigkeit, Signora Turlington.«
Sie musterten einander sehnsüchtig, doch kritisch zugleich.
»Warum sind Sie dann hier, Signor Perlucci?«
Er nahm ein Glas Champagner, das ein hinzutretender Diener anbot. Dann sagte er betont ruhig: »Ich suche einen Maler, den ich mit dem Porträt meiner Familie beauftragen kann.«
Er ist eifersüchtig und hat sich gerächt, dachte Fiona verletzt. »Sie sind reich genug, Renoir zu bezahlen«, entgegnete sie kühl und wollte schon gehen, da fiel ihr etwas ein. »Ich mache Ihnen ein Angebot. Ich biete Ihnen Geld für Ihren Olivenhain, in einer Höhe, die Sie bestimmen können.«
Er trat dicht an sie heran. Sie roch seinen Duft und spürte seinen Atem so wie damals auf dem Sommerfest. Sie sehnte sich nach seiner Nähe und drehte ihren Kopf so, dass er nicht umhin kam, auf ihren Mund zu schauen.
»Sie sprechen wie mein Vater, Signora, glauben wie er, dass mit Geld alles möglich sei.«
»Und Sie, Signore, handeln wie er. Sie lassen Olivenhaine abholzen, um noch mehr Gewinn aus dem Boden zu ziehen.«
»Im Gegensatz zu anderen habe ich keine Wahl. Ich bin der einzige Erbe einer großen Tuchhändlerdynastie.«
»Sind Sie so sicher, dass keine Ihrer Schwestern genauso gut für das Tuchgeschäft geeignet wäre wie Sie?«

Angesichts ihres Spottes in der Stimme trat Saverio ein wenig zurück.

»Ich hatte immer geglaubt, Malerei sei Handwerk. Allerdings scheine ich dabei den Rebellionsgeist gewisser Protagonistinnen unterschätzt zu haben. Somit wäre es wohl doch besser, Renoir zu beauftragen.«

»Tun Sie das. Er ist eher als ich in der Lage, zumindest die Schönheit Ihrer Schwestern zur Geltung zu bringen. Auf Wiedersehen, Signor Perlucci.«

»Warten Sie, Signora Turlington. Warten Sie einen Augenblick. Bitte sagen Sie mir die Wahrheit. Wo ist das kostbare Tuch unseres Hauses?«

»Ich weiß es wirklich nicht, Signor Perlucci.«

»Hat Ihnen Signora Bandonelli nichts verraten?«

»Nein. Was für ein Geheimnis lastet nur auf Ihrem Vater, dass er, statt die Wahrheit zu sagen, Unbeteiligte des Diebstahls und Verrats verdächtigt? Es geht schließlich um …«

»… um Ihre Ehre, Signora Turlington«, ergänzte er kühl. »Natürlich verstehe ich das. Wir führen einen Kampf, Familienehre gegen Individualehre, nicht wahr?«

»Kämpfen Sie, wenn es Ihnen gefällt. Ich tue es auch. Überlegen Sie sich einen Preis für Ihren Olivenhain. Ich werde zahlen. Arrivederci.«

Die Nacht in ihrem Olivenholzbett bescherte Fiona einen seltsamen Traum. Sie sah sich in einem weißen Hochzeitskleid einen Hügel hinaufgehen. In einer Hand trug sie einen Brautstrauß aus weißen Blüten, in der anderen einen Wanderstab, der aus vier schlanken Olivenbaumpfosten bestand, die sich umeinander geschlungen hatten.

Fest um ihre Stirn war ein seidenes Band gebunden, das ihr Kopfschmerz bereitete. Trotzdem holte sie in weiten Schritten aus, denn sie trug Wanderstiefel. Der Wind zerzauste ihr offenes Haar und zerrte an ihrem Blütenschmuck. Der Weg zur Kirche war nicht mehr weit, bald würde sie als Braut durch ihre Pforte schreiten. Plötzlich galoppierten Reiter an ihr vorbei, schwenkten Tücher und Fahnen und riefen ihr etwas zu, das sie einschüchterte, ja ängstigte. Andere lachten über sie. Und mit einem Schlag wurde ihr bewusst, warum: Sie war eine Braut ohne Bräutigam.

Der Gedanke lähmte ihren Schritt. Eine Falte ihres Kleides blieb in einem Dornbusch hängen und riss auf. Zu ihrem großen Schrecken versanken nun auch ihre Füße in einem lehmartigen Morast, der sich um das Wurzelwerk des Busches gebildet hatte. Sie zog an den Stiefeln, fiel jedoch nur der Länge nach hin. Einen Moment lang blieb sie liegen. Dann aber, sie wusste selbst nicht, durch welche Kraft es geschah, schlüpfte sie aus ihren Kleidern wie ein Schmetterling aus seiner Puppe und flog, von einem scharfen Wind erfasst, talwärts. Feinste Sandkörner trieben ihr in die Augen, sodass sie zunächst nichts erkennen konnte, bis auf einmal Zypressenwipfel auftauchten, außerhalb deren Schatten eine große Marmormulde mit goldschimmernder Flüssigkeit lag. Sie hatte Durst bekommen, und so tauchte sie in diese ein, nackt, wie sie war. Die Flüssigkeit fühlte sich warm am Körper an, doch als sie trank, schmeckte sie erfrischend kühl und herbsüß. Sie legte sich auf den Rücken, den Blick in das grenzenlose Blau über ihr gerichtet. Erst nach einer Weile bemerkte sie, dass es sich langsam senkte. Hier und da bildeten sich kleine und größere Risse, aus denen Wurzeln hervortraten und umeinander schlängelten, als würden sie etwas suchen. Plötzlich barst das Blau mit lautem Dröhnen und rieselte, als wäre es zerbröselndes Gestein, auf sie herab. Die Wurzeln aber verflochten sich miteinander und bildeten ein Muster, das dem der Olivenblätter im Tuch des grünen Goldes ähnelte.

Kurz nach dem Aufwachen dachte Fiona darüber nach, ob dieser seltsame Traum eine Bedeutung haben konnte. Und nach einer Weile war sie davon überzeugt, das Tuch tatsächlich dort suchen zu müssen, wovon Messalina in ihrer Sterbestunde gesprochen hatte – bei seinen Wurzeln. Wo anders als bei alten Olivenbäumen konnte es also sein?

An diesem Morgen durch die Räume ihrer Villa zu gehen, vorbei an Möbeln, an denen nur die Erinnerung haftete, kam ihr so vor, als ob sie einen mit Wasser getränkten Pinsel über nackte Leinwand führen würde. So wie die Farbe fehlte, fehlten ihr die Menschen, die hier gesessen, mit ihr gesprochen, gelebt hatten.

Fiona floh in den Garten hinaus. Kühle Meeresluft schlug ihr an diesem diesigen Morgen entgegen. Die Rosenbüsche hingen voller Blüten, einige von ihnen welkten bereits. Ihre gelblich toten Blütenblätter bildeten hässliche kleine Teppiche. Überall fanden sich aufgeplatzte stachlige Früchte des Kastanienbaums, in den niedrigen Beeten und zwischen verblühten Mimosen, Dahlien und Astern. Der Zitronenbaum hatte Früchte abgeworfen, die nun unter seinem Schatten verdorrten. Es wird Zeit, dachte Fiona, wieder den Gärtner einzustellen.

In einer Ecke des Gartens fand sie ein zusammengerolltes

Stück Draht. Als ihr Blick den Schrein streifte, kam sie auf eine Idee. Ohne länger nachzudenken, formte sie den Draht mit Hilfe kleiner Knoten zu einer Haube, wand Herbstrosen und Wicken hinein und stülpte sie über Jeffersons Urne. Es sollte ein Beweis ihrer Liebe sein, doch einen Augenblick erschreckte sie der Gedanke, dass sie dabei war, Jeffersons imaginäres Antlitz zu verschleiern. So als dürfte er ihr nicht zusehen, was sie zu tun gedachte. Über sich selbst irritiert, machte sie sich daraufhin auf den Weg, einen Boten zu beauftragen, Giovanni Carli aufzusuchen, damit ihm dieser ihre Bilder gab, die sie in den letzten Tagen von den Olivenbäumen gemalt hatte. Auf dem Weg zu ihm solle er bei Signora Lorni vorbeischauen, um sie zur Villa zu bestellen.
Wie erwartet trafen Victor Emanuel und Geoffrey am späten Vormittag ein, kurz darauf kam Signora Lorni, die sich mit zwei Körben sofort in die Küche zurückzog, um zu kochen. Eine Weile saßen Geoffrey und Fiona schweigend im Salon und nippten an dem Wasser, das Geoffrey von der heiligen Quelle in Pigna mitgebracht hatte, während Victor in stiller Versunkenheit durch Haus und Garten ging, um, wie er sagte, mit Jefferson allein zu sein. An dem Ort, an dem er zuletzt gelebt hatte und glücklich gewesen war. Selbst als Signora Lorni das Essen servierte – gemischtes Gemüse, Pasta und hauchdünn geschnittene Schinkenscheibchen vom Wildschwein –, wollte kein belebendes Gespräch aufkommen. Erst nachdem sie den Nachtisch aufgetragen hatte – Kastanienkuchen mit Nüssen, dazu Gebäck mit Heidelbeerkompott –, schien der Zeitpunkt gekommen, in einem letzten Gespräch voneinander Abschied zu nehmen.
»Du wirst mir schreiben, Fiona, nicht wahr? Schreib, wenn

du Sorgen hast oder, was ich hoffe, wenn du glücklich geworden bist. Schließlich bist und bleibst du meine angeheiratete Tochter.«

»Danke, Victor. Nimm du dafür das Fleckchen Erde zwischen Windsor und Point Pelee, das du Jefferson vererbt hast, zurück und mach das Beste daraus.«

»Du willst es nicht haben?«

»Ich beabsichtige keinesfalls, Büffel, Rinder oder Schafe zu züchten. Außerdem bin ich überzeugte Europäerin, und das, was ich will, werde ich auf unserem alten Kontinent verwirklichen.«

»Ich danke dir, Fiona.« Victor lehnte sich entspannt zurück. »Darf ich fragen, was du noch alles vorhast, außer Bäume zu retten?«

Fiona richtete ihren Blick auf Geoffrey. »Sie werden zurück nach London gehen, nicht wahr?«

»Ja, erst nach London, dann nach Cornwall, Freunde besuchen. Vielleicht miete ich mir ein gemütliches Cottage, um in Ruhe zu malen. Ich werde aber keine Pfauen züchten oder Hecken pflanzen!« Er sog an seiner Pfeife und grinste.

»Das dachte ich mir. Darf ich Sie um einen Gefallen bitten, Geoffrey? Bitte versuchen Sie in London eine Galerie zu finden, die Jeffersons Bilder ausstellt.« Sie brach ab, als sie Victors erstaunte Miene sah.

»Und was ist mit deinen? Willst du nicht mehr malen?«

»Mir wäre es lieb, wenn sie jemand beurteilen würde.«

»Das mache ich, selbstverständlich. Wo sind sie?«, sagte Geoffrey sofort.

»Ein Bote holt sie. Sie müssten in den nächsten Stunden eintreffen.«

»So lange werde ich noch bleiben«, beschloss Victor und

faltete die Hände über seinem Bauch. »Vielleicht sollte ich überhaupt noch länger in Europa bleiben. Wisst ihr, bis zu meinem Unfall vor einigen Monaten war ich doch nichts anderes als ein Zahnrad, das zwar stets gut geschmiert wurde, das aber nichts anderes tat, als unentwegt ein komplexes Getriebe in Gang zu halten.«

»Das ist auch die Pflicht des Mannes, würde deine liebe gute Bess sagen.« Fiona schürzte amüsiert die Lippen.

»O ja, davon wäre sie fest überzeugt.« Victor runzelte nachdenklich die Stirn. »Sag mir noch eines, Fiona. Dieser junge gut aussehende Herr gestern Abend, der mit dir sprach – war das einer aus dieser Perlucci-Familie?«

»Ja, es war der Sohn. Warum fragst du?«

»Nun, du bist meine Schwiegertochter, und ich kann die Vorstellung nicht ertragen, du könntest so rasch nach Jeffersons Tod Avancen nachgeben.«

»Das tue ich nicht, im Gegenteil, ich bekämpfe diese Familie – ganz im Sinne Messalinas.«

»Wegen der Olivenbäume?«

»Ja, wegen der Bäume.«

»Ich hoffe, ich kann dir glauben. Ich hatte nämlich den Eindruck gewonnen, dass dieser junge Mann in dich verliebt ist. Du kannst dir denken, dass ich gestern Abend so allerhand erfuhr.«

»Natürlich nur Dinge, die gegen eine Frau gerichtet sind, die gegen die Konvention verstößt – Bilder malt und Olivenhaine verteidigt, die ihr nicht gehören«, gab Fiona spitz zurück.

»Vielleicht solltest du trotzdem etwas zurückhaltender sein, Fiona. Die Sache mit dem Familienporträt, das du für die Perluccis anfertigen solltest, hat sich herumgesprochen. Nachdem du gestern Abend gegangen warst, kritisierte dieser junge Perlucci nämlich so unbarmherzig die ausgestellten Bilder im Pavillon, dass man hätte glauben können, er sei vom Pinselstrich eines überragenden, uns allen unbekannten Künstlers verhext worden. Ich befürchte, dass er die Malerin und Frau wiedergewinnen will, die sein Vater entließ, weil sie in einem Anfall übertriebener Selbstkritik das Bild zerschnitten haben soll.«

»Ach, das sagen die Leute? Nun, Victor, du brauchst dir keine Sorgen zu machen. Nach diesem Vorfall werde ich andere Auftraggeber finden, die akzeptieren, dass es mir wichtiger ist, als Künstlerin zu überzeugen denn als Frau.«

»Diese Grenze ziehst du, Fiona, doch die Gesellschaft denkt anders.«

»Dann war dein Sohn eine Ausnahme, Victor«, entgegnete Fiona scharf. »Er verstand mich besser als du.«

Cork hielt ihrem Blick stand. »Das freut mich für dich. Umso mehr liegt mir an deiner Treue zu ihm.«

»Lass mich Jefferson auf meine Art lieben, Victor.«

Victor Cork holte mehrmals tief Luft, wie um sich zu bezähmen. »Ich vertraue dir, Fiona. Du scheinst, wie mir Jefferson einst schrieb, ein großes Talent zu sein. Wie ich gestern hörte, soll dieses Porträt, das dieser verrückten Malerin zum Opfer fiel, gut gewesen sein.«

»Das erzählt man also auch? Und du glaubst es, Victor?«

Ihre Ironie bewirkte, dass Victor errötete, doch er lenkte ein. »Ja, das sagen zumindest die Dienstboten, die es gesehen haben. Nun, du hast sicher selbst gemerkt, dass dich gestern Abend niemand erkannte. Man kennt die Malerin des Perlucci'schen Porträts nur vom Hörensagen.«

»Ich glaube, Perlucci schämt sich einfach, weil eine alte Frau in der Lage war, sich an ihm zu rächen. Deshalb lässt er Lügen verbreiten. Ich, Victor, bin mir meines Handwerks sicher. Ich bin weder an den Fassaden der Figuren noch an ihrem Ausdruck gescheitert. Vieles kann man ausdrücken, wenn man die Sprache des Körpers studiert und wiederzugeben in der Lage ist. Die Haltung von Kopf und Armen sagt mehr über die Psyche aus, als schöne Stoffe uns glauben machen können.«

»Golddurchwirktes kann also nicht betrügen?«

»Nein, in Wahrheit nicht.«

»Nun, das beruhigt mich, dass du so denkst.« Er schaute aus dem Fenster. Eine Weile war es still. Selbst Geoffrey schwieg und putzte nachdenklich seinen Pfeifenkopf. »Kannst du dich an die Obelisken in Paddingtons Garten erinnern?«

»Natürlich. Sie passen meiner Meinung nach zum Stil des Hauses wie Gräten zu einer Halskette.«

Victor lächelte. »Genau. So sieht es auch der Hausherr. Seine Idee, sie gegen Marmorstatuen auszuwechseln, führte allerdings im Perlucci'schen Haushalt zu noch mehr Unruhe. Die Dienstboten erzählen nämlich seit langem, dass der Alte seit deinem Abschied immer missgelaunter wurde und äußerst reizbar ist. Der junge Perlucci soll sich täglich mit ihm streiten.«

Er sah Fiona forschend an, doch sie sagte nur so beiläufig, wie es ging: »Sie sind in der Tat beide echte genuesische Charaktere – aufbrausend und vom eigenen Wollen überzeugt. Worüber streiten sie denn dieses Mal?«

»Man sagt, sein Sohn werfe ihm vor, wegen einer Nichtigkeit selbst die Vollendung des Familienporträts vereitelt zu haben.«

Fiona bemühte sich um innere Ruhe. »Ein typischer Konflikt zwischen Vater und Sohn.«

»Das scheint so.« Victor suchte in ihrer Miene nach einem Anzeichen, das auf ein Verliebtsein deutete, doch Fiona wusste sich zu beherrschen. »Die Signora leidet so sehr unter den Spannungen, dass sie nach Stresa gefahren sein soll. Das Boario-Wasser dort ist äußerst heilsam, wie ich hörte.«

»Mit Cristina, Teresa und Sofia?«

»Sind das ihre Töchter?«

Fiona nickte.

»Ob mit oder ohne Töchter, das weiß ich nicht. Jedenfalls hat der junge Perlucci vor wenigen Tagen einen Marmorsteinbruch in Massa Carrara mit Zugang zum Meer zum Verkauf angeboten. Lester Paddington griff natürlich sofort zu. Acht Marmorblöcke sind bereits in Arbeit. Bald sollen Verdis Hauptfiguren die langweiligen Obelisken ersetzen …«

Hilfesuchend schaute er Geoffrey an, der sogleich fortfuhr: »… als da wären: Nabucco, Lady Macbeth, Rigoletto, Violetta, Aida, Othello, Desdemona, Falstaff.«

Geoffrey zündete umständlich seine Pfeife an.

»Nun, wie dem auch sei, der alte Perlucci soll getobt haben, als er erfuhr, dass sein eigener Sohn das Familienerbe schmälert, indem dieser es an jemanden verkauft, der die Kunst ebenso liebt wie er. Die Rache des Jüngeren – und das nur wegen dir, wie es scheint.«

Saverios Gesicht tauchte vor ihr auf. Hätte sie ihn gestern Abend nicht küssen und gleichzeitig ohrfeigen können? Ihr wurde abwechselnd heiß und kalt. Laut aber sagte sie: »Mich interessiert diese Familie Perlucci nicht. Doch es freut mich, dass zumindest Signor Verdi von diesem Streit, wenn auch indirekt, profitiert.«

Signora Lorni betrat den Raum mit einem Silbertablett.

Fiona half ihr, Gläser auszuteilen und Marillenlikör auszuschenken. Sie merkte, wie unmöglich es Victor schien, seinen Verdacht zu bekämpfen, Perlucci könne sie lieben. Hoffentlich, dachte sie, sagt er nicht, ich solle Jefferson auf ewig treu bleiben. Niemand kann das von mir verlangen. Niemand! Als sie seinem Blick begegnete, war ihr klar, wie schwer es ihm fiel, ihren Gefühlen als Frau zu trauen.
Sie sah ihn scharf an und fragte mit fester Stimme: »Ich wünsche mir nichts so sehr wie Erfolg für meine und Jeffersons Bilder – und sei es auch nur ein Bruchteil von Verdis Erfolg.«
Geoffrey, der die Missstimmung spürte, rückte seine Brille zurecht und begann zu erzählen: »Ich habe Verdi auf meiner letzten Italienreise besucht, das war vor gut sechs Jahren. In wenigen Tagen, am 10. Oktober, wird er einundachtzig. Er lebt in der Ebene der Bassa Padana, in der Provinz Emilia-Romagna. Er besitzt dort ein riesiges Landgut und war in der beneidenswerten Lage, aus seinen Opernerfolgen eine schöne Villa mit Kapelle, Grotten, Gewächshäusern, Tieren und exotischen Pflanzen zu schaffen. Ein richtiges Paradies ist es. Landarbeiter bewirtschaften seit Jahrzehnten die Gärten, Rebzeilen und Felder. Sein Landgut verfügt sogar über ein eigenes Gewölbe mit besonderem Kühlsystem für Fasane und Unmengen seines geliebten Lambrusco. Die Küche wird nie kalt, und ständig sind Gäste da. Er selbst aber bezeichnet sich als Contadino, als Landwirt.«
»Sehr sympathisch«, befand Fiona, verschluckte sich aber an dem Marillenlikör, denn ihre Gedanken waren bei Saverio. Es beflügelte sie, dass er es ernster mit ihr zu meinen schien, als er zu zeigen beabsichtigte.

Erst gegen Abend kehrte der Bote aus den Bergen zurück. Fionas Bilder und Zeichnungen, die sie aus ihrer Versenkung in den Anblick der Olivenbäume gewonnen hatte, beeindruckten beide Männer.
»Es ist, als sähen Sie mit einem unsichtbaren dritten Auge«, meinte Geoffrey überzeugt. »Ein Auge, das in die Tiefe geht, durch Zeitläufe hindurch. So als sähen Sie den Kern eines Wesens, wie wahrhaftig er ist und sich lebendig in allem Wandel um ihn herum formt und prägt.«
Victor lachte. »Da spricht der akademisch gebildete Künstler. Kompliment, Mr. Hampsterton. Ist es aber genau das, Fiona, was du in den Perluccis gesehen hast? Wie sie wirklich sind und sich ihrer Wandlungen schämen?«
»Ach, Victor, lassen wir diese Familie ruhen.«
»Nun gut, mach deine Ausstellung zusammen mit Jeffersons Impressionen vom Licht. Du wirst gute Kritiken brauchen, um Bess versöhnlicher zu stimmen.«

Zwei volle Tage noch blieb Fiona in ihrer Villa am Meer und genoss es, mit ihren Gedanken und Gefühlen allein zu sein. Vormittags arbeitete sie im Garten, beschnitt die Rosensträucher, pflückte Salbei-, Melissen- und Thymianblätter und legte sie zum Trocknen in einen hölzernen Trog. Signora Lorni, dachte sie, wird schon wissen, was außerdem mit ihnen zu tun ist. Da sie unschlüssig war, den Gärtner zu holen, ging sie selbst daran, Unkraut zu jäten und die Kastanien einzusammeln. Wenn ihr danach war, legte sie sich auf ihr Olivenholzbett und schaute den vorbeiziehenden Wolken nach.

Kurz bevor sie am Morgen des dritten Tages aufbrach, kam der Briefbote mit einem Antwortschreiben der liguri-

schen Regierung aus Genua. Man sehe die Aktionen mit großem Schmerz, hieß es dort, und werde selbstverständlich, wie bereits in anderen Fällen zuvor, darauf bestehen, dass das Verbot, Olivenbäume abzuholzen, einzuhalten sei. Auch wenn Signor Perlucci aller gebotener Respekt gebühre, da seine Familie seit Jahrhunderten zum Wohle und Ansehen der Stadt Genua gedient habe, gehe ein entsprechendes Schreiben an ihn mit gleicher Post hinaus.
Was für ein unerwarteter Erfolg!
Ob Saverio auch in dem Fall seinem Vater Widerstand leistete, wenn dieser der Aufforderung seiner Stadt nicht nachkam?

Als Fiona am frühen Morgen ihr zuletzt begonnenes Bild ineinander verflochtener Olivenblätter betrachtete, klopfte Giovanni an die offen stehende Tür. »Signora, wir wollen heute mit der Ernte beginnen.«
Gedankenverloren nickte sie ihm zu. »Ich bin bereit.«
Neugierig warf er einen Blick auf die Leinwand. »Verwenden Sie Olivenöl für Farben?«
»Nein, Leinöl«, entgegnete sie.
Giovanni nickte. »Gut, gut. Sie trocknen schwer, diese Ölfarben, nicht?«
»Trocknen und Aushärten kann bis zu einem Jahr dauern, dann kommt Firnis darauf.«
»Firnis?«
»Um Risse und Vergilben zu vermeiden.«
»Dann ist es gut?«
»Dann ist es gut.«
»Sie brauchen ein gutes Auge, Signora.«
»Und ein gutes Gedächtnis.« Sie erschrak darüber, wie

scharf ihre Stimme klang. Plötzlich wirkte Giovanni wacher, so als wäre ihm eine Erkenntnis gekommen. »Sie können Messalina nicht verzeihen, dass sie Ihr Bild zerstörte, nicht wahr?«

»Ich kann ihr verzeihen, weil ich verstehe, warum sie es tat. Ihre Wut richtete sich ja schließlich gegen Signor Perlucci, nicht gegen mich. Allerdings wird sie nicht darüber nachgedacht haben, dass man mich anschließend für eine Diebin hält. In Wahrheit wird sie es gewesen sein, die das Tuch mitnahm, nicht wahr?«

»Welches Tuch? Ich weiß nichts davon. Aber eine Diebin ist Signora Bandonelli ganz bestimmt nicht. Sie war vielleicht ein wenig verrückt, doch sie liebte die Gerechtigkeit.«

Fiona lachte bitter auf.

Giovanni, der sich zum Gehen gewandt hatte, blieb stehen. »Sie müssen an der Erntearbeit nicht teilnehmen, Signora. Manchmal ist es besser zu vergessen. Malen Sie ruhig.« Er hob seine Hand zum Gruß und hielt plötzlich in der Bewegung inne. »Verzeihen Sie mir, ich vergaß etwas Wichtiges. Dieser Bote, der vor einigen Tagen hierher kam, war sehr aufgeregt und wohl auch vom Anstieg angestrengt. Wie dem auch sei, er verlor diese Depesche hier. Wenn man sich die vielen Stempel und Kürzel ansieht, könnte man glauben, sie sei über viele Bürotische gegangen.«

»An Mrs. Fiona Turlington-Cork, Genova, Italy«, las Fiona bestürzt. »Mein Vater muss durcheinander gewesen sein, er hat wohl nur an sein eigenes Reiseziel gedacht, daran, so schnell wie möglich nach Genua zu kommen. Und seine Depesche irrte ziellos herum – Hauptpostamt Genua, Britische Gesandtschaft, Anglikanische Kirche, Postamt

San Remo.« Ihr zitterten die Hände, als sie den Umschlag aufriss und las:

»Liebe Tochter. Haben deine Nachrichten erhalten. Unser tiefes Beileid. Armer Jefferson. Umarmen dich. Brechen Reise sofort ab, trotz starker Regenfälle und einiger Erdrutsche. Versuchen in zwei Monaten bei dir zu sein.
In Liebe, deine Eltern
PS: Wie befürchtet gab es ein Gefecht zwischen vier japanischen und drei chinesischen Kriegsschiffen (25. Juli). Weil diese verdammten Japaner sich im Recht glaubten, haben sie daraufhin tatsächlich noch unsere Handelsschiffe angegriffen, da sie wussten, dass chinesische Truppen an Bord waren. Stell dir das vor, sie haben unsere Schiffe versenkt, unsere Leute geopfert, nur weil beide Länder darum streiten, wer Korea beherrschen darf. 1000 Soldaten und 200 Matrosen sind tot. Angesichts dieser Tragödie sollten wir dringend dafür sorgen, das zurückgebliebene, altmodische China aufzubauen, um die Aggressivität Japans zu bremsen. Es ist wirklich eine gefährliche Macht. Jetzt sind es nur noch wenige Tage, bis offiziell der Krieg erklärt wird! Keine Angst, wir schaffen es zu dir!
Dein Vater
Wuyi, 28. Juli 1894«

Der Depesche beigefügt war ein Brief mit der Handschrift ihrer Mutter.

»Liebe Fiona,
mir tut es leid, dass du so früh deinen Mann verloren hast. Ich war, wie du weißt, von vornherein gegen deine Heirat. Hättest du auf meinen mütterlichen Instinkt gehört, wäre dir dieses Leid erspart geblieben. Du siehst, ich bin keinesfalls milde geworden. Ich denke, ich habe auch keinen Grund dazu. Ich bin nicht böse, wie du meinst, aber ich wollte dich immer davor bewahren, Wege zu beschreiten, die mir fremd sind und von denen ich nicht genau weiß, wohin sie führen. Ich brauche Klarheit über das, was du tust. Und die sehe ich nur auf den Wegen, die ich – wie alle Frauen unserer Gesellschaft – gegangen bin. Nun hat deine ertrotzte Heirat zu dem Schlimmsten geführt, was es für Liebende gibt – den Tod. Was, mein liebes Kind, wird dir dann eines Tages dein Talent einbringen? Öffentlichen Spott, wie ich fürchte? Den Ruf, schmutzige Hände und eine noch schmutzigere Seele zu haben?
Nein, Fiona, ich muss erkennen, im Recht zu stehen. Der Heiler hier ist ein Scharlatan, der Menschen, die sich sorgen, einredet, sie hätten Schwächen, die für alles andere verantwortlich sind. Es beruhigt mich sehr zu sehen, dass ich, geht es um dich, immer richtig empfunden habe.
Mein Herz ist kein Haus ohne Fenster, sondern ein fester Turm. Ich schaue nicht durch seine Seiten, sondern von hoch oben auf die Welt. So sehe ich Stürme heranziehen, erkenne Sackgassen, Sümpfe und Pfade, die auf unfruchtbaren Boden führen. Dein Vater ist wie immer viel zu großher-

zig und gelassen, um mich in dieser unserer Angelegenheit allzu sehr zu kritisieren. Es ist ja schließlich auch Frauensache, nicht wahr?
Ich hoffe nur, dass du nicht schwanger bist!
Komm zu uns nach Jersey, Fiona. Unser Makler hat uns Bilder von drei attraktiven Landhäusern auf Jersey zugeschickt, zwei davon direkt am Meer. Ich wünsche mir, dass du abreisebereit bist, wenn wir bei dir in Ligurien eintreffen. Lass uns zusammen heimfahren und gemeinsam das Haus aussuchen, in dem du deinen alternden Eltern Gesellschaft leisten kannst. Solange wir leben, können wir dir Geborgenheit und Schutz geben. Bete um unsere glückliche Heimreise. Deine Mutter«

Erschüttert gab Fiona die Nachricht an Giovanni weiter. »Sie versteht mich nicht«, murmelte sie und trat vors Haus.
»Sie ist einfach anders als Sie«, meinte Giovanni verlegen. »Ein Trieb wächst auch zu einer anderen Form aus als der alte Baum, von dessen Wurzeln er abstammt.«
»Das weiß ich schon längst. Sie ist nur sie selbst, wenn sie herrschen kann. Ich dagegen möchte nur selbst bestimmen können, was ich tue. Giovanni, verstehen Sie mich? Ich möchte endlich unbelastet sein. Doch nun muss ich um das Leben meiner Eltern fürchten. Krieg, Erdrutsche … Ist es die Ironie meines Schicksals, mir meine Angehörigen zu nehmen, damit ich allein auf dieser Welt bleibe, um tun zu können, was ich will?« Fiona erschrak über ihre eigene Ironie. Sie blieb vor der Bank stehen und drehte sich zu Giovanni um. Dieser legte seine schwere Hand auf ihre Schulter.

»Nein, nein, Signora. Allein werden Sie gewiss nicht bleiben … Sie sind noch sehr jung.« Er räusperte sich. »Und dieses China ist groß. Glauben Sie mir, wie das Meer kann auch das Land Menschen verschlingen, aber auch wieder ausspucken. Oder Höhlen bieten, in denen man sich verstecken kann, bis das Schlimmste vorüber ist. So wie bei uns.«

Vor ihrem inneren Auge sah sich Fiona wieder in der Höhle stehen, die ihnen Saverio am Abend des Sommerfestes gezeigt hatte. Das Auge Gottes hatte auf ihr geruht … Hatte es ihr bis jetzt nicht mehr Unglück als Glück gebracht? Oder war sie blind und sah das Wesentliche nicht?

Eine Weile beobachtete sie die zartrosa Nebelschleier, die wie Zuckerwatte zerschmolzen und nach und nach das Blau des Meeres freigaben. Giovanni räusperte sich. »Sorgen Sie sich nicht zu sehr, Signora. Ich werde für Sie beten, wenn Sie erlauben.«

Sie klopfte sachte auf seine Hand. »Tun Sie das, Giovanni. Es kann nicht schaden.« Und nach einer Pause: »Wissen Sie, dass Ihr Land die schwerste Prüfung meines Lebens geworden ist? Ich kam nur der Liebe wegen hierher.«

»Die Liebe, ja, es gibt viele seltsame Geschichten der Liebe wegen.« Er senkte sein Kinn auf die Brust und atmete tief ein. »Manchmal geht es uns Menschen wie den Bäumen. Denken Sie nur, dass ein Olivenbaum sterben kann, zum Beispiel durch Feuer oder Frost. Doch auch wenn der Stamm tot ist, der Baum in Asche liegt, so wachsen doch immer wieder neue Triebe hervor. Die Wurzel des Olivenbaums ist unverwüstlich. Und der Tod, Signora, ist nicht das Ende.«

»Oho! Oho!«, erklang die Stimme eines Mannes, der nun

um die Hausecke trat. Es war ein älterer Mann mit hohem Filzhut und zerschlissenen Kleidern. Auf seinem Rücken trug er einen hohen Weidenkorb. Er kam näher und grüßte freundlich.

»Buon giorno, Signora, Giovanni, alter Freund. Ich wollte zu meiner alten Freundin Messalina, doch man sagte mir, sie sei gestorben.« Er setzte seinen Korb ab und schlug Giovanni freundlich auf die Schulter. »Was höre ich da? Du bist unter die Gelehrten gegangen? Signora, um Giovannis Weisheit zu bereichern, glauben Sie einem Mann wie mir, der viel in der Welt unterwegs ist und Gutes von Schlechtem zu unterscheiden weiß. Niemand – sagte mir einmal ein gewitzter Jude – kann klüger als das eigene Schicksal sein.« Er verbeugte sich und fuhr fort: »Verzeihen Sie, Signora, mein Name ist Francesco Bardione, fliegender Händler, ja, das bin ich. Knöpfe, Bürsten, Spiegel, französische Seife, feinste Messer, Nadeln, Schnallen, Pflaster, Kruzifixe, Tamarinde, Rizinusöl, Papier und Tinte. Als Besonderheit habe ich heute sogar echten Kakao und Kirschlorbeerwasser gegen Herzschwäche dabei.«

Fiona wehrte mit den Händen ab. »Außer meinen Händen brauche ich nur Signor Carlis guten Rat.«

»Oho! Signora, ich kenne meinen alten Freund Giovanni. Schon Messalina schwärmte von seiner Liebenswürdigkeit, die sie anzog, als wäre er süß wie Rosenhonig.«

»Er ist Händler«, seufzte Giovanni gequält auf, »Signora, glauben Sie ihm kein einziges Wort. Er verdient nicht gering an seiner süßen Rede.«

»Süße Rede, gute Rede, edler Geist!« Francesco Bardione lachte. »Du bringst mich auf den ersten guten Gedanken heute Morgen.« Er zog das Tuch von seinem Weidenkorb, unter dem zwei Bücher zum Vorschein kamen. »Hier,

Signora, ich schenke Ihnen das Beste, das die Besten von uns, unsere großen Dichter nämlich, geschaffen haben. *Die Verlobten* unseres geliebten Alessandro Manzoni und *Die Göttliche Komödie* unseres hochverehrten Dante Alighieri!«
Fiona schlug den letztgenannten Titel auf und las:

»Als unseres Lebens Mitte ich erklommen,
Befand ich mich in einem dunklen Wald,
Da ich vom rechten Wege abgekommen.

Wie schwer ist's, zu beschreiben die Gestalt
Der dichten, wilden, dornigen Waldeshallen,
Die, denk ich dran, erneuen der Furcht Gewalt!«

»So etwas lesen die Menschen hier in den Bergen?«, fragte sie verwundert.
Bardione lachte. »Wir Händler haben diese beiden Bücher immer bei uns. Die Mehrheit unseres Volkes kann zwar weder lesen noch schreiben, aber die, die einen wachen Geist haben und ein patriotisches Herz, lauschen der Stimme jener, die die Schrift vortragen können. Wenn auch der Sinn nicht immer verstanden wird, so fesselt doch die Spannung. Vor allem aber der Klang unserer Sprache. Bücher wurden schon zu Garibaldis Zeiten ein wichtiges Mittel der Aufklärung und Verbündete im Kampf gegen die Fremdherrschaft in unserem Land. Gegen Franzosen und Österreicher und all jene, die unsere patriotische Seele auszudörren suchen.«
»Recht hast du«, pflichtete ihm Giovanni bei, warf ihm aber einen mahnenden Blick zu.
»Du hast Recht, mein Freund, ich rede zu viel. Als Händler

ist man immer auch ein wenig Wanderprediger, Signora.« Er verstummte einen Moment und rieb sich den Rücken. »Mir steckt noch die letzte Nacht in den Gliedern. Ich schlief friedlich in einer Felsengrotte, als mich mitten in der Nacht ein paar üble Gesellen hinausprügelten.«

Von der Straße unterhalb des Gartens hörte man Frauen erst leise, dann immer lauter plaudern. »Unsere Erntehelfer kommen«, flüsterte Giovanni hinter vorgehaltener Hand.

»Ich ziehe mich gleich um, damit ich mithelfen kann«, sagte Fiona. »Aber erst möchte ich noch wissen, wer Sie in der Nacht aus Ihrer Höhle vertrieben hat, Signor Bardione.«

»Danke, Signora, dass Sie sich für mein armseliges Schicksal interessieren. Nun, ich glaube, es waren Schmuggler. Vor ein paar Tagen sollen nämlich Piraten ein Schiff gekapert haben, das Salpeter und Guajakholz aus Südamerika geladen hatte.«

»Was ist Guajakholz?«, wollte Fiona wissen, während die ersten Erntehelferinnen durchs Gartentor schritten.

»Es hilft gegen Syphilis, die Franzosenkrankheit. Daher nennt man es auch Franzosenholz. Da es aber sehr hart und schwer ist, schwören viele auf seine Wirkung als Liebesmittel … Die Franzosen sollen ganz verrückt danach sein. Es lässt sich also gutes Geld damit verdienen, wenn man es über die alten Schmugglerwege über die Grenze bringt. Ich kenne übrigens ein sehr wirksames Rezept, um die Liebe zu fördern. Soll ich es Ihnen verraten?« Ohne Fionas Antwort abzuwarten, nahm er einen Stift und schrieb ihr auf. »Also, Signora: Sie nehmen je einen Teil Guajakharz, Weihrauch, Rosenblüten, Sandelholzpulver und einen halben Teil Zimt. Zerkleinern Sie den Weih-

rauch, zerreiben Sie vorsichtig die Blüten. Dann geben Sie den Zimt und die Pulver von Sandelholz und Guajakharz dazu, mischen alles fein und verräuchern es in kleinen Prisen. Der Rauch öffnet die Herzen, weckt das Verlangen von Mann und Frau.«
Er drückte ihr den Zettel in die Hand und sang mit lauter Stimme:

»Honig, Bücher, Wein und Mohn
Führ ich mit mir, euch zum Lohn.
Schnur und Nadel, Seife, Spiegel
Sind euch lieber als Schminketiegel;
Nägel, Knöpf, Remedia gar
Samt Kruzifix und Madonnenschar.
Sagt mir nur, Leut, was ihr begehrt,
Ich bring euch alles, echt und unversehrt!«

Die Erntehelferinnen klatschten, selbst Fiona applaudierte ihm. Francesco Bardione verbeugte sich nach allen Seiten. »Danke, liebe Leut! Danke euch allen! Gleich nehme ich meinen Hut und – nein, noch gehe ich nicht. Werft eure Münzen hinein für euer Begehr. Was darf es sein, gute Frauen?«
»So ist er, der Francesco, unser Süßholzraspler!«, riefen diese amüsiert, während er vor jeder eine kleine Extraverbeugung machte und seinen Weidenkorb vorzeigte. Manch eine flüsterte ihm etwas zu, und er griff hinein, holte Schächtelchen und Beutelchen hervor. Die meisten aber lachten und schwatzten durcheinander. Eine ältere Frau rief: »Giovanni, wo ist dein Sohn? Hol ihn, vielleicht kann Francesco ihm so ein süßes Püppchen aus seinem Korb herbeizaubern.«

»Oder ein Mittelchen, das ihm hilft, ein solches Püppchen zu finden!«
Während die Frauen weiter ihre Späße mit Francesco trieben, drehte sich Fiona zu Giovanni Carli um und flüsterte: »Ich werde mich jetzt umziehen. Wo finde ich Enzo?«
»In der Mühle«, antwortete er.
»Signora! Signora, hören Sie! Es ist ein Elend mit uns allen!«, rief plötzlich eine wütende Frauenstimme. »Wahrlich ein Elend. Im Sommer und Herbst tragen wir Holz, Kartoffeln und Gemüse hinab ans Meer, jetzt ernten wir Oliven. Doch was bringt uns all das? Nur wenig. Wenig, Signora. Was könnten wir doch alles kaufen, um unsere Kinder glücklich und gesund zu machen, wenn wir ein wenig mehr Geld verdienen würden. Mein Kind zum Beispiel, die kleine Sandra, ist nach dem letzten Fieber noch so schwach. Sie braucht Kakao zur Stärkung. Dort drüben aber verbrennen sie Früchte tragende Bäume! Bäume, die uns ein gutes Zubrot bringen könnten. Und ich arme Mutter kann meinem Kind nicht helfen. Was sie dort tun, wird Unglück über uns alle bringen!« Zustimmendes Gemurmel erscholl.
Recht hat sie, dachte Fiona bei sich, es ist Sünde, was Perlucci tut. Doch zugleich gab ihr diese Frau Mut, zu ihrer eigenen Wut zu stehen und zu handeln. Sie beschloss, einer jeden von ihnen etwas Geld zu geben, und steckte auch Francesco Bardione einen Schein für die beiden Bücher zu. Dann rief sie laut: »Heute beginnen wir mit unserer Ernte. Und ich bin sicher, wir werden das beste Öl aus Messalinas Oliven pressen, was möglich ist. Vertraut mir! Ich werde persönlich dafür sorgen, dass dieser hochnäsige Signor Perlucci tut, was wir ihm sagen!« Alle

applaudierten. »Wartet! Ihr sollt noch etwas Wichtiges wissen.« Sie ging ins Haus, kam mit dem Antwortschreiben der genuesischen Regierung zurück und las es laut vor.

»Respekt, Signora! Bravo, Signora!«, erklangen die begeisterten Stimmen.

»Was wollen Sie als Nächstes unternehmen?«, fragten Giovanni und Francesco wie aus einem Munde.

»Gegenfrage: Womit beginnen wir?«

»Zuerst müssen die Netze unter die Bäume ausgelegt werden, Signora«, antwortete Giovanni.

»Gut, tun wir das. Dann werden die Oliven gepflückt, nicht wahr?«

»Ja, die grünen Oliven pflücken wir jetzt, zwischen Mitte September und Mitte Oktober. Die reifen dunkelvioletten und schwarzen später. Wir sagen, an St. Katharina ist die Olive voller Öl. Das ist am 25. November. Doch kurz vor Weihnachten ist die Ernte vorbei, und wir können das neue Öl abfüllen.«

»Sehr gut. Dann zeigt mir, wie das Pflücken geht. Dabei wird mir schon noch etwas Kluges einfallen.«

Zunächst half Fiona beim Auslegen der Netze. Dann schaute sie eine ganze Weile zu, wie die Männer mit langen Stangen aus Kastanienholz geschickt auf die Äste einschlugen, ohne dass die jungen Triebe, die im folgenden Jahr Früchte tragen sollten, beschädigt wurden. Sie begannen stets im Zentrum der Baumkronen und arbeiteten sich nach außen vor. Die Früchte fielen in die Netze, wo die Frauen sie aufsammelten, von Blättern und Zweigresten befreiten, faulige Oliven aussortierten und alle gesunden in Körbe warfen. Andere Männer wiederum kletterten auf langen Leitern in die Bäume, wo sie Olive für Olive pflückten und in Weidenkörbchen legten, die mit einem Strick um ihre Hüften gebunden waren.

Die Arbeit ging rascher vor sich, als Fiona es sich vorgestellt hatte. Sechs Arbeiter schafften es, einen einzigen Baum in wenigen Minuten leer zu schlagen. Und jene, die geübte Hände hatten, schafften es in gut zwanzig Minuten. Sie fasste nach einem tiefer hängenden Ast und begann die Oliven per Hand zu pflücken, doch es war schwieriger, als sie gedacht hatte. Die Äste waren widerspenstig und voll ledriger, derber Blätter. Zudem saßen die grünen Früchte gut versteckt und fester am Holz. Nach gut zwei Stunden hielt sie es nicht mehr aus. Ihre Haut, aufgerieben an Blattwerk und Zweigen, brannte und schmerzte.

»Ich sollte es sein lassen«, stöhnte sie schließlich. »Ich kann es nicht.«

»Reiben Sie Ihre Hände mit Olivenöl ein, das hilft. Es nimmt den Schmerz, und die Striemen verheilen schnell«, riet ihr eine Frau.

»Signora! Signora!«, rief daraufhin eine ältere Frau. Um ihre breiten Hüften hatte sie zwei verschieden lange Schürzen gebunden, und aus ihren Augen lachte der Schalk. »Ich rate Ihnen etwas. Nehmen Sie das hier.« Auf ihrer rechten Handfläche lagen drei Hörner. »Signora, das sind hohle Hörner, die man jungen Ziegen abgenommen hat. Sehen Sie, hier hat man gut zehn Zentimeter abgesägt. Stülpen Sie sie über drei Finger, so wie ich.« Sie machte es ihr vor und griff nach einem Zweig. »Und jetzt rebeln Sie die Früchte einfach ab, so als ob Sie eine Kuh melken würden.«

Die Früchte fielen zu Boden.

»Sehen Sie? Es tut weder der Borke des Baums noch Ihrer

Haut weh. Die Tunesier machen es so. Beim ersten Mal, so wie jetzt bei Ihnen, tut es ja immer weh.« Sie schmunzelte. Einige der jüngeren Frauen kicherten.
»Sie ist die Einzige, die darauf schwört«, sagte eine andere Frau laut. »Weil unsere Lucia ihrem ersten Mann noch heute treu sein will.« Alle Frauen lachten.
Lucia aber verzog ihr Gesicht zu einem noch breiteren Grinsen. »Ihr lacht über mich, aber glaubt mir, er war der Beste, den ich je hatte. Drei Ziegenhörner hat er mir hinterlassen und drei prächtige Söhne. Wie sollt ich da schlecht von ihm sprechen?«
»Recht hast du, Lucia! Pflück nur weiter mit deinen Ziegenhörnchen«, mischte sich Giovanni fröhlich ein. »Sollst auch bald mit unserer Signora das erste Gläschen unseres Jungfernöls trinken.«
»Oho! Hört ihr? Unser Giovanni hat noch Absichten mit mir!« Sie lachte. »Verjüngen will er mich. Was für eine Ehre! Du sollst noch deine Freude an mir haben.«
Die Männer pfiffen. Giovanni aber wuchtete mit Schwung einen großen Weidenkorb auf eine Eselskarre, straffte sich und schob die hochgekrempelten Ärmel seines Hemds noch ein Stückchen höher. »Mein Weib im Himmel wird mir zustimmen, denn es ist wahr: Unser Öl ist ein Geschenk Gottes. Es hält uns jung und gesund – und die reifsten Früchte geben das süßeste Öl, nicht wahr?«
Er fasste Lucia um die Taille und drehte sie im Kreise, sodass sie vor Vergnügen aufjuchzte. Männer und Frauen klatschten und lachten.
»Als du jung warst, warst du bitterer als jetzt«, kreischte diese.
Giovanni setzte sie abrupt ab. »Lassen wir das Vergangene ruhen.« Er wandte sich Fiona zu. »Wollen Sie mit mir

zur Mühle kommen? Sie könnten Enzo helfen, die Oliven zu pressen.«
Lucia hob die Augenbrauen. »Oh, Signora, wollen wir nicht tauschen? Sie versuchen es noch einmal mit meinen Ziegenhörnern und ich mit Giovannis Enzo?«
»Da ich weder Kühe noch Ziegen noch Olivenbäume melken kann, werde ich wohl besser zu Enzo gehen«, sagte Fiona spontan.
Bevor noch jemand über den anzüglichen Doppelsinn ihrer Antwort lachen konnte, rief Giovanni laut: »Lucia, meine Liebe, komm du nur bald zur Mühle, um den Ofen einzuheizen und zu kochen. Doch nicht vor Sonnenuntergang, hörst du?«
»Ich werde dir extra süßen Mandelkuchen backen, Giovanni, mein Guter, damit wir ihn zusammen bei Vollmond essen können«, entgegnete sie, wandte sich dann aber wieder dem Baum zu. Über ihre Schulter hinweg zwinkerte sie Fiona zu, doch diese eilte so schnell sie konnte davon.

In der Mühle wurden die Oliven gewaschen, auf den kreisrunden Steinsockel gehäuft und vom wassergetriebenen Mahlwerk zwischen zwei granitenen Rädern zermalmt. Die Mühlsteine machten einen gewaltigen Lärm, doch es duftete aromatisch, und Fiona dachte immer häufiger an alle Arten von Speisen, die sie bald mit dem *primuruggiu,* dem Öl erster Pressung, würde genießen können. Enzo, froh über ihre Anwesenheit, zeigte ihr, wie man den Olivenbrei gut drei Zentimeter dick auf die *fiscoli,* die Hanfmatten, strich, welche in einer Nebenkammer unter der Presse gestapelt wurden, die zwei Männer bedienten. Ein massiver Holzstempel unter einem hölzernen Gewinde

übte den nötigen Druck aus und sorgte dafür, dass beim Pressvorgang Öl und Fruchtwasser austraten.
Schwarz wie Melasse liefen das frisch gepresste Öl und das Fruchtwasser durch offene Abflussrinnen und sammelten sich langsam in der großen Dekantierkammer. Enzo erzählte, das Gemisch werde wie zur Zeit der Römer von dort nacheinander in mehrere steinerne Becken geleitet und dabei geklärt. Im ersten Becken setze sich ein Großteil des Fruchtwassers und der Verunreinigungen ab, das obenauf schwimmende Öl aber fließe in ein neues Becken, wo es sich langsam weiter vom Fruchtwasser trenne. Da das Öl von geringerem Gewicht sei, wandere es schließlich vollständig an die Oberfläche, bis es rein, trübe und golden in große Tonkrüge abgefüllt werden könne. Der ganze Vorgang dauere mehrere Tage. Aus ungefähr neun Kilo Oliven pro Baum könne man auf diese Weise durchschnittlich zwei bis drei Liter Öl gewinnen.
»Dann werden wir es kosten«, meinte Enzo, »das *primuruggiu,* das Jungfernöl, das heiligste Öl aller Öle.«
»Und was ist, wenn es nicht schmeckt?«, fragte Fiona belustigt, während sie den Olivenbrei aus dem Steinsockel auf eine Hanfmatte strich.
Enzo zuckte kurz zusammen, dann aber lachte er. »Der Olivenbaum braucht die Hand des Menschen, und Öl muss mit Liebe gemacht werden, sagt mein Vater immer. Wenn das Öl aber erdig schmeckt, dann, Signora, dann waren Würmer in der Frucht.«

Alle frisch geernteten Oliven kamen noch am selben Tag unter die Presse, denn die Gefahr, dass sie zu gären begannen, war groß, und Giovanni legte Wert auf feinstes Öl. Die Tage wurden kälter, und der Ofen in der Ölmühle heizte mit dem Aufgang der Sonne. Seine Wärme erleichterte nicht nur die Ölpressung, sondern sorgte für eine heimelige Atmosphäre in der alten Ölmühle.

Am Abend der ersten Verkostung versammelten sich alle um den Ofen – Männer, die Landwein und Würste mitbrachten, Frauen mit frischem Fladenbrot, Maronenkuchen, gekochten Rüben, Schafskäse, eingelegten Pilzen, Polenta aus Kichererbsenmehl und *cappon magro* – ein Gericht aus gekochtem Gemüse, Thunfisch, Sardellen, hart gekochten Eiern und Mayonnaise.

Es wurde still, als Giovanni zum letzten Steinbecken schritt und mit einer Kelle das erste Öl abschöpfte. Niemand sprach mehr, als er mehrere flache Tellerchen füllte, sie auf den Rand der Ölpresse stellte und seinen Löffel zur Nase führte. Er schnupperte, schleckte, sog laut die Luft ein, kaute, schmatzte, schluckte endlich – und strahlte übers ganze Gesicht. »Es ist gelungen! Greift zu, Leute! Greift zu!«

Er brach ein Fladenbrot und träufelte Öl auf eines der Stücke. Im Schein der Öllämpchen, die in den Nischen der alten Steinwände leuchteten, glänzte es auf, als wäre es das wahre Licht. Fiona war so fasziniert von seinem goldenen Glanz, der Atmosphäre und den köstlichen Gerüchen um sie herum, dass sie unfähig war, nach dem Stückchen Brot zu greifen, das Giovanni ihr entgegenhielt.

»Signora! Probieren Sie!«

Sie öffnete den Mund, um etwas zu sagen, doch da lachte er und schob es ihr zwischen die Lippen.

»Und?«, fragte er kauend. »Ist es nicht gut?«

Zuerst schmeckte sie ein leicht bitteres Aroma, so wie es für frisch gepresste grüne Oliven üblich ist. In ihrem

Rachen spürte sie ein Kratzen, und sie hustete. Giovanni nickte.
»So ist es gut, Signora. Wir nennen es *pizzica,* wenn das frische Öl uns beißt. Es liegt an seiner Schärfe. Doch das ändert sich.«
Fiona glaubte ihm. Sie kaute weiter, bis sich der feine, süße, leicht buttrige Geschmack der Taggiasca-Olive entfaltet hatte. Sie schluckte und bestätigte: »Es schmeckt köstlich.«
»Es ist gut für den Magen und fürs Herz«, meinte Giovanni. *»Primuruggiu* ... unser bestes Öl.«
»Primuruggiu – was heißt das?«
»Eigentlich heißt es ›erster Bach‹, Signora. Es ist so jungfräulich und gut, dass wir es nur für uns und unsere besten Freunde bewahren.«
»Hier, Signora, es ist auch das beste Mittel gegen Falten«, sagte eine der Frauen und strich Fiona etwas Öl über ihre Stirn.
»Ich glaube es Ihnen, aber jetzt brauche ich es für meinen Appetit.« Sie stand auf, um ihr Brot in eines der Tellerchen zu tunken. Tröpfchen fielen zurück, Tröpfchen flüssigen Goldes. Aus dem Augenwinkel sah sie, wie Enzo sie beobachtete, während er mit Kräutern mariniertes Fleisch von einem Spieß abbiss. Der Schatten seiner breiten Schultern an der hellen Wand hinter ihm zitterte leicht, als sich die Tür der Mühle öffnete und einer der Bauern mit einem Arm voll Holz hereintrat. Er kniete sich vor dem Ofen nieder und legte nach. Jemand anders warf Kiefernzapfen und Olivenreisig hinterher. Es knisterte und knackte, und herrlich würzige Düfte beweihräucherten die alte Mühle.
Becher um Becher mit tiefrotem Wein leerte sich. Die

Gesichter, gezeichnet von Armut und Entbehrung, belebten sich, leuchteten wie von innerem Glück erfüllt.
Fiona fühlte sich das erste Mal in ihrem Leben geborgen und beschützt wie in Abrahams Schoß. Sie aß und trank, hüllte sich in den Klang plaudernder und singender Menschen ein. Mit der Zeit hörte sie nicht mehr zu, sondern lauschte in sich hinein. Ihr wurde leicht und unbeschwert zumute. Irgendwann fielen ihr die Augen zu. Sie sah sich mit Jefferson von den Hügeln von Genua aufs Meer schauen, sie spürte noch einmal die eigenwillige Nähe zu Saverio, als sie ihn malte, und es verlangte sie, Perlucci zu fragen, warum er sie, die seine Herausforderung angenommen hatte, verdächtigte, ein Tuch gestohlen zu haben, von dem er sagte, es sei seinem Leben eng verbunden. Seinem! Was hatte sie damit zu tun?
Warum? Noch einmal hörte sie Messalinas sterbende Stimme.
Wo, Messalina, fragte sie in Gedanken, wo sind die Wurzeln dieses Tuches? Wo?
Was war Zufall, was Schicksal?
Wo gehöre ich hin? Wo … gehöre … ich hin?
In ihrem Kopf summte es. Jemand ergriff ihre Hand, in der sie ihren Becher hielt. Sie erschrak und öffnete die Augen. Es war Enzo, der sich mit einer Flasche Wein neben sie gesetzt hatte, ohne dass sie aufgewacht war. Sie schaute ihn für einen Moment so verträumt an, dass er glauben musste, sie habe an ihn gedacht.
»Sie sehen glücklich aus, Signora«, meinte er mit gedämpfter Stimme.
»Ich bin es wohl auch. Vielleicht«, entgegnete sie leise und tippte gegen den Flaschenhals, sodass Enzo, überrascht über ihre Geste, bereitwillig nachschenkte.

»Schmeckt Ihnen unser Öl?«, fragte er vorsichtig.
»Es ist, als ob man sich innerlich salben würde, es ist sehr wohltuend.«
»Wir könnten noch viel interessanteres Öl pressen …« Er schaute einer jungen Frau zu, die gerade ein paar Tropfen zwischen ihre Handflächen nahm und sie sich übers Gesicht rieb. Sie lächelte und strich etwas Öl ihren Hals entlang. Dabei fing sie Enzos Blick auf und strahlte ihn an. Er lächelte zurück. Fiona empfand, sie wusste nicht, warum, eine Spur von Eifersucht.
»Interessanteres Öl?«, hakte sie nach.
»Oh, nun, also, wir haben, wie Sie wissen, noch ein Stück Hain, das seit Großvaters Zeiten vernachlässigt wird. Dort stehen, so sagt man jedenfalls, Bäume, die mit denen aus dem Garten Gethsemane verwandt sein sollen. Als Kind durfte mein Vater dort nie spielen. Und später hat er sich nicht mehr darum gekümmert. Er hatte ja genug zu tun.«
Im Ofen krachte ein Holzscheit, über dem Rost sprühten Funken auf.
Enzo fuhr fort: »Man sagt zwar, dass junge Bäume die besseren Oliven bringen, doch die alten sind erfahrener und tragen von Jahr zu Jahr mehr. Ich hätte gern gewusst, wie das Öl so alter Bäume schmeckt.«
Fiona sah ihm in die Augen und trank aus ihrem Glas. Aus ihrem Augenwinkel merkte sie, wie die junge Frau von gegenüber aufmerksam zu ihnen herüberschaute.
»Enzo?«
»Ja, Signora?«
»Würden Sie mit mir in den alten Hain gehen? Ich wüsste gern, wie Bäume aussehen, die so uralt sind.«
Er holte tief Luft, schaute zu der jungen Frau hinüber und nickte dann. »Gerne, Signora. Am Sonntag, ja? Wenn die

Ernte ruht.« Dann erhob er sich und nahm sich ein paar der eingelegten Knoblauchzehen und schwarzen Oliven. Fiona verspürte Lust, die junge Frau, die sehr verliebt in ihn zu sein schien, zu reizen.

»Enzo?«

»Signora?«

»Haben Sie's schon einmal mit diesem wunderbaren Öl versucht?« Sie strich sich über die Stelle zwischen Ohr und Hals, an der seine Narbe saß. Er errötete so sympathisch, dass die junge Frau Fiona einen wütenden Blick zuwarf und aufsprang. »Darin bin ich besser geübt als Sie!«, sagte sie um Beherrschung bemüht und tauchte ihren Finger in eines der Ölschälchen.

»Aber sicher bist du das, Maria«, murmelte Enzo um Harmonie bemüht und ließ sich unter beifälligen Scherzen der anderen von ihr seine Narbe pflegen.

In dieser Nacht schlief Fiona so gut wie schon lange nicht mehr.

In den Kronen der uralten Riesen saßen silbrige Mistelnester. Dunkelgrüne Efeuranken schlangen sich aus dem oberen Gespinst der Blätter bis hinunter zu den Stämmen. Auf den ersten Blick glich der Hain einer Ansammlung ächzender Olivenbäume inmitten eines Dickichts wild wuchernden Grüns. Kein Weg führte in den Hain. Die Mehrzahl der Bäume, vom Alter bucklig und gebeugt, verschwand gänzlich unter dem Wildwuchs der Schmarotzerpflanzen. Andere aber schickten ihre Äste so weit himmelwärts, dass Fiona stehen blieb, ihren Kopf in den Nacken legte und einen Moment lang respektvoll den Atem anhielt.

»Sie lechzen nach Luft«, meinte Enzo und zog sein Wetz-

messer hervor. »Sie sind ohnmächtig und wissen, dass sie ihre Früchte umsonst tragen.«
Ein letztes Mal stählte er seine Sichel. Schritt für Schritt schlug er nun mal links, mal rechts auf Waldreben, Oleaster, Efeuranken, Brombeerhecken und Triebe ein. Hier und da blitzte helles Wollgras auf. Stämme kamen zum Vorschein, von tiefen Schrunden, Höckern, Spalten gezeichnet, mit Rinden, die geradezu danach schrien, berührt zu werden. Eine der Rinden war von samtigem Schwarz überzogen. »Das ist das Werk des Fumagine-Pilzes«, erklärte Enzo. »Er bringt den Olivenbäumen den Tod, weil er langsam ihre Borke auflöst.«
»Sie sterben also wirklich?«
»Nein, an der Stelle des toten Stamms kann ein neuer heranwachsen, weil aus den Wurzeln Ableger ausgreifen und ihrerseits Wurzeln schlagen.«
»Sie erneuern sich also ständig selbst.«
»Ja, Signora, gegen alle Widerstände, sei es Dürre, Hagel, Frost, seien es Fruchtfliegen, schwarze Schildläuse, Bohrwürmer oder Motten.«
»Einige dieser Oliven sehen anders aus als die, die wir ernten. Kleiner, schrumpliger.«
»Ich habe Vater heute Morgen nach diesen Bäumen befragt. Er meinte, es könnten hier wirklich Ableger der Malissi-Bäume stehen, das sind jene, die ursprünglich im Heiligen Land wachsen.« Enzo zupfte eine Olive ab und biss hinein. »Ich glaube, ihr Öl könnte ein wenig schärfer, rustikaler als das unserer Taggiasca-Oliven schmecken.«
»Sie sind ein begabter Olivenbauer, Enzo.«
»Danke, Signora. Ich werde mein Bestes tun.« Er klang ein wenig spöttisch. »Sagen Sie, Signora, warum wollten Sie, dass ich Sie hierher führe? Doch nicht, weil Sie mit

mir allein sein wollen, oder? Gestatten Sie …« Er wischte ihr einen Spinnwebfaden von der Schulter.
»Gestatten Sie …«, echote Fiona belustigt und zupfte ihm einen Käfer aus dem Haar. Er lachte.
»Ich suche in Wahrheit ein Versteck.«
Enzo hob die Augenbrauen.
»Für …?«
»Für ein Tuch.«
»Sie suchen also einen hohlen Baum, ich verstehe.« Er kratzte sich an der Wange, um nicht laut zu lachen.
»Enzo, es ist mir ernst.«
»Aber ja, Signora, ich glaube Ihnen. Dann wollen wir mal weitersuchen.«
Er drehte sich um, ratschte mit der Sichel nach links und rechts, und Fiona merkte am leichten Zucken seiner Schultern, dass er heimlich in sich hineinlachte. Sie ärgerte sich, hatte aber keine Lust, ihm ihre Geschichte zu erzählen. Sie schritten also weiter voran. Immer wieder schlugen ihnen dornige Zweige gegen die Beine und legten sich Spinnweben auf ihre Gesichter. Das dichte Blattwerk um sie herum schirmte das helle Morgenlicht ab. Irgendwo raschelte es. Das Dämmerlicht aber verlieh den Bäumen etwas Magisches, und Fionas Ärger war bald verflogen. Stattdessen hätte sie sich vorstellen können, dass hier zu Holz geworden war, was vor langer Zeit einmal als Mensch gelebt hatte. Es war faszinierend, in den Stämmen nach Gesichtszügen, Gefühlsausdrücken zu suchen und darüber Zeit und Raum zu vergessen.
Von einer der Baumkronen stieg ein Schwarm Tauben auf. Durch eine kleine Lücke zwischen dem grünen Dach sah Fiona, wie die Tauben am Himmel elegante Kreise zogen. Ihr Bauchkleid leuchtete dabei weiß und schön.

Bald kamen Fiona und Enzo auf drei Bäume zu, die ein Dreieck bildeten. Neugierig traten sie unter das riesige Blätterdach ihrer Äste. Enzo riss Efeuschlingen beiseite, und Fiona schrie überrascht auf, als hinter dem Blattvorhang eine kleine Kapelle zum Vorschein kam. Sie war aus schlichtem Schiefergestein, hatte ein spitzes Dach, über das sich im Laufe der Zeit Moos angesetzt hatte. Das Glas der Seitenfenster war blind.

»Eine Madonnenkapelle!«, rief Enzo. »Niemand hat mir von ihr erzählt. Auch Vater nicht.«

»Er wird wohl nichts von ihr gewusst haben.«

»Wahrscheinlich«, erwiderte Enzo und holte tief Luft. Mit einem kräftigen Ruck wollte er die Holztür öffnen, doch sie sperrte sich gegen seinen Versuch, und er probierte es noch einmal. Da sich das Holz verzogen hatte, musste er die Tür leicht anheben, wobei der Rost, der in den Angeln saß, ihm noch zusätzlich Mühe verursachte. Endlich konnte er sie so weit aufziehen, dass der Blick in den Innenraum frei wurde. Die Kapelle war so klein, dass man hätte glauben können, sie sei nur für eine Person gedacht gewesen. Rechter Hand befand sich ein Weihwasserbecken in Muschelform an der Wand, vor ihnen ein Altar mit einem niedrigen Holzschemel davor. Fiona aber stockte der Atem, als ihr Blick auf die Wand hinter dem Altar fiel. In einem Halbkreis, der die Madonna umschloss, war dort das gleiche Muster ineinander verflochtener Olivenblätter gemalt, wie sie es auf Perluccis Tuch des grünen Goldes gesehen hatte – das gleiche komplizierte Muster, das hebräische Buchstaben bildete.

»Hier muss das Tuch sein!«, rief sie erregt. Sie schaute in die Ecken, unter den Altar und klopfte den Boden ab, doch sie fand nichts.

»Signora, was haben Sie nur mit Ihrem Tuch!«, sagte Enzo ungehalten. »Sehen Sie doch nur, wie schön die Madonna aus Olivenholz geschnitzt wurde.«
Fiona starrte auf den Altar, auf die Brüste der schönen Madonna, die Oliven ähnelten, auf das Kind in ihren Armen.
Die Madonna sah sie aus schwarz gemalten Augen an, ruhig, versonnen, und es schien Fiona, als wollte sie ihr sagen: So wie es meinem Kind nie an heiligem Öl und meiner Liebe mangeln wird, so wirst auch du selig werden, wenn du an mich glaubst.
Ihr Gesicht war wirklich sehr schön. Fiona trat ein wenig näher und wischte vorsichtig den Staub fort. Ihre Fingerkuppen spürten die kleinen Kerben im Tuch der Madonna, das sie von Kopf bis zur Hüfte einhüllte. Dann kamen Farben zum Vorschein, grünliche, blaue, rote Töne, darin goldene Tupfen.
Ohne Zweifel war dies das Tuch des grünen Goldes, in Holz geschnitzt.
Nur – war es sein Vorbild oder sein Nachbild?
Fionas Gedanken überschlugen sich.
Das Tuch ist bei seinen Wurzeln. Wenn es nicht an dem Ort war, wo sein Muster seinen Ursprung hatte, dann konnte es nur dort sein, wo es entstanden war.
»Enzo, ich muss sofort mit Ihrem Vater sprechen!«
»Natürlich, das möchte ich auch. Wissen Sie, Signora, erst bei meinen Kameraden im Marmorbruch habe ich erfahren, wie gut es tut, über Dinge zu sprechen, die die Seele beschweren. Hier bei uns in den Bergen wird seit jeher zu viel geschwiegen.«

Giovanni zu finden war nicht einfach. Erst nachdem sie dem Duft von Tabak und Männerlachen gefolgt waren, fanden sie ihn im Kreise mehrerer Erntehelfer inmitten der Bäume in der Nähe der Steinmauer sitzen. Zwischen sich hatten sie auf einem weißen Leinentuch Schinken, Brot, eine Flasche Öl, Tonschalen mit Eiern, Sardinen, Knoblauch, Oliven und Käse stehen. Eine Rotweinflasche lehnte leer an einem Stamm, eine weitere ging gerade von Hand zu Hand. Giovanni lag im Gras, ein Gläschen Wein auf dem Bauch, und schaute in den Himmel.

»Giovanni, ich muss Sie sprechen.«

»Nicht jetzt, Signora. Heute ist Sonntag.«

Er blinzelte und machte ein bekümmertes Gesicht.

»Es duldet keinen Aufschub«, beharrte Fiona.

»Vater, du schuldest auch mir eine Erklärung dafür, warum im alten Hain eine Kapelle steht.«

Der Blick der Erntehelfer richtete sich auf Giovanni.

»Wieso hast du eine Kapelle auf deinem Grund und Boden und weißt nichts über sie?«, fragten mehrere Männer gleichzeitig. »Hören die Geschichten denn nie auf? Dein Vater, Giovanni, das war dein Vater …«

Giovanni Carli setzte sein Glas ab. »Ich weiß nicht viel. Aber vielleicht ist es besser, das Vergangene ruhen zu lassen.«

»Das Ganze ist lange her, Giovanni. Dein Vater ist tot, sie wahrscheinlich auch. Damals haben es viele gewusst, heute interessiert es doch niemanden mehr. Du kannst also ruhig reden«, begann ein Mann mit weißen Bartstoppeln im schmalen Gesicht.

»Wer ist sie?«, fragte Fiona. Giovanni erhob sich seufzend. Er schaute in die Runde, dann blieb sein Blick an Fiona und Enzo hängen.

»Ja, es stimmt. Es ist alles sehr lange her. Mein Vater, nach dem ich benannt bin, liebte sein ganzes Leben lang eine Frau, die nicht die seine war.«
Einen Moment herrschte Stille.
Der Mann mit den weißen Bartstoppeln schaute zu Fiona auf und sagte langsam: »Wissen Sie, man hat sich lange davon erzählt, von dieser heimlichen Liebe, die ein ganzes Leben anhielt. Selbst die fliegenden Händler trugen sie wie eine Legende durchs Land. Die Frauen litten mit ihr. Es war eine Tragödie, süß fürs Herz und bitter zugleich.«
Enzo stemmte die Arme in die Hüften.
»Vater, wer war diese Frau, die Großvater so sehr liebte und doch nicht heiratete? Und sag mir: Wusste Großmutter davon?«
Giovanni kratzte sich verlegen die Wange. »Nein, die Frauen haben Großmutter nie etwas von ihr erzählt. Sie hätte es nicht geduldet und nie wahrhaben wollen. Sie sah sich als rechtmäßige Ehefrau des reichen Olivenbauern Giovanni Carli, und neben ihr hatte keine Frau Platz. Schon gar nicht die Tochter aus einer bettelarmen Weberfamilie. Sie hieß Santuzza.«
Fiona wurde heiß vor Anspannung. »Und diese Santuzza konnte komplizierte Muster aus Olivenblättern weben?«
Giovanni schüttelte den Kopf. »Ich weiß nichts über sie, Signora. Mein Vater hat mir nie etwas von ihr erzählt. Die Weber aber, das wussten wir alle, waren über Jahrhunderte das Rückgrat reicher Tuchhändler. Wir haben sie bemitleidet, sie waren stets die Ärmsten von uns allen. Die Tuch- und Seidenhändler haben sie ausgesaugt …«
»Ausgebeutet haben sie sie!«, rief Enzo aufgebracht. »Es ist das ewig gleiche Prinzip.«

Fiona unterbrach ihn. »Enzo, jetzt ist nicht der Zeitpunkt für kritische Reden. Sagt mir lieber, wo ich diese Santuzza finde.«

Am Nachmittag dieses Tages ging Fiona mit Enzo noch eine Weile in der Nähe der Steinmauer spazieren. Es war starker Wind aufgekommen, der tief liegende Wolken von Osten herantrieb, die die Gebirgskämme der Seealpen nach und nach einhüllten. Ab und zu schweiften Fionas Gedanken zu Perlucci ab. Sie fragte sich, ob ihm, dem heutigen Patriarchen, noch etwas daran lag zu wissen, wie viele Menschen seine Vorfahren ausgebeutet hatten. Warum antwortete Saverio nicht auf ihr Angebot, sein Grundstück zu kaufen? Wo war er? Warum stieg selbst noch jetzt, zur Erntezeit, Rauch aus dem Köhlerofen?
»Soll ich Sie ins Dorf dieser Santuzza begleiten, Signora? Es wäre vielleicht besser, Sie gingen nicht allein.«
Fiona schreckte aus ihren Gedanken auf. »Danke, aber ich werde den Weg schon finden. Ihr Vater hat ihn mir ja gut beschrieben. Den Pfad zum See hinauf kenne ich bereits. Auf der anderen Seite geht er talwärts ...« Sie hörte leichte Fußtritte auf Gras und drehte sich um. Anteo, den sie vor Wochen hier hatte arbeiten sehen, schlenderte die Steinmauer entlang. Neben ihm rannte ein hellbrauner Hund mit buntem Strick um den Hals. Plötzlich hatte Fiona eine Idee.
»Enzo, warten Sie.« Sie ging auf Anteo zu. »Sag, die Bäume werden immer noch gefällt, nicht wahr?«
Er nickte. »Ja, Signora. Der alte Herr befiehlt es so.«
»Willst du mir einen Gefallen tun?«
»Nur, wenn mir keine Prügel drohen, Signora.« Er senkte verschämt den Kopf.

»Sollte das so sein, dann springst du über die Mauer und kommst zu mir, ja? Also, hör gut zu.« Fiona flüsterte ihm ihre Idee ins Ohr.

In den nächsten Wochen läutete jedes Mal eine Glocke, wenn einer der Olivenbäume auf Perlucci'schem Grund gefällt wurde.

Tag für Tag verging mit Arbeit. Fiona war gespannt, was sie von Giovanni Carlis Geliebter, der armen Weberin Santuzza, erfahren würde. Sie arbeitete wie im Rausch, half abwechselnd beim Sortieren und Einsammeln der Oliven oder beim Füllen der Pressmatten in der Ölmühle. Selbst davor, mit den Frauen die Netze zu säubern und mit dem kalten Quellwasser die Matten auszuwaschen, schreckte sie nicht zurück. Jetzt, da sie sich dem Tuch so nah fühlte wie nie zuvor, schien es ihr fast eine Spur wichtiger, Messalinas Versprechen zu erfüllen, als um ihre Ehre Perlucci gegenüber zu kämpfen. Der Tag, sagte sie sich, an dem ich mich rächen kann, ist mir sowieso sicher.
Santuzza aufzusuchen war das Ziel, mit dem sie sich nach getaner Arbeit belohnen wollte.
Sooft es abends ging, griff sie zu Pinsel und Palette und versuchte aus dem Gedächtnis Szenen nachzumalen – alte und junge Köpfe, hoffnungsvolle, müde, verbitterte und grüblerische. Da sie alle Handgriffe kannte, diese immer wieder genau beobachtet hatte, nahmen die Figuren rasch lebendige Gestalt an. Es war, als ob sie just in diesem Moment bei ihrer Arbeit beobachtet würden, und doch fand Fiona einen Weg, ihrer Bewegung etwas Schicksalhaftes beizumengen. Sie fing den Blick der jungen

Frau in der Ölmühle ein, der Enzo erröten ließ – er würde sie, da war sie sich sicher, irgendwann zu seiner Frau machen.
Oder die Alte mit den beiden ungleichen Schürzen. Sie schien sich gerade dazu entschlossen zu haben, sich über einen Weidenkorb zwischen den Bäumen zu beugen. Mit der linken Hand aber reichte sie rücklings einem Mädchen ihre Ziegenhörner – und schielte schelmisch zur Seite, wo die Männer die vollen Körbe auf ihre Schultern hoben.
Dann die Mühle. Der Bach, der das Mahlwerk antrieb. Giovanni, der eine neue große Tonkruke an den Henkeln gefasst hielt und zur Mühle rollte. Sein Hund, der ihm ein Wiesel brachte.
All diese Bilder aber, kaum dass sie aus Fionas Kopf auf die Leinwand gewandert waren, hinterließen einen größer werdenden Raum, der mehr und mehr von einem bestimmten Gesicht in Besitz genommen wurde. Ein Gesicht, nach dem Fiona sich insgeheim sehnte. Sie sehnte eine Stimme herbei und das Charisma eines Mannes, der faszinierte wie die Farben eines Diamanten – Saverio Perlucci.
Als sie damit begann, ihn aus der Erinnerung zu malen, drängte sich ihr zunächst ein Bild auf. Sie sah ihn hoch auf seinem Schimmel sitzen, mit einem glänzenden Tuch um die Schultern. Doch je länger sie an ihn dachte, desto intensiver wurde der Blick, den sie ihm verlieh. Ein Blick, der sie aufforderte, seine Hand zu ergreifen und zu ihm aufs Pferd zu steigen.
Eine Weile betrachtete sie sein Bild, dann legte sie den Pinsel in ihren Schoß. Sie träumte, Saverio würde sein Tuch abwerfen, vom Pferd springen und sich mit ihr ins

Gras legen, um zu reden. Über sich. Über seine Familie. Darüber, wie es wäre, ein einfaches Leben zu führen – jenseits des Perlucci'schen Bilderrahmens.

Fiona blinzelte zur Leinwand und betrachtete die Hand, die den Zügel hielt. Sie hatte sie nackt gemalt, weil sie daran gedacht hatte, wie sie sich auf ihrer Haut anfühlen würde. Es war falsch. Ein Reiter auf einem Schimmel musste Handschuhe tragen.

Sie holte tief Luft und straffte sich. Nein, dies war nicht Saverio Perlucci, wie sie ihn wirklich sehen wollte.

Sie schloss die Augen, wartete, lauschte in sich, öffnete sich ihren Gefühlen. Sie stellte sich Saverios in sich ruhende Kraft vor, die er ausstrahlte, während sie ihn langsam eroberte. Er bewahrte lange Zeit seine Haltung, bis er, stolz vor Glück über ihre Liebe, langsam nachgab. Dann fühlte sie den Druck seiner festen, warmen Hände auf ihrem Körper. Seine Lippen liebkosten ihren Hals, ihre Brüste, ihre Scham, und mit seinen Augen sagte er ihr, wie sehr er sie begehrte. Er ließ sie seine ureigenste männliche Stärke spüren und schwor ihr, dass sie zwei gleiche Triebe ein und desselben Stammes seien, unzertrennbar, ewig verbunden. Er würde sie lieben, auf immer lieben …

War er wirklich so, wie sie es sich vorstellte? Schwer vor innerer Lust, ließ Fiona den Pinsel auf den Boden fallen. Sie legte sich ins Bett, berührte ihren Körper, der ihr leid tat, weil der Körper, nach dem er sich sehnte, ihn allein ließ. Je länger sie sich streichelte und die Vorstellung von Saverios dunkel schillerndem Blick sie erhitzte, desto verwundeter kam sie sich vor. Noch nie war sie sich so sicher gewesen, dass sie sich vom ersten Moment an in ihn verliebt und ein ungerechtes Schicksal sie auseinander ge-

rissen hatte, damit sie spürten, dass ein jeder von ihnen nur die Hälfte des anderen war.
Irgendwann, dachte Fiona wie betrunken vor Sehnsucht, würde sie bei ihm sein, und nichts würde zwischen ihnen stehen, keine Kunst, keine Vergangenheit, keine Sehnsucht. Da wäre nur das tiefe Gefühl, ineinander geborgen zu sein.

Die Kapelle lag nun frei zugänglich. Jeden Sonntag ging Fiona dorthin, um ein wenig Besinnlichkeit zu finden. Die alten Olivenbäume flüsterten und rauschten. Und der schönen Madonna ins Gesicht zu sehen lud zum Träumen ein, doch es war auch tröstend und kraftspendend zugleich. Fiona dachte oft an ihre Eltern, von denen noch immer keine Nachricht gekommen war. Sie betete für ihre glückliche Heimkehr. Sie ließ Erinnerungen an Jefferson vorbeiziehen und bildete sich ein, er flüstere der Madonna zu, sie solle schauen, als würde sie sagen: Fiona Turlington-Cork, geh einfach deinen Weg.
An Saverio am helllichten Tag zu denken verbat sie sich.

Mitte November beschloss Giovanni, einen Großteil des alten Haines auszulichten. Von Sonnenaufgang bis Sonnenuntergang arbeiteten er und eine Hand voll Männer daran, die uralten Olivenbäume von Gestrüpp zu befreien und ihre Früchte abzuschlagen. Sie waren schrumpelig und schwarz, reif genug, um leicht in die ausgelegten Netze zu fallen. Für alle Beteiligten war es eine aufregende Zeit, weil jeder wissen wollte, wie das Öl dieser Oliven schmecken würde.

Nichts schien im Moment mehr zu zählen als die Ernte. Ende November verstummte die Glocke jenseits der Steinmauer.

Eines Morgens erschien Anteo in der Ölmühle und teilte Fiona mit, dass der junge Herr sie um ein Gespräch bitte. Ob es ihr gegen zwölf Uhr an der Steinmauer passe?
»Ist Signor Perlucci die ganze Zeit hier oben gewesen?«, fragte sie mit klopfendem Herzen.
»Nein, Signora, er blieb damals nur für eine Nacht mit einem Diener hier oben. Während er schlief, habe ich die Glöckchen auf die Bäume verteilt. Niemand hat etwas gemerkt. Am nächsten Morgen sagte uns Signor Perlucci, er müsse für einige Zeit verreisen. Vater und die anderen Männer sollten weiter für Holzkohle sorgen. Als sie dann die Glocken bemerkten, dachten sie nur, der junge Herr habe sie anbringen lassen, um den Himmel um Vergebung zu bitten. Ja, das dachten sie und schlugen die Bäume ab. Auftrag ist schließlich Auftrag.«
»Hat man dich verdächtigt?«
»Mein Vater war anfangs misstrauisch, doch ich habe ihm geschworen, dass ich niemals auf so eine Idee kommen würde. Er glaubte mir. Als aber Signor Perlucci heute wiederkam und die Glocken hörte, war er sehr verwundert. Daraufhin hat mein Vater sofort angefangen zu schreien und mich zu schlagen, aber der junge Herr hat ihm nur gesagt, er würde ihm den Lohn streichen, sollte er mich weiter übers Knie legen. Er … er kenne den Täter.«
Fiona lächelte in sich hinein. »Und dein Vater – was tut er jetzt?«
»Er nimmt die Glocken wieder ab, Signora«, antwortete er leise.

Saverio Perlucci stieg von seinem Schimmel ab, als Fiona ihm entgegenkam. Er reichte ihr über die Mauer hinweg die Hand und sagte: »Signora, meinen Respekt. Sie verstehen Ihre Ziele zu erreichen. Ich wäre nicht imstande, ein Beil gegen Glocken zu heben.«
Er wirkte elegant und sah keinesfalls so aus, als wäre er daran interessiert, ein Beil in die Hand zu nehmen. Einen Moment lang fiel es Fiona schwer, Traum von Wirklichkeit zu trennen. Am liebsten hätte sie ihre Arme um ihn geschlungen und ihn geküsst – doch was wusste er schon von ihren Träumen? In seinem Blick aber entdeckte sie das verhaltene Leuchten.
»So ist das Baumfällen also beendet?« Fiona ließ wider Willen seine Hand los, die die ihre ein wenig länger als üblich festhalten wollte.
Saverio räusperte sich. »Mein Vater lässt Ihnen ausrichten, Signora Bandonellis Seele brauche sich im Himmel nicht zu grämen. Das Abholzen ruht – vorerst.«
»Das also ist auch Ihre Meinung, Signor Perlucci?« Fiona spürte Ärger in sich aufkeimen. Romantisch war diese Begegnung keinesfalls, fand sie. Leider.
»Der Hain gehört mir nicht«, erwiderte Saverio.
»Und Sie sind ein gehorsamer Sohn. Verzeihen Sie, ich hätte es beinah vergessen. Hat sich dann Ihr verehrter Herr Vater einen Preis für den Verkauf des Olivenhains überlegt?«
Saverio schaute sie ruhig an. »Nein, Signora. Meine Familie wird sich nie von diesem Grund trennen. Auch wenn Sie sich, wie ich gesehen habe, heimlich auf unseren Besitz vorgewagt haben.«
»Wie meinen Sie das?« Wie konnte er nur so selbstbewusst und ruhig sein? Dabei hatte sie ihn geliebt … in Gedanken wild geliebt …

Saverio musterte sie amüsiert. »Nun, Sie haben uns ein Stückchen freigelegt, von dem wir dachten, es existiere gar nicht mehr. Die kleine Madonnenkapelle steht auf unserem Grund, Signora.«
»Nein!«
»O doch, schauen Sie …« Er zog eine Rolle Papier aus einer Ledertasche, die am Sattel befestigt war, und breitete sie auf der Steinmauer aus. Ihren Kopf dicht über die Karte gebeugt, roch Fiona nach langer Zeit wieder Saverios angenehmen Duft. Er erregte sie. Sie hätte am liebsten die Augen geschlossen und seinen Duft mit der Zunge gekostet.
Er aber schaute sie nur ruhig und freundlich an. »Hier, sehen Sie? Hier verläuft die Grenze, so wie sie damals, als Signor Carli seinen Besitz teilte, gezogen wurde.«
Es war leicht zu erkennen, dass diese tatsächlich weiter westwärts verlief, als Fiona gedacht hatte – durch den alten Hain hindurch, mit der Kapelle auf Perluccis Seite. Ihr wurde heiß und kalt zugleich, doch sie versuchte sich ihre Aufregung nicht anmerken zu lassen.
»Waren Sie schon einmal in der Kapelle?«
Saverio lächelte und rollte die Karte wieder zusammen. »Nein, natürlich nicht. Ich möchte Ihre Arbeit im Hain nicht stören – und außerdem sehen Sie besonders bezaubernd aus, wenn Sie sie nach Ihrer Andacht verlassen …«
»Sie beobachten mich?« Fiona schnappte nach Luft.
»Mein Vater, der gerne jagt, hat in der Nähe einen Hochstand, von dem aus ich kürzlich das Vergnügen haben durfte …« Seine Augen nahmen wieder diesen sanften Ausdruck an, den sie damals in der Höhle am Meer gehabt hatten.

»Dann weiß Ihr Vater also von der Kapelle?« Fiona zitterte nun vor Unbehagen bei der Vorstellung, der alte Perlucci könnte sie ebenfalls beobachten.
»Nein, Signora, keine Angst, ich habe Ihr Geheimnis um die Kapelle noch niemandem verraten. Und mein Vater, dessen können Sie gewiss sein, wird erst wieder im Frühjahr hierher kommen. Wir haben viel Arbeit in unserem Geschäft in Genua.« Er steckte die Karte zurück in die Ledertasche.
Fiona setzte sich auf die Steinmauer, mit dem Rücken zu ihm. Sie fühlte sich unwohl. Hinter sich hörte sie das Pferd schnauben, hörte, wie Perlucci seinen Hals tätschelte. Dann, nach einer Pause, fragte er: »Signora?«
»Ja, bitte?«
»Haben Sie das Tuch unseres Hauses wiederfinden können?«
Von weitem sah sie Enzo, wie er einen Karren voller Körbe in die Ölmühle zog. Aus einer Laune heraus stützte sie ihre Arme rücklings auf die Mauer, schaute in den Himmel und sagte: »Ich werde bald wissen, wo es ist.«
Saverio setzte sich neben sie. Seine Aura ließ sie schwindlig werden. Sie glaubte zu spüren, dass er am liebsten seinen Arm um sie gelegt hätte. Leise fragte er: »Würden Sie es mir sagen, wenn Sie es wüssten?«
Sie drehte ihm langsam den Kopf zu und schaute in seine Augen, die voller verhaltener Sehnsucht waren. Sein Mund, der leicht geöffnet war, schien ihr zu versprechen, er könne sie zu der glücklichen Frau machen, von der sie geträumt hatte.
»Würden Sie es mir sagen?«, wiederholte er noch leiser. Sein Atem wehte über ihre Lippen.
»Sie sind Ihrem Vater treu, nicht wahr, Signor Perlucci?«

»Soweit ich kann …«

»Ich bin auch jemandem zu Treue verpflichtet«, hauchte sie und genoss das ängstliche, erstaunte Aufflackern in seinen Augen.

»So? Wem denn?«

»Dem Andenken an eine Legende!« Sie sprang auf und lief ein paar Schritte davon.

»Signora Turlington! Warten Sie, bitte.«

Sie blieb stehen. Einen Moment später stand er neben ihr, ein wenig außer Atem. Vorsichtig berührte er ihren Arm. »Ich möchte, dass Sie unser Familienporträt vollenden.«

»Sie möchten …?«

»Ja, ich. Ich allein.«

Ihre Blicke verschmolzen ineinander.

»Sie überraschen mich. Vor gar nicht langer Zeit dachten Sie daran, mich durch Renoir zu ersetzen …«

»Ich hätte Lust, Renoir zu beauftragen, an Stelle meines Vaters Modell zu stehen …«

»Und … was würden Sie mit Ihrem Vater tun?«

»Ich würde ihm ein großes Landhaus kaufen, mit Weinkeller, Wasserspielen, Tiergehegen und einem Museum, in dem er all die kostbaren Seidendamasttuche, die je durch die Hände unserer Vorfahren gegangen sind, ausstellen kann. Er dürfte sich bis ans Ende seiner Tage am Applaus des Publikums erfreuen, Geschichten von Königen und Fürsten erzählen und …«

»… und?«

Er zog sie ein bisschen näher an sich.

»… für jedes Enkelkind einhundert neue Olivenbäume pflanzen …«

»Wenn er Sie wirklich liebt, sollte er keinen weiteren der

alten Bäume fällen.« Fiona wand sich ein wenig aus seinen Händen.
»Er wird mir vielleicht sogar bald den Hain überschreiben. Mit Glück gehört er mir mit Beginn des neuen Jahres.«
»Sie entmachten Ihren Vater? Stück für Stück ein bisschen Vatermord?«
Saverio blieb ernst. »Es wäre in der Tat besser, er überließe mir die Führung des Hauses, zumal er reizbar geworden ist. Seit Sie unser Haus nicht mehr betreten, treibt ihn eine Unruhe um, die wir an ihm nicht kennen. Selbst meine Mutter, ansonsten eher von unerschütterlichem Gemüt, hielt es nicht mehr mit ihm aus. All ihr Weinen und Flehen verstärkte nur sein stoisches Schweigen. Er zieht es vor, sich innerlich aufzuzehren. Warum, wissen wir nicht. Wäre die Sache mit dem Tuch nicht passiert, wäre das Porträt vollendet worden, und Vater hätte sein persönliches Geheimnis, das er mit dem Tuch verknüpft, erst in seiner Sterbestunde offenbaren können. Nun ist das begonnene Porträt mit dem Messer zerschlitzt, Tuch und Maler fort. Vater kommt es vor, als hätte ihm eine böse Macht just in dem Moment ins Handwerk gegriffen, als er dabei war, seinem Haus, dem Haus Perlucci, den vergoldeten Giebel aufzusetzen. Dort, wo andere Menschen von purem Zufall sprechen, sieht er nämlich Bedeutungen. Um nicht wahnsinnig zu werden, muss er glauben, das Tuch habe etwas mit Ihnen zu tun.«
»Mich als Diebin zu verdächtigen bewahrt ihm also seinen Verstand.«
»Vordergründig, ja. Doch sein Herz scheint dagegen zu protestieren. Es lässt ihn nicht in Ruhe. Er hat über Sie Erkundigungen eingezogen. Er hat Sie bei der Arbeit gesehen. Er hat sein Kostüm in seinem Salon aufstellen

lassen und sitzt an manchen Tagen davor und grübelt, so als ob er sich fragen würde, ob es richtig war, die Vergangenheit heraufbeschworen zu haben. Seitdem lief nämlich alles anders, als er es sich vorgestellt hatte.«

Vor ihrem inneren Auge sah sich Fiona noch einmal mit Fabricio Perlucci auf der Terrasse sitzen. Er hatte es verstanden, sie an ihrer persönlichen Ehre zu packen, und sie hatte seine Herausforderung angenommen.

Sie war mit ihrer Arbeit zufrieden gewesen. Das Porträt wäre jetzt fertig. Sie hätte zu einem Fest in ihrer Villa geladen, selbst Messalina hätte sie versucht in die Welt der Menschen und der Kunst zurückzuführen. Und wenn es nur für einen Abend gewesen wäre. Der alte Perlucci hätte ihre Arbeit honoriert und sie weiterempfohlen. Aufträge wären gekommen aus San Remo, Bordighera, Savona, La Spezia, Genua … Und jetzt?

»Ich, Signor Perlucci, war auf Hochzeitsreise. In Ihrem Land wurde ich zur Witwe. Sollte ich nicht mehr Grund haben zu klagen?«

»Gewiss, es tut mir leid.« Er verstummte.

»Meine Familie ist kein so heimeliger Ort wie die Ihre. Meine Mutter lehnt mich ab, und die Männer …«, sie lächelte sarkastisch, »halten sich von mir fern, im Tod wie im Leben.«

Er musterte sie erstaunt. »Das verstehe ich nicht.«

»Das müssen Sie auch nicht. Es ist nun einmal mein Leben. Sprechen wir wieder von Ihrer Familie.« Sie verschränkte die Arme. »Was bitte gedenkt Ihr Herr Vater zu tun? Will er mich immer noch nicht verklagen?«

»Nein. Ich finde, es reicht, dass er einen Ihrer Erntehelfer dafür bezahlt, Sie zu beobachten.«

»Ihr Vater muss verrückt sein!«

»Im Moment ist er es wohl.«
»Welcher Helfer ist es?«
»Das weiß ich nicht, Signora.«
»Nun, es ist auch gleichgültig. Was berichtet er denn über mich?«
Saverio ließ sich einen Moment mit der Antwort Zeit. »Er berichtet, dass Sie trotz der harten Arbeit Zeit haben, mit dem Sohn dieses Giovanni Carli zu flirten …«
Fiona errötete unter seinem forschenden Blick.
»Ihr Vater erzählt wenig, aber das hat er Ihnen mitgeteilt?«
Nun war es an Saverio zu erröten. Ihre Augen trafen sich, prüften einander. Sie wussten, sie berührten etwas, das beiden Schmerzen bereitete. Jedem auf seine Weise. Die vorher so harmlos-süße Atmosphäre war nun endgültig verflogen. Es war verrückt, doch jetzt, da Fiona spürte, dass sie Saverio viel mehr bedeutete, als er ihr jemals zu verstehen gegeben hatte, stieg in ihr die Lust auf, ihm noch mehr wehzutun. Aus Rache an seinem Vater.
»Er wollte Sie quälen, nicht wahr?«
»Ja«, sagte er leise. »Aber Sie? Lieben Sie diesen Enzo?«
»Liebe ich ihn? Flirte ich mit ihm? Vielleicht ist alles nur ein Spiel. Nichts weiter als ein Spiel. Vielleicht ist wirklich alles nur ein Spiel.«
Er atmete schwer, zögerte, ihre Hand zu nehmen. »Ich verstehe. Wer so schön ist wie Sie, braucht Bewunderer. Das ist doch völlig verständlich.« Er biss sich auf die Unterlippe. In seinen Blick mischte sich etwas Hilfloses, das Fiona missfiel. Absichtlich übertrieben brauste sie auf: »Diese Behauptung ist genauso absurd wie jene, mir Diebstahl zu unterstellen.«
»Es ist nur so, dass man beides völlig rational erklären könnte«, erwiderte er.

»Schöne Frauen müssen flirten, und verärgerte Frauen müssen strafen, indem sie sich bereichern. Eine grandiose Logik ist das!«
»Verzeihen Sie, Signora. Der Verstand ist manchmal wie ein Gitter, das wir über einem Abgrund aufrichten, um nicht in die Tiefe zu fallen …«
»In die Tiefe, wo die Gefühle sind?«
»Ja. Manchmal haben wir Angst … vor unseren Gefühlen.« Er ergriff ihre Hände. »Bitte, Signora, verzeihen Sie mir. Ich möchte Sie nicht verletzen.«
Fiona entzog ihm ihre Hände, wandte sich ab und lehnte sich gegen einen Baum. Sie war wütend, enttäuscht und sehnte sich doch so sehr nach ihm. Am liebsten hätte sie ihren Tränen freien Lauf gelassen. Sie verfluchte die Gegenwart, die Grenzen und Probleme zwischen sie und Saverio schob. Warum nahm er sie nicht einfach in seine Arme und fuhr mit ihr davon?
So wie es Jefferson getan hatte?
Jefferson … er hatte mit ihr das Ziel erreicht, das er wollte. Doch was bedeutete schon ein Ziel? Nichts. Denn am Ziel hatte ein jeder von ihnen seinen eigenen Kokon gesponnen. Was bedeutete schon Flucht? Nichts anderes, als sich langsam voneinander zu entfernen. Ihr Band war am Ziel gerissen. Wäre das auch geschehen, wären die Corks nicht gekommen?
Die Vergangenheit. Die Alten. Der alte Perlucci.
Das Band der Zeit. Die Wurzeln.
Ließen einen die Wurzeln nie in Ruh?
Fiona schloss die Augen, weil sie Angst hatte, sich nach Saverio umzudrehen. Als müsste sie mit ansehen, wie der alte Perlucci seine Fangarme um Saverio schlang, um ihn lautlos von ihr fortzureißen.

In ihrem Herzen stach es, als würde es gegen Dornen kämpfen. Saverio … sie bildete sich ein, sein Charisma so stark zu spüren wie die Borke des Baums an ihrem Nacken. So stark, so fest, so geheimnisvoll lebendig.
Ich liebe dich, dachte sie verzweifelt. Ich liebe dich, Saverio.
Tränen flossen ihr jetzt über die Wangen. Sie trocknete sie und schaute nach ihm.
Er war fort.
Doch sie hörte seinen Schimmel wiehern. Sie trat hervor und sah, wie Saverio sich gerade in den Sattel schwang. Er nahm die Zügel auf. Als das Tier sich tänzelnd drehte, fing er ihren Blick auf.
Steig ab, wisperte sie unhörbar.
Er winkte ihr zu.
Komm.
Er gab dem Schimmel mit der Ferse Druck.
Verlass mich nicht.
Er ritt davon.
Fiona sank am Stamm nieder. Ein Spiel, dachte sie, vielleicht ist alles wirklich nur ein Spiel. Alles.

Am Wechsel der Olivenfarben von Grün über Violett ins Schwarze merkte Fiona, dass die Monate Oktober und November in einem einzigen Ernterausch vorübergegangen waren. Im Lagerraum der Ölmühle füllten sich von Woche zu Woche die hohen alten Steinkruken mit neuem Öl. Am 15. Dezember, kurz nachdem es in einer Nacht leichten Frost gegeben hatte, erklärte Giovanni die Ernte für beendet. Am letzten Abend gab es noch ein kleines Fest in der Ölmühle, dann kehrten die Erntehelfer

mit je einer Flasche neu gewonnenen Öls nach Hause zurück.
Am Tag darauf gewannen sie, nur von dem weißbärtigen Alten unterstützt, das Öl aus den Malissi-Bäumen des Heiligen Landes. Wie Enzo vorhergesagt hatte, schmeckte es würzig und pfeffrig. Giovanni füllte eine kleine Amphore für Fiona ab und sagte ernst, beinahe weihevoll: »Es ist zu kostbar, Signora, um mit ihm Öllämpchen zu füllen, Tote zu salben oder Pilze einzulegen. Nehmen Sie es pur in einer guten, stillen Stunde. Es wird Ihnen vorkommen, als rückten Himmel und Erde ein Stück weit zusammen. Und Sie der Ewigkeit ein Stückchen entgegen.«

Am Abend saßen sie noch beieinander. Die Wärme des Ofens und das sanfte Licht der Öllämpchen in den Mauernischen schufen eine Atmosphäre des Zutrauens, die Fiona das Gefühl gab, direkte Nähe zu Menschen auch aushalten zu können, ohne zu Pinsel und Leinwand zu greifen. Die Suche nach dem Tuch und der Weg hierher, wo sie arbeiten und um Bäume kämpfen musste, war nichts anderes, als einen anderen Weg zu sich selbst zu finden. Einen Moment lang bildete sie sich ein, die Ablehnung durch ihre Mutter endlich überwunden zu haben und nun niemandem mehr über ihre Kunst beweisen zu müssen, wer sie war. Im Schein des leuchtenden Öls erkannte sie, dass sie ein Mensch war wie diese beiden einfachen Männer neben ihr, ein Mensch, der lernte, jeden Tag sich selbst und die Zeit wertzuschätzen.
»Ich werde heiraten, Signora«, sagte plötzlich Enzo in die Stille hinein.
»Maria.« Fiona fuhr sich über das Gesicht, als hätten sich ihre Gedanken wie ein Spinnennetz darübergelegt.

Enzo nickte. »Ja, Maria.« Er lehnte sich zurück, die Beine gespreizt, das Gesicht gerötet. »Wir kennen uns seit unserer Kindheit, doch was wichtiger ist – sie hat all die Zeit auf mich gewartet.« Er schaute zu seinem Vater. Dieser stützte seine Hände auf die Knie.

»Wissen Sie, Signora, die Leute reden viel. Sie sind als Fremde hierher gekommen und sind geblieben. Sie gelten als sehr reich, als jemand, der es gewohnt ist, mit Geld alles möglich zu machen. Manche Frauen misstrauen Ihnen sogar. Sie glauben, Sie würden ihnen beweisen wollen, wie dumm sie seien und wie leicht es sei, ihre Männer und Freunde zu verführen. Ihr Streit mit der Perlucci-Familie sorgt dabei zusätzlich für Gerüchte. Eine Frau, eine junge Witwe zumal, die es mit einem Patriarchen aus Genua aufnimmt, ist niemandem wirklich geheuer. Seit aber unser guter Freund Francesco Ihnen das Rezept für diesen Liebeszauber verriet, geht mit manchen Frauen die Fantasie durch.«

»Davon habe ich nichts gemerkt.«

»Alles braucht seine Zeit, auch das Gift der Nachrede und Lügen. Die Ernte ist vorbei, die Frauen sind erschöpft. Zu Hause reden sie viel untereinander. Sie reden und reden und stacheln einander auf. Vor allem saugen manche von ihnen begierig die Salbadereien der ganz Alten auf, die meinen, sie hätten die Weisheit der Welt aus ihrem Becherchen getrunken. Darf ich ganz offen sein, Signora? Neulich hörte ich, wie jemand sagte, eine Frau, die solche Macht habe wie Sie, sei früher nach Triora gebracht worden.«

»Triora?«

»Im 16. Jahrhundert gab es dort einige Frauen, die es verstanden, Notleidenden zu helfen, Kranke zu heilen. Dann wurde das Land zwei Jahre lang von einer furchtbaren Hungersnot überzogen. Natürlich schob man den weisen Frauen die Schuld dafür in die Schuhe, wie es damals eben so war. Dreißig Frauen und Mädchen wurden verhaftet, die Mehrzahl als Hexen abgeurteilt und gefoltert. Fürchterlich gefoltert. Sie können es noch heute in den Malereien des Kellers dort sehen.«

»Legenden scheinen sich hier lange zu halten«, meinte Fiona ärgerlich. »Erst die Liebe zwischen einem reichen Olivenbauer und einer armen Weberin. Jetzt die Hexen. Mal das Schweigen, mal das Geschwätz. Das alles ist nicht meine Welt.«

»Sie sind auch eine außergewöhnliche Frau«, sagte Enzo nachdenklich. »Ich denke, Sie sollten so bleiben, wie Sie sind. Sie sind gebildet. Die Leute hier glauben nur das, was sie schmecken, riechen, fassen und hören können. Und an das, was sie für göttlich halten.« Er verdrehte die Augen.

»Das heilige Band der Ehe, Enzo, gehört dazu«, warf Giovanni ein. »Du wirst es bald selbst spüren. Für deinen Großvater mag die Liebe zu dieser Weberin Santuzza wichtiger gewesen sein. Aber glaube mir, nur die Ehe heiligt die Liebe. Junge Leute müssen heiraten, es ist besser so.« Er schenkte Rotwein aus. »Trinken wir. Trinken wir auf Messalina. Sie hätte sich über unsere Ernte gefreut. Salute!«

Nachdem sie getrunken hatten, suchte Enzo Fionas Blick. Er öffnete den Mund, doch er schwieg zunächst und stand stattdessen auf, um neue Holzscheite in den glühenden Ofen zu stecken. Es knisterte. Funken loderten auf. »Ich wünschte, ich könnte die Welt verändern«, sagte er mit verhaltener Leidenschaft. »Die Liebe wäre frei, das Land gehörte allen, die Menschen gingen friedfertig ohne Waffen, ohne Ränke, ohne Betrug miteinander um.« Er warf eine Hand voll Olivenreisig nach, dann hielt er inne und drehte sich langsam um. »Warum, Vater, hat dich dein Vater belogen?«

Giovanni fiel das Glas aus den Händen. Scherben glitzerten in einer roten Weinlache auf dem Steinboden. Er schaute zu seinem Sohn auf und zuckte mit den Schultern. »Warum? Der Familienehre wegen, nehme ich an.«

»Natürlich, warum sonst. Signora, ich bewundere Sie. Tun Sie, was Ihnen gefällt. Nichts ist so voller Lügengespinste wie das, was wir Familienehre nennen.« Er bückte sich, um die Glasscherben vor den Füßen seines Vaters einzusammeln und die Lache aufzuwischen. Dankbar fuhr ihm dieser durchs Haar. Enzo füllte ein neues Glas und reichte es ihm. »Die Liebe …«, murmelte er. Dann fasste er Fiona fest ins Auge und nahm einen großen Schluck. »Sagen Sie, Verehrteste, sagen Sie bitte: Lieben Sie diesen jungen Perlucci?«

Fiona sprang auf. Ihr Kopf glühte. Sie schaute in die Flammen des Ofens. Dann nahm sie eines der Öllämpchen und schüttete, ohne dass die Männer eingreifen konnten, Öl in das Feuer. Es zischte, brutzelte, duftete.

Enzo starrte sie fassungslos an. Dann packte er sie plötzlich an den Handgelenken und schaute ihr fest ins Gesicht. Fiona bebte, doch erst als sie sich wehrte, ließ Enzo sie los und trat zurück.

»Lassen Sie mich! Lassen Sie mich endlich in Ruhe!«, rief Fiona unbeherrscht. »Ich will nichts mehr hören von eurer Moral! Eurem so genannten Tiefsinn! Euren Oliven! Euren Lieben! Ich will endlich meine Ruhe!«

»Herr im Himmel, wie sehr müssen Sie ihn lieben, Signora! Wie sehr!«, rief ihr Enzo hinterher, bevor die Tür ins Schloss fiel.

Jeden Morgen, jeden Abend setzte sie sich an Messalinas Tisch vor dem Fenster, breitete ein weißes Leinentuch aus, öffnete die Amphore und nahm einen Teelöffel dieses wertvollen Jungfernöls. Dabei behielt sie das Öl im Mund, drehte, wendete, kaute es und schluckte es andächtig. Sie schaute auf Messalinas Garten, die mal sanft, dann wieder steil abfallenden Hänge, das ferne Blau des Meeres. Mit dem verblassenden Licht der Nachmittage und der zunehmenden Stille um sie herum wurde ihr bewusst, dass ihr ein Geschenk gegeben war, das ihr gut tat, das sie aber mit niemandem teilen konnte. Seit dem letzten Abend in der Ölmühle zog sie es vor, allein zu sein. Weder Enzo noch Giovanni störten sie.
Zuerst hatte sie vorgehabt, den Jahreswechsel allein in den Bergen zu verbringen, um das Andenken an Jefferson zu ehren, der nicht weit von hier verunglückt war. Doch je öfter sie das letzte Gespräch mit Giovanni und Enzo in Gedanken Revue passieren ließ, desto mehr reifte in ihr die Überzeugung, dass es besser sei zu gehen. Zumal es sich nicht mehr leugnen ließ, dass es zu spät geworden war, die Weberin Santuzza jenseits des Berges aufzusuchen – so sie denn noch lebte. Kurz entschlossen legte sie ihre Kleider zusammen und verpackte die Bilder und Porträts, die in den letzten Monaten entstanden waren.

Wieder bei sich in der eigenen Villa zu sein tat Fiona wohl. Sie schlief tief und erholsam in ihrem Olivenholzbett. Signora Lorni kam, um für sie zu kochen. Sie brachte mehrere Körbe mit, darin einen Mandelkuchen, vorberei-

tete Ravioli, karamellisierte Maronen, Stockfisch, Wildragout sowie einen marinierten Fasan.
»Sie sind von der Arbeit dort oben dünn wie eine Erbsenranke geworden«, schalt sie, während sie ihre Körbe auspackte. »Ich habe sechs Enkelkinder zu versorgen, und glauben Sie mir, Signora, keines hat so magere Ärmchen wie Sie!« Es gefiel ihr, Fiona zu verwöhnen, und diese genoss ihre Fürsorge. Wie schon einmal zuvor beschloss sie, Signora Lorni bei der Arbeit zu malen. Dieses Mal griff sie zu Kreidestift und Papier. »Stört es Sie?«
»Nein. Trotzdem hab ich Angst, mir könnte beim Kochen ein Missgeschick passieren. Soße würde mir ins Gesicht spritzen oder Fett. Wie sähe ich dann aus? Und wenn ich mir dann vorstelle, dass Sie auch das malen …« Signora Lorni seufzte und griff in einen kleinen Holzeimer. »Aber arbeiten Sie nur, wie Sie mögen, Signora Turlington. Ich jedenfalls tue alles, um Ihren Hunger zu stillen. Schauen Sie, ich habe Ihnen eine Vorspeise mitgebracht, die zur Winterszeit bei uns üblich ist – *bianchetti.*« Sie präsentierte Fiona auf der flachen Hand ein paar junge Sardinen und Sardellen und begann ihre Arbeit. Die kleinen Fische wurden blanchiert und dann auf gedünstete und in Öl eingelegte Artischockenscheiben gelegt. Darüber verteilte sie Tomatenstückchen und junge Saubohnen.
Als sie fertig war, stellte sie Fiona die Vorspeise zwischen Malkasten und Kreideresten auf den Tisch.
»Nun, wollen Sie nicht probieren?«
»Gleich. Aber können Sie noch einmal an den Ofen zurückgehen?«, murmelte Fiona voller Konzentration. »Stellen Sie sich bitte genauso hin wie gerade eben …«
Signora Lorni schnaubte ärgerlich, aber folgte ihrer Bitte. Fiona zeichnete weiter. Nach ein paar Minuten, während

aus einem Topf kochendes Wasser spritzte, hielt es die Köchin nicht mehr aus. Sie nahm den Topf vom Feuer, bückte sich und zog eine Flasche aus einem ihrer Körbe. Bemüht, die ihr befohlene Position nicht zu verändern, drehte sie den Korken umständlich langsam aus der Flasche und schenkte dann schnell ein Glas voll.
»So«, sagte sie entschlossen und trat auf Fiona zu. »Jetzt beginnen Sie mit diesem Aperitif und dann, bitte sehr, die Vorspeise. Ich möchte wissen, ob es Ihnen schmeckt.«
Natürlich schmeckte es Fiona. Die *bianchetti* genauso wie der Aperitif und die Riesengarnelen oder die frittierten Kartoffeln mit der Walnusssauce. Mit jedem Bissen kehrten Kraft und ein Hauch Lebensfreude zurück.

Ein Kurierdienst brachte die Kiste mit ihren Bildern und Porträts nach Genua, von wo aus sie den Weg nach London nahmen. Als sie dort eintrafen, schickte ihr Geoffrey ein Telegramm und kurz darauf einen Brief, in dem er ihr, noch pünktlich zum Jahreswechsel, Glück und Erfolg für das neue Jahr wünschte. Er versprach, den ligurischen Wein kühl zu halten, der noch vor Weihnachten bei ihm angekommen sei, und deutete an, dass er bereits jetzt die ligurische Küche vermisse. Im Übrigen sei er sicher, ihr schon bald den Termin für ihre erste Ausstellung mitteilen zu können.
Eine Woche nach Neujahr erreichte Fiona ein Brief ihres Vaters aus China.

»Mein liebes Kind,
wir haben hier Fürchterliches überstanden, doch wir leben, Gott sei Dank. Das letzte Schöne für uns waren die Fahrten auf dem Fluss der Neun Bie-

gungen. Dann kam der Regen, und wir überlebten knapp einen Erdrutsch. Auf der letzten Tour unseres Freundes ins Hinterland nahmen uns Chinesen in einem Dorf fest, das er missionieren wollte. Stell dir vor, ausgerechnet die Tochter des Dorfältesten verliebte sich in ihn – und er sollte sie heiraten! Sofort, auf der Stelle. Dabei hat er Frau und Kinder in England! Ich bot Geld, um ihn auszulösen. Vergeblich. Sie wurden misstrauisch, und wir flüchteten, doch die Boxer, die sich vermehren wie die Fliegen, erwischten uns. In letzter Minute konnte ich mich in einen Schweinekoben retten. Unser Freund aber wurde gefangen, in einen Sack gesteckt, eingenäht und totgeschlagen. Deine Mutter erlitt einen so schweren Schock, dass sie wie leblos umfiel. Das rettete ihr das Leben. Ich wagte mich erst in der Nacht aus dem Schweinekoben, suchte sie lange und fand sie endlich unterhalb eines Steilhangs neben einem reißenden Bach, wie abgenagtes Hühnergerippe ins Gestrüpp geworfen. Bei Trockenheit wäre sie Beute für wilde Tiere geworden, bei Regen hätte das Wasser sie fortgespült.

Nur durch viel Bestechungsgeld habe ich uns wieder nach Futschou retten können. Ich sage dir, diese Chinesen sind Barbaren. Sie haben keinen Grund zu behaupten, auf unser westliches Vorbild verzichten zu können.

Geraldine hilft jetzt nur Opium, es geht leider nicht anders. In ein paar Tagen läuft ein Segler nach Shanghai aus, und von dort aus nehmen wir das nächste Schiff nach London. Hier aber geht der

Krieg in die nächste Runde. Wie ich hörte, drängen die Japaner jetzt sogar in die Mandschurei vor. Am 17. September siegten sie bei Pjöngjang in der Seeschlacht von Yalu. Acht von zwölf chinesischen Kriegsschiffen wurden versenkt. Am 21. November eroberten die Japaner Port Arthur, einen wichtigen Hafen. Und wenn sie die chinesischen Krieger bis auf den letzten Kopf vernichten, mir wäre es nur recht.
Kannst du es einrichten, nach Hause zu kommen? Wir schicken dir unseren Ankunftstag, sobald es möglich ist.
Ich wünsche dir ein glückliches, gesundes neues Jahr! Hast du noch die Blüten des Taschentuchbaums? Hüte sie, damit alles gut geht.
In Liebe
dein Vater
Futschou, im Dezember 1894«

Der Winter war mild. An manchen Tagen wehte eine so leichte Brise über das Meer, dass Fiona, in Mantel und Decke gehüllt, in ihrer Hängematte von den Düften und Farben des Sommers zu träumen begann. An solchen Tagen leuchtete das Wasser azurblau, und in seinem glitzernden Netz aus Lichtpunkten schaukelten Möwen und Fischerboote. Die Weite des Meeres lenkte Fionas Seele in die Ferne, ließ sie müßig, geradezu gleichmütig werden. Manchmal, wenn sie am Strand spazieren ging und Seesterne und Muscheln fand, fühlte sie sich Jefferson wieder so nah wie schon lange nicht mehr. Hier hatte er gemalt und stundenlang aufs Meer hinausgeschaut. Doch wenn sie daran dachte, dass er sie über die Arbeit beinahe vergessen hatte, sehnte sie ein Zeichen herbei, das ihr bedeutete, Ligurien zu verlassen. Und dann wieder fürchtete sie, dass es dazu kommen könnte, noch bevor sie wirklich innerlich bereit dafür war. Tief in ihrer Seele ahnte sie, dass sie in den Bergen auf ein Geheimnis stoßen würde, das sie noch viel weiter von Jefferson und dem Leben mit ihm entfernte.

Anfang Februar schrieb Geoffrey, dass der Tag ihrer ersten Ausstellung der 15. April sei. Er bat Fiona, nicht zu kurzfristig in London einzutreffen, zum einen, weil sie den Galleristen kennen lernen müsse, zum anderen, um geschäftliche Angelegenheiten wie zum Beispiel die Provision zu klären. Fiona versprach, sich Gedanken darüber zu machen, und kündigte an, bis zur Abreise noch fleißig zu malen. So setzte sie sich jeden Vormittag auf Jeffersons Platz an der Gartenmauer, stellte ihre Staffelei auf und malte in den Stunden, in denen die Sonne am höchsten stand.

Es war seltsam, doch je stärker sie sich der befreienden Weite von Meer und Horizont auslieferte, desto häufiger tauchten vor ihrem inneren Auge Enzo und Giovanni auf. Sie sah sie bei der Ernte, in der Mühle und stellte sich vor, wie sie seit Anfang des Jahres durch die Reihen der Olivenbäume schritten, Wildtriebe ausholzten, morsche Äste und Zweige abschnitten, Böden lüfteten und mit Schafsmist düngten. Sie malte alles, was ihr in den Sinn kam – Enzos Hände, Messalinas *nido,* die Madonna mit den Olivenbrüsten, einzelne Bäume, Äste, Zweige, Blätter.

Zuweilen dachte sie an Santuzza und fragte sich, ob sie noch lebte und wann der richtige Zeitpunkt sein werde, sie aufzusuchen. Einmal meinte sie, dass es der Tag sein

könnte, an dem der alte Perlucci seine Rodungsarbeiten einstellte, dann wieder glaubte sie, irgendwer oder irgendetwas gebe ihr dafür das nötige Zeichen.
Noch aber war es nicht so weit. Fiona wartete und malte bald ebenso leidenschaftlich wie einst Jefferson.

Ende Februar traf eine neue Nachricht ihres Vaters ein. Der fleckige, eingerissene Umschlag trug indische Briefmarken und war mit Sanskritbuchstaben bekritzelt. Auch die Handschrift ihres Vaters schien Fiona unleserlicher geworden zu sein.

> »Liebe Fiona,
> unsere Ankunft verzögert sich. Geraldine hat mich – wieder einmal – überrascht (um nicht allzu sehr zu leiden, mache ich das Opium für ihre erhöhte Sinnlichkeit verantwortlich). Sie hat sich auf unserem Dampfer in einen britischen Musiker verliebt. Er ist einer dieser Sorte mit trägen Augenlidern und wachem Blick. Es macht die Ladys wahnsinnig, wenn er aufsteht, seine Trompete an die blassen Lippen setzt und spielt. Deine Mutter tanzt bis in die Morgenstunden. Und mit ihr eine Dame aus Exeter – Amanda Thomson –, mit der sie ein wenig zu gut auskommt, wenn du verstehst, was ich meine. Mir erscheint es so, als wären sie mit doppelter Anstrengung darauf aus, sich diesen jungen Kerl zu teilen, wenn sie ›reif‹ genug für ihn sind …
> Ja, ich habe mich selten so allein gefühlt wie jetzt – wie ein Baum, dem man einen Hauptast abgeschlagen hat. Deine Mutter wirft mir vor, ich hätte sie in

China im Stich gelassen, aber das ist nicht wahr. Auch verlasse ich sie nicht, wie sie mir tatsächlich unterstellte. Aber denk dir nur, Amanda hat den Musiker und deine Mutter überredet, in Bombay von Bord zu gehen, und tatsächlich, eine Freundin von ihr hat hier ein Haus, in dem wir alle Aufnahme fanden. Man muss schon ein so kastrierter Tropf sein wie ich im Moment, um nicht der Sinnlichkeit dieser Atmosphäre zu verfallen.
Sei's drum, soll Geraldine nach dem, was wir in China hinter uns gebracht haben, ihr Vergnügen haben. Ich fürchte, sie verliert sonst den Verstand. Das Opium hat sie verändert, auch wenn sie es mittlerweile nur noch in kleiner Dosis braucht. Das, was sie jetzt benötigt, kann ich ihr nicht geben – hemmungslose Erotik … Aber ich denke, es ist besser, sie lebt ihre Sehnsüchte für ein paar Tage aus, als dass sie sie unterdrückt und mir zu Hause, ob in London oder Jersey, das Leben zur Hölle macht.
Du wirst dich fragen, woher ich die Kraft nehme, Geraldine tun zu lassen, was sie will. Ich liebe sie einfach, sie fasziniert mich seit der ersten Stunde, in der wir uns sahen. Sie ist eine leidenschaftliche Frau, die es versteht, mir mal nah, mal ferner zu sein. Es reizt mich immer wieder aufs Neue, mich von ihr überraschen zu lassen – selbst wenn das, was jetzt geschieht, alles übersteigt, was ich mir je hätte vorstellen können. Ich werde Zeit brauchen, um mich mit meinen eigenen Gefühlen des Aufbegehrens auszusöhnen. Ich darf Geraldine nicht verurteilen, denn tief in meinem Herzen weiß ich,

dass sie, die Stolze, die Eifersüchtige, die Reizende, nur mich allein braucht. Ich bin ihr Baum, an den sie sich lehnen kann, wenn der Wind des Lebens sie umtost. Ich bin ihr Nest, in das sie flüchten kann, wenn ihr die Welt zu kalt geworden ist.

Von Kindheit an wurde ich zur Treue erzogen, und ich bin fest davon überzeugt, dass es eine große Sünde wäre, einen Menschen fallen zu lassen, den man liebt, nur weil er etwas tut, was dir nicht gefällt, selbst wenn man vor lauter Schmerz meint, Liebe nur noch in der allerkleinsten Faser des Herzens zu fühlen. Geraldine weiß das und verlässt sich auf mich, so wie sie sich früher auf ihren Vater verlassen konnte.

Du weißt, wie sehr ich Justin mag und dass ich in ihm in frühen Jahren einen zuverlässigen Mann und Ratgeber fand. Ich würde mir schäbig vorkommen, seine Tochter, die ich liebe und die er mir anvertraute, am Glücklichsein zu hindern.

Habe noch ein wenig Geduld, und nimm mir meine offenen Worte nicht übel.

In Liebe
dein Vater
Bombay, im Februar 1895«

Bald kündigten sich die Frühjahrsstürme mit düsteren Wolkengebilden und Schwärmen von Schmetterlingen an. Wogen, fast ohne Schaumkronen, erhoben sich aus der dunklen See, stiegen höher, überschlugen sich und rollten an den Strand. Wie um ihnen und ihrer Angst um ihre

Eltern zu trotzen, blieb Fiona oft stundenlang am Ufer stehen und hielt der kalten Gischt stand, die ihr ins Gesicht sprühte. Abends spannte ihre Haut. Sie wusch das Salz ab und rieb Gesicht und Hände mit Olivenöl ein, was ihre Haut entspannte und sanft wie Seide machte. Doch wenn sie in ihrem Olivenholzbett einschlief, überfielen sie bald wirre Träume.

Der Sturm, träumte sie, er ist das Zeichen!

Sie wartete, bis er sich gelegt hatte, und rüstete sich für den Weg in die Berge. Als es so weit war, spürte sie schon nach den ersten Schritten ihres Maultiers, dass die Entscheidung, Santuzza aufzusuchen, richtig war. Große Ruhe breitete sich in ihr aus.
Ja, der Sturm, dachte sie und sagte dann leise zu sich selbst: »Er war das Zeichen, auf das du gewartet hast.«

In der Mulde des Baums, in dem Messalina gesessen und gemalt hatte, baute jetzt eine Elster ihr Nest. In der Nähe arbeiteten Giovanni, Enzo und ein paar Helfer mit Rebmesser und Säge. Fiona winkte ihnen nur kurz zu, denn sie hatte es eilig. Als sie sich auf ihrem Maultier dem Perlucci'schen Hain näherte, erschrak sie – eine Schneise tat sich vor ihr auf. Sie war entstanden, weil auf der einen Seite überhängende Äste abgesägt, auf der anderen eine Reihe Bäume gefällt worden waren. Der Boden klaffte hier auseinander wie eine Wunde, in der nichts als frisch gepflanzte Mimosen, Hyazinthen und Anemonen blühten. Sie erfreuten zwar das Auge, aber dennoch schlugen die Reste von Sägespänen und Kettenschleifspuren eine Wunde in die Erde.

Fiona war so wütend, wie sie sich ohnmächtig fühlte. Schon wieder forderten die Perluccis sie heraus! Jetzt sah es sogar danach aus, als ob sich auch Saverio an diesen frevelhaften Rodungen beteiligen würde. War der schmale Blumenteppich aus Mimosen, Hyazinthen und Anemonen da, um sie zu verhöhnen – und um symbolisch anzudeuten, wie leicht es war, neues Geld auf altem Kulturboden zu verdienen?

»Ich werde dich zur Rede stellen. Verlass dich drauf!«

Sie rief es in den Wind, und es klang, als würde sie hoffen, er würde ihre Drohung Saverio ohne Umweg zutragen.

Unweit des Bergsees, in dem sie vor Monaten gebadet hatte, blieb ihr Maulesel stehen. Störrisch schüttelte er den Kopf. Auch Fiona nahm wahr, was ihn störte. In der Nähe der Steineiche verweste am Waldrand ein Fuchs.

»Geh weiter«, flüsterte sie beruhigend. »Geh einfach weiter, den Berg hinab. Komm, komm schon.« Sie tätschelte seinen Hals, wobei das Tier abrupt den Kopf hob, als hätte es sich entschlossen, dem Gestank des Todes seine Verachtung zu zeigen. Rasch trabte es am See vorbei den Pfad entlang bis zur Bergkuppe, von der aus der Weg in Serpentinen zum Tal hinabführte.

Zwischen Felsgeröll, Ginsterbüschen, Kiefern und Pinien brachen Abhänge und Schluchten hervor. Der Wald wurde dichter, führte an Steilhängen entlang, immer tiefer dem Tal entgegen. Dort traf er auf einen breiteren Weg, der linker Hand weiter landeinwärts, rechter Hand zum Meer hinabführte. Fiona lenkte ihr Maultier zur Linken. An einem mannshohen keilförmigen Felsstein gabelte sich nach einiger Zeit der Weg. Dort erhob sich auch ein einfaches Holzkreuz, um das jemand einen längst verblühten Rosenkranz gelegt hatte. »Rechter Hand an ihm

vorbei, dann noch gut eine halbe Stunde«, hatte Giovanni gesagt. Felder verwachsener, von Misteln bevölkerter Maulbeerbäume breiteten sich aus.
Schließlich erhoben sich hinter den dicken Stämmen alter Steineichen und Kastanien Mauern aus Schiefer. Eingesunkene, bemooste Dächer kamen zum Vorschein. In vielen Häusern fehlten Glas und Fensterkreuze. Tote schwarze Höhlen starrten ihr entgegen. Die Mauern um Höfe und den kleinen Friedhof mit Kapelle waren verfallen, Portale, durch die niemand mehr gehen würde, eingeknickt, Schieferplatten von Rissen gesprengt, als hätten die Fäuste eines Riesen an die Häuser geklopft.
Fiona war überzeugt, dass hier niemand mehr lebte. Sie war also vergeblich gekommen. Der Ärger und ihre Enttäuschung dämpften die eigenartige Faszination, die dieses einsame Bergdorf auf sie ausübte. Sie nahm das Maultier beim Zügel und ging auf der Suche nach Spuren, die sie weiterführen könnten, um jedes Haus, jeden Hof herum. Dann roch sie es, den ihr bereits vertrauten Duft frischer Polenta aus Kastanienmehl. Ein großer, graubrauner Hund, halb blind und lahm vor Alter, kam ihr entgegen. Er bellte kurz und heiser, dann blieb er stehen und wartete, bis sie dicht vor ihm war und ihn freundlich ansprach. Er legte seinen Kopf schief, so als würde er in seinem altersschwachen Gedächtnis nach etwas suchen, was diesem Wesen ähnlich sein konnte. Er hustete, was klang, als ob man eine Blechdose über Stein zöge, senkte den Kopf und begann Fiona sorgfältig von den Füßen bis zur Taille abzuschnuppern. Ohne dem Maultier auch nur einen Blick zu schenken, drehte er sich schließlich um, wedelte einmal mit dem Schwanz und humpelte auf ein großes Haus zu.

Wilde Salbeibüsche mit faustdicken Stämmen wuchsen links und rechts der breiten Eingangstür. An den verwitterten Wänden aber wanden sich die glatten, runden Stämme uralter Glyzinien empor. Ihre Zweige trafen sich oberhalb des Portals an einem verrosteten Eisengitter, das einen schmalen Balkon umfasste.
Die Fenster, die an den Außenseiten des Erdgeschosses lagen, waren mit Brettern vernagelt. An den anderen hingen verschlissene graue Gardinen. Der Wind, der durch die offen stehende Eingangstür wehte, brachte wieder eine Brise Polenta.
Fiona rief: »Buon giorno! Ist hier jemand?« Sie trat über die Schwelle der Diele.
Es dauerte eine Weile, bis sich ihre Augen an das Dämmerlicht gewöhnt hatten. Schließlich erkannte sie rechter Hand eine große Holztruhe mit einem Tuch darüber, daneben kniehohe Tonkruken mit Holzdeckel. Linker Hand standen ein schlichter Stuhl mit Korbgeflecht und ein Tisch, darauf ein Teller mit getrockneten Feigen und Aprikosen, neben dem eine Stoffpuppe lag. Schräg gegenüber in der Ecke, neben Reisigbesen und hölzernen Harken, stand ein Paar schwarz glänzender Lederstiefel auf einem Schemel. Von den Deckenbalken baumelten Maiskolben und Kräuterbüschel.
Der Hund, den das Dunkel der Diele verschluckt hatte, tauchte nun wieder auf. Ihm folgte eine mittelgroße alte Frau mit einer graublauen Schürze über einem schwarzen Kleid. Vor sich hielt sie einen Stock aus Eberesche, als wollte sie sich verteidigen. Die regelmäßigen Gesichtszüge unter ihrer brüchig gewordenen Haut ließen eine vergangene Schönheit vermuten. Zu dieser Vorstellung passten die weißen Spitzen um ihren Halsausschnitt und

das blutrote Rosenmuster ihres seidenen Kopftuchs. Ihr Blick aber war seltsam – das eine Auge schaute wach, das andere verträumt.
»Signora?«, sagte Fiona mit einer Stimme, die wie von weit her klang. »Verzeihen Sie, Signora, ich suche eine Weberin mit dem Namen Santuzza. Ich soll ihr Grüße von Giovanni Carli ausrichten.«
Die Alte blieb stehen. Wie ihr Hund zuvor, legte auch sie ihren Kopf ein wenig schief. Über ihre Augen breitete sich ein trüber Schleier.
»Ich bin Santuzza«, sagte sie. »Und Giovanni ist tot. Wer … wer sind Sie?«
»Darf ich mit Ihnen sprechen, Santuzza? Ich habe einen langen Weg auf mich genommen, um Sie zu finden, denn nur Sie können mir helfen, mich von einer Last zu befreien.«
»Ich? Nein, nein, Signora. Giovanni ist tot. Er lebt nicht mehr, verstehen Sie? Ich …« Sie klopfte mit dem Stock auf den Boden. »Ich bin für niemanden mehr wichtig. Sie sind fremd. Gehen Sie zurück. Lassen Sie mir meine Ruhe.«
Sie unterbrach sich, denn der Duft der Polenta ließ erahnen, dass sie langsam anbrannte. Fiona begriff sofort.
»Ich helfe Ihnen, Signora, sonst haben Sie die Polenta umsonst gerührt. Ich weiß, wie anstrengend das ist.«
»So? Das wissen Sie? Gut, gehen Sie voran. Schnell, die Küche ist rechts.«
Auf einmal schien Leben in den alten Hund gekommen zu sein, denn er überholte Fiona und rollte sich in dem Moment zwischen Bank und Tisch zusammen, als sie über die Schwelle der Küchentür schritt.
Die Polenta war gerettet. Nun packte Fiona ihren Rucksack aus: eine Flasche Olivenöl von Giovanni, drei Sorten

Käse, hart gekochte Eier, Brot, gebratenes Huhn, Kaninchenfleisch, eingelegte Oliven, Tomaten und Artischocken, Mandelkuchen, Marillenlikör und zwei Flaschen Rotwein. Santuzza saß auf der Bank und wischte sich Tränen aus den Augen.

»Der Himmel muss Sie geschickt haben, Signora. Wie heißen Sie?«

»Fiona Turlington-Cork.«

»Fi-o-na«, wiederholte Santuzza, ohne auf den Nachnamen zu achten. »Fi-o-na. Ich habe einen solchen Namen noch nie gehört.« Sie stupste die Nase des alten Hundes zur Seite, die er neugierig zur Tischplatte hochreckte.

»Schenken Sie mir ein Glas ein. Es ist schon so lange her, dass ich Wein bekam.«

Sie trank vorsichtig, Tropfen für Tropfen, und schaute zu, wie Fiona das Huhn zerteilte.

»Das Flügelchen, Signora, seien Sie bitte so freundlich …«

Fiona reichte es ihr.

Santuzza zuzelte mit ihren noch gesunden Zähnen das zarte Fleisch ab. Der Kopf des Hundes lag nun auf ihrem Knie, die Augen bettelten.

»Das Kaninchen … ein bisschen nur, für ihn«, murmelte sie und schob ein Stückchen in das Maul des Hundes. Und es war, als würde es in seinen halb blinden Augen aufleuchten. Santuzza tätschelte ihm die Stirn. »Er ist mir als Letzter treu geblieben. Er kennt meine Geschichte. Hunderte Male hat er mir zugehört. Als Einziger zugehört.«

»Erzählen Sie mir von sich, Santuzza?«

»Nach dem Essen, Signora, nach dem Essen.«

Doch nach dem Essen legte sich Santuzza schlafen. Erst am späten Nachmittag stand sie wieder auf, frischer als zuvor. »Kommen Sie, Fiona, ich zeige Ihnen unsere Webstühle. Die wollten Sie doch sehen, nicht wahr?«

»Ja, natürlich«, sagte Fiona überrascht und erleichtert zugleich. Über flache Steinstufen ging es in einen saalartigen Raum, in dem ein riesiger hölzerner Webstuhl stand, der über zwei Stockwerke hoch war.

»Dies war unsere Werkstatt, hier verbrachten wir unser Leben. Die ganze Familie, jahrein, jahraus.«

»Was wurde denn hier gewebt?«

»Oh, kostbare Seidendamaststoffe, Signora. Wir Frauen webten, das war unsere Arbeit. Oft mehr als zehn Stunden am Tag. Die Männer bauten und reparierten die Webstühle. Wenn wir webten, war es so laut, dass man es im ganzen Dorf hören konnte. In guten Zeiten hatten wir drei Webstühle. Drei! Stellen Sie sich das vor.«

»Dann haben Sie sicher gut verdient?«

Santuzza schüttelte den Kopf. »Nein, nein, Signora. Arm waren wir. Sehr arm. Die Kinder kannten keine Schuhe. Zu essen gab es fast nur Polenta, meistens aus Kastanien. Die Männer rührten sie, weil es so schwer ist und die Frauen doch weben mussten. Bis zu hundertzwanzig Meter Seidendamast haben wir im Monat geschafft.« Jetzt leuchtete ihr Gesicht vor Stolz.

»Sie waren sehr tüchtig.«

»Ja, das waren wir. Ich war in meiner Familie die Beste, müssen Sie wissen. Ich konnte als Einzige Goldfäden mit Seide verweben. Es ist ein Geheimnis. All unsere Webkunst haben wir weitergegeben, von der Großmutter über die Mutter zur Tochter. Manches wurde aufgeschrieben, schon unsere Vorfahren im 16. Jahrhundert haben das getan. Die Muster der alten Lochplatten liegen noch heute im Nebenraum. Wollen Sie sie sehen?«

»Gerne.«
Santuzza führte Fiona in einen Raum, der vor langer Zeit einmal weiß gekalkt worden war. Das Weiß war grau geworden, doch nirgends fanden sich Staub oder Spinnweben. Santuzza hob den Deckel einer großen Truhe. »Sehen Sie? Seidendamast in allen Farben, mit allen Mustern, die man sich denken kann. Muster Genua mit barocken Rauten, Muster Neapel, moosgrün und verstaubtem Blau, ein napoleonisches Bienenmuster in Gold, Kaiserrot Ton in Ton, Pastelltöne, das Petersilienmuster Prezzemolo, schwarz in schwarz.«
Fiona war, als stünde van Dyck neben ihr und würde sagen: Sehen Sie, Mrs. Turlington, die Stoffe, die ich malte, gab es wirklich. Sind sie nicht schön? Schöner noch als jene Menschen, die mich dafür bezahlten, verewigt zu werden?
»Sind sie nicht wunderbar?«, flüsterte Santuzza und strich mit dem Zeigefinger über die reliefartige Oberfläche der Stoffe.
»Sie sind sicher sehr wertvoll.«
Santuzza lachte. »O ja, das sind sie – heute. Aber ich bleibe standhaft. Ich verkaufe sie keinem Tuchhändler mehr. Niemandem. Ich kenne die Armut. Ich kenne unsere harte Arbeit. Und heute weiß ich, dass uns die Händler absichtlich in Armut gehalten haben, damit sie für ihre Dynastien Geld anhäufen konnten.«
Fiona zögerte, dann aber fragte sie: »Kennen Sie ein Muster ineinander verwobener Olivenblätter, das Buchstaben erkennen lässt?«
Die Alte reckte sich und schaute Fiona erschrocken an. »Oliven mit Goldfaden gewebt?«
»Ja, das meine ich.«

Santuzza tupfte sich die Stirn, klappte den Deckel der Truhe zu und setzte sich darauf.

»Wer hat Ihnen davon erzählt, Fiona? Haben Sie es etwa gesehen?« Sie war bleich geworden.

»Soll ich Ihnen ein Glas Wasser bringen, Santuzza?«

»Nein, nein, lassen Sie nur. Dieses Tuch, ja, ich kenne es. Warum wollen Sie das wissen?«

Einen Moment lang schwieg Fiona. Sie wusste nicht, wo sie beginnen sollte zu erzählen. »Ich sollte es malen und werde verdächtigt, es gestohlen zu haben.«

»Sie? Nein, Fiona, nein, das glaube ich nicht.«

Eine Pause entstand.

»Sie glauben es nicht? Was wissen Sie, Santuzza? Was?«

Die beiden Frauen schauten sich lange an.

»Ich weiß nicht mehr viel von meinem Leben«, begann Santuzza zögernd. »Im Alter erinnert man sich nur noch an das Schöne oder das Furchtbare. Wissen Sie, vor langer Zeit habe ich einen Mann geliebt, sehr geliebt. Er liebte mich ebenfalls. Wir waren wie füreinander geschaffen. Doch er konnte mich nicht heiraten, denn er war reich und ich sehr arm. Er hieß Giovanni Carli, und wir trafen uns viele Jahre lang jeden Sonntag an der Quelle oben im Wald. Unsere Liebe war sehr groß, sehr schön. Es tat weh, an ihn zu denken und dabei hart zu arbeiten bei Staub und Lärm. Doch ich wusste mich in seiner Liebe geborgen, trotz dieses Lebens, das ich führen musste.«

»Haben Sie geheiratet?«

»Wo denken Sie hin? Ich liebte nur ihn. Ihn allein. Er aber musste eine Frau nehmen. Ich verzieh ihm. Sie gebar ihm einen Sohn. Er heißt wohl wie er?«

»Ja, er heißt auch Giovanni.«

»Gut, gut. Also, Sie wollen doch meine Geschichte hören.

Ich kam in die Jahre. Ich dachte, nun wirst du bald alt sein, und ich tat nichts mehr, um zu verhüten, dass ich schwanger wurde. Ich setzte das Olivenöl ab, mit dem wir Frauen uns schützen.«

»Wie denn das?«, unterbrach Fiona neugierig.

»Wir nehmen etwas Wolle und tränken sie in Öl, Harz, Wein oder Essig … es hilft. Auch das Öl selbst tun wir, so tief es geht, in uns.« Sie kicherte, weil Fiona sie ungläubig anschaute. »Versuchen Sie es nur. Das tun wir Frauen, seit wir denken können. Es hält uns gesund und macht die Männer machtlos. Nun, ich hatte mich in mir selbst getäuscht. Ich bekam völlig überraschend ein Kind, einen wunderbaren gesunden Sohn.« Sie schluckte ihre Tränen hinunter. Nach einer Pause fuhr sie fort: »Ich … also, ich sagte es Giovanni. Er war erst sehr erschrocken, dann aber versprach er mir zu helfen. Ich musste meiner Familie gegenüber verbergen, dass ich schwanger war. Es wäre eine Schande für mich gewesen. Es war sehr schlimm für mich. In dieser Zeit webte ich dieses Tuch. Aus Liebe zu Giovanni wählte ich Olivenblätter als Muster, aus Liebe zum Kind das Gold und die hebräischen Buchstaben. Es gab da nämlich einen jungen Priester, der gebildeter war als die anderen. Er nahm mir meine Beichte ab und tröstete mich. Ohne ihn hätte ich den Verstand verloren.« Wieder schwieg sie eine Weile. »Nun, ich … ich brachte mein einziges Kind im Olivenwald zur Welt. Nur Giovanni war bei mir.« Lautlos rannen ihr nun Tränen über die Wangen. Sie wischte sie immer wieder fort. Von außen flog ein Vogel gegen das Fenster, blieb auf dem Sims sitzen und starrte betäubt vor sich hin. Santuzza schüttelte gedankenverloren den Kopf.

»Wo?«, flüsterte Fiona. »Wo haben Sie Ihr Kind geboren?«

»Jenseits des Berges, dort oben auf seinem Grund. Giovanni baute sogar eine Kapelle, in der wir uns ewige Liebe schworen. Er konnte unser Kind ja nicht aufziehen, er wollte mir die öffentliche Schande ersparen. Er liebte mich eben. Nun, ich wickelte mein Kind in dieses schöne Tuch und gab es ihm. Er fand sogar eine verschwiegene Amme und versprach mir, das Kind zu einer adligen Frau jenseits der Seealpen zu bringen. Er vertraute ihr, weil sie fromm war und seit Jahren das *primuruggiu* aus seiner Mühle kaufte.«

Atemlos hörte Fiona zu.

»Wie hieß sie?«

Santuzza lauschte in sich hinein, so als würde sie nach einem längst vergangenen Klang suchen. »Sie hieß Contessa Inès de Briancourt. Ja, so hieß sie.«

»Sie haben Ihr Kind nie wieder gesehen?«

»Nein, nie.«

Einen Moment lang schwiegen beide. Aus dem Bedürfnis heraus, sie zu trösten, nahm Fiona sie schließlich in die Arme. Doch Santuzza wehrte ab. »Ich habe genug gesagt, ich habe viel zu viel gesagt. Gehen Sie nun, gehen Sie. Gott wird mir wohl vergeben, was ich tat. Möge er Sie vor einem Schicksal wie dem meinen bewahren. Grüßen Sie Giovanni von mir. Vielleicht komme ich noch einmal zu ihm. Ciao, Signora.«

»Ciao, Santuzza.«

Der alte Hund begleitete Fiona noch bis an den Dorfrand. Dann blieb er stehen und schaute ihr nach, bis sie seiner Nase entschwunden war.

Die Nacht in Messalinas Haus war kalt, denn von den Seealpen blies ein eisiger Wind. Er trieb Regenwolken vor sich her, die, von Norden kommend, dickbäuchig über

Ligurien hinwegschwebten, als könnten sie sich nicht entscheiden, aufzubrechen und Regen zu spenden.
Fiona lag lange wach und dachte an Santuzza, an ihre Liebe zu Giovanni Carli, die zu einer Legende geworden war. Eine Liebe, die echt gewesen war, doch voller Schmerz. Eine Liebe, die zwar unerfüllt geblieben war, doch ein ganzes Leben gehalten hatte.
Fiona fragte sich, ob Santuzza wirklich ihre wahre Lebensgeschichte erzählt hatte. Ihre innere Stimme, die sie seit Stunden vom Schlaf abhielt, sagte ihr, dass Santuzza etwas verheimlichte. Warum meinte sie zu wissen, dass sie, Fiona, keine Diebin war? Und wie kam es, dass inmitten einer staubigen Diele ein Paar Lederstiefel glänzten, als wäre ein Mann im Haus?
Unruhig stand Fiona schließlich von ihrem Bett auf, wickelte sich in eine Decke und schaute aus dem Fenster. Sie zündete das Öllämpchen an und setzte sich an den Tisch. Wie von allein griff ihre Hand zu Papier und Kreidestift und begann zu zeichnen. Es wurde Santuzzas Gesicht.
Die Zeit verging.
Plötzlich schlug der Sturm den rechten Fensterladen zu und verdunkelte den Raum. Hinter der linken Fensterhälfte wogten Baumkronen gespenstisch hin und her, als wären sie haarige Riesenköpfe, die ihr Bedenken zeigten. Vor einem Oleanderbusch glommen die Augen von Messalinas Katze auf. Plötzlich fauchte sie. Kurz darauf schlug ein Stein gegen einen anderen. Die Katze sprang mit hohem Buckel im Garten davon. Fiona trat vor die Tür, um nach ihr zu sehen. Doch sie blieb verschwunden.
Es war eine seltsame Nacht, eine Nacht, in der der Wind drehte. Mal roch er nach dem Schnee der Seealpen, mal nach Tang und Salz des Meeres, ein andermal nach der

süßlichen Kälte der Regenwolken. Fiona fröstelte und zog ihr Schultertuch über ihren Kopf. Es wärmte sie ein wenig, schützte sie aber nicht vor den Geräuschen der Nacht. Melancholisch pfiff der Wind zwischen den Schieferplatten auf dem Dach. Das verwitterte Holz von Türen und Rahmen knarrte, als würde es sein Alter beklagen. Und im Wald schrie ab und zu ein Käuzchen. Über die Erde aber raschelten lose Blätter, als ob sie das Rauschen des Meeres verstärken wollten.

Ich bin überreizt und sollte besser schlafen gehen, befand Fiona schließlich und hakte den Fensterladen wieder an der Wand fest. Sie blieb noch eine Weile stehen und hoffte müde zu werden vom Anblick der jagenden Wolken und den Blättern, die um ihre Füße kreiselten. Als sie aber merkte, dass ihre Gedanken wieder zu Santuzza zurückkehrten, ging sie ins Haus. Sie legte Stift und Zeichnung beiseite und löschte die Lampe.

Nachdem sie eine Weile im Bett gelegen hatte, merkte sie, wie sich langsam die Tür öffnete.

Atemlos starrte sie auf den Spalt, der größer wurde.

Wind hauchte herein, eisig und stinkend. Ihm folgte etwas Dunkles, Pelziges, klatschte auf den Boden und blieb reglos liegen. Fiona biss in ihr Betttuch, um nicht laut zu schreien.

Leise ging die Tür wieder zu.

Der tote Körper verströmte nun seinen widerlichen Geruch.

Kalt vor Angst setzte sich Fiona im Bett auf. Kurz darauf hörte sie, wie im Schuppen Holzscheite aufeinander prasselten, so als würde ein Stapel umfallen. Nachdem es eine Weile still geblieben war, zwang sich Fiona, aufzustehen. Sie riss die Decke von der Holzbank und näherte sich voller Ekel dem toten Körper. Es war ein erschlagener Dachs. Hastig warf sie die Decke über ihn und schob ihn mit dem Schürhaken in die Ecke neben der Tür. Dann versuchte sie das Rebmesser zu finden, das sie einmal aus Messalinas Küchenkommode genommen und irgendwo hingelegt hatte. Ihre Hand tastete im Dunkeln über Regale, zwischen Stoffe in fast leer geräumten Truhen, griff unter Schränke, öffnete ihre Türen und stieß das wenige Geschirr gegeneinander. Jeden Moment rechnete sie mit klopfenden Schläfen damit, dass jemand durch die Tür brach und sie erwürgen würde. Panisch suchte sie weiter. Sie musste eine Waffe bei sich tragen, wenn der Fremde käme.

Ihre Hand war voller Staub, als sie das scharfe Rebmesser endlich in einem Weidenkorb, verborgen unter Stofffetzen einer Kinderkatzenstube fand. Plötzlich ließen sie dumpfe Stimmen aufhorchen, denen ein Knistern folgte, das an zerknickende Strohhalme erinnerte.

Sie hielt den Atem an. Lauschte. Wartete. Starrte auf den stumpfen Holzfußboden, auf dem sich immer mehr flackernde Lichtzungen ausbreiteten. Dann kam das kleine Rechteck des Türfensters hinzu, die goldgelben Türritzen.

Es dauerte einen Moment, bis ihr Verstand ihr sagte, dass es sich nicht um einen besonderen Zauber, sondern um Feuer handelte.

Es brannte, und sie war gefangen.

Durch das Fenster zu springen hätte sie direkt in die Arme der Feuerteufel getrieben.

Sie konnte nichts tun.

Der Wind fachte die Flammen an. Schon wedelten sie außen an der Fensterscheibe entlang. Funken flogen in

das Dunkel der Nacht und verglommen. Fiona erinnerten sie an sterbende Glühwürmchen.
Männer schrien »Hure!« und »Verschmoren sollst du!«
Doch warum?
Und wie lange würde es dauern, bis sie tot war?
Fiona setzte sich in die hinterste Ecke des Raums, weit weg von der Tür. Hier, nahe dem kleinen Seitenfenster, fühlte sie sich etwas besser, weil es ihr zu versprechen schien, letzten Endes doch noch hinausspringen zu können. Sie schob den Gedanken, dass das Fenster kaum breiter als ihre Schultern war, beiseite. Der Wunsch, diesem entsetzlichen Raum zu entfliehen, war so stark, dass sie glaubte es tatsächlich tun zu können. Doch was, wenn ihr Kopf draußen wäre und jemand ihn abschlüge?
Ihre Gedanken irrten umher. Da zersplitterte das vordere Fensterglas. Eine Faust schleuderte ein glühendes Holzkohlenstück hinein. Es rollte direkt auf sie zu. Instinktiv stieß sie es fort. Doch es landete auf der Decke, unter der der erschlagene Dachs lag. Faden für Faden begann zu glimmen. Dann bildeten sich Flämmchen und fraßen Faden für Faden auf. Ihr heller Kreis wurde schnell größer.
»Hexe!«, schrie eine Männerstimme von draußen. Holzscheite prasselten ins Feuer vor der Tür.
Fiona schrie. Schrie so entfesselt, dass ihr erst später bewusst wurde, dass sie währenddessen mit einer Schaufel den toten Dachs ein zweites Mal erschlug.
Rauch zog herein, es wurde immer wärmer. Der Gestank des Tieres war kaum auszuhalten. Doch noch hielt die alte Holztür den Flammen stand. Fiona zog sich wieder in ihre Ecke zurück und harrte aus. Waren es Minuten? Stunden? Sie hätte es nicht sagen können, denn erschöpft von Angst und Atemnot, hatte sie längst das Gefühl für die

Zeit verloren. Vergeblich hoffte sie, der Wind würde sich legen, die Regenwolken Halt machen und aufplatzen.
Bang verglich sie die Farbe der Tür mit der Farbe des Himmels. Von der einen erhoffte sie, sie möge dunkel bleiben, vom anderen, er möge sich aufhellen.
Dann plötzlich lautes Hundegebell. Stimmen. Enzos Rufe. Flüche. Gerenne.
Wasser schoss zischend in das Feuer.
»Signora! Ich komme. Sie sind fort.«
Fiona atmete erleichtert auf, wickelte ein Handtuch um den Griff der Tür und öffnete sie. Wie wunderbar schmeckte die Nachtluft. Dort, hinter Enzos breiten Schultern, zeichnete sich am Horizont ein schmaler rosa Streifen ab.
»Haben sie Ihnen etwas getan?«
»Nein.«
Sie wartete einen Moment, bis er genügend Erde auf das Feuer geworfen und den Haufen so weit zur Seite geschoben hatte, dass sie sich an ihm vorbeizwängen konnte. Dann fiel sie Enzo um den Hals.
»Nun, es ist vorbei, Signora. Es ist vorbei.« Er schaukelte sie tröstend. »Ich … ich hatte so etwas immer befürchtet. Wissen Sie … die Gerüchte. Sie hatten Glück. Ich wachte auf, weil mein Hund anschlug.«
»Ach, Enzo, hätte er das nur früher getan!« Sie trat zurück und wischte sich übers Gesicht.
»Es war meine Schuld, ich hatte ihn ausnahmsweise mit ins Haus genommen. Er hatte etwas gehört und wollte rausgelassen werden.«
»Danke, Enzo, danke.« Sie umarmte ihn noch einmal und küsste ihn auf beide Wangen.
»Kommen Sie, Signora, kommen Sie mit. Schlafen Sie sich bei uns aus, wenn Sie können.«

»Der Dachs, Enzo … Sie haben einen toten Dachs ins Haus geworfen.«
»Ich sorge dafür, dass er wegkommt.«
»Dann werde ich mich noch schnell ein bisschen waschen.«
»Gut, Signora, und ich räume ein wenig auf. Rufen Sie mich, wenn Sie fertig sind.«
»Ja, das werde ich tun. Ach, Enzo, wenn Sie hineingehen …«
»Sie brauchen Ihre Wäsche, natürlich.«
»Ja, Enzo. Kümmern Sie sich doch bitte darum.«
Er wandte sich zum Gehen.
»Enzo?«
»Ja, Signora?«
»Wie viele waren es?«
»Zwei, es waren zwei. Ich werde sie mir vorknöpfen, das können Sie mir glauben.«
»Ich wäre in wenigen Stunden tot gewesen. Wissen Sie, wer es war?«
»Ja, ich kenne sie. Sandrino hat vor kurzem Maria aufgelauert. Er ist eifersüchtig auf mich. Ihre Tante redet ihr ein, ich sei Opfer Ihres Liebestranks geworden.«
»Dieser Trank, von dem Francesco, der fliegende Händler, mir erzählte? Ich hatte ihn längst vergessen.« Sie steckte eine lose Haarsträhne hinters Ohr. »Und der andere, wer war der?«
»Cormanino, war bei uns Erntehelfer. Wahrscheinlich ist er der Spitzel in Perluccis Auftrag … Sie wissen schon.« Er verstummte und warf mehrere Schaufeln Erde in die Glut. »Die Kerle haben keinen guten Ruf. Glauben Sie mir, sie werden ihre Strafe bekommen.
»Dann ist es ja gut«, erwiderte Fiona. Sie sah noch einen

Moment zu, wie das Feuer erstarb, und ging dann zu der Wasserstelle hinter dem Haus. Zwischen Oliven- und Aloebäumen schoben sich nun bereits die orangeroten Strahlen der Morgensonne. In das Scharren von Enzos Schaufel hinein sangen die ersten Vögel. Fiona tauchte ihre Hände in den Trog und fuhr sich übers Gesicht. Plötzlich hörte sie Stimmen. Sie hob den Kopf und sah einen Reiter auf sich zutraben: Es war Saverio. Vor Freude blieb ihr beinahe das Herz stehen. Ihm folgte in einigem Abstand ein weiteres Pferd im Schritt, das Fabricio Perlucci trug. Beide Perluccis führten je einen Mann am Strick neben sich. Saverio sah erschüttert und besorgt aus. Fiona merkte, wie sich in ihrem Hals ein Tränenkloß bildete.

Behände sprang er aus dem Sattel. »Signora Turlington, sind Sie verletzt?«

Sie riss sich zusammen und entgegnete so gefasst wie möglich: »Nein, aber ich habe keine besonders angenehme Nacht gehabt, Signor Perlucci.«

Der Mann neben Saverio zog die Nase hoch und spie aus. Fabricio Perlucci, der näher gekommen war, zügelte sein Pferd, blieb aber im Sattel sitzen. »Guten Morgen, Signora Turlington. Es ist lange her seit unserer letzten Begegnung. Wie ich sehe, haben Sie eine Begabung, das zu tun, was andere wütend macht. Wie ich aber gerade feststelle, gelingt es Ihnen auch, immer wieder den Kopf aus der Schlinge zu ziehen. Da Sie diesem Anschlag anscheinend wohlbehalten entronnen sind, wie wäre es da, Sie würden mir jetzt, allein aus Dankbarkeit Ihrem Schicksal gegenüber, mein kostbares Tuch wiedergeben?«

Entsetzt starrte Fiona ihn an. »Wie können Sie nur so mitleidlos sein, Signor Perlucci. Ich habe Ihr Tuch nicht. Ich

sage die Wahrheit. Wie sollte ich nach einer Nacht lügen, in der man mich wie eine Hexe verbrennen wollte?«
»Weil niemand außer Ihnen das Tuch hätte stehlen können«, erwiderte Perlucci barsch.
»Das ist nicht wahr. Ebenso könnte ich Sie jetzt verdächtigen, dass es Ihre Idee war, mich von hier zu vertreiben ... Sie sind es, der mich von hier davonjagen will, Sie sind schuldig, nicht ich!«
»Richtig!«, rief da Enzo, der um die Hausecke gebogen war. »Was haben Sie ihnen für den Mordanschlag gezahlt?«
»Nichts. Nichts habe ich ihnen gezahlt. Wie kommen Sie auf so einen abwegigen Gedanken?« Perluccis Augen zuckten nervös.
»Sie wollen Signora Turlington vertreiben, so viel ist uns allen klar. Sie wollen auch uns vertreiben, so wie es Messalina Bandonelli schon immer gesagt hat, weil Sie sich unseren Grundbesitz einverleiben wollen.«
»Sie sind verrückt«, entgegnete Perlucci ärgerlich.
Saverio aber warf seinem Vater einen vorwurfsvollen Blick zu. Dann wandte er sich Fiona zu und sagte: »Verzeihen Sie, Signora, mein Vater ist vor Ärger über den Verlust des Tuches blind und verbohrt. Nehmen Sie sich seine Worte nicht zu Herzen. Ich bin wirklich glücklich darüber, dass wir noch rechtzeitig gekommen sind. Wir wollten heute früh auf Falkenjagd gehen, da sahen wir den Rauch. Diese beiden liefen uns geradewegs vor die Hufe ...« Er räusperte sich. »Es tut mir leid, dass Sie so schlecht von uns denken und uns mit diesen Verbrechern auf eine Stufe stellen. Trotzdem habe ich die Freude, Sie unversehrt zu wissen.«
»Das glaube ich Ihnen nicht!«, rief Enzo.

Saverio straffte sich. »Hätte ich diese Missetäter sonst selbst eingefangen?«
»Theater, alles Theater«, entgegnete Enzo böse. »Sie sind nur auf noch mehr Besitz aus, das ist alles.«
»Sie sind ein Dummkopf.« Fabricio Perlucci hob aufgebracht den Arm, sodass der Mann neben ihm am Strick schwankte. »Mich interessiert dieser Hain schon lange nicht mehr.«
»Und warum haben Sie wieder Bäume schlagen lassen? Eine ganze Schneise!« Ärgerlich wies Fiona mit dem Arm in Richtung des Perlucci'schen Hains.
Fabricio schwieg. Saverio aber rang um Fassung. Er suchte Fionas Blick und fragte leise: »Verstehen Sie denn nicht?«
Nun verlor sie die Geduld. »Nein! Nein! Ich verstehe nicht und will auch nichts und niemanden mehr verstehen! Man wollte mich töten! Töten!« Sie raffte ihre schmutzigen Kleider zusammen. »Ich möchte Sie nie wieder sehen, Signor Perlucci! Nie wieder!«
»Echauffieren Sie sich nicht, Signora Turlington. Ich hatte Sie disziplinierter und kämpferischer in Erinnerung.« Fabricio Perlucci reckte wieder selbstbewusst das Kinn. »Bis nicht das Gegenteil bewiesen ist, glaube ich, dass Sie und Signora Bandonelli etwas über den Verbleib meines Tuches wissen. Wollen Sie mir nicht endlich sagen, wo es sein könnte?«
Saverio trat erregt auf ihn zu. »Vater, was spielt das in diesem Moment für eine Rolle? Kannst du nicht einmal in deinem Leben Rücksicht auf einen Menschen nehmen? Warum ist dir immer nur Geld so wichtig?«
»Geld und Lust«, sagte Enzo höhnisch und rieb sich die Hände.

Fabricio Perlucci setzte sich im Sattel auf und sah auf alle hinab. »Weil beides die Essenz des Lebens ist, ihr Narren!«
»Bist du dir nicht bewusst, wie sehr du Signora Turlington demütigst?«
»Sie sind eine kämpferische junge Frau, nicht wahr? Ist es nicht so, dass wir einander ähnlich sind? Denn ich frage mich in der Tat, warum Sie hier oben in den Bergen sind. Oliven ernten, das Mühlrad drehen, allein in einer Kate wie dieser schlafen. Ich habe den Eindruck, Sie nehmen nicht nur gerne Herausforderungen an, sondern lieben es, das Schicksal an entlegenen Plätzen zu reizen. Sind Sie nicht ein wenig leichtsinnig, Signora Turlington?«
Die Worte, die Fiona treffen sollten, rauschten an ihrem Ohr vorbei, denn sie sah nur auf Saverio: Fassungslos starrte er auf seinen Vater. Sein Brustkorb hob und senkte sich vor Erregung. Seine Augen glitzerten angriffslustig, doch er bezwang sich, und als er sprach, klang seine Stimme gebieterisch und kalt. »Du solltest schweigen, Vater.«
»Was fällt dir ein?!«, rief dieser zornig. Doch Saverio wandte sich von ihm ab. Er drückte Enzo den Strick, an dem einer der Gefangenen hing, in die Hand und ging auf Fiona zu.
»Signora, bitte verzeihen Sie.« Er ergriff ihren Arm und führte sie ein paar Schritte von den anderen fort. »Es tut mir sehr leid, was Sie hier erleben müssen. Aber sagen Sie, warum sind Sie wirklich hier?«
In seinen Augen lagen Schmerz und das ängstliche Flehen, das sie schon einmal bei ihm bemerkt hatte. Sie schwieg.
»Ist es nur wegen des Tuches? Oder wegen des Versprechens, das Sie Signora Bandonelli gegeben haben?«

»Warum fragen Sie? Sie kennen doch den Grund.«
Sein Blick schien sie mit Fragen zu durchdringen. Er suchte nach Worten und sagte schließlich resigniert: »Also doch, ich hatte es befürchtet.«
»Sie fürchten und fürchten, aber Sie tun nichts!«, rief Fiona wütend. Dann ging sie zurück zu den anderen, griff in ihre Tasche, warf Fabricio Perlucci ihre saubere Wäsche ins Gesicht und schrie: »Hier nehmen Sie Tuch, Tuch und nochmals Tuch! Es ist doch egal, was ich noch am Leibe habe. Nein, Signor Perlucci, ich habe Ihr kostbarstes Tuch nicht. Aber ich werde es bald haben – und dann …«
»Sie werden es bald haben?« Perlucci wurde einen Moment bleich, seine Hände fassten Strick und Zügel fester. »Und dann … werden Sie was tun?«
Ohne nachzudenken sagte Fiona: »Werde ich es verkaufen. Das Geld betrachte ich als Lohn für die Suche, die ich – und nicht Sie! – auf mich genommen habe, und als Schmerzensgeld für die letzte Nacht!«
Perlucci riss die Augen auf. Fast schien es, als ob er nicht wüsste, ob er Fiona bewundern oder anherrschen sollte. Daher zitterte seine Stimme ein wenig, als er sagte: »Ich werde Sie im Auge behalten, Signora Turlington. Glauben Sie mir, ich werde weder Sie noch mein Tuch vergessen.«
»Siehst du, wie raffiniert sie hier alle verhext?«, höhnte einer der Männer hinter ihrem Rücken seinem Kumpan zu.
»Er hat euch bezahlt, gebt es doch zu!«, schrie Enzo wütend. Ein Schlag, dann noch ein Schlag. Fiona sah sich kurz um. Blut floss aus den Nasen der gefangenen Männer. Enzo stand noch immer mit geballten Fäusten da. Der ältere wischte sich mit den gefesselten Händen über den

Mund und murmelte: »Keine einzige Lira hat er uns gegeben. Es ist nur … diese Frau, diese fremde Frau. Sie gehört nicht hierher.«
Enzo schlug ein drittes Mal zu. »Sie, Perlucci, Sie sind an allem schuld!«
Saverio bückte sich, sammelte Fionas Wäsche auf und reichte sie ihr. Seine Augen waren dunkel vor Trauer.
»Hier, Signora, Ihre Kleider.«
»Danke.«
Enzo trat hinzu, gab Saverio den Gefangenen zurück und legte seinen Arm um Fiona. »Kommen Sie, ich bringe Sie zu uns.«
»Nein, warten Sie«, sagte Saverio. »Wollen Sie denn nicht, dass diese Halunken bestraft werden? Ich möchte, dass Sie mich begleiten. Schließlich brauchen wir Zeugen für diesen Mordanschlag.«
Einen Moment lang kämpfte Fiona mit sich, doch als sie in Saverios Augen las, wie viel ihm daran lag, ihr zu beweisen, wie ernst es ihm war, willigte sie ein. Denn plötzlich wurde ihr bewusst, dass dieser Tag vielleicht der letzte war, an dem sie hier war. Sie wandte sich Enzo zu. »Ist Ihr Vater zu Hause?«
»Nein, Signora, er ist seit mehreren Tagen in Tággia. Er will dort mit Händlern und anderen Olivenbauern darüber sprechen, wie der Verkauf unseres ligurischen Öls außer Landes verbessert werden könnte. Außerdem will er die Maßnahmen ausloten, mit denen man den Ölpanschern ins Handwerk greifen könnte. Warum fragen Sie?«
»Ich muss mit ihm sprechen. Ich werde bald nach Hause fahren und möchte, dass er etwas weiß.«
»Vielleicht treffen wir ihn unterwegs. Er wollte heute zurückkommen.«

Saverio, der blass geworden war, wandte sich ab. Während Fabricio Perlucci schweigend zusah, band er die Gefangenen aneinander und knotete den Strick am Pferd seines Vaters fest.
»Geh voran, Vater«, sagte er. »Wir kommen gleich nach.«
»Signora, ich hoffe, Sie erkennen an, was ich hier für Sie tue.« Fabricio Perlucci zerrte an den Stricken, sodass die gefesselten Männer gequält zu ihm hochsahen.
»Wie eitel Sie doch sind, Signor Perlucci«, entgegnete Fiona kühl.
»Ich muss gestehen, mich überrascht Ihr Mut zu sagen, was Sie denken, immer wieder aufs Neue.«
»Dann kann ich ja nun endlich davon ausgehen, dass Sie mir glauben, oder?«
»Vielleicht sollte ich tatsächlich noch einmal über Sie nachdenken, Signora Turlington.« Er grüßte und ritt langsam davon.
Saverio trat nun auf Fiona zu. »Wenn Sie wollen, Signora, können Sie auf mein Pferd steigen.«
»Es wird mich doch nicht abwerfen?«
Ihre Blicke versanken ineinander.
»Nein, Signora, das wird es nicht tun. Es ist ein friedvolles Tier.«
»Kein kämpferisches wie Ihr Vater?«
»Nein.«
»Sie wollen sagen, es ist so friedvoll wie Sie, nicht wahr?«, warf Enzo ein.
»Ich dachte, Anarchisten kämpfen ohne Waffen? Die Waffe Ihrer Worte ist scharf, Enzo Carli«, erwiderte Saverio ernst.
»Woher wissen Sie …?«
»Ich besaß einen Marmorbruch, es war das Erbe mei-

nes Vaters. Ich verkaufte ihn, weil mir die Arbeiter viele Geschichten erzählten. Ein paar von ihnen, deren Brüder oder Freunde im Gefängnis sitzen, kennen Sie.«

Enzo schwankte vor Schreck. »Dann bin ich so gut wie tot, Signora.«

»Nein, das sind Sie nicht«, entgegnete Fiona mit fester Stimme und sah Saverio bedeutsam an.

Sie spürte, wie es ihn quälte, sie Enzo so nah verbunden zu sehen. Doch obwohl er angespannt aussah, fasste er sich und sagte: »Sorgen Sie sich nicht. Ich gebe Ihnen mein Wort, ich werde Sie nicht verraten. Sie hatten Grund zu streiken. Von mir haben Sie nichts zu befürchten. Ich kann schweigen.«

»Sie sind großmütig, danke, Signor Perlucci«, sagte Enzo überrascht und reichte ihm die Hand.

Als Fiona ihn daraufhin umarmte und meinte: »Sehen Sie, das Leben kann weitergehen, Enzo«, schaute Saverio verlegen beiseite.

»Ich komme gleich zurück«, sagte Enzo, beugte sich zu ihrem Ohr und flüsterte: »Maria ist seit Vaters Abreise bei mir. Nur ihre Mutter und Schwestern wissen davon. Sie schläft noch. Ich will ihr schnell ein paar Zeilen schreiben.« Er nickte noch einmal Saverio zu und galoppierte auf seinem Maulesel über die Wiesen davon.

»Gehen Sie jetzt bitte, ich möchte mich noch waschen.«

»Gut, wir warten an der Gabelung auf Sie, Signora.« Saverio nahm sein Pferd am Zügel. Als er seinen Vater mit den Gefangenen erreichte, sprang dieser vom Pferd ab und ging zu Fiona zurück. Diese war gerade dabei, ihre zerknüllte Wäsche ordentlich auf die Holzbank neben den Wassertrog zu legen. Perluccis Wut schien verflogen.

»Ich habe mich doch nicht in Ihnen getäuscht, Signora Turlington. Sie waren verletzt, doch Sie haben an Ihrem Ziel, mein Tuch zu finden, festgehalten. Und nun wollen Sie Ihre Belohnung, nicht wahr?«
»Lassen Sie mich bitte in Ruhe, Signor Perlucci.«
»Natürlich, ich verstehe Sie. Ich bin sicher, Sie werden es mir zurückgeben.«
»Ich möchte mich jetzt waschen. Bitte lassen Sie mich allein, Signor Perlucci.«
»Selbstverständlich. Ich verspreche, Ihnen dieses Mal nicht zuzusehen.«
»Sie also waren es damals am See mit dem Falken?«
»Ahnten Sie es?« Er machte eine Pause, während der nur das Rauschen des Windes in den Bäumen und der Gesang der Vögel zu hören waren. »Ich möchte nur eines von Ihnen wissen, Signora. Lieben Sie meinen Sohn?«
Fiona starrte ihn fassungslos an. Mit einem Mal konnte sie seine Gegenwart nicht mehr ertragen. Wie um Wasser zu schöpfen, tauchte sie ihre Hände hinein. Perlucci erkannte ihre Absicht, lachte auf und ging davon.

Der kleine Zug marschierte den Weg aus den Bergen abwärts zum Meer. Fabricio Perlucci ritt an der Spitze, die Gefangenen im Schlepptau, ihm folgte Enzo auf seinem Maulesel, dicht hinter ihm Fiona auf dem Schimmel. Saverio ging neben ihr, die Zügel seines Pferds in der Hand. Jetzt, da nichts als der Gesang der Vögel und die Reinheit der Morgenluft sie umgab, verwehten allmählich die Schrecken der Nacht. Nachdem sie mehrere Kurven passiert hatten, trafen sie auf Giovanni, der sich auf dem Rückweg von Tággia befand. Enzo sprang von seinem Maulesel und begann sofort seinem Vater alles zu erzählen.

»Lassen Sie mich absteigen«, bat Fiona Saverio. »Gehen Sie schon voran. Ich habe etwas zu besprechen.«
»Wenn Sie es für wichtig halten, natürlich«, erwiderte Saverio. »Wir werden dort vorne, wo die Weinreben beginnen, auf Sie warten.«
»Gut.« Fiona trat auf Giovanni und Enzo zu, die am Wegrand standen und ihr entgegensahen. »Guten Morgen, Giovanni. Ich bin froh, dass ich Sie treffe.«
»Danken Sie Gott, dass Sie noch leben«, entfuhr es ihm. »Es tut mir sehr leid, dass Ihnen so viel Schlimmes zustieß. Sie werden wohl nicht mehr hierher zurückkommen wollen, nicht wahr?«
»Ich weiß es nicht, Giovanni«, antwortete Fiona. »Zunächst werde ich nach Hause nach London fahren. Ich werde meine Bilder ausstellen, die ich hier gemalt habe.«
»Auch die von uns?«
»Ja, von euch allen.«
»Oh, das können Sie nicht tun. Unsere Armut vor den Augen der Reichen, der Fremden zeigen.«
»Ich will dazu beitragen, dass Ihre Lebenswelt so vielen Menschen wie möglich bekannt wird, damit sie Ihre Arbeit und den Wert der Oliven schätzen lernen.«
Die beiden Männer sahen sie bewundernd an. Schließlich sagte Giovanni: »Das würde Messalina sehr freuen. Ich wünsche Ihnen viel Glück, Signora Turlington. Es wäre schön, wenn Sie dann noch einmal zu uns kommen würden. Wir könnten noch mal zusammen in der Mühle sitzen, Wein trinken und miteinander plaudern.«
»Das kann ich Ihnen heute noch nicht versprechen, doch ich werde daran denken.« Sie holte tief Luft. »Giovanni, ich habe Santuzza besucht, die heimliche Geliebte Ihres

Vaters. Wenn Sie sie noch kennen lernen wollen, sollten Sie sich beeilen.«
»Ihre Liebe ist keine Legende, Vater.«
»Das hat Vater mir auch gesagt«, erwiderte er mit deutlichem Desinteresse.
»Sie sagte mir, ich solle Sie grüßen und Ihnen ausrichten, dass sie Sie vielleicht eines Tages besuchen würde.«
»Das soll sie ruhig tun«, meinte er ungerührt. »Ich jedenfalls gehe nicht zu ihr. Meine Mutter ist mir heilig.«
»Ich glaube aber, dass sie Ihren Vater noch immer liebt. Sie sollten es sich überlegen.«
»Wir sollten die Vergangenheit ruhen lassen. Sie interessiert mich nicht. Ich habe genug Arbeit.«
Ein paar Ameisen krabbelten über Fionas Füße. Sie bückte sich, um sie zu entfernen. Als sie wieder aufsah, trank Giovanni Wasser aus einer Lederflasche. »Sagen Sie, Giovanni, kennen Sie die Contessa Inès de Briancourt?«
Er verschluckte sich, stellte die Kiepe ab, die er auf dem Rücken trug, und stopfte die Flasche hinein. »Sie steht in Vaters Rechnungsbüchern, Signora. Ich selbst kenne sie nicht. Warum fragen Sie?«
»Santuzza erzählte mir von ihr. Ich möchte sie kennen lernen. Kauft sie noch immer das *primuruggiu* bei Ihnen?«
»Seit ein paar Jahren nicht mehr.«
»Dann ist sie also tot?«
»Ich weiß es nicht. Ich habe vor ein paar Tagen das erste Mal in meinem Leben mein Stückchen Land verlassen, um in eine Stadt zu gehen. Sie kennen mich doch, ich lebe für meine Bäume. Solange Messalina da war, habe ich ausschließlich ihr gedient.«
»Ich weiß. Erinnern Sie sich daran, wohin Ihr Öl geliefert wurde, wenn es die Contessa bestellte?«

»Ja, auf der alten Salzstraße das Roya-Tal hinauf auf den Colle di Tenda zu, einem wichtigen Bergpass. Dort in der Nähe steht ein ehemaliges kleines Kloster, und dort lebt die Contessa de Briancourt.«

»In einem Kloster also«, wiederholte Fiona überrascht. Dem Maulesel neben Enzo wurde es langweilig, und er trottete auf den Waldrand zu, wo ein paar frische Gräser zu rupfen waren.

»Sie ist keine Nonne, Signora.«

»So? Warum brauchte sie dann Ihr Jungfernöl?«

Giovanni errötete leicht und schaute Enzo hinterher, der dem Maulesel nachgegangen war.

»Ich weiß nicht viel, Signora. Außerdem habe ich viel vergessen. Die Vergangenheit interessiert mich …«

»… nicht, das haben Sie schon einmal gesagt, Giovanni. Für mich ist aber auch das Wenige wichtig, das Sie wissen. Bitte denken Sie noch einmal nach.«

»Während der Revolution in Frankreich wurden viele Klöster aufgelöst. Privatleute konnten sie kaufen wie Scheunen oder Höfe. Die Contessa, sagte mein Vater, wollte zurückgezogen wie eine Nonne leben, deshalb brauchte sie unser Öl. Unser Öl genoss schon immer einen besonderen Ruf.«

»Das Öl aus den Malissi-Oliven?«

»Ja, bis die Armut begann und Vater immer weniger Erntehelfer hatte, um die heiligen Bäume zu pflegen. Ihr Ertrag war oft gering und die Mühe, die kleinen Oliven zu ernten, zu groß. Bald konnte er selbst diejenigen Helfer, die geblieben waren, nicht mehr bezahlen.«

»Die meisten wanderten aus, nicht wahr? Sie aber blieben den Bäumen treu. Sie werden sehen, dass Ihre Arbeit nicht umsonst war. Danke für Ihre Hilfe, Giovanni. Ich wünsche Ihnen viel Glück. Eines Tages werde ich die

Contessa aufsuchen – und dann werden auch wir uns wieder sehen.«
»Ich würde es mir sehr wünschen, Signora. Auch Ihnen viel Glück.«
Sie verabschiedeten sich voneinander, dann stieg Fiona auf den Schimmel und Enzo auf seinen Maulesel. Langsam nahmen sie wieder ihren Weg auf.

»Und wenn sie nicht gestorben sind, dann lieben sie sich noch heute«, meinte Enzo belustigt.
»Sie sind bald beide tot und werden sich immer noch lieben.«
»Ich bin Anarchist, wie Sie wissen. Ich glaube nur an dieses eine Leben. Ist diese Santuzza denn noch … sagen wir, zurechnungsfähig?«
»Ich denke, ja. Sie liebt Giovanni jedenfalls noch immer.«
»Was sagt das schon über den Verstand aus!« Enzo lachte kurz auf.
Leise sagte sie: »Ja, wer liebt, ist dumm.«
»… und hilflos wie ein Schmetterling im Honig«, fügte Enzo ebenso leise hinzu. Er sah sie prüfend von der Seite an. »Sie sind gerade einem solchen begegnet, nicht wahr? Er wartet dort vorne.«
»Ich … ich weiß es nicht.«
»Signora, ich bin ein Mann. Es mag verrückt sein, verzeihen Sie mir, aber ich bilde mir ein, dass dieser Saverio Perlucci Sie mehr liebt als diese Santuzza meinen Großvater.«
Überrascht sah sie ihn an. »Woher wollen Sie das wissen, Enzo? Sie kennen sie doch gar nicht.«
»Nun, erstens spüre ich das, und zweitens frage ich mich, warum diese Santuzza niemals meinen Vater, den einzigen Sohn des Mannes, den sie so sehr geliebt hat, besucht hat.«

»Aus Schmerz, denn er hat ja eine andere Mutter.«
»Dann war ihr Schmerz größer als die so genannte wahre Liebe zu meinem Großvater. Nein, nein, darüber wollte ich auch nicht sprechen.« Er machte eine bedeutungsvolle Pause. »Saverio Perlucci scheint jedenfalls kein Geheimnis um seine Liebe zu Ihnen zu machen.«
»Und wenn schon. Jedenfalls ist er nicht in der Lage, sich seinem Vater zu widersetzen.«
»Der Sie ja auch kräftig zu lieben scheint.« Enzo grinste. »Außerdem wissen wir gar nicht so genau, ob der Sohn nicht doch seinem Vater Widerstand bietet. Diesen Alten allerdings zu entthronen würde selbst mir schwer fallen.«
»So? Und warum?«
»Weil … weil es auch einem Sohn schmeichelt, einen attraktiven, reichen Vater zu haben.«
»Da würden also auch Sie schwach werden?«
»Ich fürchte, ja, ein wenig.« Er lächelte sie an. »Auch Anarchisten haben manchmal eine sündige Seite. Was meinte der alte Perlucci eigentlich mit dem Tuch?«
»Das Tuch hat seine eigene Geschichte, ich kenne nur einen Teil davon.«
»Und der wäre?«
Das Wesentliche war kurz erzählt.
»Das Tuch ist also wegen seines Musters eine Kostbarkeit«, schloss Enzo ihren Bericht ab. »Ein Muster, das nur noch eine der letzten Weberinnen hier beherrscht. Würde Perlucci sie kennen, würde er sicher ihren wertvollen Tuchbesitz aufkaufen.«
»Das würde sie niemals zulassen. Sie weiß, was sie kann, und sie ist stolz auf sich«, erwiderte Fiona.
»Nun, dieser reiche Herr scheint jedenfalls ein Geheimnis

zu haben. Wenn ich mich nicht täusche, kommen Sie ihm immer näher auf die Spur.«
»Ich frage mich nur, warum er selbst das Tuch nie gesucht hat.«
»Oh, vielleicht hat er es ja getan. Ohne Erfolg allerdings. Und da er Sie für eine Diebin hielt, konnte er davon ausgehen, dass Sie ihm das Tuch nie zurückgeben würden. Nun sieht Ihre Situation ja ein wenig anders aus.«
»Ja. Doch manchmal denke ich, er spielt mit mir.«
»Damit könnten Sie sogar Recht haben. Der junge Perlucci allerdings hat meinen Respekt.« Er nickte ihr zu. »Ja, er hat Charakter.«

Das Verhör auf der Polizeidienststelle in San Remo verlief ruhig. Die Angeklagten waren angesichts der Zeugen geständig. Sobald das Protokoll aufgenommen und die Formalitäten beendet waren, verabschiedete sich Fiona herzlich von Enzo und kühl von Fabricio Perlucci. Saverio reichte ihr zögernd die Hand.
»Sie werden also hier bleiben, Signora?«
Enzo, der neben ihm stand, warf Fiona einen belustigten Blick zu. Schon wollte sie verneinen und ihm die Wahrheit sagen, da ergriff Fabricio Perlucci das Wort.
»Ich kann mir keinen anderen Platz der Welt vorstellen, an dem so wichtige Aufgaben auf Sie warten wie hier, nicht wahr, Signora Turlington? Jetzt, da Sie zu wissen scheinen, wo sich mein Seidendamasttuch befindet, fordere ich Sie hier vor Zeugen auf, es mir zurückzubringen.« Er schaute Fiona ernst an. »Sagen wir, in spätestens zwei Wochen. Einverstanden?«
»Nein.«
»Was meinen Sie mit nein?«

»Da ich es nicht gestohlen habe, fühle ich mich keineswegs verpflichtet, Ihnen Ihr angeblich so kostbares Tuch zurückzubringen, nur weil Sie es befehlen. Ich habe es freiwillig gesucht und werde es, mit Glück, vielleicht finden. Doch wann ich das tue, überlassen Sie bitte mir allein. Dieses ist keineswegs der Platz der Welt, an dem die wichtigsten Aufgaben auf mich warten. Arrivederci, Signori!«
Sie drehte sich auf dem Absatz um und ging ohne ein weiteres Wort.

Als sie spät in der Nacht in ihrem Olivenholzbett aufwachte, ärgerte sie sich über den alten kämpferischen Tuchhändler. Immer wieder verstand er es, sie an sich zu binden, so als ob sie ihm entfliehen könnte, wenn er sie nicht provozierte. War es nicht ein irrwitziger Gedanke gewesen, seine Herausforderung anzunehmen, das Tuch des grünen Goldes zu suchen?
Fiona starrte auf die Schattenflecken an der Wand. Was bedeutete schon ein kunstvolles Damastmuster für sie? Was gingen sie hebräische Buchstaben an? Was galt ihr Fabricio Perlucci, ein Mann, dem nur Geld und Lust wichtig waren? Warum sollte sie die Suche nach einem Stoff aufnehmen, an dem dieser stolze Patriarch hing wie ein Kleinkind an seinem Schmusetuch? War nicht alles ein absurdes Spiel?
Wenn sie jemals den letzten Schritt tun würde, dann nur um ihrer selbst willen. Denn nun kannte sie den letzten Weg zur Antwort – den Weg zur Contessa Inès de Briancourt.
Langsam fiel sie in Schlummer.

Sie stand in einem Olivenhain und fror in ihrem dünnen Mousselinekleid. Nebelschwaden ballten sich über dem Meer. Sie wogten die Hügel aufwärts, krochen an den schwarzen Baumstämmen empor. Rinde brach auf, und die lanzettförmigen Blätter richteten ihre Spitzen gen Himmel. Das Wispern der Blätter wurde lauter, schärfer. Plötzlich traten bunte Mosaike aus den Wolken heraus. In ihnen erkannte sie Ausschnitte von Armen, Bäuchen, Schultern, eingehüllt in glänzende Stoffe. Stück für Stück schoben sie sich aneinander und bildeten das unvollendete Familienporträt der Perluccis. Wie Flammen bissen nun die Spitzen der Blätter in sie hinein, rissen und zerrten. Und die Köpfe fielen auf sie hinab, kugelten an ihren Füßen vorbei und lachten, lachten, lachten.

Am nächsten Morgen wusste Fiona, dass es allerhöchste Zeit war, nach London zurückzukehren.

Da die Passstraßen noch verschneit waren, fuhr Fiona von Marseille aus mit der Bahn bis Calais, von wo sie mit einer Fähre nach Dover übersetzte. Trotz des komfortablen Erste-Klasse-Abteils empfand sie die Fahrt als äußerst anstrengend. Es schien ihr, als ob sie mit jeder Meile, die sie weiter gen Norden führte, von innen her ausgezehrt würde.
Es war schwierig, nicht an Saverio zu denken, doch noch schwieriger war es, die Bilder zu verdrängen, die sie an die Zeit erinnerten, als sie mit Jefferson gen Süden aufgebrochen war. So gut es ging versuchte Fiona ihre Seele darauf einzustimmen, dass das Wiedersehen mit ihren Eltern keinesfalls so unbelastet sein würde, wie es unter

normalen Umständen hätte sein können. Wenn sie ehrlich war, so freute sie sich nur auf ihren Vater. Wie, fragte sie sich, sollte sie sich ihrer Mutter gegenüber verhalten? Verachtete sie sie nicht bereits für das, was sie ihrem Vater angetan hatte? Und sollte sie ihr alles erzählen, was sie in Ligurien erlebt hatte? Wirklich alles?
Je näher sie London kam, desto mehr vermisste sie ihren kämpferischen Geist, der sie in Ligurien begleitet hatte. Um der eigenen Schwäche zu begegnen, malte sie sich in Gedanken aus, in welcher Reihung sie Porträts und Landschaftsbilder aufhängen würde. Wie sollte sie Jeffersons Impressionen präsentieren – geordnet nach dem jeweiligen Stand der Sonne, der Intensität des Lichts oder nach Motiven?
Sie schob die Bilder so lange vor ihrem inneren Auge umher, bis sie schläfrig wurde und von Saverio zu träumen begann.

Der Zug rumpelte in den Bahnhof, und es dauerte nur wenige Atemzüge, bis der Lärm der Stadt Fiona mitriss und sie in eine nervöse Aufgeregtheit versetzte, die alles fortzuschwemmen schien, was sie in Italien erlebt hatte.
Gleich nach ihrer Ankunft versuchte sie ihre Eltern anzurufen, doch ohne Erfolg. Es schien niemand zu Hause zu sein. Nachdem sie es mehrmals vergeblich von einer Post- und Telegrafenstelle aus versucht hatte, beschloss sie, in einem kleinen eleganten Hotel in der Innenstadt abzusteigen. Am Abend badete sie lang und ausgiebig, orderte das Abendessen aufs Zimmer und begab sich, erschöpft, wie sie war, früh zu Bett.
Am nächsten Vormittag erwachte sie erst, nachdem die offizielle Frühstückszeit beendet war. Sie zog sich an und

ging zur Rezeption, um ein weiteres Mal ihre Eltern anzurufen. Doch es war wieder vergeblich. Es blieb ihr nichts anderes übrig, als zu warten. Hier zu warten. Zu sehr graute ihr davor, allein in den Räumen ihrer Kindheit zu sitzen, in denen die Vergangenheit über sie hereinzubrechen drohte. So frühstückte sie in einem nahe gelegenen Café und verbrachte den Tag damit, in Geschäften zu stöbern, um Hüte, Schuhe und Kleider in den neuen Farben der Saison zu kaufen – lindgrün, mauve, cremeweiß.
Tags darauf ging sie frühmorgens zur Coiffure und Maniküre, dann nahm sie eine Droschke, um auszuprobieren, wie es sich anfühlte, Besucher in der eigenen Stadt zu sein. Längst hatte Londons Flair sie wieder in seinen Bann gezogen, verdrängte, ohne dass sie es vermeiden konnte, die Erinnerung – und so tauchte sie in die flirrende Atmosphäre dieser einzigartigen Metropole ein.
Während die Droschke ihren Weg aufnahm, dachte sie an die Bemerkung, die der Schriftsteller und Kritiker Samuel Johnson einmal gemacht hatte: »Wer Londons müde ist, ist des Lebens müde.«
Und sie war so wach, so hellwach.
Sie würde Kreise ziehen, erst weite, dann engere, bis sie den Ort erreicht hatte, wo das wache London auf sie, Fiona Turlington, aufmerksam werden würde. Auf sie – und Jefferson Cork. Doch zunächst ließ sie sich Richtung Themse fahren.
Wie so oft lag gelblicher Nebel über der Stadt. Hier und da roch es nach üblen Gasen, Kohlendämpfen und dem brackigen Wasser des Flusses. Doch das hielt sie nicht davon ab, den Weg an der Parlamentsfassade zu nehmen und in die breite Whitehall einzubiegen, die das große gotische Gebäude mit dem Charing Cross verband. Dort hatten

sich in einem gewaltigen Bau im italienischen Stil die Ministerien des Inneren, der Kolonien und Indiens eingenistet. Die Nähe der Amtsstuben ließ sie an ihren Großvater denken, der jetzt in Devon seine Ruhe genoss, ohne von lästigen Erinnerungen an Bürokraten gequält zu werden.

Kurz darauf erreichten sie den St. James Park. Von dort aus ging es im raschen Trab die Downing Street entlang. Es reizte sie jedoch, auf den Spuren ihrer Familiengeschichte zu wandeln und die Londoner Docks mit den riesigen Warenhäusern zu besichtigen. Dort lagerten Tabak, Tee und Kolonialwaren aller Art, und unter der Erde verbargen sich Gewölbe mit Weinen verschiedenster Provenienz, auch aus Ligurien.

Von den Docks am Ufer der Themse im Stadtteil Ostend, wo die Arbeiter lebten, rollte die Droschke durch Whitechapel mit seinen Tabak- und Zigarrenfabriken. Hier mischte sich der süßliche Geruch der Zuckersiedereien mit den anderen Ausdünstungen der Stadt. In Spitalfields, wo die aus Frankreich vertriebenen Seidenweber ärmlichen Unterschlupf gefunden hatten, dachte Fiona an Santuzza. Um wie vieles hatte sie es in den schönen ligurischen Bergen besser.

Der Kutscher knallte mit der Peitsche, weil immer wieder Fuhrwerke und Botenjungen mit Handkarren seine Bahn kreuzten. Als sie den Stadtteil Clerkenwell erreichten, bremste der Kutscher abrupt, weil ein Leiterwagen mit schwarz lackierten Särgen aus einer Seitenstraße einbog. Langsam zuckelte die Droschke nun hinter ihm her, vorbei an den vielen kleinen Geschäften und Werkstätten der Uhrmacher, Juweliere und Mechaniker. Ihrem Handwerk zum Trotz schien hier die Zeit wirklich stehen geblieben zu sein. Nichts schien sich seit Jahrzehnten verändert zu haben. Die Straßen mit ihren Häusern, ihren Menschen und ihrem stoischen Gleichmaß waren wie zu der Zeit, als Fiona jung und unbedarft gewesen war. Mehr als jemals zuvor wurde ihr bewusst, dass sie seit damals eine andere geworden war. Und während die Droschke stockend weiterrollte, überschwemmten sie für einen Moment Erinnerungen an das Licht über dem Meer, ihre Villa, die Maserungen ihres Olivenbaumbetts, an die Steinmauer, an der sie Saverio wiedergetroffen hatte, an das hölzerne Drehkreuz der Ölmühle, das goldene Leuchten frisch gepressten Öls in Tonschalen. Selbst Messalinas Gestalt wurde noch einmal vor ihrem inneren Auge lebendig – wie sie sie beim ersten Mal in ihrem Nest angetroffen, wie Messalina das Familienporträt zerschlitzt hatte, aber auch wie sie sterbend in ihrem Bett lag und sie, Fiona, ihr schwören musste, sich für den Erhalt der Olivenbäume einzusetzen.

Für ein paar Minuten veränderten diese lebendigen Erinnerungen Fionas Wahrnehmung, und ihr kam es vor, als zöge sie in ihrer Droschke an potemkinschen Kulissen vorbei, hinter denen nichts als luftige Leere herrschte.

Das rege Leben in den Straßen, die zur Innenstadt führten, lenkte sie jedoch bald wieder ab. Dort in der Lombard Street, wo bedeutende Bankhäuser residierten, wurde das Vermögen ihrer Familie verwaltet. Der Kutscher machte sich den Spaß, auch noch durch die Straße der Kornmakler, die Mark Lane, zu fahren, danach durch die Mincing Lane, wo die Kolonialhändler zu Hause waren, und schließlich durch die Paternoster Row. Hier saßen die Buchhändler, und bei einem von ihnen hatte ihr Großvater so manche Stunde im Hinterstübchen bei wertvollen

Altdrucken zu Bohea- oder Oolong-Tee verbracht. Denn er hatte eine Zeit lang botanische Werke und Reiseberichte berühmter Entdecker gesammelt und gegen die Macht der nahe liegenden Fleet Street gewettert, in der die modernen Druckereien waren. Sie sei, hatte er immer gesagt, eine Straße der Macht, die Schande über unschuldige Menschen bringe. Ihre Schlagzeilen, die sie fabriziere, würden der Schärfe eines Damoklesschwertes gleichen. Als die Droschke wenig später in den Bezirk Westend mit seinem geschäftstüchtigen Mittelpunkt Charing Cross und Trafalgar Square einrollte, wogte Fiona vollends das lebendige, sich amüsierende Leben Londons entgegen. Das Gefühl, das Herzstück Londons und kosmopolitische Metropole Europas zu sein, war nirgends so stark zu spüren wie hier in den Straßen, Kreuzungen und Plätzen. Fiona erinnerte sich, dass in der breiten Pall Mall des Stadtteils St. James Benjamin Lowing, einer der Mieter im Haus ihrer Eltern, seinen Club hatte. Und in Belgravia, im Süden des Hyde Park, hatte ihr Großvater eine Zeit lang jeden Freitagnachmittag Helena Majakowskaja, die Witwe eines russischen Diplomaten, besucht. Sie entsann sich, dass sein heimliches Tête-à-Tête dadurch aufgeflogen war, weil an dem Tag, an dem das tödliche Attentat auf den Zaren Alexander II. am 1. März 1881 bekannt geworden war, ihr Vater, von einem Geschäftsessen am Grosvenor Square zurückkommend, von russischen Emigranten aufgehalten wurde. Sie waren mit Plakaten bewehrt durch den Hyde Park gezogen und hatten den Verkehr just in der Straße gestoppt, in der Helena Majakowskaja wohnte. Angezogen von dem Tumult, hatte ihr Großvater, die Geliebte an seiner Seite, vom Balkon aus hinausgeschaut – direkt in die Augen seines Sohnes.

Es schien, als wäre sie beinahe wieder zu Hause angelangt. Sie bat den Kutscher, noch einen Abstecher zu der Galerie in einer der kleinen Seitenstraßen von Belgravia zu machen. Doch als sie dort ankamen, hing ein Schild an der Tür: »Heute wegen Krankheit geschlossen.«
Am Morgen des nächsten Tages rief Fiona noch einmal zu Hause an. Diesmal nahm ein junges, ihr unbekanntes Dienstmädchen den Telefonhörer ab. Sie brach sofort auf, ohne weitere Fragen zu stellen.

Unter tief hängenden Dunst- und Nebelschwaden bog die Droschke durch eines der prachtvollen alten Tore in den Richmond Park ein. Von der Themse her roch es wie gewohnt ein wenig brackig, doch der Anblick der hin und her wogenden mächtigen Eichen- und Kastanienkronen entschädigte Fiona dafür. Sie war wieder zu Hause.
Das bereits verkaufte kleinere Stadthaus und dieses alte Herrenhaus mit den beiden achteckigen Türmen und den breiten Giebeln über dem Säulenportal hatten die Vorfahren ihrer Mutter Anfang des Jahrhunderts mit dem aus Tee- und Seidenimport gewonnenen Geld erwerben können. Seit dem Tod ihrer Großmutter und dem Entschluss ihres Großvaters, nach Devon zu ziehen, hatten ihre Eltern die beiden oberen Stockwerke vermietet. Im ersten wohnte die Familie des Botanikers David Lay, der in den Gewächshäusern des Königlichen Botanischen Gartens in Kew arbeitete. Fiona erinnerte sich an einen heftigen Streit zwischen ihm und ihrem Vater vor einigen Jahren, der seitdem die Beziehung zwischen ihren Familien getrübt hatte. Ihr Vater hatte nämlich missbilligt, dass Lay darauf stolz war, vor Jahren die ersten aus Brasilien eingeschmuggelten Kautschukpflänzchen mit Erfolg für

den malaysischen und ceylonesischen Raum heranzuziehen. Er hatte Lay vorgeworfen, dass mit diesem Streich die britische Krone das Ursprungsland Brasilien ausbluten würde. Wenn nämlich eines Tages die asiatische Produktion die brasilianische übertrumpfen würde, könnte dies die Börsenkurse zum Absturz bringen. Fiona klangen noch seine Worte im Ohr, dass andere Länder zu kolonisieren den weltweiten Frieden sichern müsse, sonst wären alle Opfer und Anstrengungen vergebens. Seit diesem Streit waren sich die beiden Männer aus dem Weg gegangen.

Fiona schaute zu den Fenstern hoch. Irgendwo hinter den Gardinen saß Mrs. Lay und beobachtete sie. Sicher grämte sie sich, weil sie sich wegen der Missstimmung nicht traute, herunterzukommen und sie zu begrüßen. Sie hätte sicher gerne ausführlich mit ihr geplaudert, um wenigstens für kurze Zeit ihre chronische Langeweile zu unterbrechen.

Im Stockwerk darüber lebte eine Bankierswitwe mit ihrem Sohn, Benjamin Lowing, der vormittags zur Börse ging, dann in seinem Club speiste und anschließend in die James Street fuhr. Dort leitete er ein Geschäft, das Kostüme für Oper und Ballett fertigte. Es hatte der Cousine einer Landadelstochter gehört, die an Schwindsucht gestorben war. Er hatte ihr noch auf dem Sterbebett versprochen, ihr gut gehendes Geschäft fortzuführen. Zu Beginn hatte er, erinnerte sich Fiona, noch wenige Kenntnisse besessen, doch sein guter Geschmack für schöne Frauen hatte ihn auf eine junge Schneiderin aufmerksam gemacht, die ihn die Gesetzmäßigkeiten ästhetischer Formen lehrte und gleichzeitig behutsam verführte. Daraus war eine Liaison entstanden, die diejenigen, die von ihr wussten, sorgfältig geheim hielten. Sie nahmen Rücksicht auf Benjamin Lowing, denn er hatte gute Manieren, war zuverlässig und charmant. Neben der Gefahr eines Börsenkrachs fürchtete er nur die Eifersucht seiner Mutter. Nach dem Tod seines Vaters, den seine Mutter wie einen Schoßhund an sich gekettet hatte, war er in seine Position gedrängt worden. Und wenn sie einen ihrer Eifersuchtsanfälle hatte, konnte sie ordinär werden wie eine Pensionswirtin in einem Arbeiterviertel.

Erinnerungen.

Die Droschke hielt. Ob ihre Eltern schon da waren? Fiona stieg aus. Es war ein düsterer Nachmittag, aber hinter den Gardinen brannte kein Licht. Sie schritt über den Kies und schaute einen Moment einem Eichhörnchen nach, das über den kurz geschnittenen Rasen auf einen der weit ausladenden Rhododendren zuflitzte. Sie griff in ihre Tasche, um den Schlüssel herauszuholen, doch da war keiner.

»Miss Turlington, schön, Sie zu sehen! Ich hörte eine Kutsche. Sind Sie gerade eben erst zurückgekehrt?«

Es war Mr. Plim, die gute Seele für Haus und Garten. Er lächelte und verbeugte sich. Fiona hatte ihn ein wenig schlanker in Erinnerung, doch trotz des kleinen Bauchs sah er so aus wie immer. »Ja. Guten Tag, Mr. Plim. Ich muss gestehen, ich habe meinen Hausschlüssel in Italien vergessen.«

»Oh, das ist nicht schlimm. Er hätte Ihnen sowieso nichts genützt.«

»Wie bitte?« Fiona stockte der Atem.

»Nun, ich musste alle Schlösser auswechseln, Miss.«

»Wann … wann haben Sie das getan?«

»Kurz nach Ihrer Abreise.« Er nahm seine Mütze ab und

drehte sie verlegen in den Händen. »Ihre Mutter bat mich darum.«
»O nein, das kann sie nicht getan haben.«
»Es tut mir leid, aber es ist die Wahrheit.«
Er setzte seine Mütze wieder auf und sah Fiona bedauernd an. »Kommen Sie, ich schließe Ihnen auf. Ihre Eltern wiesen mich an, den Dachboden aufzuräumen. Sie hatten Kisten markiert, von denen sie wünschten, dass ich sie in der Bibliothek aufstelle. Ich hatte ihren Auftrag schon fast erfüllt, da rief mich Louise zum Lunch. Ich fürchte, ich muss mich beeilen, um die letzten drei herunterzuholen.«
Er zog seinen Schlüsselbund hervor, während Fiona an der alten Hausfassade mit ihren Vorsprüngen und Verzierungen hochsah. Und mit einem Mal verspürte sie keine große Lust mehr, in dieses Haus zurückzukehren.
»Wann kamen meine Eltern zurück?«
Plim, den Schlüsselbund in der Hand, drehte sich zu ihr um.
»Oh, das weiß ich genau. Es war an Louises Geburtstag. Sie hatte Ingwerkekse und Nusstörtchen mit Schokoladenüberzug gebacken. Sie hat sie mir eingepackt, und ich habe sie am Hafen gegessen, während ich auf die Ankunft des Schiffes wartete, mit dem Ihre Eltern eintrafen. Das war vor genau zwei Wochen.«
»Und wo sind sie jetzt?«
»Sie sind heute Morgen in die Stadt gefahren. Sie müssten bald wieder hier sein. Ja, Miss, sie haben alles gut organisiert: Vor etwas mehr als vier Wochen schickten sie mir eine Depesche, in der stand, dass ich alles vorbereiten solle – Vorräte, Kamine und ein Dienstmädchen für ein paar Stunden. Ihre Mutter hat einen indischen Diener mit-

gebracht, Miss.« Er schaute sie bedeutsam an. »Sie nennen ihn Malisy.«
Ein indischer Diener! Wie musste sich ihre Mutter geändert haben, wenn sie das tat, was sie sonst nie getan hätte – gegen Konventionen zu verstoßen. Gleichgültig zu sein war noch nie ihre Stärke gewesen. Doch jetzt schien ihr sogar egal zu sein, was Freunde und Bekannte von ihr dachten. Was für ein Wandel! »Dann geht es ihr also gut?« Fiona zwang sich, nicht zynisch zu klingen.
»Oh, in den ersten Tagen sah ich sie nicht. Ich fürchtete schon, sie sei erkrankt. Doch bereits nach einer Woche fuhren sie nach Jersey, wohl, um das neue Haus einzurichten.« Er schob seine Mütze etwas tiefer in die Stirn. »Es tut mir leid, dass sie uns verlassen wollen.« Er trat beiseite und zeigte auf eine Tanne mit dicken bläulichen Zapfen. »Erinnern Sie sich noch, Miss? Sie haben sie gepflanzt, als Sie acht Jahre alt waren.«
»Ja, ich nannte sie immer *puggy* …«
Plim errötete leicht. »Ja, Sie verglichen sie mit den Möpsen, weil ihre Zapfen so schön dick sind. Seitdem pflege ich sie besonders gut.« Er wandte sich wieder dem Schlüsselbund zu und öffnete die Tür. Doch Fiona zögerte und ging nervös hin und her. »Sonst ist alles beim Alten?«
Plim hielt in der Bewegung inne. »Nun ja, wir hatten ein wenig Sorge um Mrs. Lowing. Wissen Sie, ihr Sohn hat sie zur Großmutter gemacht, mit Zwillingsjungen.«
»Ach, die Ärmste. Er hat es ihr wirklich erzählt?«
»Nein, sie hat es per Zufall erfahren. Sie erwischte nämlich ihre Dienstboten dabei, als diese Babywäsche strickten und mit dem Monogramm ihres Sohnes bestickten. Sie hat ihn noch in derselben Stunde vor die Tür gesetzt. Dann bat sie Ihre Eltern um Erlaubnis, ein Telefon für

ihre und meine Wohnung einrichten zu lassen. Nun kann sie mich jederzeit zu sich rufen. Sie ist eine bemerkenswert konsequente Frau, Miss.«

Fiona lächelte. »Armer Mr. Plim.«

»Nun, so würde ich es nicht bezeichnen.«

»Würden Sie mich nun bitte einlassen?«

»Aber selbstverständlich, Miss.« Er öffnete die Eingangstür und schloss die Tür zur Wohnung auf. Das Erste, was Fiona auffiel, war das Fehlen des ihr vertrauten Geruchs.

»Warten Sie bitte hier, Mr. Plim.«

»Wie Sie wünschen, Miss.«

Sie lief durch alle Räume und fand beinahe überall weiße Hussen auf Sesseln und Kanapees – in den Salons, den Gästezimmern, ihrem Schlaf- und Wohnzimmer. Nur der Speisesalon und das Schlafzimmer ihrer Eltern sahen aus wie immer. Vor der hohen Bücherwand in der Bibliothek standen mehrere große Kisten.

»Miss, ist alles in Ordnung?«, rief Mr. Plim von der Diele her.

Außer Atem kam sie zu ihm zurück. »Mr. Plim, so etwas habe ich nicht erwartet. Ich habe den Eindruck, absolut überflüssig zu sein. So überflüssig wie ein drittes Bein.«

Er seufzte. »Ich hatte es befürchtet, Miss.«

»Diese Kisten – stammen sie aus der Zeit vor dem Ausverkauf unseres Castle?«

»Ja, Miss. Ihre Eltern ließen zehn große Kisten packen und hierher bringen. Drei kleinere füllten sie selbst. Es sind die Letzten, die ich noch vom Dachboden holen muss.«

»Danke, Mr. Plim. Ich habe Sie lange genug aufgehalten. Tun Sie ruhig Ihre Pflicht.«

»Ja, Miss, das muss ich auch, sonst starrt mich dieser

Inder wieder so an, dass ich Angst bekomme wie ein Kind im Kohlenkeller.« Er schüttelte sich, lachte jedoch dabei. Fiona schloss die Tür hinter ihm. Sie war angekommen, angekommen in einem Zuhause, das dabei war, sich aufzulösen. Ohne lange zu überlegen, suchte sie Geoffreys Telefonnummer und ließ sich verbinden.

»Fiona! Wunderbar, Sie zu hören! Wann sind Sie angekommen?«

»Vor drei Tagen.«

»Warum haben Sie mich nicht gleich angerufen?«

»Um ehrlich zu sein, Geoffrey, ich brauchte zuerst ein wenig Zeit, um wieder das zu finden, was mir angenehm und vertraut war.«

»Dann hätten Sie an meiner Tür läuten sollen, Fiona. Wo sind Sie jetzt? Sind Sie immer noch allein?«

»Ich bin im Haus meiner Eltern. Sie sind noch in der Stadt, werden aber gleich da sein.«

Es entstand eine kurze Pause, in der ihr schien, als ob Geoffrey dem Ton ihrer Stimme nachlauschen würde. Schließlich fragte er vorsichtig: »Geht es Ihnen gut?«

»Ja, ich denke, es geht mir wieder gut«, log sie. Sie hatte keine große Lust, ihm von ihrer jetzigen Situation zu erzählen. »Wie sieht es mit den Vorbereitungen für die Ausstellung aus?«

Er seufzte. »Gareth, unser Galerist, will unbedingt ein mediterranes Flair schaffen, mit Wein, Brot, Antipasti, das Übliche eben. Ein Freund wird ihm sogar original italienische Stühle, Tische und Gläser ausleihen. Leider hat Gareth vor einigen Tagen bei einem Chinesen gegessen, der ihm wohl alten Reis und noch älteres Huhn servierte. Nun liegt er mit Koliken, Würgreiz und scheußlichen Kopfschmerzen im Bett. So wie es aussieht, wird er noch eine Weile brauchen, um wieder fit zu sein. Bis zur Ausstellung haben wir ja noch knapp zwei Wochen Zeit. Sie können sicher sein, dass viele Besucher kommen werden. Glücklicherweise kenne ich ein paar Zeitungsfüchse, die zwar Goethe gelesen haben, denen aber das Geld fehlt, nach Italien zu reisen. Ich denke, sie sind am ehesten in der Lage, die richtigen Worte über Ihre Bilder und den Zauber, den sie ausstrahlen, zu finden.«

»Das klingt gut, Geoffrey. Wir sollten uns bald sehen. Ich brauche ja schließlich Zeit, um die Reihenfolge festzulegen, in der die Bilder aufgehängt werden sollen.«

Er räusperte sich. »Also, Jeffersons Bilder hängen schon. Um ehrlich zu sein: Gareth will mit ihnen den anderen Impressionisten imponieren. Ihre Bilder haben wir zweimal neu rahmen lassen, deshalb stehen sie noch in Kartons. Dafür aber sehen sie verdammt gut aus. Sie haben drei Räume zur Verfügung, um sie zur Geltung zu bringen.«

»Ich bin neugierig geworden. Ich würde mir die Galerie gern einmal ansehen. Wann, glauben Sie, könnten wir uns treffen?«

»Ich könnte mir von Gareth den Schlüssel besorgen, doch morgen geht es leider noch nicht. Ich bekomme Besuch von meiner Schwester. Seit einigen Monaten verliert sie an Gewicht, und niemand weiß, warum. Ich will mit ihr morgen zu einem Spezialisten für Frauenkrankheiten gehen. Würde es Ihnen übermorgen gegen zehn Uhr passen, Fiona?«

»Natürlich.«

»Das ist schön. Ich freue mich.«

»Ich freue mich auch. Alles Gute für Ihre Schwester und bis übermorgen, Geoffrey.«

»Ciao, Fiona!«
Die Glocke ging an der Tür. Es war Mr. Plim mit zwei kleinen Kisten auf dem Arm. »Die dritte hole ich gleich. Sie ist schwerer als diese beiden zusammen.« Er stellte die beiden Kisten in die Bibliothek zu den anderen und ging noch einmal zum Dachboden hinauf. Neugierig betrachtete Fiona das Intarsienmuster auf einem der Kistendeckel. Es enthielt die Buchstaben C. C. Sie überlegte, ob sie jemanden kannte, doch außer ihrer alten Lehrerin Charlotte Carlyle fiel ihr niemand ein. Die andere Kiste trug keine Initialen.
Hinter der offen stehenden Tür hörte sie Mr. Plim die Treppe herunterkommen. Seine Stimme klang aufgeregt. »Mrs. Turlington, Mr. Turlington! Ihre Tochter wartet bereits auf Sie!«
Eine Tür schlug zu. Schritte eilten über die Diele.
Fiona lief ihnen entgegen – und fiel in die ausgebreiteten Arme ihres Vaters.
Der weinte vor Freude. Er war magerer, sehniger, als sie ihn in Erinnerung hatte. Und wenn sie sich nicht täuschte, hatte sein braun gebranntes Gesicht einen gelblichen Stich bekommen, der die Schatten unter seinen Augen abmilderte. Zärtlich fuhr sie mit dem Zeigefinger über seine beiden Falten zwischen Nase und Mund.
»Du siehst angestrengt aus, Vater. Du bist doch nicht etwa krank?«
»Nein, doch im Moment ist alles ein wenig anstrengend, mein Liebes. Aber du schaust gut aus, Fiona. Viel schöner und reifer. Ich bin so unendlich froh, dass du gesund zurückgekommen bist. Dass wir wieder zusammen sind. Hast du sie noch, die Blüten vom Taschentuchbaum? Es scheint, als ob sie uns doch Glück gebracht hätten.« Er drückte ihre Hände.

»Ja, natürlich habe ich sie noch.« Sie küsste ihn auf die Wange. Hinter seinem Rücken tauchte ihre Mutter auf, hoch gewachsen, schlank wie immer. Sie trug ein hellbraunes Seidenkleid mit weißen Manschetten und Spitzenkragen. Um ihre Schultern schmiegte sich ein Silberfuchspelz. Unbestritten war sie eine attraktive Mittvierzigerin. Ihr Haar war silbrig geworden, doch ihr Gesicht wirkte wie von einer verborgenen Spannung glatter und strahlender als früher.

»Guten Tag, Fiona, mein Kind.« Sie nahmen sich in die Arme. Prüfend sahen sie sich an. »Vater hat Recht, du bist eine reife junge Frau geworden. Du wirst uns alles erzählen, ja?« Sie ergriff Fionas Hände und streckte ihre Arme zur Seite, um sie sich genauer anzusehen. »Du hast nicht geboren, nicht wahr?«

Fiona merkte, wie ihr vor Scham das Blut in den Kopf schoss. »Ich habe keinen Säugling im Gepäck, Mutter. Nur mich selbst.«

Bevor ihre Mutter noch etwas sagen konnte, griff ihr Vater hastig ein. »Du meinst, du hast deine Bilder mitgebracht. Wo sind sie?«

Fiona löste sich von ihrer Mutter. »Sie werden in zwei Wochen in einer Galerie in Belgravia ausgestellt. Ich hoffe, ihr werdet kommen.«

»Aber natürlich, mein Liebes, werden wir das. Ich möchte doch erleben, wie die Leute auf dein Talent reagieren.« Ihre Mutter küsste sie auf beide Wangen, dann wandte sie sich um. »Wo bleibt Malisy?«

»Malisy!«, brüllte daraufhin ihr Vater, wobei Fiona der resignierte Ton in seiner Stimme nicht entging.

Der Inder hatte in der Diele gewartet und kam nun herbei. Er war groß, von sehniger Gestalt und verbeugte sich sofort, als er Fiona sah. Seine Augen waren dunkel wie schwarze Opale, sein Blick freundlich, doch unergründlich. Der Silberfuchspelz glitt zu Boden. Malisy sprang hinzu und hob ihn auf. Einen winzigen Moment kreuzten sich Malisys und Geraldines Blicke. Und Fiona erkannte, mit welch einem Spiel sie einander beglückten – ihre Mutter, die Zeremonienmeisterin, Malisy, die Tanzmarionette …

»Drei Sherry, Malisy, bitte. Und gegen sieben Uhr einen Tisch im Blueberry!«

»Selbstverständlich, Madam«, erwiderte er pointiert und verschwand in Richtung Küche.

»Er ist wertvoll wie ein blauer Diamant«, meinte ihre Mutter stolz und legte ihren Arm um Fionas Hüfte. »Er wird uns nach Jersey begleiten und hoffentlich mit uns alt werden.« Sie kicherte. »Du wirst dich nicht in ihn vergucken, nicht wahr?«

»Dann hätten wir einen Streitpunkt mehr. Du hast dich wirklich sehr verändert, Mutter. Was sagst du dazu, Vater?«

Verlegen strich dieser sich das Haar aus der Stirn und zuckte schweigend mit den Schultern.

Fiona bemühte sich, sich ihren Ärger nicht anmerken zu lassen. Stattdessen fuhr sie fort: »Warum sagst du nicht zu mir: Mein Gott, Fiona, wie siehst du aus! So dünn, so ausgezehrt. Ich sehe es dir an, du hast dich mit allem übernommen! Mutter, sei ehrlich, du nimmst doch nicht immer noch Opium, oder?«

»Dein Vater hat dich gut informiert, mein Kind. Ich würde mir wünschen, dich in meinem Alter genauso gut erhalten zu sehen, wie ich es bin. Es könnte natürlich auch sein, dass du die Art zu altern von deinem Großvater geerbt hast.« Sie lächelte maliziös und ging in Richtung Salon.

Zu ihrem Vater gewandt, murmelte Fiona: »Sie hat sich nicht verändert. Sie ist nur auf den Geschmack gekommen, den Rest ihrer Tage dazu zu nutzen, ihr ganzes Selbst auszuleben. Wie geht es dir dabei?«
Arthur Turlington tupfte sich Schweißperlen von der Stirn. »Ich denke, sie wird im neuen Zuhause wieder ruhiger werden, Fiona.«

Während des Abendessens im Blueberry bemühten sich alle darum, die unterschwelligen Spannungen zu verleugnen. Fiona erzählte von ihrer Villa am Meer, den Olivenhainen, einem Porträtauftrag, den es noch zu vollenden galt. Sie bemühte sich, den Schilderungen ihrer Eltern zu folgen, die einander so häufig unterbrachen, ergänzten und korrigierten, dass Fiona sich in der Tat wunderte, wie es ihren Eltern, die solch unterschiedliche Wahrnehmungen hatten, gelungen war, so viele Jahre miteinander zu bestehen.
Von Saverio verriet ihnen Fiona nichts.

Ihr Schlaf in dieser ersten Nacht zu Hause war unruhig. Sie träumte davon, mit ihrem Vater in einer feuchtkalten Kutsche zu sitzen, während es regnete und donnerte. Sie langte nach seinem Arm und flüsterte ihm zu, dass sie unbedingt mit ihm sprechen wolle, da sie Angst hatte, ihn zu verlieren. Da schlug plötzlich die Kutsche um. Sturmböen brausten über sie hinweg, und ihr Vater entfernte sich immer weiter von ihr. In der Ferne sah er aus wie Saverio. Er hob die kräftigen Arme in die Höhe, in der ein weißbauchiger Taubenschwarm auftauchte, seine Kreise zog und plötzlich verschwand. Ihr war schwindlig.
Mit Kopfschmerz und trockenem Mund wachte Fiona auf.

Es war, als hätte sie jegliche Orientierung in ihrem Leben verloren. Sie setzte sich auf und lauschte den vertrauten Geräuschen der Nacht – die rauschenden Eichen, die gelegentlichen Rufe des Damwilds im Park, der Stundenschlag der Empireuhr in der Diele. Sie schlug viermal. Fiona fiel ein, dass ihr einmal ein Arzt erzählt hatte, dass die meisten Menschen um diese Zeit starben.

Vier Uhr morgens – die Sterbestunde im Morgengrauen.

Unruhig begann sie in ihren Räumen hin und her zu gehen.

Hier hatte sie ihre ersten Liebesbriefe geschrieben. Hier hatte sie sich auf ihre Prüfungen vorbereitet. Hier war sie Kind, Mädchen gewesen, hatte sich zur jungen Frau entwickelt. Sollte sie auch dieses Stückchen Heimat aufgeben?

Ihre Mutter war ihr fremd geblieben. Jetzt musste sie, Fiona, endgültig akzeptieren, dass sie beide so unterschiedlich waren, dass man von ihnen kaum noch von Mutter und Kind, sondern von zwei verschiedenen weiblichen Wesen sprechen musste. Was sollte sie davon halten, dass dieser sehnige Inder Malisy ihr anscheinend genauso wichtig wie der eigene Mann geworden war? Und wie schaffte sie es nur, dass Vater sie nicht verließ?

Fiona beschloss, die Situation, so weit es ging, mit Gleichmut zu ertragen. Sollte die Spannung jedoch zunehmen, würde es schwierig werden, sich auf die Ausstellung vorzubereiten.

An dem Vormittag, an dem sie sich mit Geoffrey verabredet hatte, fiel ein leichter, doch beständiger Nieselregen. Es war kurz nach zehn Uhr, als ihre Kutsche auf ein längliches zweistöckiges Backsteingebäude zurollte, über dessen bogenförmiger Eingangstür »Gareth's Gallery« stand.

Geoffrey erwartete sie bereits mit aufgespanntem Regenschirm. Er trug einen braunen Popelinmantel, karierte Hosen und einen burgunderroten Schal um den aufgestellten Kragen. Er öffnete den Wagenschlag und reichte ihr die Hand. »Fiona! Wie schön, Sie wieder bei uns zu haben. Kommen Sie.«

»Danke, Geoffrey. Sie schauen gut aus.«

»Ganz meinerseits.« Er bot ihr lächelnd den Arm, und einen Augenblick lang war er ihr so nah wie an dem Tag, an dem er ihr die Nachricht von Jeffersons Tod gebracht hatte. »Wir sollten uns beeilen, denn gerade eben erfuhr Gareth, dass noch heute Morgen die italienischen Stühle und Tische geliefert werden.«

»Wir haben doch noch gut anderthalb Wochen Zeit?«

»Gareth hält es für besser, wenn Besucher schon jetzt auf Ihre Ausstellung aufmerksam gemacht werden. Viele haben sogar schon nach den Bildern aus Ligurien gefragt. Die Neugierde muss langsam geweckt werden, Fiona.«

»Warum nicht«, murmelte sie erschrocken, denn ein Schatten näherte sich der Milchglasscheibe der Windfangtür – der Schatten eines schlanken, hoch gewachsenen Mannes, dessen Kopf beinahe gegen den oberen Türrahmen zu stoßen schien. Mit einem Ruck schwangen die Flügel der Tür zurück. Galerist Gareth trug zu einer grau gestreiften Hose einen Gehrock aus schwarzem Samt, dazu eine zerknitterte weiße Halsbinde. Hemd- und Jackenknöpfe aber waren aus regenbogenfarbenen Opalen.

»Willkommen, Mrs. Turlington!«

»Danke, Gareth. Ich freue mich, dass Sie meine Bilder ausstellen wollen – und die von Jefferson natürlich.«

»Es ist eine Ehre für mich. Eine große Ehre. Sie werden sehen, tout Belgravia wird kommen!«

»Und Ihre Bilder kaufen wollen«, ergänzte Geoffrey.
»Ich habe noch gar nicht darüber nachgedacht, wie es ist, wenn ich mich von ihnen trennen soll«, sagte Fiona.
»Sie haben noch viel Zeit, sich an diesen Gedanken zu gewöhnen.«
»Die Bilder bedeuten mir sehr viel, Gareth. Ich weiß wirklich nicht, wie ich sie mit Geld bewerten soll.«
»Lassen Sie uns später darüber sprechen, ja? Jetzt kommen Sie bitte und sehen sich die Räume an. Die Kisten mit Ihren Bildern stehen im hinteren. Ich habe ihn schon für das Publikum gesperrt, damit Sie in Ruhe überlegen können, wie und wo Sie Ihre Bilder aufhängen wollen.«
Gareth zeigte ihr nun seine Galerie, die im Erdgeschoss aus vier ineinander übergehenden Räumen bestand, in denen noch eine Reihe Jugendstilplakate und Plastiken ausgestellt waren. Vom Garten hinter dem Haus fiel Licht durch eine Reihe bis zum Boden reichender Fenster. Der alte Parkettboden war stumpf, Decken und Wänden fehlte frische Farbe. Fiona kam der Gedanke, dass Geoffrey vielleicht seinem Freund einen Gefallen tun wollte, indem er ihm ihre Bilder anbot. Selbst wenn nur ein kleiner Teil des tout Belgravia käme und für ihre und Jeffersons ligurische Impressionen zahlte, würde Gareth seine Galerie renovieren können.
»Ihre Bilder sind wie innige Studien, Mrs. Turlington. Sie werden faszinieren, zur Diskussion anregen und Käufer finden. Aber ich glaube, dass Jeffersons Bilder ihrer Farbigkeit und ihres modernen Stils wegen höher bewertet werden können. Dazu kommt, gestatten Sie es mir zu sagen, der Bonus des Einzigartigen, wenn Sie verstehen, was ich meine. Jefferson hatte großes Talent, und er starb zu früh. Dem Wert seiner Bilder kommt dies zugute. Ich

könnte mir sogar vorstellen, dass begüterte amerikanische Sammler zu uns kommen und sämtliche Bilder aufkaufen.«

»Sie hoffen auf der anderen Seite des Atlantiks große Geschäfte zu machen, indem sie die Bilder dort ausstellen und für erheblich mehr Geld verkaufen?«

»Dies mag zwar zynisch klingen, aber so läuft nun einmal der internationale Kunstmarkt.«

»Jeffersons Bilder in Amerika? Das wäre angesichts seiner Herkunft und seiner Ästhetik wirklich apart.«

»Wenn seine Bilder in Amerika Erfolg hätten, würde es uns vielleicht mehr mit Jeffersons Schicksal aussöhnen, Mrs. Turlington. Meinen Sie nicht?«

»Wer weiß das schon, Gareth. Schließlich hätte Jefferson den gleichen und vielleicht noch mehr Erfolg haben können, wäre er nicht abgestürzt. Das Leben hätte auch anders weitergehen können.«

»Ja, wir sind ahnungslos, was das Leben angeht. Trösten wir uns mit dem Gedanken, dass Bilder länger leben als wir alle. Wer weiß schon, was sinnig ist und was nicht. Wir aber tun jetzt das, was wir für das Beste halten, nicht wahr?«

»Versuchen wir es.«

Die nächsten Tage verbrachte Fiona von morgens bis abends in der Galerie. Es tat ihr gut, eine Aufgabe zu haben, die sie darin bestärkte, dass sie wertvoll war und etwas geleistet hatte. Es war schön, wieder mit den Bildern und Impressionen von Ligurien zu leben. Wären Giovanni, Santuzza oder Signora Lorni über die Schwelle geschritten, sie wäre kaum erstaunt gewesen. Alle und alles war ihr so nah.

Und die Vorstellung, dass ein Fremder eines ihrer Bilder unter dem Arm auf die Straße hinaustrug, tat ihr beinahe körperlich weh. Doch je länger sie mit Gareth über die Preise für jedes Bild verhandelte, desto weiter entfernten sich die Bilder von ihr, bis auf einige Porträts, an denen sie besonders hing. Am Ende der Woche hatte jedes Bild, mit einem Preisschild versehen, seinen Platz gefunden.

Ihre Mutter stand am Fenster der Bibliothek und beobachtete Mr. Plim, wie er ein Beet mit Tulpenzwiebeln bepflanzte. Als Fiona den Raum betrat, sagte sie, ohne sich umzudrehen: »Wenn sie blühen, werden wir bereits unser neues Heim bezogen haben. Kommst du mit?«
»Nein, natürlich nicht, Mutter. Was denkst du, was erwartest du von mir?«
»Ich erwarte von dir, dass du dich wie meine Tochter verhältst.« Sie drehte sich um, trat auf ein Tischchen zu, hob den Deckel einer Porzellanschale und nahm ein Konfekt heraus. »Du bist schon immer ein störrisches Kind gewesen, Fiona. Doch heute, da du erwachsen bist, frage ich mich, wer du wirklich bist. Ich möchte dir nicht wehtun, aber ich muss feststellen, dass du mir fremd bist, so wie du bist.« Sie schob die Praline in den Mund.
Fiona lächelte, nahm sich ebenfalls ein Konfekt und sagte: »Ich glaube, du verwechselst ich und du.«
»Wie meinst du das?« Ihre Mutter trat auf sie zu und zupfte an einer von Fionas Schleifen.
»Ich scheine im Gegensatz zu dir zu wissen, was ich tue«, erwiderte Fiona.
»So?« Hinter der Tür knarrte es, und Geraldine schaute an Fiona vorbei.

»Bist du dir bewusst, dass du Vater mit deinen amourösen Abenteuern verletzen könntest?«

»Amouröse Abenteuer? Du bist ein naives Schaf, Tochterherz. So schlicht und langweilig wie die Schafe auf dem schottischen Hochland.« Geraldine lachte und nahm sich eine zweite Praline. »Ein Gemüt, wie geschaffen für die Malerei!«

Wollte ihre Mutter sie provozieren? Fiona biss sich wütend auf die Unterlippe. Auf keinen Fall durfte sie jetzt von Saverio sprechen. Auf gar keinen Fall. »Sieht er nackt so aus wie Vater?«

Ihre Mutter reagierte schnell und schlug ihr ins Gesicht.

Fiona aber packte die Handgelenke ihrer Mutter und presste sie zusammen. »Was nimmst du dir heraus?«, schrie sie jetzt. »Frag lieber dich, wer du bist. Du bist ein verwöhntes Luder! Eine Hure, die ihren Mann betrügt!«

Geraldine riss sich von ihr los. Dabei stürzte das Tischchen mit der Porzellanschale um. Fiona fürchtete schon, sie würde die Schale aufheben und aus dem Fenster werfen, doch ihre Mutter straffte sich und sagte: »Unsere Ehe geht dich absolut nichts an, du dumme Gans! Ich habe deinen Vater an meiner Seite, in meinen Händen, verstehst du?«

»Nein, das verstehe ich nicht! Und wenn dies die letzte Stunde ist, in der wir zusammen sind – jetzt sagst du mir endlich, was mit dir und Vater los ist! Und warum du dein eigenes Kind hasst!«

Ihre Mutter pustete ihr ins Gesicht. »Pah!« Dann wandte sie sich zur Tür, doch Fiona riss sie zurück.

»Ich will, dass du mir antwortest. Sonst gehe ich, und du wirst mich nie mehr wiedersehen.«

»Theater, alles Theater.« Geraldine packte Fionas Schleife, die an der Hüfte befestigt war, und riss sie mit einer heftigen Bewegung ab. »Hast du schon einmal mit einer Frau geschlafen?«
Ohne zu zögern schlug ihr nun Fiona ins Gesicht. Den Aufschrei ihrer Mutter erstickte sie mit ihrer Hand.
»Jetzt sind wir quitt. Und du wirst mir jetzt endlich antworten, Geraldine Turlington!«
Ihre Mutter erbleichte und taumelte rückwärts, bis sie gegen die Kisten stieß, die noch immer vor der Bücherwand standen. Langsam tastete ihre Hand die Kanten ab, dann setzte sie sich. »Turlington … ja, er heißt Turlington, weil mein Vater ihn mochte – deinen Vater.«
»Wer waren seine Eltern?«
»Oh, haben wir dir das nie erzählt? Arthur wuchs bei Eltern auf, die recht alt waren. Er war ihr einziges Kind. Sie waren wohlhabend und lebten in einem großen Haus auf dem Lande. Als Arthur zwölf Jahre alt war, schickten sie ihn in ein Internat, der guten Ausbildung wegen. Dann studierte er Ökonomie und Geschichte in Oxford. Als er so alt war wie du jetzt, erlitt sein Vater auf einer Fasanenjagd einen Herzanfall, fiel vom Pferd und erholte sich nicht mehr. Seine Frau war danach nervlich zerrüttet. Sie verbrühte sich eines Tages so stark den rechten Unterarm, dass sie von da an das Bett nicht mehr verließ. Sie starb innerhalb weniger Wochen. Dein Vater kam hierher nach London. Er bewarb sich um eine Stellung in Großvaters Firma. Der nahm ihn sofort in seine Firma auf, denn er mochte ihn auf Anhieb. Sie verreisten sogar mehrmals zusammen und hatten ihren Spaß.«
Vom Dachfirst her sang eine Drossel, und im Garten hörte man Mr. Plims regelmäßiges Harken.

»Du hast gesagt, du hättest Vater in deinen Händen. Was meinst du damit?«
»Nimm es nicht so wörtlich«, wich Geraldine aus. »Es ist …«
»… eine Sache zwischen Mann und Frau?«
»Ich habe ihn mit meinen Händen aufgefangen. Mit meiner Liebe. Was das bedeutet, wirst du eines Tages selbst erfahren.«
»Jetzt nicht?«
»Nein, jetzt nicht.«
»Ist dir nicht bewusst, wie sehr Vater dich liebt?«
»Natürlich weiß ich das. Glaubst du etwa, ich würde ihn nicht lieben?« Geraldine richtete sich auf. »Er ist mir treu und in vielem deinem Großvater ähnlich. Dir mag es ein Geheimnis sein, doch wir lieben uns von der ersten Stunde an.«
»Gib zu, dass du ihn liebst, weil dein Vater ihn annahm wie einen eigenen Sohn.«
»Nein, nein. Auch wenn du es dir nicht vorstellen kannst, keiner von uns mag ohne den anderen leben.«
»Das glaube ich dir nicht, Geraldine«, erwiderte Fiona eisig.
Geraldine zog ein Riechfläschchen aus ihrer kleinen Stofftasche hervor und schnupperte daran. Eine Weile, in der nichts als die Geräusche von draußen zu hören waren, schwieg sie. Plötzlich erklangen Schritte von der Diele her, die sich der Bibliothek näherten. Die Tür öffnete sich, und Arthur betrat den Raum. Überrascht blieb er stehen.
»Was tut ihr hier? Was ist los? Habt ihr euch gestritten?«
»Vater?«
»Ja?«
»Wie hast du Mutter kennen gelernt?«

Arthur schaute seine Frau an, und Fiona spürte, wie viel ihm daran lag, die richtige Antwort zu geben.
»Nun, wir verliebten uns sofort ineinander«, begann er. »Du warst hübsch und hattest schon damals einen verführerischen Reiz. Ich verfiel dir mit Haut und Haaren, erinnerst du dich, Geraldine? Ihr Vater war ein interessanter Mann, Fiona. Er reiste viel, kannte die Welt, ihre Tücken und ihre Schönheiten. Er konnte wunderbar erzählen, wie du dich wahrscheinlich noch erinnerst. Schade nur, dass Köpfe, wenn sie altern, immer mehr einem Sieb gleichen. Es fällt so vieles durch. Es ist, als ob man langsam zerbröseln würde. Furchtbar, nicht?« Er rieb seine Handflächen gegeneinander. »Können wir nicht über etwas anderes sprechen?«
»Nein, heute nicht. Ich möchte mit Mutter reden.«
»Ah, ihr habt eure Aussprache. Nun gut, dann gehe ich wieder.« Er legte die Hand auf den Türgriff.
»Nein, Arthur, ich möchte, dass du bleibst.«
»So? Warum denn?«
»Deine Tochter hat deiner Frau eine Ohrfeige gegeben.«
Erschrocken drehte er sich zu Fiona um.
»Ist das wahr?«
»Nachdem sie mich geohrfeigt hat, Vater.«
Er begann zu zittern, und seine Lippen wurden blass. »Ihr macht es mir schwer«, flüsterte er.
»Deine Tochter will die Wahrheit wissen.«
»Welche Wahrheit?«
»Ja, welche Wahrheit?«, wiederholte Fiona ungeduldig. »Ich weiß doch schon längst, dass es besser gewesen wäre, du hättest darauf verzichtet, schwanger zu werden.«
»O nein, Fiona, das ist nicht wahr.«
»Fiona, es stimmt. Deine Mutter hat es geliebt, schwanger

zu sein. Sie war sehr stolz darauf, eine der ersten unter ihren Freundinnen zu sein, die schwanger wurde.«

Ihre Mutter schaute starr aus dem Fenster, während sie mit dem Zeigefinger an einem Fläschchen Laudanum spielte und sich Tropfen für Tropfen über die Lippen strich. »Ja«, murmelte sie, »ja, das war ich. Ich wollte ein Mädchen, ein Mädchen, so wie ich es war.«

»Du bekamst es doch auch, mein Liebes.« Arthur zog einen Sessel heran und tätschelte ihr Knie.

»Nein, das bekam ich nicht. Zeigt Fiona mir nicht unentwegt, wie anders sie ist? Wie viel ihr daran liegt, mir zu beweisen, sie wäre im Recht?« Sie stand auf und wandte sich Fiona zu. »Als du klein warst, war ich noch stolz auf dich, wenn du still an deinem Tisch gesessen und gemalt hast. Doch du hast mich enttäuscht. Je älter du wurdest, desto wichtiger schien es dir, dich von deinem Talent leiten zu lassen und nicht von mir. All meiner Mühe, dich zu einer normalen Frau zu erziehen, hast du dich entgegengestemmt. Du hast es deiner Mutter schwer gemacht. Du bist eigenwillig und wirst wohl immer allein bleiben. Kein vernünftiger Mann wird dich verstehen.«

»Das sagst du, weil du mich nicht verstehst. Du hast alles getan, um mich zu der willenlosen Puppe zu kneten, die dir genehm sein sollte. Wie sollte ich damit einverstanden sein? Vergiss nicht, dass du mich oft nicht zur Schule hast gehen lassen, weil du meintest, ich sei krank oder zu schwach«, erwiderte Fiona aufgebracht. »Manchmal hast du mich sogar nachts geweckt, damit ich weniger Schlaf bekam und am nächsten Tag zu müde zum Lernen war. Weißt du eigentlich, wie sehr du mich gequält hast? Sag nicht, du hättest das Beste gewollt.«

»Ich habe das Beste gewollt«, entgegnete Geraldine mit

fester Stimme. »Bist du jetzt fertig mit deiner Anklage gegen mich?«

Zerschlagen wie nie zuvor in ihrem Leben, erschütterter noch als nach dem Brandanschlag in Messalinas Haus, zog sich Fiona in ihre Räume zurück. Alte Wunden rissen auf, und der Schmerz in ihr brannte, als hätte ihr jemand heißes Öl in den Leib gegossen. In den nächsten Tagen fuhren ihre Eltern schon frühmorgens in die Stadt, um Spiegel, Teppiche und Keramik für ihr neues Heim auf Jersey auszusuchen.

Am Morgen des Tages, an dem ihre Ausstellung eröffnet werden sollte, stand Malisy im Salon und wachte darüber, wie Hilfskräfte die alten Bilder und Gardinen abnahmen.

»Was ist mit den Kisten in der Bibliothek?«, fragte Fiona. »Hätten sie nicht längst schon fortgeschickt werden müssen?«

Malisy lächelte sanft. »Ihre Mutter wollte sie noch einmal durchsehen, Miss.«

»Warum? Was ist darin?«

»Sie ist der Meinung, es seien nur alte Papiere und Bücher, von denen einiges weggeworfen werden könnte.«

»Sind sie schon wieder fortgefahren, Malisy?«

»Nein, sie sind heute Morgen sehr früh ausgeritten und haben gerade Mr. Plim zu sich bestellt.«

Ein Gardinenhaken fiel zu Boden. Einer der Hilfskräfte bückte sich, um ihn aufzuheben, da trat Fiona dicht an Malisy heran und fragte: »Lieben Sie meine Mutter?«

»Ich liebe und verehre sie mit jeder Faser meines Herzens, Miss. Lieber erdulde ich Höllenqualen, als dass ich sie jemals verlasse.«

»Sie fürchten meinen Vater nicht?«

Wieder lächelte er. »Nein, Miss. Er ist ein guter Mensch.«
»Aha, ich verstehe.«

In Wahrheit verstand sie nichts. Bedrückt ging sie in die Bibliothek, wo immer noch die Kisten standen. Die drei kleinen sowie einige der größeren waren geöffnet. Alle enthielten gebundene Mappen, Hefte, Alben und eine Unmenge von Büchern. Einiges davon hatte jemand aussortiert und in einen Weidenkorb neben dem Fenster geworfen. Es waren Bücher mit Zeichnungen exotischer Pflanzen dabei, Beschreibungen alter Seerouten und Liebesbriefe, die noch das Jahr siebzehnhundert im Datum trugen.

Mit der Neugierde eines Menschen, der alles verloren weiß, vertiefte sich Fiona in die frühen Aufzeichnungen des Turlington'schen Seiden- und Teegeschäfts, betrachtete die frühen Teeverpackungen, überflog den Werdegang der Plantagen, alte Einfuhr- und Zollbestimmungen, Handelspreise und Annoncen. Sie erfuhr, dass ihre Vorfahren Anfang des 19. Jahrhunderts das Seidengeschäft aufgegeben hatten, weil es in der Familie keinen mehr gab, der es mit der Konkurrenz aus Lyon, Florenz, Bologna und Genua hätte aufnehmen können. Von den drei Söhnen Christopher Turlingtons, ihrem Urgroßvater, erkrankte nämlich der älteste auf einer Reise nach Ceylon an Fleckfieber und kehrte nie zurück, der zweite Sohn fiel nach einem Gottesdienst so unglücklich mit der Stirn gegen einen Stein, dass er innerhalb kurzer Zeit starb. So blieb nur noch Justin Forster, der jüngste, übrig, der den Teehandel weiterführte und nur noch dann Tussahseide importierte, wenn er ihr wegen ihrer außergewöhnlichen Schönheit nicht widerstehen konnte.

Sie blätterte Rechnungsbücher und alte Korrespondenz durch und legte sie schließlich zurück. Zu ihren Füßen standen die kleineren Kisten mit Briefbündeln und schweren Bänden, die von Botanik und frühen Forschungsreisen berühmter Männer handelten. Während sie einen davon in den Händen wog, fiel ihr ein, wie ihre Mutter bei ihrem letzten Streit gesagt hatte, sie habe ihren Mann in der Hand.

Womit, fragte sich Fiona. Womit?

Heute war ihr Tag, der Tag, an dem sie das erste Mal seit ihrer Abschlussprüfung Bilder der Öffentlichkeit zeigte. Heute wollte sie die Wahrheit wissen.

»Fiona!« Die Tür wurde aufgerissen, und Malisy und ihre Mutter erschienen im Türrahmen. Letztere stürzte auf sie zu, riss ihr das Buch aus den Händen und schleuderte es auf den Haufen am Fenster.

»Das hier ist meine Aufgabe!«

»Du hast dich nie für Bücher interessiert, Mutter. Und fürs Geschäftliche erst recht nicht. Was verbirgst du vor mir?«

»Nichts. Überhaupt nichts. Nun geh, du wirst dich auf deine Ausstellung vorbereiten wollen.«

»Wo ist Vater? Ist Mr. Plim noch bei ihm?«

Plötzlich schien Geraldine ein wenig zu wanken. Malisy trat neben sie und stützte sie. Dankbar lächelte sie ihn an, dann fuhr sie mit müder Stimme fort: »Nein, dein Vater ist allein. Er fühlt sich unwohl. Wir … wir haben letzte Nacht lange zusammen über diesen Kisten gesessen. Es wurde sehr spät, und er hat einige der Papiere an sich genommen, um sie in Ruhe zu lesen. Lass ihn.«

Wortlos verließ Fiona den Raum. Sie traute ihrer Mutter nicht und suchte ihren Vater auf. Dieser lag angezogen

auf seinem Kanapee und starrte an die Decke. Bei ihrem Anblick erhob er sich schwerfällig.
»Fiona, es … es tut mir leid, aber ich fühle mich heute Morgen alt wie ein Greis.«
»Du wirst aber doch heute Abend kommen?«
Er streichelte ihr die Wange. »Natürlich, Liebes.« Stumm nahm er sie in den Arm. »Weißt du, ich habe heute Nacht mit deiner Mutter gesprochen. Sehr lange gesprochen. Wir sind uns endlich einig geworden. Ich möchte, dass du dieses Haus behältst. Heute Morgen war nicht Mr. Plim bei mir, sondern unser Anwalt. Ich habe nämlich …« Er brach ab.
»Was hast du?«
Er rang mit sich und antwortete schließlich: »Nein, ich kann es dir nicht sagen. Ich kann es einfach nicht. Hier, nimm dies.« Er trat auf seinen Sekretär zu und fingerte zwischen dem Wust an Papieren einen Lederband mit einer Messingschließe hervor, auf der die Initialen C. C. standen.
»Ich möchte, dass du dieses … äh … dieses Buch erst nach deiner Ausstellung öffnest, Fiona. Versprichst du mir das?«
»Wer ist C. C.?«
»Ich kann es dir nicht sagen. Nicht jetzt. Bitte verzeih, mein Kind. Sei so gut und lass mich noch ein wenig ruhen, ja?«
»Ihr habt alte Papiere durchgesehen, nicht wahr? Muss ich jetzt fürchten, mich eines Vorfahren zu schämen, der Sklavenhändler oder Erpresser der Queen war?«
Sie hatte gehofft, ihn zum Lächeln zu bringen, doch er schüttelte nur den Kopf. »Nein, das musst du nicht. Das Ganze hat nichts mit dir zu tun.«

Fiona nahm das Buch mit zu Gareth's Gallery, und als die Besucher immer länger in den Räumen blieben und vor den Bildern diskutierten, schien es ihr, als ob ihr Vater ihr mit dem Buch einen Glücksbringer geschenkt hätte. Am frühen Abend erschien er selbst im schlichten schwarzen Anzug, ihre Mutter in einem silberdurchwirkten Duchessekleid mit Hut und Schleier am Arm. Beide waren überrascht, auf welch ein großes Interesse Fionas und Jeffersons Bilder hier in London stießen. Während Fiona sie durch die Räume führte, blieb ihr Vater immer wieder lange vor ihren Bildern stehen. Sie beobachtete ihn aufmerksam und kam zu dem Schluss, dass er nicht ihren Pinselstrich studierte, sondern jedes als Ganzes auf sich einwirken lassen wollte. Dabei schwitzte er und wischte sich oft mit dem Taschentuch über Stirn und Augen. »Was für ein Land. Ja, was für ein Land. Du hast wirklich wunderbare Bilder gemalt, Fiona. Man könnte glauben, du würdest all das, was du gemalt hast, lieben.«
Sie kamen in den zweiten Raum. Die Augen ihrer Mutter huschten wie schon zuvor gleichgültig über Wände und Köpfe, so als ginge sie alles nichts an. Ihr Vater aber blieb vor dem Bild stehen, auf dem Messalina in ihrem Olivenbaumnest saß und zeichnete. »Ist das nicht ein etwas unbequemer Platz?«
»Im Gegenteil, es ist ein wunderbarer Platz, ein Platz zwischen Himmel und Erde«, sagte Fiona lächelnd.
»Sei ehrlich, Fiona«, unterbrach ihre Mutter ungeduldig. »Du bist noch nie eine Philosophin gewesen, und ich kann mir beim besten Willen nicht vorstellen, dass sich eine junge Frau wie du in Bäume verliebt. Dieser junge Olivenbauer dort auf dem Bild hat dich sicher zu alldem hier inspiriert, oder?«

»Er ist mit Maria verheiratet«, entgegnete Fiona schnell. »Er liebt sie und seinen Vater und nimmt seine Arbeit sehr ernst.«
»Was sagt das schon …« Ihre Mutter legte ihren Schleier zurück. »So eine kleine Affäre im Olivenhain stelle ich mir romantisch vor. Deine Bilder jedenfalls sprechen Bände.«
»Du hast eine blühende Fantasie, Mutter.«
»Jede Frau, meine Liebe, besitzt dann am meisten Fantasie, wenn sie verliebt ist, nicht wahr, Arthur?«
»Geraldine, du solltest mich heute schonen. Die Überraschung letzte Nacht hat meine Nerven strapaziert.«
»Verzeih, natürlich. Weiß Fiona es schon?«
»Was sollte ich wissen?«
»Sie meint, ob du bereits … in das Buch geschaut hast, das ich dir mitgab.«
»Nein, das habe ich noch nicht getan. Was gibt es denn so Überraschendes?«
»Du wirst sehen, mein Liebes, dass die Wirklichkeit manchmal die überbordendste Fantasie übertrumpfen kann«, erwiderte ihre Mutter und fasste ihren Vater am Arm. »Und sie liebten sich bis an das Ende ihrer Tage …« Sie lachte und zog ihn weiter. Ihr Vater warf ihr noch einen Blick über die Schulter zu, als wollte er sagen: Ja, siehst du, so ist es mit der Liebe. Fiona wunderte sich und hätte am liebsten sofort nachgeschaut, worin das Geheimnis der letzten Nacht bestanden hatte. Doch was auch immer es war, es hatte anscheinend das seltsame intime Band zwischen ihren Eltern nicht zerreißen können.
Geoffrey trat zu ihr, ein paar Visitenkarten in der Hand. »Fiona, es möchten Sie einige Freunde kennen lernen. Kommen Sie, erzählen Sie ihnen von Ligurien.« Er nahm sie an die Hand, und bald befand sie sich in einer Runde

Italiensüchtiger, darunter Literaten, Maler und wohlhabende Müßiggänger. Ein früherer Lehrer, der sie an der Akademie unterrichtet hatte, und zwei ehemalige Kommilitoninnen gesellten sich dazu. Fiona freute sich sehr, sie wiederzusehen und mit ihnen zu plaudern. Je länger sie von ihren Eindrücken, der Landschaft und ihrem Leben erzählte, desto mehr genoss sie es. Hätte sie jemals gedacht, dass man sie in der Öffentlichkeit ebenso als Malerin respektieren würde wie Jefferson?
Der italienische Wein, den Gareth ausschenken ließ, tat im weiteren Verlauf des Abends sein Übriges, um keinen Streit über Kunst entstehen zu lassen, sondern die Atmosphäre zu entspannen. Einige Freunde von Gareth nahmen Stühle und Sessel, verteilten sie sorglos auf alle Räume und schufen so gemütliche Plauderrunden, in denen die Teilnehmer immer mal wieder wechselten.
Nach einiger Zeit traten Fionas Eltern auf sie zu. »Wir werden uns jetzt verabschieden, Fiona. Wir sind erschöpft vom Getümmel und vom Lärm. Unsere Nerven sind nicht mehr die besten.« Ihr Vater sah tatsächlich sehr mitgenommen aus.
»Ich werde euch morgen früh alles erzählen«, beeilte sich Fiona zu sagen.
»Morgen früh, ja. Schlaf dich aber erst mal aus.« Er nahm sie in den Arm. »Ich liebe dich, mein Kind. Komm nicht zu spät nach Hause.« Er drückte sie noch einmal fest an sich. »Wir sprechen morgen miteinander – wenn du magst.«
»Natürlich, warum sollte ich nicht?«
»Vielleicht möchtest du ihn mir morgen entführen …« Ihre Mutter lächelte wieder einmal eine Spur zu rätselhaft.
»Sie übertreibt, Fiona.« Er wischte sich über die Stirn. »Viel Glück noch. Bis morgen.«

»Bis morgen.«
Einen Moment lang sah Fiona ihnen nach. Ihre Eltern waren wirklich ein seltsames Ehepaar. Doch wer konnte sich schon anmaßen, über die Liebe anderer zu urteilen? Um ihr Unbehagen abzuschütteln, begab sie sich in den nächsten Raum, wo zwei ältere Herren mit gezückten Notizblöcken vor ihren Bildern standen und eifrig miteinander diskutierten. Sie ging weiter, fand hier jemanden, der ihr Fragen stellte, dort jemanden, mit dem es sich plaudern ließ. Schließlich traf sie auf Geoffrey und beschloss, für eine Weile an seiner Seite das künstlerische Flirren um sie herum zu genießen. Während er mit ihr umherging, flogen ihr einzelne Gesprächsfetzen zu.
»Eines Tages werden die Impressionisten alle Welt überzeugen.«
»Die Preise steigen schon jetzt.«
»Der Impressionismus ist der vollkommene Ausdruck des demokratischen Humanismus.«
»Jefferson hat es geschafft, seinen eigenen Seelenzustand in der Natur widerzuspiegeln.«
»Er hat die Bedeutung des Lichts erkannt und seine Frau die Seele in allem.«
»Sie kann mit dem Pinsel beides wiedergeben – die Rolle des Porträtierten in der Gesellschaft und seinen Charakter. Sehr überzeugend!«
»Bezaubernd, diese unbeständige Vibration, die Himmel, Erde und Meer beleben.«
»Eine einfache Köchin, doch seht nur diese Augen! Sprechen sie nicht Bände?«
»William, ich möchte dorthin fahren, wo diese herrlichen Bäume wachsen.«
»Aber sicher, mein Liebes.«

»Mrs. Turlington, wie fühlt es sich an, unter alten Olivenbäumen zu liegen?«
»Magisch und friedvoll«, antwortete Fiona. »Einfach nur magisch und friedvoll.«

Am späten Abend ließ Gareth Lambrusco, eingelegte Oliven, Parmaschinken und weißes Brot auftischen. Fiona wartete, bis alle aßen. Dann gab sie ihrer Neugierde nach, nahm das Buch, das ihr Vater ihr mitgegeben hatte, und fragte Gareth, wo sie ungestört lesen könne. Er führte sie ins erste Stockwerk. In einem Raum, der von einer Reihe milchglasumflorter Wandleuchten erhellt wurde, setzte sie sich in einen grünen Chintzsessel und öffnete die Messingschließe des Buchs. Hinter seinem Buchdeckel befand sich das Titelblatt:

Hartriegelgewächse im asiatischen Raum
von Walter McKinsley.

Ihm folgte eine vierseitige Inhaltsangabe, dann die erste Textseite – dahinter nichts anderes als ein in graues Leder gefasster Karton. Die Außenseiten des Leders waren vergoldet und mit feinen Strichen versehen, sodass es aussah, als wären sie gebundene Seiten. Fiona schlug das Leder zurück und hob den mit marmoriertem Papiermuster versehenen Deckel des Kartons. In ihm war eine Silberkassette, deren Deckelmitte ein schönes Emblem aus blühenden Rosen bildete. In ihrem Stamm befand sich ein kleiner Stift. Fiona drückte ihn nieder. Der Deckel hob sich sanft wie die Schale einer Auster. Auf einem Kuvert hellgelben Büttenpapiers las sie: »Erst nach meinem Tod zu öffnen.« Sie drehte es um und sah, dass sein

Siegel frisch aufgebrochen war. Darin musste also die Nachricht liegen, die ihren Vater in der letzten Nacht überrascht hatte.
Mit zitternden Händen legte Fiona das lose Seidenband beiseite und entfaltete das Büttenpapier. Sie las:

»Dies sind die geheimen Papiere von Arthur de Briancourt.«

Zwei Bogen, beschrieben in feiner Handschrift, offenbarten ihr nun das Schicksal ihres Vaters.

»Arturo Carli, mein geliebter Engel, wurde am 6. Mai 1850 auf meinen Familiennamen – de Briancourt – getauft und von mir, Contessa Inès de Briancourt, an Sohnes statt angenommen. Er kam zu mir wie ein Geschenk Gottes – und ich sah es als Zeichen Seiner Liebe an, dass Er mir meine Sünden vergeben hatte. Mit diesem Kind schenkte Er mir meine heilige Unschuld zurück.
Ich schreibe diese Zeilen im Vollbesitz meiner geistigen Kräfte. Mein Körper aber wird eines Tages seinen Dienst versagen, und ich sehe die Stunde meines Todes nahen. Um meine letzte Pflicht dieser Welt gegenüber, die ich eines Tages mit Freuden verlassen werde, zu erfüllen, hier das wenige, das ich zu Arthurs Lebensbeginn zu sagen habe:
Am 3. Mai 1850 kam der ligurische Olivenbauer Giovanni Carli mit dem neugeborenen Kind und einer Amme zu mir. Ich kenne Giovanni aus der Zeit, in der ich in Genua lebte und meine Tage und

Nächte andere waren als heute. Ich lernte in Genua sein heiliges Öl kennen, mit dem er Handel treibt, und vertraue ihm.
Er gestand mir, das Kind mit einer armen Weberin gezeugt zu haben, es aber nicht aufziehen zu können, weil er verheiratet sei. Das Kind war in ein wunderschönes Seidendamasttuch mit einem bezaubernden Muster aus Olivenblättern gewickelt. Ich habe es noch heute bei mir. Welche Schmerzen muss seine Mutter dabei empfunden haben, als sie das Tuch webte, immer in Gedanken daran, dass sie ihr Kind bald würde fortgeben müssen. Welche Schmerzen!
Giovanni bat mich um meine Hilfe. Ich schwor ihm aus dem tiefen Vertrauen auf Gottes Barmherzigkeit und Seinen Beistand, dieses Kind zu lieben und zu schützen, bis es eines Tages alt genug sein würde, um fern von mir in den Händen vertrauensvoller Menschen ein eigenes Leben zu führen, denn meine Tage sind gezählt.
Die Amme, die mit ihm gekommen war, blieb zwei Jahre bei uns. Wir gaben Arthur alles, damit er gesund blieb und heiter sein konnte.
Im Frühsommer dieses Jahres, als er fünf Jahre alt geworden war, beschloss ich, ihn dem britischen Zweig meiner Familie vorzustellen. Wir reisten nach Wales. Er war ein bezaubernder, gehorsamer Junge, der mir ganz und gar zugetan war. Ich liebte ihn schon längst mehr als mein Leben. Der Herr im Himmel aber hatte anderes mit uns beiden vor. Zu meinem großen Entsetzen entdeckte ich an mir die Zeichen meiner ausbrechenden unheilbaren

Krankheit. Ich sah mich gezwungen, allein in meine Klause zurückzureisen und Arthur in der Obhut meiner Familie zu lassen. Sie gaben ihm ihren britischen Namen – Briancourt. Bald aber erhielt ich ihre Nachricht, dass sie mein wunderbares Kind nicht aufziehen könnten, weil sie ihm gegenüber Vorbehalte wegen seiner Herkunft verspürten. Ihr Stolz und ihre Herzenskälte schmerzten mich außerordentlich. Doch ich kann Arthur nicht mehr helfen. Ich betete und bete noch heute um Gottes Beistand.

Im September dieses Jahres lernten Freunde der Familie Arthur kennen. Es waren Cyril und Rose Channon, Nachfahren wohlhabender Landbesitzer, die ein Leben lang vergeblich gehofft hatten, ein eigenes Kind zu bekommen. Sie adoptierten Arthur am 1. Oktober 1855. Ich vertraue ihnen.

Dies ist der Stand der Dinge. Ich weiß nicht, wie viele Tage, Monate oder Jahre Gott mir noch zu leben schenkt. Jeden Atemzug denke ich an meinen kleinen Arthur. Er ist und bleibt mein Engel, der Einzige, dem ich in meinem Leben begegnet bin.

Alle Papiere, die mich und ihn betreffen, lege ich mit dem heutigen Tag in diese Silberschatulle. Sie soll im nächsten Jahr zu Cyril und Rose Channon zur Aufbewahrung für Arthur geschickt werden. Es ist aber mein ausdrücklicher Wunsch, dass sie dieses Geheimnis um Arthurs Herkunft über ihren Tod hinaus verschweigen, weil ich Giovanni Carli versprechen musste, ebenfalls Stillschweigen darüber zu bewahren.

Wir sind der Meinung, dass Arthur erst als reifer Mann, als Vorstand einer eigenen Familie diese Schatulle öffnen soll. Denn der Anfang seines Lebens war bitter. Wir wollen an dieser Wunde nicht rühren. Er wird erst im reifen Alter den Schmerz ertragen können. Die Wärme einer eigenen Familie, die Liebe seiner Frau, Kinder und Enkelkinder werden ihn auffangen und trösten. Und wenn sein Leben dann zu Ende geht, werde ich ihn im Himmel mit meinen Armen aufnehmen. Möge er so lange freien Herzens leben, fromm und treu bleiben, so wie ich ihn erzogen habe.
Contessa Inès de Briancourt
St. Madeleine, am 1. Dezember 1855

Fiona wurde schwarz vor Augen. Ihr Vater war Santuzzas und Giovanni Carlis Kind, ein Ligurer. Ein Kreis schien sich zu schließen. Ihre Suche nach dem Tuch des grünen Goldes hatte sie auf den Weg zu ihren Wurzeln geführt. Es war, als ob der Mythos der Olivenbäume von ihrem Leben und dem ihres Vaters Besitz ergriffen hätte.
Einen Moment lang war ihr, als stünde sie im alten Olivenhain und die Bäume schlügen mit ihren gewaltigen Wipfeln über ihr zusammen. Es rauschte so sehr in ihren Ohren, dass sie gegen eine Ohnmacht ankämpfen musste.
So schnell wie möglich musste sie mit ihrem Vater sprechen, ihn nach Ligurien mitnehmen, nach St. Madeleine reisen, auch wenn die Contessa sicher nicht mehr lebte, schließlich waren seit ihren Aufzeichnungen vierzig Jahre vergangen.
Er muss Giovanni Carli kennen lernen, seinen Stiefbruder …

Ihre Gedanken überschlugen sich. Sie fragte sich, was Fabricio Perlucci mit alldem zu tun hatte. Und wie war er zu dem Tuch gekommen?
Es schien nur eine Antwort möglich: Perlucci hatte das Muster gesehen, als es Santuzza webte, sofort seinen Wert erkannt und einen ganzen Stoffballen davon in Auftrag gegeben. Wahrscheinlich hatte Santuzza zugesagt, doch nach dem Abschied vom Kind nur noch die Kraft für ein zweites gleich großes Tuch gehabt, das ihr noch ein letztes Mal das Gefühl gegeben haben mochte, ihrem Kind nahe zu sein.
Unter ihr im Erdgeschoss knallten Korken gegen die Decke, Menschen lachten, Türen schlugen auf und zu.
»Fiona! Wo bleiben Sie?« Geoffrey hastete die Treppe hinauf. »Fiona, Sie sollten wieder nach unten kommen.«
»Geoffrey, ich möchte nach Hause. Sofort.«
»Nein, ausgeschlossen. Sie müssen Unterschriften geben, man will mit Ihnen reden …«
»Ligurien hat mich eingeholt, Geoffrey.«
»Das glaube ich sofort«, sagte er schmunzelnd. »Aber nun kommen Sie.« Er bot ihr den Arm. »Sind es wenigstens gute Nachrichten, die Sie da gefunden haben?«
»Ob sie gut sind, weiß ich noch nicht so genau. Ich weiß nur eines, nämlich dass ich so schnell wie möglich zurückfahren muss.«
»So? Das würde ich aber sehr bedauern.«
Von unten rief Gareth: »Mrs. Turlington, bitte kommen Sie!«
Sie hakte sich bei Geoffrey ein und schritt mit ihm die Treppe hinunter. Neue Gäste strömten von der Straße herbei, mischten sich unter die anderen, plauderten und diskutierten. Bedienstete öffneten Kisten, in denen Wein-

flaschen auf Stroh lagen. Korken kullerten über den Parkettboden, zwei Mädchen in engen Miedern liefen ihnen nach, um sie aufzusammeln und mit einem Zwirnsfaden zusammenzubinden.
Gareth reichte ihnen zwei Gläser Lambrusco. »Trinken wir auf Ihren Erfolg! Prosten wir Jefferson dort oben zu! Cheerio, Mrs. Turlington!«
Betäubt von Inès de Briancourts Offenbarung und dem lebhaften Getümmel um sie herum, löste sich Fiona nach kurzem Geplauder von den beiden Männern und mischte sich unter die Gäste, die dicht an dicht durch die Räume schlenderten.
Sie suchte Halt bei ihren Bildern.
Plötzlich blieb sie stehen, weil sie glaubte, entweder betrunken zu sein oder eine Wahnvorstellung zu haben – an einem Bild, auf dem drei Olivenbaum-Greise mit ihren Schrunden, Wülsten und Narben zu sehen waren, klebte oben links in der Ecke des Bildrahmens ein großes Olivenblatt mit vergoldeter Spitze. Daneben steckte ein Zettel, auf dem stand: »Ich vermisse Sie!«
Fiona bekam einen Schreck. Sie ging zum nächsten Bild. Auch dort hing ein Olivenblatt, dessen Spitze in Gold getaucht worden war, und daneben ein Zettel: »Bitte verzeihen Sie mir!«
Die nächsten Bilder waren schmucklos. Fiona drängte sich durch die Menschenmasse, vier Räume hindurch, und entdeckte in jedem vereinzelte Liebesbeweise, die nur einer, da war sie sich ganz sicher, geschrieben haben konnte – Saverio Perlucci.
War er hier? Oder hatte er Geoffrey die Blätter nur geschickt?
Plötzlich war sie wieder da, die Sehnsucht nach diesem

Mann, der sie vom ersten Augenblick an fasziniert hatte, zu dem sie sich auf geheimnisvolle Art hingezogen fühlte wie jemand, der wusste, dass seine Seele ihrer ähnlich war. All ihre Gefühle, ihre Gedanken an ihn schossen in ihr hoch, betäubten die Stimmen und Geräusche um sie herum.

Wo war er?

Ihre Wangen waren heiß, und ihr Herz klopfte so stark, dass sie Angst bekam, es könne ihr den Atem nehmen.

Doch sie fand ihn nicht.

Es wurde weit nach Mitternacht, die meisten Gäste waren gegangen. Sessel und Stühle waren in nur einem einzigen Raum zusammengetragen worden. Dort hockten nun die Künstler und ihre Freunde, tief in Gespräche versunken.

Viele Bilder waren verkauft worden, und die leeren Stellen an den Wänden hatte ein Scherzbold mit ihrem Gesicht versehen. Nun, da die Ausstellung erfolgreich verlaufen war, würde Gareth seine Galerie renovieren können. Sie selbst war als Künstlerin akzeptiert worden. Sie hatte die Hälfte ihrer eigenen Bilder verkauft, für gut zwei Drittel von Jeffersons Werk gab es Interessenten, doch sie hatte angesichts der Gelddiskussionen Kaufangebote abgelehnt. Sie hing an ihnen mehr, als ihr steigender Geldwert je würde einbringen können.

Sie würde nach Ligurien zurückkehren, weitere Bilder malen und ihr eigenes Geld verdienen.

In einer Raumecke stimmte ein Mann mit blonden Locken ein Cello an und spielte einen langsamen Walzer. Plötzlich hörte sie hinter sich Saverios Stimme.

»Tanzen Sie mit mir?«

Sie drehte sich um, und es genügte ein einziger Blick, in dem sie erkannten, wie sehr sie sich liebten. Er nahm sie in seine Arme und schwang sie sanft im Halbkreis.

»Ich hatte Angst, Sie könnten nie mehr zurückkommen«, flüsterte er.
Sie schmiegte sich an ihn und hatte das Gefühl, endlich am Ziel zu sein.

Mrs. Lowing, die alte Bankierswitwe, schickte sich an, mit ihrem Terrier spazieren zu gehen, als dieser sich wegen eines Kaninchens von ihr losriss – just in dem Moment, als von der Straße her eine Kutsche auf die Zufahrt einbog.
Im Fenster erkannte Fiona Saverio, der ihr zuwinkte.
»Miss Turlington«, rief Mrs. Lowing, »auch wenn meine Augen trübe geworden sind, erkenne ich doch, dass Sie von einem gut aussehenden Herrn Besuch bekommen, nicht wahr? Es freut mich für Sie. Verlieben Sie sich, Sie sind ja noch jung, und vor allem sind Sie sehr hübsch. Nur hören Sie auf meinen Rat. Vergessen Sie das Heiraten nicht – aber geben Sie nie die Zügel aus der Hand. Hunde und Männer gehören an eine kurze Leine, sonst gibt es Opfer. Sehen Sie, das arme Kaninchen.« Sie lachte. »Es würde mich freuen, sollten Sie die richtige Wahl getroffen haben.«
Saverio trat auf sie zu. Fionas Haut kribbelte, und sie hätte ihn am liebsten umarmt und geküsst.
»Mr. und Mrs. Turlington sind außerordentlich interessante Menschen«, bemerkte Mrs. Lowing, nachdem Fiona Saverio vorgestellt hatte. »Sie werden sich mit ihnen sicher gut verstehen, Signor Perlucci. Bleiben Sie denn hier wohnen, Miss Turlington?«
Fiona lächelte und wechselte einen raschen Blick mit Saverio. »Nein, ich werde auf Wunsch meiner Eltern

das Haus zwar übernehmen, doch ich möchte nichts sehnlicher, als so schnell wie möglich nach Ligurien zurückkehren.«

»Ah, Ligurien … das Mittelmeer. Ich habe viele Winter in Nizza verlebt. Im Januar blühten schon die Mandel- und Mimosenbäume, es war herrlich! Und im Winter war es mild und trocken, genau richtig für meine Lungen. Vielleicht sollte ich mich noch einmal auf die Reise machen und Sie besuchen. Dabei hatte ich schon geglaubt, es gäbe keinen Anlass mehr für mich, London zu verlassen.«

Die Haustür schwang auf, und Malisy machte einen Schritt zur Seite, um Fionas Mutter auftreten zu lassen. Sie hatte sich für diesen Vormittag in ein elfenbeinfarbenes Chiffonkleid mit roséfarbenen Seidenbändern gehüllt, das ihr ein frisches, jugendliches Aussehen verlieh. Sie streifte Mrs. Lowing mit einem überlegenen Blick, streckte Saverio die Hand entgegen und sagte: »Willkommen, Signor Perlucci, ich freue mich, Sie begrüßen zu dürfen. Treten Sie ein, mein Mann erwartet Sie bereits.«

Wie nonchalant sie tut, dachte Fiona nicht ohne Bitterkeit. Was Mrs. Lowing und Saverio wohl von ihr halten würden, wenn sie wüssten, dass sie vor dem Frühstück zwei Esslöffel Laudanum eingenommen hat.

»Danke, Sie sind sehr freundlich«, erwiderte Saverio reserviert, und Fiona merkte ihm sein Unbehagen an. Er reichte Geraldine einen Blumenstrauß, den sie mit einem strahlenden Lächeln annahm und fest an sich drückte.

Das anschließende Beisammensein verlief glücklicherweise harmonischer, als Fiona es sich vorgestellt hatte. Es entging ihr nicht, dass ihre Eltern an Saverio und seiner Familie sehr interessiert waren und ihrer Mutter viel daran lag, ihm zu gefallen. Sie lenkte dann auch bald das Gespräch auf das frisch entdeckte Familiengeheimnis, woraufhin Arthur versprach, noch in diesem Sommer, wenn das neue Haus auf Jersey eingerichtet war, nach Ligurien zu reisen, um auf den Spuren seiner Vorfahren zu wandeln. Es war Saverio selbst, der nun von dem Auftrag, den sein Vater Fiona erteilt hatte, berichtete und damit ihre Mutter beeindruckte.

Er könne Fiona jetzt helfen, das Tuch des grünen Goldes dort zu suchen, wohin es das erste Mal gebracht worden sei – in das ehemalige Kloster St. Madeleine nahe dem Colle di Tenda. »Vielleicht hat Fiona ja Recht«, meinte er, »und Santuzza hat zwei Tücher gewebt, wovon sich das Erste noch bei der Contessa de Briancourt befindet. Womöglich lebt sie noch. Es soll Menschen geben, die den Ausbruch heimtückischer Krankheiten wie die Syphilis um Jahrzehnte überleben.«

Daraufhin erzählte er die Geschichte seiner Familie und etwas über den Genueser Tuchhandel. Fionas Vater stellte detaillierte Fragen, die Saverio ausführlich beantwortete. Fiona war erleichtert, dass sich beide auf Anhieb verstanden. Nachdem Tee nachgeschenkt worden war, erhob sie sich und ging in ihren Salon, um zu überprüfen, ob auch alles für die Abreise hergerichtet war, einschließlich der Papiere, in denen ihr Vater ihr Haus und Garten als Eigentum bestätigte. Mr. Plim war mit erweiterten Vollmachten ausgestattet worden, und sie, Fiona, würde steten Kontakt halten, damit alles beim Alten blieb.

Am frühen Abend brach man ins Restaurant Blueberry auf. Malisy saß mit am Tisch, mit einer Miene, die ausdrückte, dass er nur zu gerne Abschied von ihr und Saverio nahm. Fiona war es egal, fast schon hatte sie Verständnis dafür, dass Malisy alles daransetzte, die traute Dreisamkeit mit ihren Eltern wieder aufnehmen und ausleben zu können.

Anfang Mai trafen Saverio und sie in Italien ein. Fiona kehrte zunächst für ein paar Tage in ihre Villa zurück, um nach dem Rechten zu sehen, aber auch um sich ein wenig zu erholen. Saverio hingegen musste in Genua Geschäften nachgehen. Er versprach, seinen Eltern nichts von dem zu verraten, was die Herkunft ihres Vaters und auch was ihr gemeinsames Vorhaben betraf.
Es dauerte bis Mitte Mai, bis Fiona und er endlich die letzte Wegstrecke auf der Suche nach dem Tuch des grünen Goldes in Angriff nehmen konnten.

Bei Ventimiglia, unweit von Jeffersons geliebtem Bordighera, begann das Roya-Tal. Es verlief entlang des gleichnamigen Flusses und bildete die Grenze zwischen Frankreich und Italien. Fiona beeindruckte die einsame Landschaft aus Wald und Felsgestein, zwischen dem die Roya mal tosend, mal murmelnd dahinfloss und unzähligen Wildtieren Schutz und Nahrung bot. Wäre nicht der Weg gewesen und mal etwas abseits eine kleine Kapelle, die zur Andacht einlud, sie hätte sich kaum vorstellen können, dass hier vor ihnen schon seit Jahrhunderten Menschen gegangen waren.
Selten kamen sie durch Dörfer. Die wenigen, die sie passierten, Airole, Breil-sur-Roya, La Giandola, Saorge und Fontan, lagen weit voneinander entfernt. Ihre eng aneinander gebauten Häuser zogen sich steil die Hänge hinauf, wo unter Bergkiefern und mächtigen Zedern stille Fried-

höfe lagen. Es waren Orte, die auf Fiona wie Enklaven aus mittelalterlichen Zeiten wirkten und noch immer allen Eindringlingen zu trotzen schienen.
Saverio indes wurde ihr von Stunde zu Stunde vertrauter. Sie war glücklich und dankbar, ihn neben sich zu wissen – nicht zuletzt deswegen, weil die raue, einsame Schlucht vor allem nachts voller unheimlicher Geräusche war. Aber schon auf der Schiffsreise war ihnen immer deutlicher bewusst geworden, wie sehr sie sich zueinander hingezogen fühlten. Sie sprachen über das, was sie bewegte, kommentierten das Leben an Bord und ergänzten einander in ihren Gedanken und Empfindungen. Am beglückendsten aber war, dass sie sich einander besonders nah fühlten, wenn ein Moment der Stille eintrat und ein einziger langer Blick zu einem Liebesschwur wurde.
Jeden Morgen, wenn die Sonne am azurblauen Himmel aufging und lang gestreckte rosa Flecken auf die Erde schickte, schien es Fiona, als ob alles um sie herum leicht wäre – das Leben, die Liebe, der Weg, ja, sogar die Erde selbst. Gerade in diesen rasch verfliegenden Minuten der Morgendämmerung, da der Tag mit seinen Unwägbarkeiten noch vor ihnen lag, fühlte sie sich allein vom Licht und Saverios Liebe umhüllt.

Sie waren nun seit mehreren Tagen auf ihren Maultieren unterwegs. Der Weg ging stetig bergan, mal in engen Kehren, mal über Brücken, dann wieder so nah am Fels, dass ihnen Gischt ins Gesicht spritzte. An diesem Tag waren sie über die Höhe des westwärts gelegenen Ortes Granile gekommen und hatten damit gut zwei Drittel der gesamten Strecke geschafft. Die Sonne stand hoch, und sie beschlossen, noch ein letztes Mal am Fluss auszuruhen, bevor sie das Tal gen Westen verlassen mussten. Sie machten am Ufer Rast, ließen die Maultiere grasen und setzten sich in den Schatten einer Pinie.

»Wer weiß, wer hier schon alles gerastet hat«, meinte Fiona, während sie die Vorräte auspackten.

»Mönche, Pilger, aber auch Schmuggler und Händler«, erwiderte Saverio und füllte ihre Gläser mit Wein und Wasser. Sie tranken und lehnten sich an den Stamm des Baumes.

»Wie du bestimmt weißt, folgen wir der alten Salzstraße. Hier wurde und wird das weiße Gold, das an der Küste zwischen Hyères und Toulon gewonnen wird, über den Colle di Tenda bis nach Piemont transportiert, denn ohne Salz kann auch heute noch in den Dörfern weder Fisch noch Fleisch konserviert werden. Es ist ebenso unverzichtbar wie das Öl, mit dem Zitronen, Knoblauch …«

»… Auberginen, Artischocken, Tomaten, Pilze und Gewürze eingelegt werden.«

Sie lächelten einander an und aßen eine Weile still weiter. Er sah ihr zu, wie sie den Schafskäse in kleine Stücke schnitt.

Fiona spießte eines mit der Messerspitze auf und fragte leise: »Wenn du so vom Wert des Öls überzeugt bist, warum hast du damals die Schneise in eurem Hain schlagen lassen?« Sie reichte ihm den Käse.

Er nahm ihn, legte ihn aufs Brett und brach eines der runden Brote in zwei Teile. »Konntest du es dir nicht denken?«

Sie schüttelte den Kopf. »Ich nahm an, du wolltest wieder einmal ein besonders gehorsamer Sohn sein und mit dem Abholzen fortfahren.«

»Ach, Fiona«, er reichte ihr eine Hälfte des Brotes, »manchmal bist du recht unsensibel. Ich wollte ein letztes Mal

Beil und Säge ansetzen lassen – allerdings nicht, um Holzkohle zu gewinnen. Die Schneise sollte zweierlei sein – auf der einen Seite das Symbol für den Weg zu dir, deshalb die Blumen, auf der anderen Seite wollte ich einen Weg schaffen, der auf Carlis Grundstück zuführt, zu seiner *frantoio,* denn ab sofort wollen wir wieder Oliven ernten.«

»Das ist ja wunderbar, Saverio. Dann hast du dich deinem Vater gegenüber durchgesetzt. Was sagt er dazu?«

»Dass ich ein Dummkopf sei.« Er lachte. »Vater meinte, Geld sei nur noch mit dem Anbau von Blumen und Obst und nicht mehr mit Oliven zu verdienen. Die Nachfrage im Umland, ja, vor allem in der Schweiz und in Österreich, sei groß. Im Übrigen könne man hangabwärts Villen bauen und an britische Touristen vermieten.«

»Er ist also immer noch der Meinung, dass Geld das Wichtigste sei und dass man mit ihm alles erreichen könne.« Fiona legte die Hände in den Schoß. »Ich muss gestehen, auch ich habe früher oft so gedacht.«

»Weil du die Liebe vermisst hast, die Liebe deiner Mutter. Der Glaube an das Geld war nichts anderes als Ersatz, Fiona.«

»Ja, das denke ich heute auch. Aber welche Liebe vermisst denn dein Vater?« Sie sah Saverio gespannt an.

»Keine«, antwortete er gelassen. »Ich denke, es geht ihm gut. Wir lieben ihn so, wie er ist, auch wenn er es uns nicht immer einfach macht. So traditionsbewusst unsere Familie auch ist, Vater setzt auf Fortschritt, um Kapital und Ansehen zu erhalten. In den letzten Monaten wurde mir klar, dass ich kein Kaufmann wie er sein möchte, sondern Kapital dort einsetzen will, wo ich unser kulturelles Gut fördern kann. Als Vater erfuhr, wie ernst es mir mit dem Erhalt der Olivenbäume ist, wurde er sehr wütend. Ich habe versucht ihm zu erklären, dass es die moralische Pflicht der Perluccis sei, sie zu erhalten, doch vergebens. Ich habe eine Organisation zum Erhalt der Olivenhaine gegründet und mir von den Stadtvätern Genuas jegliche Unterstützung zusichern lassen. Seitdem mein Vater davon weiß, spricht er kaum noch mit mir.«

»Du hast an seinem Thron gerüttelt.«

»Eines Tages muss damit wohl jeder Vater rechnen, oder?«

»Für ihn muss es aber besonders schmerzlich sein, schließlich habe ich ja noch nicht einmal seinen Wunsch erfüllen können, ihn als Patriarchen in Öl zu verewigen!«, entgegnete Fiona gespielt mitleidig lächelnd.

»Allerdings.« Er nahm ihre Hand und beugte sich zu ihr. »Das heißt, nur du könntest seine Wunde wieder schließen.«

»Aber wenn er erfährt, dass …«

»Ja?«

»Er hat einmal gesagt, er könne in meinen Augen lesen …«

»So? Was denn?«

»Ich würde suchend schauen. So als ob ich hinter das blicken wollte, was selbst das Licht nicht erhellen kann.«

»Und, stimmt es?«

»Vielleicht.« Sie rang ihre Hände, nach Worten suchend.

»Du meinst, du würdest meinen Vater so forschend ansehen, dass er annehmen könnte, du würdest ihm etwas vorwerfen. Du suchst also bei ihm eine Antwort …«

»Ja, die Antwort darauf, warum er …« Sie errötete. Es war ihr peinlich, weiterzusprechen.

»… warum er so an dir festhält.« Saverio senkte sanft seine Stimme. »Und warum er in Wahrheit eifersüchtig ist, dieser silberhaarige eitle Mann. Ist es das, was du meinst?«

Sie lächelte. »Ja, und warum er dir …«
»… so wenig Freiheit gibt?« Er nahm ihre Hände und zog sie an sich. Fionas Schläfen pochten, und ihr Herz schlug so heftig, dass sie meinte, Saverio könne es bemerken. Sie sah auf seinen Mund, roch den Duft seines Körpers, begegnete seinen Augen.
Saverio hielt ihren Blick lange, sehr lange fest, bis das Kribbeln in ihrem Bauch so stark wurde, dass sie verlegen die Augen niederschlug. Schweigend stand er auf und zog sie mit sich hoch. Er legte seinen Arm um ihre Schultern. »Lass uns noch ein wenig zum Fluss hinuntergehen, ja?«
Sie folgten einem schmalen Pfad, der zum felsigen Ufer hinabführte. Sie gingen ein Stück flussaufwärts, wo ein meterhoher Wasserfall toste und Gischt versprühend in einem weiten Becken Stille fand. Einige Meter vor ihnen lag eine kleine Sandbank. Dort blieben sie eine Weile stehen und schauten auf den Wasserfall. Es war zu laut, um zu sprechen, und so genoss Fiona umso mehr Saverios Nähe. Er legte seine Hand um ihre Taille, zog sie so eng an sich, dass sie wie selbstverständlich ihren Kopf an seine Schulter lehnte.
Sanft streichelte er ihren Rücken.
Sie sah zu ihm auf.
Weich und schimmernd war sein Blick, voller Liebe und dem Versprechen, sie glücklich zu machen. Er küsste sie, und es fühlte sich für Fiona so an, als ob sie der samtige Flügel eines Schmetterlings berühren würde. Zärtlich erwiderte sie seinen Kuss und schlang ihre Arme um seinen Nacken. An seinen Körper geschmiegt, atmete sie innerlich auf, denn sie wusste, der Schmerz ihrer langen Sehnsucht nach Saverios Nähe war vorbei.

Er hielt sie fest in seinen Armen. Nach einem leidenschaftlichen Kuss schob er sie sanft von sich und streifte lächelnd sein Hemd ab. »Warte, warte einen Augenblick«, sagte er und tauchte ins kalte Wasser des großen Bassins ein. Er schwamm zu einem Felsen auf der gegenüberliegenden Uferstelle und rief Fiona zu: »Komm! Es ist wunderbar erfrischend.«
Fiona tat es ihm in ihrem Unterkleid nach. Das Wasser war noch sehr kalt, und so blieb sie nahe der Uferstelle. Sie schwamm ein wenig hin und her und stieg dann wieder hinaus. Ihre Haut kribbelte von den Wasserperlen, die an ihr hinabrollten. Die Sonne wärmte sie jedoch, und sie sah Saverio erwartungsvoll entgegen.
Er schwamm mit kräftigen Zügen zu ihr zurück und zog sich an einer Felskante empor.
Langsam traten sie aufeinander zu. Fiona berührte seinen kühlen Körper mit den Fingerspitzen, küsste ihn, wärmte Hautflecken für Hautflecken mit ihren Lippen.
Als seine Hände warm genug waren, öffnete er ihr Unterkleid, streichelte ihre Brüste und liebkoste sie. Küssend sanken sie in den warmen Sand.

Zwischen Granile und St.-Dalmas-de-Tende zweigte der Weg von der Salzstraße in Richtung Frankreich ab. Fiona und Saverio folgten ihm und ritten gen Norden weiter, bis sie den Ort St. Madeleine erreichten. Dort erkundigten sie sich nach einem alten Kloster, das zur Zeit der Französischen Revolution säkularisiert und später an die Contessa de Briancourt verkauft worden sei. Die Einheimischen gaben ihnen den Rat, sich weiter am rechten Ufer des kleinen Seitenarms der Roya zu halten.
Nach gut zweieinhalb Stunden zwischen Fluss und Wäl-

dern sahen sie hinter Kastanien und Steineichen die Reste einer eingefallenen Außenmauer, über die sich das dunkle Blattgrün armdicker Efeustämme rankte. Zwischen hohen Zedern und Pinien schaute ein verwittertes Schindeldach hervor. Bald erreichten sie längs des Weges ein Mauertor aus groben, moosbewachsenen Steinblöcken. Seine hölzernen Flügel standen offen, eingewachsen zwischen Grasbüscheln.

Fiona und Saverio zwängten sich hindurch und fanden sich in einem verwilderten Garten wieder, der an die Längsseite des bescheidenen Klostergebäudes grenzte. Vom Tor bis zu einem Vorbau an der Gebäudeseite verlief ein gerader Weg. Zu beiden Seiten aber waren Beete voller Unkraut, mit Baumtrieben überwachsene Rondelle, eingestürzte Rabatten. Rechter Hand war ein Brunnen mit einem verrosteten Eisengitter, das schief über dem Rand hing und noch Platz genug ließ, um Wasser zu schöpfen. Das Tau über dem Flaschenzug aber baumelte lose im Wind. Und der lederne Eimer, der im Gras neben dem Brunnen lag, war dunkel und fleckig.

Hier und da wucherten Oleander- und Rosenbüsche, und an der Südseite des Klosters hatte sich ein Weinstock bis zum Giebel emporgearbeitet. Schwalben schossen über ihre Köpfe hinweg und verschwanden in ihren Nestern dicht unter dem Dachüberstand.

Bis auf ihr helles Zwitschern war es still.

Fiona und Saverio gingen auf einen steinernen Bogen zu, der das Gebäude mit der Außenmauer verband. Dahinter lag ein weitläufiger Platz. Hohe, schlanke Lebensbäume umsäumten ihn mit großen Zwischenräumen. In der Mitte aber stand, das Gesicht der sinkenden Sonne zugewandt, eine Madonna aus weißem Marmor.

Bis über ihre Füße hinauf krochen langsam die langen Schatten der Lebensbäume.
Fiona stutzte. Schwindelte ihr, oder drohte die Madonna gleich abwärts zu rutschen? Sie trat näher – und erschrak. Die schwarzen, schattigen Füße der Madonna waren keine Madonnenfüße. Es waren eindeutig schwarze Männerstiefel. Stiefel, die jemand am Sockel knapp unterhalb der Madonna abgestellt hatte.
Lederne schwarze Männerstiefel.
Fiona erinnerte sich, dass sie sie irgendwo schon einmal gesehen hatte. Aber wo? Und bei wem?
Plötzlich fiel es ihr wieder ein.
Sie fasste Saverio am Arm. »Wir müssen sie suchen!«
»Wen?«
»Santuzza, die Weberin.«

Im Kloster roch es dumpf, nach staubigem Leinen, feuchtem Stein und Schichten uralten Rußes.
Sie durchsuchten Kapelle, Küche, Refektorium, die ehemalige Bibliothek mit staubbedeckten leeren Regalen, Vorratsräume mit zerbrochenen Kruken und von Mäusen zerbissenen Weidenkörben. Schließlich betraten sie einen düsteren Gang, zu dessen Seiten jeweils sechs Nonnenzellen eingerichtet waren. Doch auch diese waren leer, und auf den nackten Pritschen lagen nur einfache Holzkreuze und verwelkte Sträuße wilder Blumen. Über eine Wendeltreppe gelangten sie in das Obergeschoss. Auch hier waren alle Räume staubig und unbewohnt.
Enttäuscht wollten sie schon in den Garten mit der Madonna zurückkehren, als Saverio eine in die Wand eingelassene Tapetentür neben dem Schornsteinschacht auffiel.
»Wollen wir es noch einmal versuchen?«, fragte er. Fiona

nickte. Über eine enge Stiege gelangten sie auf den Dachboden.
Hier oben hörten sie nur das Rauschen des Windes durch die Kronen der Bäume und das Zwitschern der Schwalben unter dem Dach. Auf dem First aber sang eine Amsel laut und melodisch ihr Lied. Vorsichtig setzten sie ihre Füße auf die morschen Dielen, die unter ihnen knarrten.
Da entdeckten sie die alte Weberin.
Im farbigen Licht des Rosettenfensters, durch das die Strahlen der untergehenden Sonne fielen, lag Santuzzas dunkle Gestalt auf dem Holzboden, die Arme wie bei einer Kreuzigung von sich gestreckt, über Brust und Bauch das Tuch des grünen Goldes. Seine mit Goldfaden gewebten Oliven leuchteten, und es sah aus, als wollten sie dem farbigen Licht entgegenschweben und nur die dichte Menge unzähliger Staubpünktchen in der Luft würde sie davon abhalten.
Sie hatten das Tuch gefunden.
Fiona kniete neben Santuzza nieder. »Santuzza!«
Langsam öffnete diese die Augen. Es dauerte lange, bis sie Kraft fand zu sprechen. Sie sah Saverio und flüsterte: »Mein Sohn … mein Sohn.«
»Ich bin Saverio«, entgegnete er behutsam.
»Mein Sohn«, unterbrach ihn Santuzza und schloss wieder für einen Moment die Augen.
»Wir müssen sie hinausbringen«, sagte Saverio schließlich. »Sie ist vollkommen erschöpft.«
»Nein«, hauchte sie, »nein, ich will hier sterben.«
Saverio wechselte mit Fiona einen bedeutsamen Blick, woraufhin dieser davoneilte, um den Rest ihrer Vorräte zu holen.
Nachdem sie Santuzza hatten überreden können, etwas

zu trinken, fragte Fiona: »Wann sind Sie hierher gekommen, Santuzza?«
»Zweimal sah ich die Sonne untergehen.«
»Zwei Tage ohne Essen und Trinken«, sagte Fiona entsetzt. Sie hob Santuzzas Oberkörper an, stützte sie und fütterte sie mit einem in Wein getunkten Stück Brot. »Sie sind doch nicht zu Fuß hierher gekommen?«
»Nein, ein Bauer nahm mich auf seiner Fuhre mit, ein guter Bauer …«
»Warum haben Sie nur diese Strapaze auf sich genommen?«
Santuzzas Augen bekamen einen eigenartigen Glanz. »Warum? Weil ich hier sterben möchte, wo mein Kind aufwuchs.« Einen Moment war es still, dann sagte sie leise: »Lasst mich, lasst mich in Ruhe. Geht jetzt.«
Fiona dachte an Messalinas letzte Stunde. Sie wehrte sich innerlich dagegen, noch einmal einen Menschen in ihren Armen sterben zu sehen, dessen Kraft nicht mehr ausreichte, ihr die volle Wahrheit zu sagen. Außerdem konnte sie sie doch nicht sterben lassen, ohne ihr von ihrem Vater zu erzählen – ihrem Sohn, für den Santuzza hierher zum Sterben gekommen war. Sie schaute auf das wunderschöne Tuch, folgte seinem komplizierten Muster aus Olivenblättern und fragte sich, wie sie es am besten anstellen sollte. »In dieses Tuch haben Sie damals Ihr Kind gewickelt. Es ist wirklich sehr schön. Ich frage mich nur, wie es zu einem Tuchhändler namens Fabricio Perlucci gekommen ist. Wissen Sie es?«
Santuzza seufzte tief, dann zog sie ihren Rosenkranz hervor und betete still. Fiona und Saverio mussten lange warten, bevor sie wieder Kraft gefunden hatte zu sprechen.
»Messalina war die Einzige, die alles von mir wusste.

Wahrscheinlich fühlten wir uns einander nah, weil wir es als Frauen so schwer hatten. In jungen Jahren waren wir voller Sehnsucht, träumten von einem schönen, wahrhaftigen Leben. Ich suchte die große Liebe, fand sie und litt. Sie suchte Anerkennung für ihr Talent, musste einen schlechten Mann heiraten, verlor ihre Söhne und blieb allein. Wir waren uns einig, dass wir beide von Menschen ausgenutzt worden waren. Sie von ihrem Mann, ich von meiner Familie, für die ich mein Leben lang gearbeitet und verzichtet habe …« Erschöpft machte sie eine Pause. Schließlich fuhr sie fort: »Ich verstand, warum sie Bäume den Menschen vorzog. Als sie meine Geschichte erfuhr, machte es sie wütend, sehr wütend. Sie kannte Perlucci ja und hatte sich jahrelang geweigert, ihn zu malen, weil sie ja die Bäume liebte. Nichts als die Bäume. Vor einem Jahr dann, als sie erfuhr, dass Perlucci mein Tuch, das ich allein für mein Kind gewebt hatte, auf sein Familienporträt setzen wollte, wurde sie fast wahnsinnig. Schlimm genug, dass er Olivenbäume abholzen lasse, sagte sie, doch nun auch noch das. Es war für sie zu viel. Und es war furchtbar für uns beide. Verstehen Sie?«

»Ja, das verstehe ich«, erwiderte Fiona in Gedanken versunken. »Aber ich hatte geglaubt, es gäbe zwei Tücher, Ihres und ein zweites für Perlucci.«

»O nein, was denken Sie! Ich habe es doch nur für mein einziges Kind gewebt, für Arturo.« Empört sah sie auf, während ihre Hände sich in dem Stoff festkrallten.

Fionas Gedanken überschlugen sich. »Aber wie bekam es Perlucci? Und wie bekamen Sie es zurück?«

»Wie er es bekam, das weiß ich nicht. Aber Messalina brachte es mir zurück. Oh, sie war damals so wütend. Sie wollte doch nur Gerechtigkeit für mich. Sie war eine gute

Frau.« Santuzza wischte sich Tränen aus den Augen. Fiona legte ihren Arm um ihre Schultern und wiegte sie sanft.

»Dann hat sie es also damals in der Gewitternacht gestohlen«, murmelte sie vor sich hin, »als alle fort waren und die Diener die Türen noch nicht geschlossen hatten.«

»Nein, nein.« Santuzza schnäuzte sich. »Sie hat alles genau geplant. Sie war alt, was sollte sie schon hinterlassen, und vor allem, wem? Sie beschloss, zu einem Galeristen zu gehen und ihm ihre Bilder anzubieten. Er kaufte ihr fast alle Bilder ab, bis auf einige ganz wenige. Das Geld bot sie einer Familie an, deren Sohn Hausdiener in Perluccis Strandvilla ist. Messalina gab ihnen alles, wirklich alles. Doch diese Leute mussten schweigen. Das, was Messalina sich ausgedacht hatte, war schwierig, es hätte ebenso gut schief gehen können. Doch sie brannte förmlich vor Rache und sah es als ihre letzte Chance an. Sie wusste, dass sie vom Glück abhängig war. Der junge Mann berichtete, dass Perlucci nur dann das Tuch herausgab, wenn wieder Malstunde war. Eines Tages sagten die Leute, dass es innerhalb der nächsten Tage ein schweres Gewitter geben würde. Messalina machte ihren Plan und zog zu der Familie des jungen Mannes, um auf die richtige Stunde zu warten. Der junge Mann weihte seinen Bruder ein, und dann kam der Nachmittag, an dem wieder eine Malstunde stattfand. Die Luft war schwül und dumpf. Sie waren sicher, dass dies der Tag des großen Gewitters sein würde. Sie fuhren an die Küste, wo Perlucci sein Haus hat. Dort wartete sie auf ein Zeichen des Himmels, wie sie sagte, doch auch auf den Moment, wo der junge Mann am Fenster eine Kerze entzünden würde als Zeichen, dass sie loslaufen konnte. Endlich brach das Gewitter los. Sie

stürmte ins Zimmer, zerstörte das Bild und brachte Perlucci so außer Fassung, dass er ging – und das Tuch zurückließ. Das war ihre Absicht gewesen. Dass seine Familie ihm folgen würde, damit hatte sie gerechnet. Schließlich ist er ja der Patriarch. Nun musste sie nur noch unten an der Gartentreppe darauf warten, dass der junge Diener das Tuch nahm und es ihr brachte. Der junge Mann brauchte ebenfalls viel Glück. Er versteckte sich, wartete, bis die Malerin gegangen war, und handelte dann ganz schnell, ohne dass jemand etwas davon bemerkte.«
Santuzza schwieg eine Weile. Die beiden Frauen sahen sich an.
»Was haben wir nur getan, dass wir immer leiden müssen, wir Frauen? Sind wir schön, befriedigt man sich mit uns. Sind wir nicht gleichzeitig reich, verachtet man uns. Sind wir hässlich, lacht man. Und wenn wir etwas Besonderes können, werden wir ausgenutzt und mit Füßen getreten. Ich wünsche nichts sehnlicher, als endlich diese ungerechte Welt verlassen zu können.«
»Denken Sie das nicht, Santuzza. Ich möchte Ihnen helfen, ich muss Ihnen noch so viel erzählen.«
»Es gibt nichts mehr zu wissen, nichts mehr, Signorina. Nichts.« Erschöpft von der langen Rede sank Santuzza zurück in Fionas Schoß.
Lange Zeit blieb es still. Bunte Lichtzungen krochen weiter über den Dachboden. Staubflocken kreiselten sanft in den schrägen Lichtbündeln. Santuzzas Brust hob und senkte sich mit langen Pausen zwischen den einzelnen Atemzügen. Saverio lehnte an der Wand, und Fiona hing ihren Gedanken nach.
»Soll ich dich ablösen, Fiona?«
»Sie würde aufwachen.«

»Ich schlafe nicht«, flüsterte Santuzza. »Gebt mir noch ein wenig Wein. Und dann lasst mir meine letzte Ruhe.«
Fiona setzte ihr das Glas an die Lippen.
»Trinken Sie, Santuzza, und wenn Sie mögen, hören Sie mir zu. Ich möchte Ihnen etwas erzählen, etwas Schönes.«
Santuzza lächelte, während ihr Blick dem Licht der untergehenden Sonne hinter dem Rosettenfenster folgte. »Ja, erzählen Sie mir etwas, etwas, das mir den Abschied von dieser Welt leichter macht.«
»Ich möchte Ihnen von Ihrem Sohn berichten …«
Durch Santuzzas Körper ging ein Ruck. »Arturo? Er lebt? Wo ist er?« Röte überzog ihre fahlen Wangen. Ihr Blick wurde plötzlich wach, und sie wandte ihn Fiona zu. »Was wissen Sie von ihm?«
»Als Messalina mich fragte, warum ich hierher nach Ligurien gekommen sei, habe ich ihr geantwortet, der Liebe wegen und weil ich auf der Suche nach meinen Wurzeln sei. Nun habe ich den Mann, mit dem ich einst verheiratet war, verloren, doch meine Wurzeln gefunden.«
»Das verstehe ich nicht. Erzählen Sie! Erzählen Sie mir mehr.«
»Das Kind, das Sie in diesem Tuch hierher bringen ließen, ist mein Vater. Und du, Santuzza, bist meine Großmutter …«
Es schien, als lösten ihre Worte die Steifheit in Santuzzas Körper. Fassungslos schaute sie sie an. Ihre Lippen öffneten sich, und ihr Atem ging heftig.
»Er lebt also?«, flüsterte sie.
»Ja! Dein Sohn lebt, und ich bin seine Tochter. Deine Enkelin.« Sie schloss Santuzza fest in ihre Arme und genoss es zu fühlen, wie ihre Wärme, ihre Liebe von Santuzza

aufgesogen wurde. Tränen flossen über ihren Arm, Tränen der Erleichterung und des Glücks.

Am Abend brachen sie ins Dorf auf. Saverio hatte im Gerätehaus einen Holzkarren gefunden, ihn mit Gras und einem Teil ihrer Kleider ausgepolstert und Santuzza darauf gebettet. Im Haus eines Priesters fanden sie Aufnahme. Müde und erschöpft schlief Fiona ein. Doch mitten in der Nacht wachte sie aus einem Traum auf.
Sie war über ein riesiges Schneefeld gegangen, in das sie zunächst einzusinken drohte. Irgendwann hatten ihre Füße jedoch Wasser unter sich gespürt, warmes Wasser, über dem der Schnee schmolz. Dann trat sie auf Felsgestein, das bröcklig war und sachte immer steiler anstieg. Auf Felsnasen hingen Perücken, Kostümjacken und seidene Hosen mit flatternden Bändern. Ihre Mutter tauchte auf und bewarf sie mit Farbklecksen, die ihr Malisy auf einem Tablett servierte. Da spürte sie Saverios kräftige warme Hände um ihre Hüften. Er drehte sie zu sich. Hinter ihrem Rücken rutschten die Bergspitzen in sich zusammen, wölbten sich unter ihnen zu einer Welle und rissen sie mit sich hinunter zum Meer. Als sie meinte Saverio wiedergefunden zu haben, trug er Santuzzas Züge.
Verwirrt setzte sich Fiona auf. Sie gab der leichten Luft und den Anstrengungen der letzten Tage die Schuld an diesem Traum, für den sie keine Erklärung fand. Sicher hatte sie auch die Begegnung mit Santuzza weit mehr aufgewühlt, als sie sich eingestehen wollte. Sie stand auf und verließ ihr Zimmer.
Es war eine mondhelle Nacht.
Der volle Kreis des Mondes erinnerte sie daran, dass sich auch der Kreis ihrer Familiengeschichte geschlossen hat-

te. Sie war also nicht vergebens nach Ligurien gekommen. Was Jefferson wohl dazu gesagt hätte, wenn er erfahren hätte, dass seine Suche nach dem Licht jenes Licht herbeigerufen hatte, das verborgenes Wissen um die Lebensgeschichte zweier Menschen erhellt hatte?
Doch wie war Fabricio Perlucci an das Tuch gekommen? Und wer war die Contessa de Briancourt gewesen?
Fiona hielt es in der Enge des muffigen Hauses nicht mehr aus, und sie beschloss, an die frische Luft zu gehen. Ein Käuzchen rief, und Fledermäuse huschten durch die kühle Luft. Von einem der Höfe heulte ein Hund, und ein weiterer fiel mit einer tiefen Stimme ein, brach ab und begann gleich darauf von neuem. Fiona ging zwischen den Häusern zum Fluss hinab. Dort, wo sein Wasser schäumend um mehrere große Felsbrocken strudelte, sah sie Saverio stehen. Sie war kaum überrascht. Hatte sie nicht gerade von ihm geträumt?
Er hörte sie und nahm sie in seine Arme. »Fiona«, flüsterte er und küsste ihr Haar. »Ich habe mich so nach dir gesehnt. Ich hoffte, du würdest kommen. Und nun bist du da.« Er zog sie fest an sich, und Fiona genoss dieses wunderbare Gefühl, seinen starken, warmen Körper zu spüren. Seine Sehnsucht. Leidenschaftlich schlang sie ihre Arme um seinen Nacken.
»Nun ist alles gut, nicht wahr?«
»Ja, mein Liebes, ja.« Er küsste sie zärtlich. Fiona erwiderte seinen Kuss, löste sich nur langsam von seinem Mund und versank in seinem Blick. Sie berührten einander, ihre Lippen suchten einander, immer wieder. Schließlich nahm Saverio Fiona auf den Arm und trug sie zu einer Hütte, die ein paar Meter weiter am Ufer stand. Er schob den Riegel zurück und öffnete mit dem Fuß die Tür. Durch ein schma-

les Fenster fiel Mondlicht und zerteilte die Dunkelheit. Schemenhaft zeichneten sich an den Wänden Heurechen, Forken, Kiepen, Reusen und ein Fischernetz ab.
Saverio zog sie wieder fest an sich und küsste sie. Seine Hände berührten ihre Taille, glitten zu ihren Brüsten empor und schoben ihr Nachtkleid auseinander. Sie betrachtete sein schönes Gesicht, das im silberfahlen Mondlicht männlicher erschien als im grellen Licht der Sonne. Um Brust und Hals duftete er nach Sandelholz und Vanille. Fiona hob sein Hemd über seinen Kopf, umfasste seine breiten Schultern, und er beugte sich über sie und küsste ihre Brüste.
»Saverio«, hauchte sie, »liebe mich.«
Der Kuss, der folgte, war so leidenschaftlich, dass Fiona nicht mehr von seinen Lippen lassen konnte und mit Saverio gegen eine Leiter sank.
Hungrig nahm Fiona Saverios Liebkosungen entgegen. Er schob ihr seine Jacke in den Rücken, dann glitt er an ihr hinunter, um sie dort zu küssen, wo sie am empfindlichsten war. Es war etwas, das sie noch nie erlebt hatte und das sie erregter machte, als sie es sich je hätte vorstellen können. Saverio spürte ihre tiefe Lust und drang langsam in sie ein. Er stöhnte leise, bewegte sich wieder, sanft, verhalten. Sie glaubte schon vor Lust den Verstand zu verlieren und stellte ihren Fuß auf eine Sprosse.
»Warte, komm«, flüsterte er heiser und hob sie auf seine Hüften. Er trug sie zu einer hohen Truhe, die an der Wand der Hütte stand. Was immer darin sein mochte, Fiona war es gleichgültig, wenn nur sie und Saverio die richtige Position finden konnten, um sich leidenschaftlich zu lieben.
Erst als die Kirchturmuhr dreimal schlug, kehrten sie leise in ihre Betten zurück.

Um Santuzza zu Kräften kommen zu lassen, blieben sie noch vier weitere Tage im Dorf. Tagsüber verzehrten sie sich nacheinander, und des Nachts liebten sie sich in der Hütte.
In dieser Zeit versorgte die Haushälterin des Priesters Santuzza mit kräftigenden Suppen und Kräutertees. Der Priester nahm ihr die Beichte ab, und sooft es ging, saßen er, Fiona und Saverio bei ihr am Bett und plauderten. Doch um sie zu schonen, verschwiegen sie ihr, wer Saverio in Wirklichkeit war.
Am fünften Tag fragte ein Bauer an, ob er helfen könne. Er wolle mit einem Fuhrwerk voller Schindeln talwärts fahren und könne sie bis Saorge mitnehmen. Natürlich sei es möglich, über Saumpfade von St.-Dalmas-de-Tende hinüber zum Monte Saccarello und von dort nach Montegrosso bis zur großen Straße zu gehen, die nach Imperia führte. Doch das sei wohl eher eine Sache für die Jungen, nicht aber für eine alte Frau wie Santuzza.
So lud man Santuzza auf mit Schafswolle gefüllte Säcke, wärmte sie mit Decken und machte sich am fünften Tag auf den Heimweg.
In Saorge angekommen, trafen sie auf einen französischen Geschäftsmann, der mit Kutsche und Pferden unterwegs war. Er hatte dasselbe Ziel wie sie und nahm Santuzza bei sich auf. Fiona und Saverio ritten auf ihren Maultieren mal voran, mal hinterher, bemüht, sich ihre Liebe nicht allzu sehr anmerken zu lassen.

Nach gut einer Woche trafen sie in Fionas Villa bei San Remo ein. Saverio versprach, so schnell wie möglich zu ihr zurückzukehren, und fuhr von San Remo aus mit dem Dampfer weiter nach Genua.

Fiona ließ wieder Signora Lorni zu sich rufen und nahm sich Zeit, Santuzza zu pflegen. Der Blick aufs Meer, die Düfte ihres Gartens taten Santuzza gut. In den Nächten, wenn Fiona in ihrem Olivenholzbett lag, dachte sie oft an Jefferson und an das, was er ihr geraten hatte, nämlich ihren eigenen Weg zu gehen. Jetzt, da sie ihn gegangen war, fühlte sie eine tiefe Ruhe in sich.
Ausführlich schrieb sie ihren Eltern, bat sie, rasch zu antworten und so bald wie möglich ihre Abreise nach Ligurien zu planen. Nie zuvor hatte sie das Gefühl gehabt, ihrer Mutter so selbstbewusst gegenübertreten zu können wie jetzt. Doch vor ihrer Antwort traf ein Brief von Saverio ein, in dem er sie bat, sie möge seinem Vater verzeihen und ihm seine Bitte nicht ausschlagen, zu kommen.
Am Morgen, als sie ihre Sachen packte, rief Santuzza sie zu sich. »Wohin fährst du, Fiona?«
»Perlucci möchte, dass ich zu ihm komme.«
Santuzza schwieg einen Moment. »Ich muss dir etwas sagen, bevor du gehst. Es könnte schließlich sein, dass du mich nicht mehr lebend antriffst, wenn du zurückkommst.«
»Wenn ich nicht da bin, wird Signora Lorni schon dafür sorgen, dass du an das Leben denkst und nicht an den Tod.«
»Sie ist eine gute Frau, ja, das stimmt.« Santuzza zupfte unruhig an ihrem Rosenkranz und ließ ihn nervös durch ihre Finger gleiten. »Setz dich zu mir.«
Fiona holte einen Hocker und stellte ihn neben Santuzzas Gartensessel.
»Wie sehr magst du diesen jungen Mann?«
»Ich liebe ihn. Warum fragst du?«
»Du liebst ihn? So wie ich damals Giovanni liebte?«

»Ich kannte eure Liebe doch nicht«, entgegnete Fiona ein wenig ungehalten. »Aber ich weiß, wie sehr ich Saverio liebe.«
»Solltest du nicht besser deinem verstorbenen Mann treu bleiben?«
Fiona zwang sich zur Ruhe. In der Küche hörte sie Signora Lorni singen, doch die Melodie berührte sie nicht, im Gegenteil, sie hatte das Gefühl, als würde es um sie herum kalt.
»Soll der Tod das Leben regieren, Santuzza? Jefferson selbst riet mir, frei zu leben, um im Diesseits glücklich zu werden.«
»Ich glaube, dass man nur einmal in seinem Leben lieben kann. Alles andere sind flüchtige Leidenschaften«, erwiderte Santuzza leise.
»Warum glaubst du das?«
»Aus eigener Erfahrung. Was ich dir jetzt erzählen werde, wusste außer dir nur Messalina. Hör mir bitte zu. Du siehst hier diese Buchstaben und hast dich sicher schon gefragt, was sie bedeuten könnten.« Sie strich über die reliefartige Oberfläche des Olivenmusters.
»Ja. Manche sehen aus wie verkrümmte Äste, sie passen gut ins Muster aus Olivenblättern. Aber was sagen sie aus?«
Santuzza lächelte. »Ja, die alte Schrift und die Olivenbäume stammen beide aus dem Heiligen Land und hängen eng zusammen. Es sind hebräische Buchstaben. Damals, als ich in Not war, ging ich besonders oft zu einem jungen Priester. Ich vertraute ihm, er hörte mir zu, strafte und tadelte nicht. Er war gebildet und gab mir diesen Spruch mit als Zeichen der Hoffnung. Er besagt – ich habe es nie vergessen: ›Der Ausgang einer Sache ist besser als ihr

Anfang.‹ Das steht in der Bibel beim Prediger Salomo, Kapitel sieben, Vers acht, und soll bedeuten: Mit Geduld lässt sich mehr erreichen als mit Hochmut. Und hochmütig war er …«

»Wer?«

»Er, der Mann, von dem ich dir etwas beichten wollte.«

»Giovanni?«

»Nein, nicht Giovanni. Ich erzählte dir ja schon, dass ich damals glaubte, nicht mehr jung genug, nicht mehr fruchtbar für ein Kind zu sein. Doch man sagte mir, ich sei immer noch schön. Giovanni sagte es, alle sagten es. Da kam der Mann zu uns ins Dorf, von dem wir alle abhängig waren. Ein Tuchhändler, ein Mann, der schöne Frauen mochte.«

»Aus Genua?«, fragte Fiona voller unguter Ahnung, die ihr das Herz zusammenzog.

»Ja, aus Genua. Er hieß Fabricio Perlucci. Er ist der Vater von Arturo.«

Fiona starrte wie betäubt in Santuzzas Gesicht. Wenn das so war, dann wäre ihre Liebe zu Saverio eine noch größere Sünde als jene, die Santuzza begangen hatte – sie hätte den Halbbruder ihres Vaters geliebt!

»Warum? Warum?«, stammelte sie nur. Santuzza strich ihr übers Haar und seufzte.

»Es ist nun einmal mein Los gewesen. Nun höre auch noch den Rest, den ich zu sagen habe: Wir waren arm. Perlucci bot uns zusätzliches Geld. So einfach war das. Er nahm sich, was ihm gefiel – und zahlte. Ich konnte Vater das Geld für einen dritten Webstuhl geben. Ich wurde schwanger, doch ich wusste zunächst nicht, von wem, von ihm oder von Giovanni. Ich habe es nie jemandem erzählt, auch Giovanni nicht. Ich habe mich damals so sehr dafür geschämt. Und ich schäme mich noch heute dafür. Er war schließlich derjenige, der mich zwang, Giovanni, den ich über alles liebte, untreu zu werden. Und er war es auch, der mir den Grund gab, mich zeit meines Lebens zu schämen, weil ich Giovanni belügen musste, um ihm nicht wehzutun.«

Fiona schwindelte vor Schmerz. Sie zwang sich, nicht zusammenzubrechen.

»Es war allein meine Schuld«, fuhr Santuzza fort. »Perlucci begehrte mich, und ich fühlte mich geschmeichelt. Ich war sogar so verrückt gewesen zu glauben, er könnte mich wie durch Zauberhand aus all dem Elend, dieser Armut befreien. Ich war so dumm, oh, so dumm.«

»Du warst verzweifelt, weil du Giovanni liebtest und nicht mit ihm leben durftest.«

»Ja, ja, so war es. Der Herr im Himmel möge mir vergeben.« Santuzza senkte den Kopf. Eine Weile war es still. Ihre Hände vergruben sich in dem Stoff des Tuches. »Es ist so kümmerlich, unser Leben.«

Fiona ließ ihren Tränen freien Lauf.

»Du musst nicht so sehr mit mir leiden, Fiona«, murmelte Santuzza. »Nein, weine nicht.«

»Aber vielleicht ist Perlucci gar nicht sein Vater. Wieso bist du dir so sicher?«, schluchzte Fiona, sich an die letzte Hoffnung klammernd.

»Er hatte ein Muttermal direkt in der linken Achselhöhle und Arturo ein winziges Pünktchen schon bei der Geburt.«

Fiona rang um Atem. »Du wirst deinem Sohn bald in die Augen sehen. Er könnte dich fragen, ob du seinen Vater geliebt hast. Was wirst du sagen? Hast du Fabricio Perlucci geliebt?«

»Nein, nein. Es war nichts als meine Eitelkeit, die Verzweiflung, die Hoffnung. Alles zusammen ließ mich schwach werden. Ja, ich bin schuld. Ich allein.«

Fiona nahm ihre Hände, als müsste sie sich an etwas festhalten, bevor der Boden unter ihr nachgab. Sie merkte, wie ihre Stimme zitterte, doch es war ihr egal. Sie wollte nur einmal, ein einziges Mal noch laut das sagen, woran ihr Leben hing. »Du hast mich gefragt, Santuzza, ob ich den jungen Mann liebe, der mich zu dir begleitete. Ich will dir die Antwort geben. Ja, ich liebe ihn, wie ich noch nie jemanden geliebt habe.« Sie erhob sich. »Und wenn …«

»… und wenn was?«

»Wenn ich aus Genua zurückgekommen bin, sage ich dir, wer er ist.«

Santuzza lächelte in Gedanken versunken. »Ja, sage es mir ruhig später. Ich werde hier auf dich warten und auf meinen Sohn, auf Arturo. Er wird doch kommen, oder?«

»Ja, ich habe ihm geschrieben. Er wird kommen. Ganz sicher.«

»Gut, gut. Sag … sag nur Perlucci, dass ich ihm erst vergeben kann, wenn er mir noch einmal unter die Augen tritt – im Beisein seines eigenen Sohnes.«

Fiona stützte sich an der Rückenlehne von Santuzzas Stuhl ab. Ihr schwindelte.

»Ich sage es ihm. Ich … ich fahre jetzt gleich.«

»Willst du nicht mehr mit mir essen?«

»Nein, der Dampfer legt bald ab.«

»Du siehst sehr schlecht aus, Fiona. Wäre es nicht besser, du würdest dich noch ausruhen?«

»Ich kann nicht. Ich kann nicht warten.« Sie war so aufgewühlt vor Schmerz, dass ihr nur noch etwas Banales einfiel, ein schlichtes Bild, das noch eine letzte Frage offen ließ.

»Bitte sage mir nur noch eines.«
»Ja?«
»Diese Stiefel, die bei der Madonna standen, wem gehören sie?«
»Ah, die Stiefel, die Stiefel hat mir mein Bruder zurückgelassen. Ich war ja die Letzte, die von uns allen übrig blieb.«

Die Letzte, die von uns allen übrig blieb ... dieser Satz verfolgte Fiona auf ihrer Reise nach Genua.
Das, was Santuzza ihr erzählt hatte, war kaum zu ertragen. Es hatte alles, was ihre Welt gewesen war, endgültig zerstört – ihre Liebe, ihre Hoffnung, ihren Glauben daran, dass das Leben hätte weitergehen können nach Jeffersons Tod.
Jetzt würde sie also allein übrig bleiben. Niemand würde sie trösten können, weder ihre Eltern noch der alte Perlucci. Niemand. Schon gar nicht Saverio.
Sie würde allein bleiben wie Messalina, allein mit ihrem Talent.
Als der alte Leuchtturm von Genua in Sichtweite kam, wurde Fiona endgültig bewusst, dass sie Saverio nie wieder so ansehen durfte wie zuvor.

Saverio erwartete sie im Vorhof des Perlucci'schen Stadtpalais in der Via Lomellini. Er trug ein weites, weißes Hemd und eine schmale, schwarze Hose aus matt glänzendem Satin. Ihn so glücklich zu sehen tat Fiona doppelt weh. Sie bemühte sich, ihre kühle Ausstrahlung mit einem freundlichen Lächeln zu dämpfen, doch es gelang ihr nicht, weil Saverio ihr sofort forschend in die Augen sah.
»Was hast du, Fiona? Du siehst so unglücklich aus. Was ist geschehen?«

Sie schüttelte nur den Kopf und sagte mit matter Stimme: »Ich muss deinen Vater sprechen.«

»Ja, natürlich. Er erwartet dich. Doch sage mir, was hast du?«

Er nahm ihr Gesicht zwischen seine Hände.

»Bitte nicht … Saverio …«

Doch er küsste sie, bevor sie sich wehren konnte.

Sein Mund, seine Stimme, sein Körper – wieder durchströmte sie dieses Beben.

»Saverio … lass, bitte.«

Irritiert sah er sie an. »Was ist los mit dir? Komm und erzähl mir, was los ist. Mein Vater kann warten.«

Er führte sie ins Entree und durchquerte mehrere große Räume mit Seidentapeten, Kunstwerken und exquisiten Möbeln. In einem kleinen Salon mit Ausblick auf den Hafen nahmen sie Platz.

Saverio ließ Champagner und kleine Happen mit Fisch, Fleisch und Käse servieren. Dann lehnte er sich zurück.

Fiona nahm einen Schluck und sagte: »Wir dürfen uns nicht lieben.«

»Fiona, es gibt keine Macht der Welt …«

»Doch, Saverio, die des gemeinsamen Blutes.«

Er beugte sich vor. »Wie meinst du das?«

Und nun erzählte ihm Fiona alles, was sie von Santuzza erfahren hatte.

Saverio schlug die Hände vors Gesicht. Nach einer Weile stand er auf. Er war bleich geworden, und seine breiten Schultern schienen mit einem Mal wie von einer Last gebeugt. »Ich hole ihn, Fiona. Warte bitte. Ich möchte hören, was er zu dem sagt, was du mir gerade erzählt hast.«

Schließlich kehrte Saverio mit seinem Vater zurück. »Ah,

unsere Malerin ist wiedergekommen. Es freut mich, Sie zu sehen, Mrs. Turlington.«
»Signor Perlucci, ich habe in den letzten Tagen viel erlebt. Und ich kann Ihnen mitteilen, dass ich Ihr Tuch wiedergefunden habe.«
»Oh, das freut mich. Wo ist es?«
»Ich habe es in meiner Villa bei San Remo zurückgelassen. Bitte beantworten Sie mir eine einzige Frage: Wo haben Sie es erworben?«
»Oh, bei einer adligen Dame, die ihren Haushalt auflöste.« Er schenkte sich Champagner ein. Fiona spürte, wie sehr er sich bemühte, die Fassade beherrschter Nonchalance aufrechtzuerhalten. Sie suchte Saverios Blick.
»Du meinst vielleicht eine Contessa Inès de Briancourt, Vater?«
Überrascht setzte Perlucci sein Glas ab. »Ja, woher kennst du ihren Namen?«
»Wir haben sie gesucht, Signor Perlucci«, erwiderte Fiona kühl, »weil sie diejenige war, die Ihren Sohn aufnahm. Ihren Sohn Arturo, der mein Vater ist.«
Perlucci machte eine wegwerfende Handbewegung. »Was für ein Ammenmärchen. Was erzählen Sie mir da? Nein, nein, das ist alles nicht wahr.«
Fiona bebte. Am liebsten wäre sie aufgesprungen und hätte ihn geschüttelt, glaubte sie doch ihren Vater und ihre Liebe zu Saverio verteidigen zu müssen. »Sie baten mich um ein Gespräch, Signor Perlucci, warum?«
»Weil mir noch nie in meinem Leben ein Mensch begegnet ist, der mir vom ersten Moment an so sympathisch, mir so ähnlich schien wie Sie. Ich habe Sie beobachten lassen, ich habe Sie selbst gesehen, damals am See, weil Sie mir nie aus dem Kopf gingen, Signora Turlington.«

Fiona stand auf, und auch Saverio erhob sich. Er ergriff ihre Hand, wie um ihr die Kraft zu geben, alles zu sagen.
»Signor Perlucci, Sie haben einen Sohn. Seine Mutter ist Santuzza Botto, die Weberin.«
Er sprang auf. »Niemals!«
»Leugnen Sie es nicht, denn er ist mein Vater. Und das Tuch, Signor Perlucci, ist bei ihr, Ihrer früheren Geliebten, in meinem Haus.«
Fassungslos sank Perlucci in einen Sessel, dann begann er mit brüchiger Stimme zu sprechen – der Name Santuzza hatte all seine Selbstsicherheit erschüttert. »Gut, es scheint, als wäre alles anders geworden, seit du hier bei uns in Ligurien ankamst. Ich will dir die Wahrheit sagen. Ich hatte geglaubt, schweigend, elegant das in den Tod hinüberzunehmen, was ich einmal getan, was ich zeit meines Lebens verdrängt habe. Ich wollte weder mich selbst noch andere damit belasten. Nun habe ich also doch einen Sohn. Es ist seltsam, aber damals, als ich von Inès erfuhr, dass sie das Kind einer Weberin angenommen habe, habe ich den Gedanken fortgewischt, ich könnte der Vater sein. Ich hatte eine Frau verführt. Ich hatte gesündigt. Ich habe vielleicht gezeugt. Dieser Gedanke hat mich mein Leben lang verfolgt. Immer wieder kam er in Abständen in mir hoch wie eine Luftblase, und ich habe mich gefragt, wie das Kind, wenn ich denn eins gezeugt hatte, aussah, wie es lebte und vor allem, wo? Ich war erfüllt von tiefer Scham, eventuell Vater eines Sohnes zu sein und ihn verstoßen zu haben. Meine erste Frau nämlich starb, ohne mir ein Kind zu hinterlassen, und Giulia, meine zweite …«
Saverio ließ ihn nicht aus den Augen.
»… was ist mit ihr?«

Er winkte ab. »Später, davon sprechen wir später.«
»Du hast also geahnt, dass diese arme Weberin von dir ein Kind erwartet?«
»Ich schämte mich, versteht ihr das nicht? Das Ansehen unseres Hauses, unser Name … all das wäre verlacht worden. Tuchhändler schwängert Weberin! Lächerlich. Einfach lächerlich.«
»Du hast stattdessen höher stehende Damen bevorzugt, nicht wahr? Damen der Gesellschaft wie die Contessa de Briancourt?«, hakte Fiona nach.
Perlucci errötete. Er trank sein Glas leer und beugte sich vor. »Es ist die Stunde der Wahrheit. Da will ich alles sagen.« Er suchte Saverios Blick. »Ja, ich kannte Inès de Briancourt gut. In jüngeren Jahren lebte sie hier in der Stadt, führte ein ausschweifendes Leben, mit Bällen, Maskeraden, Geliebten beiderlei Geschlechts. Bis ihr eines Tages jemand begegnete, der sie mit Syphilis ansteckte. Anfangs merkte sie es nur an der zunehmenden Schwäche, dann kamen Hautausschläge, und sie zog von hier fort. Später schrieb sie mir, dass sie mit heiligem Öl zu gesunden hoffe und den rechten Glauben gefunden habe. Sie verschrieb sich der Kontemplation, der Selbstversenkung, dem inneren Gebet, so wie es der Theologe Miguel de Molinos im 17. Jahrhundert gepredigt hatte. Die Inquisition hat ihn bekanntlich umgebracht, doch seine Lehre der stillen geistigen Vereinigung mit Gott lebt weiter. Wie Inès hatten zu Molinos Lebzeiten berühmte Frauen wie die Fürstinnen Ludovisi und Borghese, selbst die Königin von Schweden seinen Rat gesucht, und auch Kardinäle und Papst Innozenz XI. Doch da die Kirche befürchtete, in ihrer rituellen Ausrichtung geschwächt zu werden, sperrte man Molinos neun Jahre lang bis zu seinem Tod

in einen Kerker. Inès aber war wie viele Menschen vor ihr von seiner Heilslehre überzeugt. Sie lebte noch lange Jahre mit ihrer Krankheit, und als sie mir vor fünf Jahren schrieb, dass sie nun sterbe, glaubte ich ihr sofort. Sie wollte alles, was sie besaß, verkaufen. Sie besaß schöne Sachen – Silber und Teppiche, Porzellan und Bilder. Das eingenommene Geld sollte dem Dorf für eine neue Brücke gespendet werden. Sie bot mir an, noch vor dem Ausverkauf zu ihr zu kommen und mir auszusuchen, was mir gefiel. Da fand ich das Tuch, und sie erzählte mir von seiner Herkunft. Ihr könnt euch denken, wie sehr es mich erschütterte. Von der Stunde an kam alles, was ich verdrängt hatte, in mir wieder hoch.« Er rang seine Hände. »Dann kamst du, Fiona.«

Er streckte die Hände nach ihr aus.

»Nein.« Fiona schüttelte den Kopf.

»Warum? Was hast du gegen deinen Großvater, der ich ja nun für dich bin?«

Verzweifelt suchte Fiona Saverios Blick.

»Du bist Saverios Vater – und ich liebe ihn«, flüsterte Fiona.

Fabricio glitt das Glas aus den Händen. Er schaute von einem zum anderen und zurück. Erst wurde sein Gesicht blass, dann aber kehrte Farbe zurück, und er begann zu lachen. Er ging auf Fiona zu, zog sie zu sich hoch und küsste sie auf beide Wangen.

»Hört zu! Hört beide zu! Das, was wir erlebt haben, seit du in Ligurien angekommen bist, Fiona, gleicht einem Mosaik, von dem jeder von uns ein Steinchen hinzufügt. Nun also liefere ich euch das letzte. Doch dazu muss deine Mutter kommen, Saverio. Sei so gut und lass sie rufen.«

Es dauerte nicht lange, und Giulia Perlucci erschien. Sie

trug ein weites Kleid aus mehreren Lagen hauchdünner Mousseline, schneeweiß und von goldenen Spangen gehalten.

»Du hast dich schön gemacht wie eine römische Göttin, meine Liebe. Das ist wunderbar. Bitte sei so gut und sag deinem, unserem Sohn die Wahrheit.« Perlucci küsste ihr die Fingerspitzen und blinzelte Fiona zu.

»Welche Wahrheit, Fabricio?«

»Nun, die seiner Herkunft. Du musst nämlich wissen, dass sich heute in unserem Hause hier in der Via Lomellini ein ganz besonderer Kreis schließt.«

Giulia küsste Fabricio auf die Wange, dann schritt sie auf Saverio zu.

»Du bist unser Sohn, seit der ersten Stunde, da du zu uns kamst.«

»Ich kam? Du brachtest mich also nicht auf die Welt?«, schlussfolgerte Saverio überrascht.

Sie nahm ihn an der Hand und öffnete eines der Turmfenster. »Da, siehst du? Da liegt deine Stadt, unsere Stadt, die Stadt deiner Vorfahren. Sie waren Bankleute, finanzierten vor Jahrhunderten Kreuzfahrten, Eroberungen, Forschungsreisen. Doch in den Jahren, bevor du geboren wurdest, waren die Schulden so hoch, Spekulationen so verstiegen, dass deine Eltern bankrottierten. Aus Scham nahmen sie sich das Leben. Doch dich gaben sie vor ihrem Tod in unsere Hände. Das ist alles.«

Perlucci seufzte. »Ja, Saverio, deine Eltern und ihre Vorfahren waren wie so viele Genueser tüchtig, doch so individualistisch wie egoistisch. Ein jeder war des anderen Wolf, und nicht jeder konnte Sieger werden, nicht alle blieben es. Deine Eltern, lieber Saverio, ließen sich erst von den Wellen der Gründerzeit mitreißen, bis schließlich die

Gesetze des neuen Geldhandels sie ruinierten. Ja, das ist alles. Und ich bin froh, dass wir dich haben, nicht wahr, Giulia? Er ist unser Nachfolger. Er wird unser Haus weiterführen und dafür sorgen, dass die bezaubernden Mädchen, die du mir gebarst – Cristina, Teresa und Sofia – ihre angemessene Aussteuer erhalten.«

»Das werden wir noch sehen«, meinte Saverio fassungslos. Dann riss er Fiona ohne länger zu überlegen in einem Anflug überschäumenden Glücks an sich.

»Ich werde mit Vater noch ein einziges Mal ein ruhiges Gespräch führen«, sagte Saverio, als sie in der Kutsche saßen. »Vielleicht kann er mir noch ein wenig mehr über meine Eltern erzählen. Doch dann sollten wir die Vergangenheit ruhen lassen, denn ab jetzt zählst nur du für mich, Fiona. Und unsere Zukunft.«

Wenig später saßen sie in einem kleinen *gozzo,* dessen Segel ein starker Sommerwind zu der letzten noch erreichbaren Felsenspitze Liguriens trieb – nach Portovenere. Am späten Abend erreichten sie die Felsspitze, die, vom Meer schäumend umspült, sich hoch über ihren steinernen Grund erhob. Hier stand die alte Fischerkirche San Pietro, umgeben von einer Hand voll blühender Olivenbäume.

Endlich waren sie allein.

Das Licht der untergehenden Sonne verwischte die Linie des Horizonts, spann Erde, Wasser und Himmel mit ihrem goldenen Zauber ein. Ein lauer Abendwind pflückte sanft kleine, weiße Blütenblätter der Olivenbäume ab und trug sie zu Fiona und Saverio. Sie hatten einen Korb mitgenommen und stellten ihn unter einen der knorrigen

Bäume, der nahe der Felskante Halt gefunden hatte. Seine silbern schimmernden Blätter über ihren Köpfen wisperten leise, und es sah so aus, als würden sie sich den glitzernden Sternen am tiefblauen Himmel entgegenstrecken.

Saverio nahm Fiona in den Arm. »Wenn wir um uns schauen, so ist alles reiner Zauber, nur Traum und Fantasie. Und nichts scheint mehr so zu sein, wie es uns unser Verstand sagt, nicht wahr?« Er küsste sie, und Fiona fühlte sich von einer tiefen Glückswoge durchflutet.

»Ich liebe dich, Saverio.«

»Und ich dich, du schönste aller Malerinnen. Es ist, als ob uns der Kampf um die Olivenbäume Glück gebracht hätte. Das, was sie seit Jahrhunderten symbolisieren, hat uns eingeholt – ihre Weisheit, ihre Friedfertigkeit, ihre Heilkraft. Man sagt, sie haben ein heiteres Gemüt und einen ruhigen Charakter. Ich glaube, wir alle haben von ihnen gelernt. Und jetzt stehen wir hier, wo einst der heidnische Liebestempel der Göttin Venus gewesen sein soll. Ist es nicht wunderbar? Darauf müssen wir trinken – auf uns, auf unsere Liebe, auf das Schicksal, das uns zusammengeführt hat. Ich habe etwas Besonderes mitgebracht.« Er zog eine Flasche Wein aus dem Korb. »Betrachte es als die letzte Prüfung meines Landes. Wenn du mir sagst, dass dieser Wein dir schmeckt, solltest du dir ernstlich überlegen, ob du jemals wieder in deine nördliche Heimat zurückgehen kannst.«

Er lächelte ihr zu, entkorkte die Flasche und füllte zwei Gläser. Fiona erinnerte das Bukett an Rosen, die einen Sommer lang Sonne getankt hatten. Sie rollte den Wein genießerisch in ihrem Mund, schmeckte seinem vollen, Leben spendenden Körper nach.

»Er ist gut, nicht wahr? Päpste haben ihn geliebt, Napoleon ebenfalls, und ich hatte noch nie die Gelegenheit, ihn so zu genießen wie jetzt …«
»Er schmeckt heilig und sündig zugleich«, flüsterte sie.
»Ja, so ist er, der berühmte Rossese di Dolceácqua – aristokratisch und edel …«
»So wie du.« Sie küsste ihn.
»Du schmeckst wunderbar«, murmelte er, hin und her gerissen zwischen dem Spiel ihrer Zunge und dem Wein.
»Man sagt, er verfeinere den Geist, stärke die Sinne …« Fionas Hände glitten an seinem Körper hinab.
»Man soll jeden Tag zweimal von ihm trinken«, hauchte Saverio, öffnete ihr Kleid und zog sie auf den sonnengewärmten Felsen herab, »… dazu ein Glas Olivenöl …«
»… trinken?«, fragte sie lasziv und winkelte ihre Beine an.
»Natürlich, was sonst?« Er nahm einen Schluck Wein und beugte sich über ihre Scham.
»Zum Lieben …«, seufzte sie.
Seine Zunge erregte sie, mal zärtlich, mal fordernd. »Das brauchst du nicht«, sagte er lächelnd und sah zu ihr auf.
»… ohne …« Sie stöhnte leicht.
»… ohne?«
»… schwanger zu werden.«
Sanft glitt er in sie hinein. »Du kennst ja ein Geheimnis …«
Wie himmlische Flocken schwebten Olivenblüten im Licht der Abendsonne auf ihre nackten Körper.

Wenige Wochen später, nachdem ihre Eltern eingetroffen waren und Santuzza und die Perluccis kennen gelernt hatten, ließ der alte Patriarch wieder Staffelei, Tuch und Kostüme hervorholen. Erst jetzt verriet er Fiona, warum

er sie damals zu sich gebeten hatte. Er hatte ihre Leinwand mit dem begonnenen Porträt restaurieren lassen und bat sie, es nun zu vollenden.
Fiona machte sich erneut an die Arbeit und ließ nur ein Stück Leinwand unbemalt – der Platz, den sie gedachte eines Tages mit dem Bildnis ihres ersten Kindes auszufüllen.
In das Familienwappen allerdings ließ Fabricio Perlucci Myrte und Olive als Zeichen der Liebe einfügen. »Denn ihre Wurzeln und Zweige bewegen sich aufeinander zu, bis sie auf ewig miteinander verflochten sind, so wie wir es in unserer Familie erfahren haben.«

Nachwort

Liebe Leserin, lieber Leser,

vielleicht schätzen auch Sie die italienische Küche so sehr wie ich. Ich gestehe meinen Hang zu kulinarischen Freuden, ob Schokolade, Schaumwein (leider viel zu selten!) oder, wie in diesem Fall, Olivenöl. Tatsächlich verdanke ich ihm vor allem meine Gesundheit, so wie ich es die Malerin Messalina sagen lasse.
Natürlich lebt dieser Roman von eigenen Erinnerungen an Italien, an seine Berge sowie seine Küsten. Doch mit der Sehnsucht kam beim Schreiben der Appetit auf seine Speisen, und ein knurrender Magen begleitete mich in vielen Stunden, in denen ich schrieb.
Für alle, die ebenfalls Lust auf ligurische Genüsse beim Lesen bekommen haben, hier einige Rezepte zum Ausprobieren. Viel Spaß und guten Appetit!

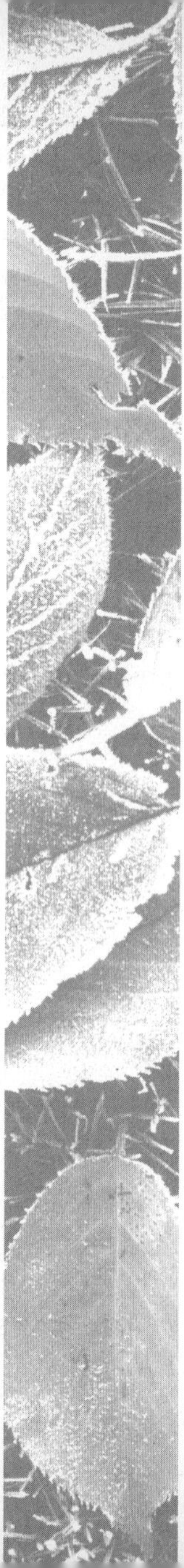

Kulinarische Tipps

Pesto
Zutaten:
100 g frische Basilikumblätter
1 Knoblauchzehe
30 g Pinienkerne
3 Walnusskerne
2 EL geriebener Parmesan
2 EL geriebener Pecorino
Salz, Pfeffer

Basilikumblätter waschen und vorsichtig trockentupfen. Knoblauchzehe schälen und in Scheiben schneiden. Pinien- und Walnusskerne, Basilikumblätter, Käse, Pfeffer und Salz in einem steinernen Mörser zerstoßen (pestare = ital. zerstoßen; schmeckt intensiver, als mit der Küchenmaschine verrührt!). Olivenöl dazugießen, verrühren, bis die Sauce cremig ist.

Caccuiucco alla Livornese (Gemischter Fischeintopf)
Zutaten für 6 Personen:
1,5 kg gemischte Fische (z. B. Seezunge, Knurrhahn, Meerbarbe, Dorsch, Heilbutt, Makrele)
250 g Tintenfische
500 g Miesmuscheln
2 Stangen Staudensellerie
600 g Tomaten
1 Bund Petersilie
1 Karotte

1 Zwiebel
5 Knoblauchzehen
¼ l trockener Weißwein
100 ml Olivenöl

Fische ausnehmen, Kopf und Flossen entfernen, säubern, in Stücke schneiden. Seezunge filetieren. Stücke in einem Topf mit ½ l Wasser erhitzen. Tintenfische putzen, abspülen, klein schneiden. Muscheln waschen, abbürsten. Selleriestangen, Karotte, ½ Zwiebel und 2 Knoblauchzehen klein schneiden und in den Topf dazugeben. ½ TL Salz einstreuen. Brühe 30 Minuten köcheln lassen. Dann durch ein Sieb gießen und beiseite stellen.
6 EL Olivenöl in einer Kasserolle erhitzen. ½ Zwiebel und 2 Knoblauchzehen klein schneiden, mit den Tintenfischstückchen andünsten. Tomaten enthäuten, zerschneiden, dazugeben. ¼ l Wein angießen. 15 Minuten köcheln lassen. Mit Salz und Pfeffer würzen.
Nun die festfleischigen Fischsorten (z. B. Knurrhahn, Seehecht, Dorsch, Heilbutt, Makrele) in die Kasserolle legen, die Hälfte der vorbereiteten Fischbrühe angießen. 10 Minuten sanft garen. Zum Schluss Muscheln, Meerbarben und Seezungenfilets hinzufügen. Den Rest der Brühe dazugießen. Weitere 10–15 Minuten garen lassen. Mit Petersilie, Salz und Pfeffer abschmecken.

Cima ripiena alle genovese (Gefüllte Kalbsbrust)
Zutaten für 4–6 Personen:
1,2 kg entbeinte Kalbsbrust
200 g Bries
200 g Hackfleisch vom Kalb

30 g gemischte (getrocknete) Pilze
80 g Erbsen oder Mangold oder Borretsch
2 Knoblauchzehen
1 Karotte
ein wenig Safran, Rosinen, Petersilie, Majoran, rohe Minze
2 EL Pinienkerne oder Pistazien
3 EL geriebenen Parmesan
3 Eier
30 g Butter
Salz, Pfeffer, Muskatnuss

In die Kalbsbrust eine Tasche schneiden, abspülen, trockentupfen. Bries oder Kalbshirn in kochendem Salzwasser blanchieren. Danach eiskalt abschrecken, von Häuten und Gefäßen befreien, in kleine Würfel schneiden, in einer Pfanne mit zerlassener Butter anbraten. Abkühlen lassen. Pilze in Wasser einweichen, klein hacken, Sud aufheben. In einer Schüssel Knoblauch, Karottenwürfel, Pilze, Petersilie, Hackfleisch, Pinienkerne, Erbsen, Majoran, Minze mischen. Parmesan mit verquirlten Eiern unterrühren. Mit Salz, Pfeffer, Muskatnuss, Safran, Rosinen kräftig würzen. Die Kalbsbrust mit ⅔ der Mischung füllen. Öffnung mit Zwirn fest zunähen.
Währenddessen Gemüsebrühe vorbereiten. Pilzsud dazugeben. Gefüllte Kalbsbrust in die Brühe geben. Auf kleinster Stufe ca. 2 Stunden lang garen. Vom Herd nehmen, das Fleisch noch 30 Minuten im Sud nachziehen lassen. Abgekühlt, in dünne Scheiben geschnitten servieren.
(Füllung ist variabel, z. B. mit Zwiebeln, gehackten Spinatblättern, Kräutern, hart gekochten Eiern.)

Vitello all'uccelletto (Kalbfleisch in Weißwein)

Zutaten für 4 Personen:

600 g Kalbfleisch
100 g grüne Oliven ohne Stein
6 Salbeiblätter
100 ml trockener Weißwein
4 EL Olivenöl
30 g Butter
1 Lorbeerblatt
Salz, Pfeffer

Olivenöl in einer Pfanne erhitzen, Butter dazugeben und schmelzen lassen. Salbei und Lorbeer sanft andünsten. Temperatur erhöhen, Kalbfleisch in große Würfel schneiden und dazugeben, kräftig anbraten. Salzen, pfeffern, mit Weißwein löschen, ca. 10 Minuten sanft schmoren. Die grünen Oliven einrühren, kurz heiß werden lassen. Mit Salz und Pfeffer abschmecken. Sofort servieren.

Fladenbrot

Zutaten:

3 ½ bis 4 Tassen Mehl
1 EL Backpulver
¼ Tasse Olivenöl
etwas warmes Wasser
1 EL getrocknete Minze
1 Tasse fein gehackte Zwiebeln
2 Tassen entsteinte Oliven (ligurische Taggiasca-Oliven oder italienische Pintarolos, französische Tanches, Picholines oder griechische Kalamata)
Salz

Den Backofen auf 200 Grad vorheizen. Eine Springform mit Öl einfetten. Mehl, Backpulver, Salz sieben, etwas warmes Wasser, Öl, klein gehackte Minze, Zwiebeln, Oliven, Salz dazugeben, verrühren, kneten. 10 Minuten ruhen lassen. Dann 50–60 Minuten backen.

Coniglio arrosto alla ligure (Gebratenes Kaninchen auf ligurische Art)

Zutaten für 4 Personen:

1 Kaninchen
1 Zwiebel
2 Knoblauchzehen
etwas Butter
½ Glas Olivenöl
1 Zweig Rosmarin
trockener Weißwein
schwarze Oliven
Thymian
Salz, Pfeffer

Das Kaninchen in Stücke schneiden, waschen und in einer Kasserolle mit ½ Glas Olivenöl, etwas Butter, Knoblauch, gehacktem Rosmarin und Thymian von allen Seiten anbraten. Dann die Zwiebelstückchen dazugeben und mit Salz und Pfeffer abschmecken. Mit Weißwein würzen, verdunsten lassen. Ca. 50 Minuten bei kleiner Flamme zugedeckt köcheln lassen. Eventuell ein oder zwei Stückchen Fleischbrühe dazugeben. Nach 30 Minuten die schwarzen Oliven hinzufügen.

Kartoffelsalat ligurischer Art

Zutaten:

600 g fest kochende Kartoffeln
400 g Tintenfische
Mehl
Salz, Pfeffer
Olivenöl
100 – 125 g Basilikum-Pesto
Saft von 2 – 3 Zitronen
100 g kleine Kapern
1 Bund frisches Basilikum

Kartoffeln kochen, abkühlen lassen, schälen, in Scheiben schneiden. Tintenfische in Ringe schneiden, mit Salz und Pfeffer würzen, mit Mehl bestäuben und in einer Pfanne mit heißem Olivenöl zwei bis vier Minuten braten.

Für die Sauce Basilikum-Pesto, Zitronensaft und gut 110 ml Olivenöl in einer Schüssel verrühren. Kartoffelscheiben ein wenig zerdrücken, in die Schüssel geben, vorsichtig unterheben, mit Salz und Pfeffer abschmecken. Auf einer flachen Platte anrichten, Tintenfische aufschichten und mit Kapern und Basilikumblättern garnieren. Abschließend reichlich mit Olivenöl beträufeln.